新时代文学批评丛书

吴义勤　主编

我们时代的文学选择

贺仲明　著

山东文艺出版社

图书在版编目（CIP）数据

我们时代的文学选择 / 贺仲明著. -- 济南 ： 山东
文艺出版社，2024.10
（新时代文学批评丛书 / 吴义勤主编）
ISBN 978-7-5329-7152-7

Ⅰ．①我… Ⅱ．①贺… Ⅲ．①中国文学－当代文学－
文学评论－文集 Ⅳ．①I206.7-53

中国国家版本馆 CIP 数据核字（2024）第 066312 号

我们时代的文学选择

WOMEN SHIDAI DE WENXUE XUANZE

贺仲明 著

主管单位 山东出版传媒股份有限公司
出版发行 山东文艺出版社
社　　址 山东省济南市英雄山路 189 号
邮　　编 250002
网　　址 www.sdwypress.com

读者服务 0531-82098776（总编室）
　　　　　 0531-82098775（市场营销部）
电子邮箱 sdwy@sd.press.com.cn

印　　刷 山东华立印务有限公司
开　　本 710 毫米 ×1000 毫米　1 / 16
印　　张 20.5
字　　数 255 千
版　　次 2024 年 10 月第 1 版
印　　次 2024 年 10 月第 1 次印刷
书　　号 ISBN 978-7-5329-7152-7
定　　价 78.00 元

开辟文学批评的新时代

——"新时代文学批评丛书"总序

吴义勤

党的十八大以来，中国特色社会主义进入新时代，中国文学也翻开了崭新的一页。置身新时代新征程，面对丰富的史诗性伟大实践，广大作家胸怀"国之大者"，牢记初心使命，深入生活，扎根人民，与时代共振，与人民共情，用心用情用功书写新时代的中国故事，展现中国人民昂扬的精神风貌，谱写了新时代文学的辉煌篇章。

文学批评与文学创作是文学发展的车之两轮、鸟之两翼，一个时代的文学发展既需要广大作家的笔耕不辍、创新创造，也需要批评家的积极呼应、理论引领。在新时代文学不断攀登高峰的历史进程中，新时代文学批评也发挥了至关重要的作用，取得了丰硕的发展成果，形成了独特的新时代文学批评景观。习近平总书记高度重视文学批评工作，近年来就繁荣新时代文学批评发表了一系列重要讲话，做出了一系列重要指示批示。我们策划这套"新时代文学批评丛书"，就是要全面学习贯彻落实总书记关于文学批评的讲话与指示批示精神，一方面旨在呈现新时代文学批评的基本样貌、发展成果，另一方面也希望从中获得推动文学批评发展的经验和启示，为推动新时代文学理论批评建设和新时代文学繁荣提供有益的镜鉴。

　　本丛书遴选的作者都是长期持续坚守在新时代文学批评现场并卓有成就的优秀批评家。从年龄结构上，他们涵盖了"60后""70后""80后"，这也是当下文学批评的主力军；从批评对象的文学门类上，覆盖了小说、诗歌、散文等多个当下最具影响力的艺术门类，可以说是对新时代文学的全面阐释和研究。通过这套批评丛书，读者一方面可以深入了解新时代文学批评的丰富实践，同时可以通过文学批评了解新时代文学发展的基本风貌和历史特征。

　　在内容上，本丛书侧重于遴选研究新时代文学的评论文章，以对新时代十年来具有代表性的作家作品、有广泛影响的新文学现象、引人关注的文学热点事件以及文学发展中存在的症候性问题为主要研究对象，是对围绕新时代文学展开的文学批评成果的一次全面梳理和集中展示。我们希望以出版批评丛书的方式，深入总结文学批评发展的历史经验，同时吸引更多研究力量来增强对新时代文学研究的力度和深度。

　　本丛书的出版要感谢山东出版传媒股份有限公司副总经理李运才、山东文艺出版社社长徐迪南，他们提供了非常多的支持和帮助，也提出了许多富有建设性的意见和建议。新世纪之初，我曾和山东文艺出版社共同策划出版了一套"e批评丛书"，在学术界产生了良好的反响。今年，又再次在山东文艺出版社出版这套"新时代文学批评丛书"，可谓是一种极为特殊也极为难得的缘分，也体现了山东文艺出版社多年来一直积极参与、支持中国当代文学批评事业发展的出版精神。在此，我代表丛书编委会向山东文艺出版社表示衷心的感谢并致以崇高的敬意。

　　两套丛书虽然出版时间不同，但在内容上又有着一种延续性和整体性。"e批评丛书"着力呈现的是二十世纪九十年代文学批评的发展成果，也是当时年轻的"60后"批评家的一次集体亮相。"新时代文学批评丛书"更侧重于展现新世纪尤其是新时代以来的文学批评成果，参与作者既包括了"e 批评丛书"中的部分作者，又吸纳了"70 后""80 后"等新生批评力量。两套丛书虽然侧重点不同，但形成了一种巧妙的呼应，构成了一种互补关系，具有了批评史意义上的"整体性"，某种意义上，它们就是一种特殊形态的近三十年来中国文学批评的发展史。

当然，对于新时代文学批评成果的总结展示并不意味着我们回避当下文学批评存在的问题。新时代以来，随着时代语境和文学生态的不断变化，文学批评面临着更为复杂严峻的形势和挑战，文学批评如何更好地发挥作用，真正成为助推文学发展的"磨刀石"和"利器"？这是所有文学批评者面临的共同课题和任务。出版这套丛书，我们一方面意在梳理总结这一时段文学批评发展的成果和经验，同时也希望能够从中析出当下文学批评发展存在的一些问题，以史为镜，为未来更好地推动中国文学批评发展，更好地发挥文学批评引导创作、推出精品、提高审美、引领风尚的作用提供启示和帮助。

新征程是充满光荣与梦想的远征，新时代文学正在我们面前浩浩荡荡地展开，作为文学发展的重要一翼，中国文学批评也正在砥砺前行，积极开辟一个文学批评的新时代。

是为序。

我们时代的文学选择

目 录

上　编

毕飞宇创作论

自 20 世纪 90 年代以来，毕飞宇推出了《哺乳期的女人》《青衣》《玉米》《平原》《推拿》等一系列作品，引起了读者的一次次惊喜，也受到评论家们的普遍青睐，相关评论文章甚多。然而，在对其创作特征的整体认识，尤其是对其创作嬗变和发展的认识上，评论界存在着较大的分歧。本文侧重在这方面做些思考。

一、人性与政治的深入

关注人性，并对人性进行深切细致的批判性挖掘，是毕飞宇小说最突出的特点。对于作家来说，写人性是很自然的。因为文学是人类精神世界的产物，它的最大关注点和思考的归结点都必然是人，是人的命运、人的生存，以及人性。透过现实层面进行人性的思考，是文学深度的体现，也是文学恒久魅力之所在。时代再变，社会再变，人性却是难以移易的。人性中美好与丑恶的冲突，以及深层的复杂和纠缠，是优秀文学作品具有超越时间感染力的根本原因。

但对于中国新文学来说，人性问题却始终没有得到真正的解决。受政治、传统、现实等方面的影响，人性问题一直没有在中国社会被提到应有的位置，在文学中也一直以暧昧的方式存在——虽然在经历了 20 世纪 80 年代初期戴厚英等人的艰难突围之后，人性似乎已经不再是文学创作不可触碰的禁区，但是，各种限制依然严重影响着人们对人性的理解、思考和表达。在"文革"结束后近三十年的文学话语中，现实主义、大众、底层、技术主义、纯文学等几度占据中心潮流，但是对人性问题的思考一直处在边缘位置，其理论没有得到应有的深入。尤其是近年来，对于新潮理论家来说，人性问题已经老掉牙了，不值得一谈，而在一些老的理论家那里，人性则完全是资本主义的东西，根本不屑于（事实上也没有能力）谈论。理论的浅表以及思想中潜在或显在层面的禁锢，使作家们对人性的表现基本上始终处在自发的状态，没有达到足够的深度。泛观20世纪80年代以来的文学，我们还没有看到真正自觉和深入的人性探索潮流，也没有产生真正有震撼力的大作品。人性，是近三十年文学中一个颇为醒目的巨大空缺。①

正是在这个意义上，毕飞宇显示了他的独特价值。虽然他没有特别做过明确表示，但事实上，却是坚定而执着地在人性的领域耕耘，其作品中人性的深度和广度在当前都是很突出的。他的成名作《哺乳期的女人》就关注到人性被时代扭曲和异化的问题，通过揭示被压抑的潜在心理的释放，表达了对正常人性的肯定和期待。此后，"玉米"系列和《青衣》《平原》将对这一方面的表现做了进一步的推进，深刻地揭示了特殊年代人性扭曲和受戕害的过程，是对这一时代人性扭曲揭示得最充分的作品。晚近之作《推拿》则将关注领域拓展到盲人的生活世界，对人性探索空间做了进一步深化。

当然，书写人性并不是创作成功的标志。缺乏深度的人性书写，完全可能落入泛情肤浅的老套，成为浅陋之作。只有有了独特的角度和足够的深度，才能揭示出人性的深刻，才能显示出与人性本身相一致的复杂性和力度。毕飞宇的书写是有深度的，其突出的表现是致力于对人性弱点的揭示。他笔下人物的生活世界往往并不复杂，但却蕴含着内在的紧张和冲突，并在紧张冲突中呈现出自身的精神世界。

具体而言，毕飞宇主要采用两种方式：一是使人物置身于复杂的人物关系中，这些关系往往是漩涡式的，其特征是矛盾、争斗和相互的倾轧。人物被这些关系推动、诱惑，乃至不自觉地沉沦。而正是通过展现人在这

---

① 举个例子来说，20世纪80年代张笑天《离离原上草》的故事在二十多年后又被人搬上文坛，居然还得到许多人的赞美。可以说，今天许多作家、批评家的思想视野还没有超越80年代，甚至有所倒退。

些复杂关系中的遭遇和姿态，折射出人性世界中的嫉妒、自私、冷漠等阴暗面。比如《青衣》，女主人公筱燕秋数十年的舞台生涯，也是遭人算计和与人相互争斗的过程。她的努力、沉沦和挣扎，她的喜悦、苦痛和疯狂，正折射出人性阴暗的多层面状貌。《推拿》也是如此。作品中的盲人虽然身体残疾，为衣食奔波，但他们之间的关系也绝不简单，而是同样充满政治因素。作品中写的虽是女人的政治、盲人的政治，其背后却是人所共有的人性。第二种方式则是深入人物的内心世界当中。毕飞宇经常采用自白式的人物书写，使日常生活与人物心理交织在一起，让人物内在的，甚至是潜意识中的灵魂争斗得以袒露。这些心理是细微而深邃的，其中既包括痛苦的体验，又有更多对灵魂阴暗面的展示——有时候，这些阴暗面甚至是连人物自己都察觉不到的——同样，在命运中，他们既可能是害人者，也可能是受害者，他们共同承受着灵魂的煎熬与压迫，显示了灵魂世界之幽暗。

这种多层面的人性揭示，使毕飞宇的人性世界往往呈现出多面性和模糊性，很难说它是正面或反面的，它更不是单纯和透明的，正如有批评家将他的小说很恰当地形容为"身上的鬼"与"日常的梦"①一样。从表面上看，毕飞宇的这种人性揭示似乎消弭了一般而言的正面和反面的界限，但正是在这种模糊里，他对人性的揭示抵达了常人难及的深刻之处。因为任何人的人性世界都不可能是单纯的，丰富复杂才是其真实和深层面目。而毕飞宇从人际关系和自我呈现两个不同角度出发的表现方式，就正如鲁迅所说："凡是人的灵魂的伟大的审问者，同时也一定是伟大的犯人。审问者在堂上举劾着他的恶，犯人在阶下陈述他自己的善；审问者在灵魂中揭发污秽，犯人在所揭发的污秽中阐明那埋藏的光耀。这样，就显示出灵魂的深。"②显示了独特的个性和深度。比如，"文革"是被人写得最多的题材，也有不少作家围绕"文革"进行过人性探索，但是，《玉米》《平原》

---

① 董之林：《"身上的鬼"与"日常的梦"——关于毕飞宇的小说》，《文艺争鸣》2004 年第 2 期。

② 鲁迅：《集外集·〈穷人〉小引》，见《鲁迅全集》（第 7 卷），人民文学出版社 1981 年版。

等作品从人性扭曲和异化的角度切入，其人性书写入微于潜在精神层面，透视的深度远非一般作品可比；同样，《推拿》中的人性表现固然超越了一般作家的温暖、坚韧式书写，更重要的是，他笔下盲人们身上呈现出的复杂人性世界，也深化了我们对这一群体的认识，甚至可以说赋予了他们的生活更本质化的内容。

毕飞宇人性书写的成功，除了因为他切入角度的独特，与他的创作题材也有关系。因为他作品中的人性大都通过人与人的政治关系得以揭示。这当然是广义上的"政治"概念，但当这些政治关系与真正的、狭义的"政治"直接会合后，必然会有更深刻的契合，产生独特的效果。毕飞宇所写的多是近半个世纪中国人的生活，这段生活曾经高度政治化，人与人关系中的政治因素被调动到了极端的程度，或者说，在这种关系中，人性中的政治因素（斗争面、倾轧面）得到了最充分的表现。而反过来，这种政治关系也渗透进人们的思维和行为方式，体现在人们的日常生活中。

正因为这样，毕飞宇小说的人性主题与其题材之间达到了内在的契合，或者说是相得益彰。他既深刻地揭示了当代中国社会的特殊背景，通过人性揭露这么一个独特的视角，实现了对时代的深刻批判，同时更揭示了被时代异化了的人，也可以说是被充分调动起来的人性阴暗面。对人性的揭示和对社会的批判融会在一起，难以剥离，却凝结成了具有独特意蕴的整体。毕飞宇真正成功的小说，既可以说是对社会与时代某些本质的揭露，也可以说是对人性中某些永恒本性的揭露。也正是这一点，使他的某些作品具有了超越时代的价值，它们不只是某个时代的图画，还是更悠远世界的回响。

这当中，最为成功的自然是其"文革"题材的《玉米》和《平原》。在这些小说中，"文革"时期的乡土社会，侵蚀和毁灭着人性中的善良和正直，欲望和罪恶则极度膨胀。《玉米》中的三姐妹，尤其是大姐玉米和三妹玉秧，《平原》中的吴蔓玲，在正常情况下完全可能健康地成长，但在当时那种畸形的社会环境下，其心灵却只能变态地发展。她们都是时代的变异体，也以自己的心灵和命运成为时代和社会最好的揭示物和批判者。

二、想象与叙事的飞扬

毕飞宇小说的魅力当然不仅仅体现在揭示人性方面，其艺术上的个性同样突出。换句话说，他的人性表现的深度，正依赖于其艺术表现的独特和深入。二者是一个完整的整体，丝毫不能割裂。

这首先体现在他突出的想象能力上。毕飞宇不是一个经验型的作家，尤其是在其创作谈中，他特别反对将创作与个人生活经验，与"体验生活"这样的观念相联系。他所认可的是建立在作家丰富想象能力基础上的"生活的逻辑"，所以，在谈到其为什么能塑造出那么成功的女性形象时，他的答案是："我很喜欢女性，但是我并不了解女性，因为我与她们接触得很少，不过这也给了我想象空间，我可以在书房里寻找女性，这样我才创造出了各种各样的女性形象。"也就是说，在毕飞宇看来，作家的生活经验并不重要，重要的是想象和虚构能力，因为它们可以赋予一个作家"生活的逻辑"。从其作品看，想象的丰富，尤其是建立在"生活逻辑"上的大胆虚构，确实是比较突出的特点。

这种想象力最突出的表现在于对人物心理，尤其是女性心理的揣摩和刻画。他笔下女性形象塑造的成功是受到公认的，她们的特点不仅在于外表的差异，更在于其心理的丰富、细腻和充满个性。她们的喜怒哀乐，她们的一举一动，都渗透着独立而完整的思想性格，是"这一个"女性所独有的思想、独有的行为（由于批评家们对此已做了很多分析，这里不再详析）。我们看《青衣》中的筱燕秋，《玉米》中的三姐妹，每一个都不会与他人混淆，每一个都仿佛有血有肉地生活在我们的现实和历史世界。我们可以看到她们的一颦一笑，她们的爱和恨，她们生命中的努力和挣扎，她们细微的呼吸和心灵的激荡……

毕飞宇的想象能力还体现在《是谁在深夜说话》《地球上的王家庄》这类作品上。这种想象的推进不完全依托形象本身，而主要依靠着情绪的流动和智慧的闪耀，它们体现的也是作者的想象力，是思想向历史纵深处的跋涉。《是谁在深夜说话》以生动的想象将历史与现实沟通起来，贯穿全篇的与其说是现实情感故事，不如说是情感历史在现代的遥远回声。《地球上的王家庄》更是富于奇思妙想，将少年成长主题与"文革"时代巧妙地杂糅起来，是对"文革"历史一次独特而灵动的描绘，或者说是通过个人心灵的跃动，抵达了历史记忆的深处。

需要说明的是，我虽然肯定毕飞宇创作出众的想象能力，却并不太赞同毕飞宇关于文学"生活逻辑"的观点。我以为作家的想象力固然重要（甚至可以说是一个优秀作家必备的素质），但是，任何想象力都不能离开生活本身。所以，一个作家要拓展自己的表现面，对生活的积累和体验还是非常必要的（当然不能是那种"走马观花"式的形式主义的"体验"，而是要真正深入自己的生活世界）。[①] 就我的理解，毕飞宇现有创作中获得较大成功的小说还是建立在他生活积累的基础上的，如"文革"时期的少年生活记忆、在南京特殊教育师范学校的教师经历等。当他将笔触转到自己不太熟悉的生活领域时，就略显生涩，不同程度地存在着情节不自然或细节欠真切的缺陷。

毕飞宇小说中其想象能力之所以能够得到充分发挥，与他的另一艺术特点有直接关系，体现在叙述方式上。毕飞宇是一个有理论追求的作家，他曾经将自己的叙述方式命名为"朴素的现实主义"，显示了理论上的自觉。不过依我看，"朴素"只体现了毕飞宇小说叙述一方面的特点，更重要的另一面是精致。所以，概括其叙述特点，我以为用精致与平和相结合更准确些。

当前中国社会是一个信息化的工业社会，传统的精雕细刻已经为大规模的复制和仿造所代替，已经很少能看到对小说艺术持虔诚执着态度的文学创作者。一般来说，精心打磨一部两部作品者有之，但是，将每一部作品都认真对待，精细地打磨每一部作品的作家则很少。比较之下，毕飞宇对创作的认真和专注是贯穿始终的（遍观其创作，基本上无粗制滥造者，也很少有轻率之作），精致是他小说创作值得尊重和肯定的贯穿性特点。

精致的特点体现在他小说的叙述结构、叙述语言、细节以及心理描写等多个方面。比如，对叙述节奏的讲究，对叙事起承转合的关注，是他每一个作品的共同特点。他的作品基本上不选用同样的叙述结构，而是十分

---

① 贺仲明：《文学与生活关系再考量》，《小说评论》2009 年第 6 期。

丰富，充满变化，力图选择适合每一个故事各自特点的叙述结构。这样，我们可以看到《上海往事》具有通俗故事般的叙述框架，《玉米》具有质朴中透着精致、平淡中藏着深沉的艺术结构，当然还有《青衣》《是谁在深夜说话》那样细腻委婉的结构方式。其中最有个性的还是《地球上的王家庄》。作品开头部分的叙述颇为散漫，但却充满着生活的真切和灵动，结尾处的精妙既在意料之外，又在情理之中。短短的篇幅中蕴涵着富有想象力的主题，显然主要得益于巧妙的结构安排。再如其叙述语言。毕飞宇对小说语言有很认真的思考，曾经进行过"语言自觉"①的讨论，颇具理论上的见地。在创作实践中，他更进行了多方面的探索，可见出其着力之处。简洁地说，他小说的语言节奏始终是那么不紧不慢，表面上看很随意，实际上却很细致，叙述和描写都很准确。这种语言方式有时候似乎显得有些絮叨，但又确实给予了作品舒缓自由的特点，使人物的行动、思想能够更加充分自主地展开。此外，毕飞宇在小说中对人物心理的精准把握和细腻刻画，前面已经讲过了，这里不再赘述。

之所以用"平和"来代替毕飞宇自己所用的"朴素"，主要是因为从字面上看，"朴素"与"精致"有些矛盾。另外，毕飞宇自己所理解的"朴素"在含义上与"平和"相近，其基本特征就是按照生活本身的样子说话，不加自己的掩饰和点缀。他的作品中很少有叙述者表露强烈感情的时候，他往往是尽量不动声色，让人物自己行动、说话。人物的或高大或猥琐的行为，或光明或阴暗的品性，都让人物自己展现出来，让人觉得小说就像生活本身在发展。这种叙述方式与 20 世纪 90 年代初的新写实小说有些近似，但又有自己鲜明的个性特点，那就是毕飞宇的作品不像新写实小说那么琐屑，那么让生活主导，而是以人为主导，以人性为中心，着力让人物自己去表演，去展现。正因为这样，在新写实小说中很少能看到突出的人物形象和鲜明的人物性格，而毕飞宇却能为我们展现出筱燕秋、玉米、玉秧这样个性鲜明的人物形象。

平和的叙述方式还给毕飞宇的小说带来了另一重艺术效果，就是温情。

---

① 毕飞宇、汪政：《语言的宿命》，《南方文坛》2002 年第 4 期。

虽然毕飞宇对"温情"有些不以为意，但他确实无法掩盖自己作品的这一内在气质——尽管他的叙述不动声色，却往往在细节中蕴涵了足够的情感，同情的温暖被细节紧紧包裹。他的平和中透着爱憎，平淡中显示出情感。正是这一点，使毕飞宇笔下的人性世界呈现出深刻犀利之外的另一特点，也显示出与张爱玲的明显区别。张爱玲的叙述中透着洞悉人性的苍凉和透彻，其背后是彻骨的悲凉和冷漠。毕飞宇不一样，尽管他的小说中也充满着对人性犀利的揭露和批判，但爱的情感掩映在他对人性的思考和刻画中。当然，他的温情不是通过直接的抒情或者明确的臧否表现出来，而是掩藏在平和的叙述之下，在精致与细腻之间。看起来似乎依然是不动声色，但读者其实已经被这些细节深深感动了。

从表面上看，温情似乎与犀利构成冲突，但细究之下，却能发现这二者之间深层的一致性，也更能体会到毕飞宇对人性的体察和表现之深。毕飞宇曾经说过，他之所以在对人性的表现中充满温情，是因为他对人性理解得太透彻，在透彻的大的悲凉之下，才能以悲悯之心去看待人性中的弱点，才能宽容。显然，这种宽容相较于张爱玲的苍凉，不仅是另一种精神个性，也体现了两位作家不同的精神追求。而且，从艺术上看，像《玉米》《青衣》这样的作品，将深切的同情蕴涵在生活背后，体现出温情与犀利、悲悯与批判相结合的复杂意蕴，也显示出更强的亲和力，体现了文学本身所应该具有的精神意义。

三、深度与宽度的抉择

毕飞宇是一个充满创新和发展意识的作家。他的创作时间虽然不算很长，但其创作却有着复杂的变化轨迹，可以看出明显的发展和嬗变过程。

在题材上，他从乡土出发，创作了"文革"题材的《玉米》《平原》《地球上的王家庄》等；也涉足过通俗故事一类，创作过《上海往事》《雨天的棉花糖》等作品；又涉及艺术表演领域，创作了《青衣》《唱西皮二黄的一朵》等；又写了反映中学生和失业者生活的《家事》《相爱的日子》，而《推拿》则将笔触延伸到为人所忽略的盲人生活领域。在风格上，从最初《叙事》《楚水》等作品带有比较明显的先锋色彩，到《哺乳期的女人》

开始回归现实；与此同时却又有《是谁在深夜说话》《因与果在风中》《地球上的王家庄》等作品探索空灵的方向。此后，2000 年的《青衣》以成熟的品质确立了细腻深切的创作风格，但很快，他又转向了《玉米》和《平原》那种相对更质朴和粗犷的路子，《推拿》又表现出新的变化。

对于毕飞宇的这些变化，批评界有不同看法。尤其是对从《青衣》到《玉米》《平原》和《推拿》的变化，很多人持批评意见，认为毕飞宇是丧失了自己的个性和长处来发展短处，不利于其创作的进一步发展。[①]

我以为这些看法略显简单和武断。毕飞宇的创作追求不一定完全成功，但无论是其旨趣还是方向，都有值得充分肯定的理由。首先，从毕飞宇的创作轨迹看，他不是在简单地改变自我，而是在有意识地努力避免自我重复，超越自我。这表明毕飞宇不甘做一个墨守成规、循规蹈矩的作家，而是具有强烈的创新精神和超越愿望，对于一个已经成名的作家来说这是非常难能可贵的品质。尤其是在当下文学界，受商业文化影响，许多作家成名之后很容易自我满足，徘徊于自己的创作起点上，成为金钱或名誉的奴隶。事实上，这种自我超越精神是成为一名真正杰出作家的重要潜质。没有突破和探索，因袭自己习惯的套路写作，可能无损于利益与金钱，却容易扼杀自己的创作生命力，难成大器。新的探索固然艰难，也肯定有失败的风险，却孕育着新的希望和无限的生机。其次，毕飞宇的创作从总体上看是发展的，是不断走向成熟的。21 世纪前，可以说是他的创作走向成熟和完善的过程。即使是在近些年，也很难对其创作转变的成绩进行简单的否定。尤其是考虑到毕飞宇尚处在创作发展的阶段，要求他始终固守在某一领域、某一体裁，不要求他更新和超越，显然是不合情理的。就我个人的看法，《青衣》时期的毕飞宇固然达到了一个创作高峰，但对于一个作家来说，创作格局还是略显小了些，而且技巧的意味太浓，没有达到非常自然的境界。毕飞宇放弃《青衣》《唱西皮二黄的一朵》这些作品形

---

① 如谢有顺在《重申长篇小说的写作常识》（《当代作家评论》2006 年第 1 期）中，就认为毕飞宇从《青衣》到《玉米》的转变是一种失败，认为毕飞宇应该保持《青衣》的创作风格。再如周立民在《该给"长篇情结"退退烧》（《文汇读书周报》2006 年 5 月 12 日）中也对毕飞宇舍弃中短篇小说的优长转而创作长篇小说持批评意见。

成的既有风格，转向《玉米》和《平原》，是一个挑战，也是一种创新。事实上，《玉米》在自然流畅性上有明显的进步。同样，《平原》尽管有不够完备之处，但其质朴特色对《青衣》的细腻风格是一种突破。并且，在表现的生活面和对人性的关注视野上，毕飞宇的作品也有明显的拓展，从而更显丰富和大气。

毕飞宇在创作体裁方面的尝试也值得特别关注。因为有人认为像毕飞宇这样气质温婉的作家更适合写中短篇小说而不太适合写长篇（与之相类，有人对苏童也表达过类似看法）。我的看法也有不同。作家的个性特点对写作的体裁有影响，但远不能构成决定性的力量。因为长篇小说有多种写法，既有气势宏大、有史诗意味的，但也有细腻委婉、能深入人心灵世界的。风格的差异并不能决定作品质量的高低，就像托尔斯泰、巴尔扎克的光辉绝不能掩盖普鲁斯特和卡夫卡的光芒一样。关键之处还是在于，作家既要把握好长篇小说体裁的特点，又能兼顾到自己的艺术个性。也许毕飞宇在长篇小说领域暂时还没有达到自己中短篇小说那样的创作高峰，但这并不意味着他不适应这一体裁，反而意味着他在该领域存在更大的探索空间。

当然，对于作家的变化要有深层的认识。在更深层面上，作家的创作其实有某些固定的因素，或者是有不可变的因素。这种不变的东西就是他的特点、他的个性，对于优秀的作家来说就是独特的风格。在这个意义上说，一个作家外在的东西是可以改变的，是需要多方面发展的，但是，内在的独特性一旦形成，更需要的也许是完善和丰富，是最大限度地发挥自己的个性，使自己的风格得以保持和深化。事实上，任何一个作家，任何一种风格，总有最适合自己的题材和表现方法，如何去寻找它、发现它，是一个作家创作实现自我突破的重要课题。

据我个人的理解，毕飞宇最大的特长和个性也许是在对生活表现的深邃和敏感上。他对人性思考的深度，他塑造得最成功的女性形象，以及他艺术上的精致，都与这些特点有关。考虑到这一点，毕飞宇的创作变化方向时也许更应该着意于在生活（自己熟悉的生活）深度上的挖掘，使自己的个性特点发挥得更为充分，而不是简单地在题材上求新求变。所以，相比于对其在创作风格和小说体裁变化方面所持的肯定态度，我对其在题材上不断转变的态度倒是比较保守。我以为毕飞宇与其花费大量时间精力进入新的生活领域，不如在自己熟稔的领域往深处开掘，往细致处深入，那也许才是最有价值和最适合他的。当然，我并不是反对毕飞宇开拓新的题材，因为丰富的题材可以最大限度地提升自己个性的包容度，可以充分展现自己个性的可能性魅力。我只是觉得，如何把握好适当的度，如何在宽度和深度之间找到最佳的平衡点，是包括毕飞宇在内的每一个作家需要面临的严峻考验和艰难选择。

犹豫而迷茫的乡土文化守望

——论贾平凹20世纪90年代以来的小说创作

一

在20世纪90年代以来的中国文学中，贾平凹对传统乡土文化^①的守望姿态是比较突出的。这主要表现在以下三个方面：

其一是对传统乡土文明的留恋感伤和对现代文明的否定拒斥。20世纪90年代初以来，中国社会进行了步幅巨大的经济和文化改革，与传统乡土文明关系密切的生活方式和价值观念受到了根本性冲击，现代城市文明成为社会文化的主导。对此，贾平凹的反应非常迅捷和强烈。早在1992年，文化转型尚初见端倪之际，贾平凹就创作了《废都》，以预言式的姿态指出了传统文化即将没落的命运。作品的题材虽然是城市，但"废都"的寓意显然不是现代文明，而是指面临着消失和没落命运的乡土文明。庄之蝶是传统乡土文明的代表，他的惶惑挣扎，折射的是乡土文明的无奈和绝望，他的中风死亡，寓指的是乡土文明无可遁逃的没落命运。对于在转型中失落和躁动的"废都"文化，作品中当然有揭露和批判，但也包含着许多同情与认同。这与作品中对汹涌而至的现代文明表达的明确批判和拒绝态度形成了鲜明对比，也传达出作者对乡土文明回归和守望的基本姿

① "乡土文化"是与传统农业生活方式密切关联的文化模式，在中国文化范围内与"传统文化"大体相近，但它更侧重于"乡土"的内涵，与"乡村文化"关系密切。"乡土文明"则主要是针对其所对应的"现代文明"而言的。

态——作品中有一个寓言式的奶牛说话的场景,对贾平凹否定现代文明、寻求回归乡土路径的立场进行了清晰的表达。此后,随着文化转型的愈演愈烈,贾平凹作品中的文化留恋和感伤情绪更加明显。尽管《白夜》《土门》《高老庄》《怀念狼》《秦腔》等作品的立场不尽一致,但它们在传统乡土文明和现代城市文明的价值选择上是相同的。《白夜》的题意是对现代文明的批判,即指"城市就是抹去了白天和黑夜的界线的颠倒混乱的白夜"①;《土门》和《高老庄》直面现实中的乡村城市化,从不同角度还原出传统乡村和乡土文明被现代城市生活和文明侵蚀的过程,并表达了反感和批判的态度;《怀念狼》则以象征笔法慨叹乡土野性在现代文明下被改造的过程及其消亡;《秦腔》更可以看作典型的文化守望作品,它以"秦腔"这一"与农业文明相联系的精神情感的载体,是传统文化的精神符号"②的命运为契机,呈现出对乡土文明无奈的叹息和哀悼,其对现代文明的怨怼和拒斥之情溢于言表。正因为如此,许多评论者都把20世纪90年代后的贾平凹看作传统乡土文明挽歌的吟唱者。③

其二是在对乡村文化及其命运的深刻忧虑和关注上。乡村是乡土文化最集中和最典型的表现地,20世纪90年代以来社会文化变迁最深刻也最直接影响的就是乡村。对此,许多作家(如陈应松、罗伟章、孙惠芬等)进行过叙述,表达出对乡村文化巨大嬗变的感叹。在这当中,贾平凹的姿态是最执着和最强烈的。与其他乡村书写者不一样,贾平凹对乡村生活的关注点几乎全部集中在文化领域(除了以"文革"为背景的《古炉》侧重点略有差异,但展现的文化主旨也基本相同)。他虽然也采用写实笔法叙写乡村,但意图却不在现实物质生活,而是始终执着于其道德伦理、文化风习,书写乡村文化的没落和凋萎命运。贾平凹曾经说过,他20世纪90

① 旷新年:《从〈废都〉到〈白夜〉》,《小说评论》1996年第1期。

② 李星:《当代中国的新乡土化叙述——评贾平凹长篇新作〈秦腔〉》,《小说评论》2005年第4期。

③ 参见郜元宝:《意识形态、民间文化与知识分子的世纪末哀绪》,见《贾平凹研究资料》,天津人民出版社2005年版;刘志荣:《缓慢的流水与惶恐的挽歌——关于贾平凹的〈秦腔〉》,《文学评论》2006年第2期。

年代后的创作意在通过"虚实结合""以实写虚，体无证有"①的象征艺术方式，以小说的形式展现乡土文化的形态和精神，从整体上思考乡土文化的意义及命运。在这个意义上，可以说贾平凹这一时期的几乎每一篇作品都是在传达一种文化态度，创造一种他个人意义上的文化寓言。正因为这样，贾平凹的作品展现了非常丰富的乡村文化艺术及风习，如埙、古琴、目连戏、秦腔、剪纸、唢呐、烧瓷、巫术，以及算命卜卦、风水相面等。此外，他的作品和人物命名也都富有文化象征意味。比如"废都""白夜""仁厚村""高老庄""狼""秦腔""古炉"等意象都与乡土文化有关，这些作品中的主要人物名如"庄之蝶""子路""西夏""白雪"等也都寄托着贾平凹的文化哲学思想，他们的行为是贾平凹文化思想的实践。②这在贾平凹对《土门》创作意图的阐释中体现得非常典型："我不想使这部小说故事太强，更喜欢运用象征和营造一种意象世界来寓言。"③

其三是对传统审美文化和文学形式的执着探索。文学是文化的重要载体，中国传统审美文化和文学艺术中都寄寓着深厚的乡土文化的精神意蕴。从 20 世纪 90 年代开始，贾平凹对中国传统审美文化和文学形式就有着非常自觉的追求。正如贾平凹所说，他的创作注重在"作品的境界、内涵上一定要借鉴西方现代意识，而形式上又坚持民族的"④，许多传统文学的技法在他的作品中都有广泛的应用。体现在小说结构和叙述方式上，是回到传统小说对故事及其讲述方式的重视，以及对日常琐屑叙事的回归；体现在叙述语言上，是对传统话本小说语言的借鉴和仿效。这些方面凝聚到审美精神上，是寻求传统文学的象征和哲学韵味，是充溢浓郁的传统文人精神和艺术气息。正因为这样，贾平凹 20 世纪 90 年代以来的小说审美风格较之以前有了明显的变化，按照他自己的说法是"对于整体的，

---

① 贾平凹：《我心目中的小说——贾平凹自述》，《小说评论》2003 年第 6 期。

② 参见钟本康：《世纪之交：蜕变的痛苦挣扎——〈土门〉的隐喻意识》，《小说评论》1997 年第 6 期。

③ 贾平凹：《土门》（后记），见《土门 评点本》，长江文艺出版社 1999 年版，第 242 页。

④ 贾平凹：《我心目中的小说——贾平凹自述》，《小说评论》2003 年第 6 期。

浑然的，元气淋漓而又鲜活的追求使我越来越失却了往昔的优美，清新和形式上的华丽"①。

　　贾平凹在 20 世纪 90 年代所表现出来的文化和文学姿态，既有其个人的气质因素在内，又可看作一种文化的赋予，是他身上所蕴含的乡村文化精神的反映。也就是说，贾平凹的文化守望姿态在一定程度上反映的是他对现实文化的某种要求和愿望。中国乡土文明在现代工业文明冲击下面临全面崩溃和没落，作为一种有着悠久历史和深远传统的生活方式和文化，它自然要发出它最后的抗拒之声——无论是从文化积淀的厚度还是历史合理性而言，这一反应都是很自然的。因为即使是在现代文明占据主导的今天，乡土文化也并没有完全丧失其意义，它既可能对现代文明构成富有启迪性的参照性补充，也可能具有再生的创造性潜力，促进现代文明的方向性调整和改变。贾平凹在一定程度上是被乡土文化选择的一位代言人。对于一个文学家来说，这并非意味着不幸。因为乡土文化守望立场也许不指向社会发展的方向，但并不因此丧失文学的意义——它既可能像当年巴尔扎克那样以为封建贵族唱挽歌的初衷描绘出一部时代史诗画卷，也可能以独特的哲学思考呈现出传统乡土文明所带来的深刻思想力，为现代思想和文学创造出一个独特的高峰。

　　客观而论，贾平凹的创作在部分意义上达到了这一效果，它们也因此具有了在当前文学中的特别意义。一方面，它们是对乡土文化颓败过程的真实时代记录。贾平凹的创作建立于作者对现实变化直接感受的基础上，其部分作品更是直面当下现实生活，虽然作品的侧重点不在现实本身，但客观上却真实再现了文化颓败的现实环境和现实后果。而且，它们都普遍熔铸了作者真实的思想感情（包括矛盾和痛苦），是作者自我心灵与外在社会的融合。这种立足于文化视野的揭示，相较于简单的现实描摹显然更深刻也更准确。它们既是对这个时代现实和文化较为深切的反映，也是作为乡土文化代言者的知识分子在文化转型中自我的体现，折射出他们在文化转型中的情感和立场，具有历史和现实、生活和心灵的双重意义。这其

---

① 贾平凹：《我心目中的小说——贾平凹自述》，《小说评论》2003 年第 6 期。

中，20世纪90年代最早记录时代文化剧变状况的《废都》，在20世纪中国文学和文化史上有着不可忽视的意义。尽管它本身也成为商业文化的典型作品，但它表现了中国传统的农耕文明面临现代工业文明的冲击，走向不可避免的颓败之前的无奈和无力状况，真实而清晰地折射甚至也预言了中国社会在20世纪90年代及之后的文化嬗变，具有时代寓言的意味。

另一方面，贾平凹对传统文学的借鉴和探索也具有积极意义。中国新文学虽然是在对传统文学的背叛中获得新生的，但这并不意味着它应该与传统隔离，也不意味着传统文学完全失去了生命力。相反，传统文学的许多精神、韵味依然具有很强的审美价值，也具有现代转换的可能性。在批判的基础上继承的传统，是新文学获得深入发展的重要资源。以文学语言而论，口语、西方外来语和文言文，应该是新文学语言的三个基本来源，也是其语言发展的基本方向。但由于种种复杂原因的限制，新文学在继承和更新传统方面一直比较薄弱，语言中的文言文因素也几乎被作家们所抛弃。贾平凹的探索虽然并未完全取得成功，但却具有方向性的意义，也取得了一定实效。典型的如对话本小说语言的借鉴，其部分作品将之融合于对生活故事的叙述中，将话本语言与方言土语相杂糅，取得了世态人情叙述上的较大成功，传达出了传统白话小说的现代魅力。

贾平凹的作品较直接地揭示了我们时代内在文化的嬗变，他的艺术尝试也在一定程度上折射出传统文学和审美精神的现代生命力。这种文化嬗变是我们每一个同时代人都能感同身受的，对传统文学魅力的记忆和期待也依然留存在我们许多人的思想中，因此，贾平凹的作品在同时代大众中引起了相当普遍的共鸣，拥有相当广泛的读者群体。① 在当代中国文学中，贾平凹是不可忽略的，他的创作也是具有启示意义的。

---

① 有英国学者这样说过："一个思想家'有影响'，被广为阅读、称颂并得到回应，很可能是因为他的思想和别人相同，而不是因为他启发了他们。"（〔英〕玛里琳·巴特勒：《牛津精选：浪漫派、叛逆者及反动派（1760—1830年间的英国文学及其背景）》，黄梅、陆建德译，辽宁教育出版社、牛津大学出版社1998年版，第37页。）我以为是有一定道理的，至少它可以说明文学与读者多种关系的一种。

二

但是，对贾平凹20世纪90年代以来的创作进行全面细致的考察，我们可以发现，贾平凹并不是一个坚定的乡土文化守望者，他的姿态是犹豫和不彻底的，作品内涵也体现出矛盾和犹疑，折射出他内在文化态度的迷茫和困顿。

这一方面表现在其作品内涵的复杂、矛盾和对立上。贾平凹的作品虽然对乡土文明持留恋和感伤的基本姿态，但留恋中也往往交织着怀疑、揭露和批判。同样，它们对现代城市文明的否定也不彻底，经常混杂着暧昧和妥协。这体现在他的几乎每一部作品上。《废都》对"废都"文化的整体质疑，既是对现代城市的，也是对传统乡土的；《土门》虽然对仁厚村被城市吞并的命运表示遗憾甚至愤懑，对村人的卫护表示认同，并赋予了乡土文化的象征者云林爷神秘文化色彩和许多超凡能力，但是，作品也同样揭示了村人的专制，乡村干部成义被赋予江湖大盗的身份就是一个鲜明的表征；同样，《高老庄》中子路及其故乡人的矮小、性能力退化，与来自现代城市的西夏的健硕聪慧形成了鲜明对比，象征性地表现出贾平凹对乡土文化的否定和绝望；还有《怀念狼》，主旨其实极为矛盾，狼性的强悍和奸诈杂糅在一起，否定与肯定的意蕴也复杂地交织。这当中可以作为典型加以分析的是贾平凹小说中的乡村人物形象。虽然贾平凹在整体上对乡土文化持卫护姿态，但在对具体乡村人物和乡村文化的认识上基本秉持"五四"传统的启蒙姿态，他笔下的农民大多具有"阿Q"的精神品性。这一点，与他的整体文化态度是存在尖锐对立的。与之相对应的是，贾平凹对城市文明的否定也时常有所保留。如《土门》结尾处梅梅对自己曾经参与守卫乡村、抗击城市化的行为已经有所怀疑，《高兴》更是基本上放弃了城市批判和守望乡村的姿态，试图通过刘高兴于城乡两极的努力，在乡土文明和城市文明之间找到了和谐与妥协点。

另一方面，贾平凹的文化守望中更多感性的怀恋，却很少理性的建构。或者说，贾平凹对乡土文化的没落和衰微命运情感上更多的是哀叹、同情和悲哀，却缺乏深入而理性的思索，更很少展现出乡土文化的现代意义和价值，对其做正面的维护。在其泛滥于作品中的情绪化感伤背后，隐藏的是混乱乃至矛盾的思想意识。对此，贾平凹自己也有认识，他这样谈论《土门》的写作："在深深的同情里写他们的迷惘和无奈，写他们的悲壮和悲凉，写一个时代的消亡。"①《秦腔》更是如此："我的写作充满了矛盾与痛苦，我不知该赞颂现实还是诅咒现实，是为棣花街的父老乡亲庆幸还是为他们悲哀。"②正因为这样，在贾平凹的作品中，我们可以看到他整体上的文化姿态，却难以明确他的具体思想，即他到底认可什么文化内涵、维护什么价值立场，也看不到他站立在反思高度来分析和批判当前的社会文化变迁。比如曾经引起热议的《怀念狼》，主旨其实相当混乱，其中既没有表现出现代生态意识，也没有传达出传统哲学思想下的现代思考精神。在这个意义上，更准确地说，与其说贾平凹是一个乡土文化守望者，还不如说他是一个乡土文化的哀叹者。

当然，贾平凹的犹豫也是一种立场，具有自己的个性特点，甚至可以说，它在一定程度上蕴藏着一种历史的清醒和理性，因为它源自贾平凹对乡土文化没落命运的认识，以及对乡土文化缺点的透视，是他对历史必然性的认识与内心的情感依恋发生冲突的结果。一个作家选择什么立场是他的自由，而且，就文学的自由和充满个性的本质来说，不存在立场的正确和唯一。所以，我并不否定贾平凹所选立场的合理性，更不是要求他必须做现代文化的背离者，我所针砭的是贾平凹立场的不确定和自我冲突，因为这当中蕴含的是精神的迷茫和困顿。换句话说，我以为在贾平凹犹豫和矛盾的背后，其实是他深刻的文化和思想缺失：他始终局限在自己的情感世界中，没有建立起更高远和更独立的历史观，形成独特和深邃的思想——我们试将贾平凹与沈从文做一比较，是非得失体现得更清楚。在 20 世纪 30 年代乡土的变化面前，沈从文同样有失落和不满，但他始终拥有比较独立的文化批判价值观，并以之营造自己的乡村理想和文化梦幻。独立的立场赋予了沈从文的创作深刻的思想和强大的艺术力量，赋予了他伟大文学家的地位。相形之下，贾平凹的思想独立性却未达到这一高度。而这，直接

---

① 贾平凹：《贾平凹的回信》，见《土门 评点本》，长江文艺出版社 1999 年版，第 242 页。

② 贾平凹：《秦腔》（后记），见《秦腔》，人民文学出版社 2008 年版。

影响到他文学创作的多方面内涵。

其一，是理想性的严重匮乏。文学不应秉持盲目的理想主义，文学创作者应该具有更广阔的视野，应该带给人们深远的展望和远大的理想。这是通过文学超越现实逆境和升华生存价值的重要前提。但是，贾平凹的创作中表现出来的是强烈的绝望态度，是对乡村及其文化未来的彻底虚无情绪。贾平凹的几乎所有作品最终结局都是失败、迷茫和无望的，其主人公或者像庄之蝶一样走向死亡（《废都》），或者像梅梅一样梦想回归母亲的子宫（《土门》），或者像子路一样在失败中逃离故乡（《土门》），或者像引生一样陷入疯狂（《秦腔》），完全看不到希望，也看不到未来的正确道路。与此同时，贾平凹的作品中还弥漫着颓废虚无的生活和文化态度。贾平凹作品中的主人公在剧烈的文化转型中往往陷入迷茫，甚至是绝望而无力自拔，他们经常选择借助颓废的文化或生活方式来麻醉自己、逃避现实。《废都》中的庄之蝶借与女性的畸形性爱来证明自己存在的意义，《高老庄》中子路借与城市长腿女性的婚姻来获得信心，《秦腔》中的引生以恋物和自戕来抵御强大的虚无感和无奈情绪，《高兴》中的刘高兴借对女性高跟鞋的迷恋来缓解自己与城市之间的巨大裂隙……不能说颓废就不是美的，也不是说颓废的历史态度就完全没有价值，但是，颓废和绝望的普遍存在还是极大地降低了作品的价值，因为它蕴含的是对于现实的无能为力，是文学力量的逃离。

其二，是对乡土文化表现的偏狭。这一方面表现在贾平凹笔下的乡土文化非常单一，缺乏丰富性和广阔性上。乡村文化是贾平凹文化表现的中心，它联系着广袤的乡土大地，有悠远的传统和丰富的内涵。但贾平凹笔下的乡土文化却格局狭小、气度浮躁、内涵芜杂而凌乱，难以见到真正鲜活的乡村文化踪迹，没有呈现出乡村大地的宏阔深邃、沉静雍容。他笔下的乡村文化基本上没有脱离神秘文化和颓废文化这两个范畴。他书写了许多荒诞或传奇的乡村故事，但无论是人变鬼，还是鬼变人、狼变人，以及人鬼兽之相恋相爱，人与动物的语言或心灵沟通，都以神秘文化为中心，并且，它们内涵的都很近似，也基本上停留在故事表层。再就是颓废文化。贾平凹的作品中充斥着畸形的性恋描写，以及对各种丑陋和变态细节的猎奇式描写和炫耀式认同，这些内容都充满着鲜明的颓废文化色彩。[1]贾平凹很满意自己对这些颓废文化的表现，但其实，颓废文化的源头和实质是传统士大夫文化，是乡村文化的外来者。另一方面，贾平凹笔下的乡土文化缺乏真切的生活实感，显得虚幻而缥缈。文化虽然是生活中比较虚的一面，但并不意味着它与现实生活无关，相反，真正有生命力的文化就蕴藏在日常生活之中，对乡村文化的展现也必然是生活化的展现。对此，贾平凹也有一定的认识："当写作以整体来作为意象处理时，则需要用具体的物事，也就是生活的流程来完成。……如此越写得实，越生活化，越是虚，越具有意象。"[2]但实际上，贾平凹笔下的文化与真正的乡村生活相当隔膜。他虽然写了乡村故事，但很少关注到农民最日常、最熟悉的生活领域，他的神秘和颓废文化距离乡村现实、距离乡村人的基本精神欲求相当遥远，甚至可以说与大多数人的日常生活无关。最典型而显著的表现是，作品中缺乏真实鲜活的乡村人物形象。人是生活最基本的构成部分，也是文化最直接的承担者，但贾平凹20世纪90年代的作品中很少有富有主体性的农民形象。他所塑造的如成义、引生、高兴等农民形象往往没有独立而完整的性格逻辑，更缺乏自我主体精神，他们完全围绕着作家的思想理念来行动。与其说他们是独立的、生活中的人，不如说是作家心中理念的化身和代表。

其三，也影响贾平凹的艺术成就。首先是缺乏生活的真切感。贾平凹的作品虽然反映的是当下生活，但由于过强的传统文人颓废气息氤氲其中，难以从中感受到现实生活的清新与活力，旧文人气息要远超过自然的气息。包括其小说语言。如前所述，贾平凹部分作品的文学叙述较好地糅合了生活口语，体现出生活的实感。但在更多情况下却没有达到这一效果，特别是在对具体生活场景和人物进行描写时，往往显得拖沓、造作、沉滞、陈旧，与所描述的生活场景严重脱节。其次是故事叙述上的严重模式化。创新和丰富是文学的生命所在，但贾平凹作品中的许多故事都大同小异，

[1] 参见赵学勇、王鹏：《欲望的纵情与狂欢：贾平凹20世纪90年代以来的欲望叙事》，《兰州大学学报》（社会科学版）2011年第3期。

[2] 贾平凹：《我心目中的小说——贾平凹自述》，《小说评论》2003年第6期。

一些细节在不同作品中多次重复出现（这种重复甚至也出现在反映"文革"时期生活的《古炉》中）。而与故事类型模式化相一致，其生活场景描写也缺乏变化，许多叙述显得虚假而僵硬。①最后是内涵模糊，思想混乱。作家思想的不清晰必然导致作品思想的混乱，贾平凹许多作品的思想意图模糊矛盾、难以辨析。典型的如《怀念狼》，作品表现的是狼的主题，但对于人与狼究竟应该保持什么关系、人究竟应该如何对待狼，始终没有一个明确的态度，其主题是凌乱无序的。正因为这样，针对《怀念狼》的评论作品甚多，但主题解读各异，充满着对立和冲突。再如在《高兴》中，贾平凹这样表达主人公刘高兴的人生观念："他之所以是现在的他，他越是活得沉重，也就越懂得轻松，越是活得苦难他才越要享受着快乐。"表面上看似乎是传统老庄哲学的体现，但实际上不过是混乱和迷茫的表现而已。

正因为这样，贾平凹在20世纪90年代以来文学中的整体形象是模糊的，或者说虽然有大体一致的精神轮廓，但没有形成清晰而完整的细致面貌，没有呈现出自己独特的精神个性。换言之，他是时代文化颓败的记录者，同时也是被动的承受者。他如同一个寻不到道路的迷途者，虽然努力向前，但其实却是在徘徊，在停顿，甚至在倒退……

三

贾平凹创作时的文化姿态，与他个人的生活际遇、所受文化教育以及时代文化都有着深刻而复杂的关系。

贾平凹出生在20世纪50年代的陕西农村，他童年和少年时期所处是一个传统的乡村大家庭，其蕴含的乡村文化深厚严谨，充满着乡村情感的质朴和温馨。在这个家庭里，贾平凹深刻地感受到了亲情的温暖和慰藉，承受着乡土文化的养护和滋润。但不久，"文革"严重改变了他的家庭和生活环境，又因为身体原因，贾平凹的劳作能力不是很强。种种生活的磨

---

① 参见张志忠：《贾平凹创作中的几个矛盾》，《当代作家评论》1999年第5期。

难，自然会给予敏感的贾平凹许多心灵创伤，他的性格也逐渐变得内向孤独。此后，依靠较好的文化素养，他才避免了长期在田间劳作，并最终通过上大学、接受现代高等教育离开了农村，进入城市生活。①

这些经历，赋予了贾平凹与乡村社会，特别是乡村文化深厚的联系，也使他多年来一直将创作视域停留在乡村生活和乡土文化上。他也有意识地将自己的文学创作与乡村社会密切联系在一起："我的情结始终在现当代。我的出身和我生存的环境决定了我的平民地位和写作的民间视角，关怀和忧患时下的中国是我的天职。"②但同时，这些经历也造就了贾平凹与乡村关系的某些复杂性，或者说使之形成了这样两个特点：一是他与乡村的联系更侧重于文化方面，现实关系则要疏淡许多。对于少年的贾平凹来说，乡村文化的温情毫无疑问是一种重要的心灵慰藉，也催生了他对这种文化的依恋情感。在进入城市后，这种情感并没有淡薄，而是如贾平凹多次谈到的，他在城市的生活经历并不顺利，城乡差距、个人敏感，多方面的因素使在城市中生活的贾平凹屡有挫折感，这时候，乡村文化又成了他的精神慰藉和梦幻之所。历史与现实的双重影响下，乡村文化构成了贾平凹最基本的精神自我，成了他的精神和心灵所系。相比之下，他与乡村现实的关系就没这么密切了。往昔乡村生活中不太愉快的记忆，以及客观上与乡村现实生活的长期疏离，使贾平凹对现实乡村的感情要淡漠许多。这一点在贾平凹的创作中有清晰的体现。如果说在 20 世纪 80 年代，刚刚开始的乡村改革对乡村文化的影响还不是那么显著的时候，贾平凹对现实乡村还有较多的关注、对乡村改革也表达过一定支持的话，那么，当改革深入到对乡村文化造成较强冲击时，贾平凹就基本上对乡村改革持批判态度，与乡村现实也越行越远。到 20 世纪 90 年代，贾平凹的兴趣点更是完全集中到了乡土文化及其命运上。贾平凹曾经自述过他的一次乡村之行，从中可以清晰地看出他对乡村的热情所系基本上是在文化领域，很少涉及现实："我在商州每到一地，一是翻阅县志，二是观看戏曲演出，三是收

① 参见李星、孙见喜：《贾平凹评传》，郑州大学出版社 2005 年版，第 1—8 页。

② 贾平凹：《高老庄》（后记），见《高老庄 评点本》，长江文艺出版社 1999 年版，第 357 页。

集民间歌谣和传说故事，四是寻吃当地小吃，五是找机会参加一些红白喜事活动。这一切都渗透着当地的文化啊！"[①] 二是缺乏对乡村和乡村文化的足够自信。贾平凹对乡村文化有很深的感情，也有一定的乡土（传统）文化素养，但对于乡村及其文化，正如对于自己曾经的农民身份那样，贾平凹缺乏足够的自信。这也许与贾平凹比较柔弱的性格有关，但更是由于他所接受的现代文化教育，以及社会现实中的巨大城乡差距。在现代文化思想中，乡村和乡村文化一直处于受批判和待启蒙的位置，在现实生活中，乡村和乡村文化更是长期处于社会底层，承受着为人鄙视和忽略的命运。贾平凹显然没有走出这种文化的影响——他没有像当年赵树理在经历了内心文化剧烈冲突之后依然选择做一个"文摊文学家"一样——因此，他经常陷入身份和文化上的强烈自卑。他一方面多次强调"我是农民"，进行强烈的自我批评："我吃惊地发现，我虽然在城市生活了几十年，平时还自诩有现代意识，却仍有严重的农民意识。"[②] 同时又经常以极端的自傲或偏激的方式（他对乡村文化猎奇和炫耀式的展示就是这样的方式之一）来掩盖这种自卑情绪。

从贾平凹的生活和文化经历、所处的社会背景中，我们可以部分窥见其创作姿态和创作特点形成的原因，但客观来说，文学更是一种精神创造物，作家的生活和文化经历并不能直接决定其文化态度，作家的甄别、选择和超越等主体行为在创作中起着至关重要的作用。而且，作家的文化立场并不固定，而是发展和变化的。所以，对于一个作家来说，其生活与文化身份也许包含一定的宿命意味，但最重要的还是在于作家的主观努力和客观超越。贾平凹的创作也是这样。

另外还需要指出的是，一个作家的经历有其独特的个人性，但在具体的时代环境中，这些经历也可能具有一定普遍性。换句话说，贾平凹的创作立场和创作方向既有其独特性，但也能折射出同时代文学的某些共性，具有一定的代表性意义。我以为，最突出的有以下两个方面：

---

① 贾平凹：《答〈文学家〉问》，《文学家》1986 年第 1 期。
② 贾平凹：《我和高兴》，见《高兴》，作家出版社 2007 年版，第 445—446 页。

一方面是作家的思想高度问题。如前所述，作家的思想高度深刻地影响其文学创作的高度，也直接影响其文学作品在时代文化中的地位，决定其对社会大众的影响力。贾平凹能成为 20 世纪 90 年代以来颇受大众欢迎的作家，这与他敏锐的文化反应能力和对时代文化变异的着力捕捉有直接关系，这在很大程度上有赖于他与乡土文化的密切关系以及由此而达到的文化高度。但也正是思想高度上的缺陷，损害了他创作的深度和力度。换一个角度看，贾平凹已经是当前成就很突出的作家了，也就是说，思想高度的不足，不只是贾平凹个人的创作症候，也是当前文学很严重也很普遍的现象。要提高当前文学的整体成就，也许需要作家们在这方面给予更多重视。

另一方面是如何借鉴和运用传统文学方法。贾平凹的创作有意识地借鉴和回归传统文学，这并非个案，在他背后涌动的是一股颇有声势的文学潮流，莫言、李锐、格非、刘震云等作家都参与其中。但和贾平凹一样，这些努力取得了一定成就，但还没有达到真正的高峰（一些作家也因此逐渐放弃了这一探索）。显然，如何回归传统文学，以及在多大程度上回归传统文学，值得探索的空间还很大。在我看来，囿于语言和思想的差异，传统文学形式在今天已经不可能真正回归了，能够回归传统的只能是文化和审美精神方面，而且，回归传统也绝对不能离开与现实生活的深度交融。以语言而论，对传统白话小说的简单回归是不可能真正成功的，因为这种语言已经与现在的生活脱节，无法与现代生活相协调。正因为如此，贾平凹的语言实践中较成功之处在于其小说叙述，一旦进入描写领域，就会与生活严重疏离（同样因为这一原因，贾平凹的语言探索在散文领域所取得的成功要比小说更突出一些）。所以，虽然努力回归传统文学的作家非常值得敬重，但想进一步实现突破，也还有赖于更艰辛、更富创造性的努力，我们可以充满期待。

浪漫主义的沉思与漫游

——论张炜《你在高原》

几年前，我曾经考察过 20 世纪 90 年代以来中国小说中的浪漫主义书写，深刻地感受到在消费文化的影响下，浪漫主义精神已经大幅度地从文学中撤离，浪漫主义小说创作呈现出严重式微和变形的局面。[①] 但是，张炜《你在高原》的出现，却给了我浪漫主义文学[②]复归的感觉。作品以浓郁的抒情笔调，营构了一个以"沉思和漫游"为中心的文学世界，通过对主人公充满强烈认同性和情感性的叙述，表现出对现实世界的批判性超越和对美善价值的向往与追求。作品中蕴含着强烈的批判、理想、激情和超越精神，它是当前物质文化时代一次具有异类气质的浪漫主义漫游。

一、美善咏叹中的现实批判

德国著名诗人席勒曾经说过："感伤诗人，除少数时刻外，总是对现实生活感到厌恶。这是因为他的观念的无限性质把我们的心灵扩大到超过

---

① 参见贺仲明：《黯淡的激情——论 20 世纪 90 年代以来小说中的浪漫主义》，《江苏社会科学》2005 年第 5 期。

② 浪漫主义文学是一个内涵有较强可塑性的概念。我以为，浪漫主义文学概念是发展的，不完全固守 18 世纪的规范和要求。就其最基本的特征而言，应该是指这三个方面，即对现实的反叛和超越精神、与自然的亲和以及主体抒情色彩。

他的自然规模，所以现实中所有的任何东西都不能把它充填起来。"① 换言之，浪漫主义作家往往通过对现实世界的否定和批判来表现其超越精神，实现其有关理想（无限）世界的向往与愿望。《你在高原》正是如此。它以鲜明的价值立场广泛地叙述历史和现实故事，通过人物的现实遭遇和主观感受两个层面，揭示了现实世界（这里的"现实"是与"理想"相对应的）的种种黑暗和丑陋，表达了以批判和否定为中心的基本态度。

作品中的现实批判主要集中在三个方面，或者说，作品中的现实丑恶力量主要表现为三种形式。一是权力。权力是作品表现的一个力量中心，无论是现实中还是历史上，权力和权力者都无处不在，给人物命运带来决定性的影响，而作品中所呈现的权力本质基本上是丑恶的，也就是说，它主要承担着对恶势力纵容和对弱小者打击的功能，是作品中诸多悲剧的主要制造者。在这当中，政治权力是所有权力的中心，它的力量也是最直接的。政治权贵的聚居地"橡树路"是一个象征，它高贵严肃，神秘庄重，既隐藏着许多不能见人的秘密，更拥有决定人生死的力量，作品中许多人物和事件的命运都与之密切相关。金钱是另一个权力主体，其中心是消费和欲望。各种暴发户和既得利益者的消费中心"阿蕴庄"构成了这种权力的象征，各个经济集团的主人如"嫪们儿"等与之有着复杂的联系，也在其中放纵和宣泄欲望。金钱权力的表现方式主要以诱惑和欺骗为中心，但有时候与政治相勾结，同样具有极强的伤害力。作品中，多个政治权力者如岳贞黎、瓷眼、霍闻海、乌头等，往往都与金钱权力有勾结，同样，那些经济集团的主人也经常借助政治，以暴力方式来掠夺、侵犯别人的财产和利益。除了政治和金钱权力之外，作品中还表现了其他的权力方式，其范围更是遍及整个现实世界。即使是在边远的农村、在简陋的矿井，甚至是在社会最底层的流浪人群、监狱服刑人员中，也都有不同形式的权力阴影存在，它们依傍着政治、金钱、身体等权力对弱小和善良者构成侵犯和伤害。二是丑恶的道德品格。作品中展示的丑恶道德品质包括背叛、欺

----

① 〔德〕席勒：《素朴的诗与感伤的诗》，见《欧美古典主义作家论现实主义和浪漫主义》（2），中国社会科学出版社 1981 年版，第 321 页。

骗、趋炎附势、落井下石等。丑恶的道德往往并不独立存在，它们与各种权力密切勾连，借助它们的力量，共同制造悲剧和灾难。所以，作品中政治和金钱权力肆虐的过程也往往是丑恶道德横行的过程，那些被欺凌者往往遭到政治和丑恶道德人物的双（多）重打击。如在"我"的家族中，外祖父死于欺骗，父亲受辱于背叛，"我"也多次经受欺骗和背叛。此外，反右和"文革"中那些被陷害和打击的知识分子，如陶明、曲浣等，也大都被自己的亲人、学生、朋友所背叛和欺骗，遭受到由此带来的各种肉体和精神上的打击，承受着死亡、牢狱、刑罚、欺凌等种种凌辱。作品中的伪善道德故事如此之多，有意无意的欺骗和背叛事件如此之普遍，以至于人物不禁发出这样直接的感喟："看来一个人千万不能欺骗另一个人，不能背叛。人可以不热情，可以冷漠，但是不能欺骗和背叛，永远也不能；特别是不要欺骗那些纯洁自然的、最普通最平凡的生命……"三是现代工业文明。工业文明的直接形象是城市，内在实质则是物质文化。这使它与金钱权力有着千丝万缕的联系，其表现方式也主要是以欲望、虚荣来腐蚀人的心灵，诱惑人们陷入道德上的背叛和精神上的堕落。这种方式对人的伤害虽然比较间接，影响却非常深远。其受害者既包括众多的美丽女性，如李咪、严菲、象兰等，又包括那些尚处在成长期的年轻少女和学生，他们更容易被物欲所代表的色情文化所伤害，走向堕落，有的甚至沦为杀人者。除了对人的伤害，现代工业文明还为乡村、自然带来了侵蚀和毁灭。城市的扩张必然导致对乡村的掠夺，带来对环境、自然生态的严重破坏，无论是海洋、平原、山村，还是人与动物，几乎无一能够避免这种伤害，有的更面临毁灭性的灾难。作品中广泛地书写了现代城市文化侵蚀乡村自然的过程，将现代工业文明的非人化与乡村文化下的淳朴人性做了尖锐的对比，明确表达了对工业文明的拒斥。并将之对应于佛陀火诫，给予其伦理上的彻底否定："为情欲之火，为愤恨之火，为色情之火；为投生，暮年，死亡，忧愁，哀伤，痛苦，郁闷，绝望而燃烧……"

对丑恶的否定和批判构成了《你在高原》的基本思想特征，但正如有的学者的论述的，"具有浪漫倾向的作家，由于总是倾向于对美的事物的凝眸瞩目和对内心生活的自觉追求，所以总是对丑的事物和物欲的追求倾向抱着十分的敏感"①，对丑恶的谴责和鞭挞往往是与对美善的肯定和张扬联系在一起的。《你在高原》并不是以否定丑恶为最终目的，更不是借之以传达价值的虚无，而是以此来凸显出美和善的价值主题，在其现实否定的背后非常清晰地站立着一个精神主体，那就是人性的美以及爱和善。因此，丑与美、恶与善的尖锐对立，构成了作品中最基本的矛盾冲突，也是遍布于作品最基本的故事模式。作品中被肆意伤害的，大多是美和善的拥有者，或者说，正是因为他们拥有了美或者善，才导致了其凄惨的命运。比如"糖果女孩"、王小雯、菲菲、帆帆、苏圆、荷荷等美丽少女，如朱亚、纪及、阳子等拥有正直品格的知识分子，如阿雅等弱小善良的动物、脆弱美丽的大自然以及社会底层的质朴农民，如"外祖父""父亲"等具有真诚信念的革命者，都是在丑恶的压制和打击下艰难生存的。通过表现丑恶与美善之间伤害与被伤害、肆虐与呻吟的对立，作者既明确地表达了对现实世界的否定和批判，也进一步彰显了美善的意义。因为正是在被丑恶伤害和欺凌的过程中，美善的价值得到了更充分的展示，形成了一个充满意义的世界。具体来说，这种价值主要体现在三个方面：

一是爱的真诚。爱是人类美善情感最集中的体现，所以，正如作品中所慨叹的："只有爱才能证明生命的激越和搏动。生命就是爱。"爱是作品的重要主题。尽管作品中充满着苦难和痛苦，但爱依然充盈于作品的每一处，甚至在一定程度上可以将之看作一部爱的颂歌。这其中包括爱情、亲情、友情和对动物、自然的多种感情。最典型的是爱情，如"我"外祖父曲予与闵葵、父亲宁珂与母亲之间纯真的爱情，拐子四哥与万蕙的爱情，许予明与"小河狸"的纯粹爱情，陶明与其妻子、曲浣与淳于云嘉之间的生死之爱。这些爱情发生在不同的时间段，大多是悲剧，但无一例外，它们都体现了相爱者的真诚心灵，是与丑恶世界形成鲜明对比的美好感情。在爱情之外，还有父子、母子亲情，朋友之间的友情，以及人与人之间最简单却也最真诚的相互关怀和帮助之情。如《鹿眼》中叙述了廖萦卫夫

---

① 王爱松：《"文革"后中国文学之浪漫趋势》，见《文学评论丛刊》（第9卷第1期），南京大学出版社2006年版，第236页。

妇对儿子富有牺牲精神的无私之爱，如"我"与拐子四哥、庄周、吕擎、小白等人之间真诚的朋友情，李胡子与战聪等人在战争年代结下的生死情谊，以及那些无名的乡村老人对于流浪的"我"和庄周等人的无私关爱等。此外，作品中还广泛书写了人与动物、自然，以及动物之间的亲密感情，如人与马、羊、鹿、狗等多种动物之间密切的情感联系，人与自然（土地、荒原、海洋）之间的情感依恋等。其中最突出的是《忆阿雅》中对阿雅的描写，包括"我"对阿雅的关爱。特别是阿雅们之间苦难中的亲情，具有穿透人心的力量，也赋予了其悲剧命运深厚的精神价值。

二是美的魅力。作品中的美包括两个方面，其一是人物的形象美。作品中的正面人物形象大多是美的，男性大多俊朗，女性更是或优雅或青春洋溢，总之充满着魅力。作者这么着意于对人物外表美的展示，显示了美在整个作品中的重要地位。而且，这些美丽或俊朗的人物形象确实赋予了整个作品更加优美的气质，是整个作品美的基调的一部分。除了人的外表，作者还反复渲染了另一类的外在美，那就是自然美。作品中多次书写了自然美景，包括平原、山川、海洋，包括其不同季节背景下的美景。而且，作者不是纯粹客观地叙述这些，它们寄托了主人公深厚的个人感情，有时候还似乎被赋予了某种神性。如作者多次以深情的笔调描述主人公宁伽记忆中与大自然亲近的童年和幼年生活，再现了他童年时期的家庭环境，包括开满白花的李子树、砖砌的水井、小茅屋等，它们与外祖母和母亲的善良真诚、与"我"对她们的深情怀念融合在一起，共同构成了作品中最感人的情景，也是最富有美感的画面之一。同样，当"我"和庄周、曲涴等人遭遇现实或心灵痛苦时，最好的避难所和心灵休憩地也都是自然。

三是善的品格。在作品中，善大体包括忠诚、善良、同情、正直、奉献、牺牲等内涵。作品中的正面形象几乎都拥有这些善的道德品格，如那些不屈服于恶势力、宁折不弯的反抗者，那些善良真诚的与人为善、乐于助人者（如拐子四哥等），那些为了保护美而不惜牺牲自己的利益甚至生命者（如陶明、曲涴）。特别是"我"的外祖父、父亲、母亲等深受敬仰的人物，都具有这些方面的坚定品格，都是非常优秀的道德坚贞者。而且，作者多次将"我"置于诱惑和考验当中，以凸显忠诚品格的意义和珍贵——而这一品格，也成为整部作品进行人物评价的重要标准。宽泛地说，爱的心灵和善的道德其实也是一种美，是人的内在美。因此，作品中的爱、美、善三部分内容其实具有密切的相通性，共同构成整体的美善世界，成为作品中生命的亮色，也以自己的价值力量，构成对丑恶世界的抗击。

与丑恶的巨大摧残力相比，美善的力量显得弱小许多，在与丑恶的对抗中，美善绝大多数时候也都是失败者。但是，这并无损于其价值和意义。在对这种对抗的叙述中，作者的价值立场非常明确，清晰地表达了对丑恶的憎恶和对美善的肯定。也就是说，那些丑恶者尽管获得了现实的胜利，但内心的肮脏、卑劣一览无余，作品对其进行了否定和诅咒。而那些美善者，尽管始终处于受打击和被欺凌的地位，甚至被夺去了生命，但他们的美好心灵使灰暗的现实呈现出炫目的光芒，彰显出人类精神的意义价值。对美善的景仰、赞美和讴歌立场，使作品的批判呈现出更明确的未来性指向，展现出超越、理想和浪漫色彩。当然，由于作品中的丑恶力量是如此之强大，对美善构成的伤害是如此之深，因此，尽管作品中有对美善的讴歌和赞美之情，却并无欢快愉悦的色彩，而是显得沉重而压抑，呈现出较多的叹惋语调。它是一首美善的赞美之歌，也是一首叹惋之歌。

二、沉思的漫游者

《你在高原》主人公宁伽所从事的专业使这个人物很有象征意味，他是一名地质工作者，既是四处漫游的漂泊者，又是脚踏实地进行深入探索的劳作者。事实上，他的行为方式也是如此。他始终保持对生命、历史和现实的复杂思考，又经常行走在漫游途中（要么就是在对漫游的向往和期待中），是一个典型的"沉思的漫游者"。这也如同《你在高原》的文学精神和叙述方式，它既可以被看作一部思想之书，又可以被看作一部漫游之书。

沉思是作品重要的精神特征。这既体现在作品中到处可见的思想片段中，又体现在作品中的许多人物都是思想者上。如吕擎、庄周等人，在作品中都有独白或相互的思想性争辩，主人公宁伽更是有对自己和历史的反复诘问，在现实和历史背后独自展开沉思。因此，思想性构成作品的重要辅调，与其浪漫（批判和理想）精神成为补充和呼应。作品的思想内容非常广泛，究其要者，大致有对"革命""斗争"等社会伦理的思考，以及对"爱情""友谊""激情"等个人化话题的思考。

其中，对"革命"的思考范围比较广阔，也是富有启迪性的。它思考革命的基本立场不是传统的进步或正义与否，而是基于美和善的伦理精神，看其是否具有"向上、向真、向善的那么一颗心"。在这样的评判中，革命的内涵和价值也就不再是单一的而是复杂的。一方面，革命往往与理想、信念等精神联系在一起，具有对抗暴力和黑暗合理性和正义性，也蕴含着对正义的追求和对理想的坚持，是有其价值和意义的。正因为这样，作者不惜笔墨对宁珂、李胡子等革命者进行讴歌。但另一方面，革命在成功后又往往容易被异化，它与权力以及丑恶的道德品质勾结在一起，蜕变成了排斥和打击异己、伤害善良之人和弱者的工具，甚至成为美善品质的戕害者。为了凸显革命内涵的复杂性，作者特别塑造了"我"的岳父这一形象，他曾经是一个充满朝气和不平之气的年轻革命者，后来却变成了一个固执而庸俗的官僚。他的变异过程蕴含着叙述者的深深遗憾，也体现出作者对革命复杂性的深刻思考。

作品中对知识分子的思考同样很具深度。作者塑造了几代和不同类型的知识分子形象，既揭示其自身心灵，又将其与复杂的历史背景相勾连，多侧面、多角度地展现其复杂个性和内在精神。比如，作品中塑造了多个宁折不弯、坚持独立精神的知识分子。他们的命运悲惨，是刚毅善良的牺牲者，但作者并没有对他们进行刻意美化，而是在平实的叙述中展现他们的精神和人格，甚至也写到他们在权力暴虐和诱惑面前也曾经有过犹豫和困惑，但却能始终坚持自己的基本道德品格，为此甚至不惜牺牲自己的生命。这些朴实的知识分子是美和善的代表，作者也借此表达了对真正有风骨的知识分子的敬仰。此外，作品中还塑造了许多负面的知识分子形象。那些表面上或道貌岸然或知识渊博或个性十足的学者，实际上却满腹心机、钩心斗角。他们可能是沽名钓誉、争权夺利者，甚至有着非常卑劣的历史，是他人成果乃至生命的掠夺者。如《海客谈瀛洲》中的霍闻海，几部作品中反复出现的"斗眼小焕"，《家族》中的裴济，《忆阿雅》中的柏老，以及伪学者王如一，等等。作者通过这些形象，表达了对虚伪卑劣品格的鄙视和厌弃，也对当代大学和科研体制进行了反思和批判。此外，作者还深入思考了知识分子与历史、与人性的复杂关系。如对吕瓯和许昌两位经历坎坷历史的老学者命运的思考。对前者的叙述不仅揭示了历史真相，更揭示了苦难对人精神的戕害和异化；对后者的叙述则展示了特殊的时代给知识分子生存和心灵带来的尴尬。

《你在高原》还对"生命""激情""爱情""人性"等问题进行了思考。其对朋友和两性关系的思考，侧重于探究心灵和肉体、爱和性的不同层面，对真诚友谊和纯真爱情表达了充分的肯定和期待，对各种掠夺式的，特别是变态的两性关系表示了极度的鄙弃和厌恶。同样，作者对生命的意义和状态进行了反复的思考。《橡树路》中的这一疑问贯穿于整个作品中："我为什么被投放到这座城市里来？又为什么走进了这样一个'角落'？还有我们每个人的出生，它在人的心灵诞生之前已经被决定了——那么当人的心灵慢慢生成之后，又怎么面对这个陌生的世界？怎么承担怎么处理这与生俱来的大问题？这短短的又是长长的一生该怎样打发？"这一问题的基本答案，就是对生命激情的呼唤，以及对平庸生命观的摒弃和批判。如《人的杂志》就集中探讨了人到中年后的生活热情问题，表现出对生命激情的期待。主人公的四处游历正是出于对生命激情的寻找："就为了驱赶这厌烦和疲惫，我奔走，我寻找，我从一种环境投入另一种环境。"此外，作者还展示和思考了人性的复杂性。如作品中的殷弓形象，蕴含的是对人性中嫉妒的思考；作者塑造的老骆形象，对庄周流浪原因真相的揭示，以及对林蕖理想与现实分裂的生活方式的展示，都体现了对人性多面性的思考：善与恶，美与丑，背叛与忠诚，有时候并不是那么简单划一，而是复杂地交织在一起，让人难以辨析和区分。

除了沉思，《你在高原》还具有另一个重要的精神特征，那就是漫游。这体现在多个方面。首先是主人公宁伽的生活方式。从少年时代起他就开始流浪，此后，正如他自己的表白："我是一个用自己的一生走向一片土地的人。我将使用各种方法去接近自己这片生命的土地。"流浪似乎成为他宿命式的人生经历，他始终处在漫游而不是稳定的状态。他虽然生活在城市，却对城市的一切都强烈不满，他总是在思考、在期待、在探究——就像永不满足的浮士德一样。为此，他几乎居无定所，多次离开和调换工作岗位，更经常离开城市，漫游于城市边缘和乡村之中。甚至化身为民工四处打工，最后辞职在乡间开辟了葡萄园。在他的生活中，漫游的时间远比定居的时间长。其次，漫游代表了一种价值观，一种对于乡村生活方式的肯定立场。主人公之所以选择漫游（流浪）的生活方式，是因为正如米兰·昆德拉在小说《慢》中所慨叹的："古时候闲荡的人到哪里去啦？民歌小调中的游手好闲的英雄，这些漫游各地磨坊，在露天过夜的流浪汉，都到哪里去啦？他们随着乡间小道、草原、林间空地和大自然一起消失了吗？"漫游蕴含着对乡村生活方式的追求和期待，联系着自然的美和心灵的自由，代表着一种生活方式，一种反现代的价值与精神。对于主人公来说，城市带给他的感受是荒凉和孤独，这里永远都没有安宁和幸福，只有在对淳朴的乡村和乡村人以及童年的回忆中，他才能得到慰藉，才能得到心灵的安宁。所以，漫游实质上是他追求心灵自由的一种方式。最后，漫游代表了一种审美姿态，那就是对民间美和自然美的肯定。英国浪漫主义先驱华兹华斯曾经说过："我通常都选择微贱的田园生活作题材……因为在这种生活里，我们的各种基本情感共同存在于一种更单纯的状态之下，因此能让我们更确切地对它们加以思考，更有力地把它们表达出来；因为田园生活的各种习俗是从这些基本情感萌芽的，并且由于田园工作的必要性，这些习俗更容易为人了解，更能持久；最后，因为在这种生活里，人们的热情是与自然的美而永久的形式合而为一的。"①《你在高原》以不无倾向性的笔墨大量描绘了乡村的自然美和人情美，以及动物（鹿、阿雅、羊和马）的善良感情。作品中，乡村（当然是未被工业文明侵蚀之前的乡村）的自然是恬静诗意的，乡村人也大多善良朴实（特别是乡村的老人，基本上都是善良和无私助人者），即使偶有落后和不雅之举，也都不是具有伤害性的。乡村文明的美丽、淳朴、善良，与城市文明的残酷、自私、掠夺形成鲜明对照，也构成了作者以乡村为中心的审美态度。

沉思与漫游不是分裂的，而是密切合一的，它们的共同前提是对美善世界的肯定和追求，是对现实世界的否定和超越。作品中的"生命""革命"

---

① 〔英〕华兹华斯：《抒情歌谣集》（序言），见《欧美古典作家论现实主义和浪漫主义》（1），中国社会科学出版社1980年版，第260页。

和"激情"等沉思主题，本身就蕴含着批判和超越现实的气质，作品中的漫游也不是漫无目的的，它始终有明确的指向，那就是否定丑恶的现实，景仰和寻找美善的世界。因此，沉思与漫游是对作品美善基本主题的丰富，还从各自的侧面对之进行了补充和完善。沉思赋予了作品一定的深度，使美善的内涵有所深化和拓展；漫游则强化了作品的批判和超越精神，彰显出更鲜明的自由和独立气质。

沉思和漫游精神体现在审美层面上，是它们共同赋予了《你在高原》奇特的叙事方式，使之呈现出极为个性化的美学特征。

这一方面体现在跨时空的叙述结构和叙述文体上。作品中的故事时空跨度广，涉及远古历史（或传说）、现代历史和现实生活三个层面，它们相互交织在一起，进行交叉叙述，使用了现实与想象相结合、抒情与写实相统一的叙述方式。从结构上说，作品共由十部分构成，艺术上各自独立，相互又有着密切关联，在很大程度上赋予了作品艺术上的张力，也可以说体现出作者艺术想象力的张扬。另外，作品的叙述方式也具有跨文体色彩。作品中古代历史、民间传说与生活现实有直接或间接的嫁接，颇有几分魔幻色彩，夹杂着神秘文化、魔幻色彩和超现实意味，是侦探、悬疑、历史和战争等多种文学题材的交融。但是，作品能够始终围绕着统一的主题展开，所表现的精神基本一致。如作品中叙述了秦始皇与徐福的历史传闻、乌堡王与煞神老母的民间故事、有关大鸟的传说等，这些都是具有独立情节的故事，或真或幻，或虚或实，但又都涉及反抗和美善的主题，与作品中主要叙述的"文革"和反右斗争等现代历史以及当代生活存在内在联系。作者如此着意地营造又巧妙地融合这诸多复杂而丰富的内容，因此，有评论家发出这样的感叹："这部体量浩大的小说里面，我们看到它既有托尔斯泰式的宽容、执信的东西，还有陀思妥耶夫斯基式的追究和内省，既有罗曼·罗兰式的激荡，又有雨果式的痛惜，还有鲁迅式的冷峻。"[①]

另一方面体现在抒情和感伤的艺术色彩上。抒情和沉思是作品最主要的艺术表现形式，其中经常夹杂着抒情和思想性段落，更让每一个故事都

---

① 施战军：《〈你在高原〉：探寻无边心海》，《当代作家评论》2011 年第 1 期。

以大段的抒情或思考作为终结。这些段落或是对往事的深情回忆和怀念，或是对于过去、现在和未来的思索和感喟，它们呈现的是主人公的心灵世界，使整部作品氤氲在一种抒情和感伤的氛围当中。从叙述方式上讲，作品从头至尾都用第一人称口吻进行叙述，这些直接的、毫无遮掩的心曲吐露，使作品在艺术上显示出倾诉的笔调和畅想的色彩，显得自由恣肆而毫无顾忌。同时，正如作品中的这段倾诉："人哪，为什么要回忆，为什么要寻找，为什么要有这么多的感慨？……向谁诉说？向谁倾吐？我已经走进中年，站在了回忆和言说的分水岭上……"作品内在地蕴藏着一种孤独和苍凉感，传达出在现实阻击下心灵的创痛和伤感。强烈的主观抒情基调，加上大量对美的细致描摹，使整个作品充盈着浪漫诗意和超现实色彩，如诗歌般抒情，如图画般优美，又如流水般自然流畅。

三、物质时代的浪漫主义：意义及其限度

对美善的讴歌和追求，对现实的批判和超越，漫游与沉思的艺术风格，以及浪漫的画面和抒情的艺术效果，这一切，构成了传统浪漫主义创作方法的要素和实质，也赋予了《你在高原》浪漫主义文学的基本特征。

现代世界的主体是物质文化，物质统领着人们的现实生活和精神世界。在这一背景下，以精神和情感为崇尚对象的浪漫主义自然不被人们青睐，甚至会被时代所嘲弄。但这并不意味着浪漫主义（及其文学）真的失去了现实意义。相反，匮乏也许正意味着需要。"浪漫主义者的特征不在于他追求这种幸福，而在于他相信这种幸福存在着。"[1] 在物质文化纵横无忌的时代，精神和情感正如同沙漠里的泉水，它既是人们内心的渴望，也是时代必不可少的需求。正是在这个意义上，《你在高原》显示了自己超越现实时代的独特价值。

第一，从现实层面看，作者站立在田园诗意和人性质朴的立场对现实

---

① 〔丹麦〕勃兰兑斯：《十九世纪文学主流》（第二分册），人民文学出版社1997年版，第207页。

进步文化的强烈怀疑和批判，虽然悖逆于时代潮流，但却不能简单否定。因为确实，人类文化永无休止的进步理念和科学无终结的发展到底会将人类带到什么地方，西方文化的"浮士德精神"是不是人类真正的福音，还是一个值得怀疑的未知数。我们不能回到过去简单的田园梦想，但是，如何在物质文化中保留精神和情感的空间，如何不让科学主义和进步理念完全主宰我们的思想行为，让我们不至于完全沦为科学和物质的奴隶，具有现代生态主义文化的警醒意义，很值得我们重视。而且，作品对现实社会所持有的美善批判立场，对美、善、爱等伦理世界给予了充分的关注和期待，也是对现代社会一种具有深远意义的认识。因为正如德国著名学者马克斯·舍勒所说，资本主义社会改变了人对世界的情感态度，"怨恨"取代"爱"成为社会伦理的中心："世界不再是真实的和有机的'家园'，不再是爱和沉思的对象，而是变成了冷静计算的对象和工作进取的对象。"[1] 现代人在物质上充裕了，爱和美善的情感却严重匮乏，这严重降低了现代人的生活质量。所以，作品中对情感的张扬、对美善的讴歌、对物质欲望的否定和批判，尽管可能不为时人所认可，但在未来的人们回顾我们这个时代的时候，也许会更显出意义，会让人们清晰地看到：在物质凌驾于一切之上、精神几乎虚无的今天，有多少人和文学作品在勉力举起精神和情感之旗帜，成为这个时代微弱的坚守——它虽然略显黯淡和柔弱，却也因其稀少而更值得珍惜。

第二，作品由浪漫主义立场引发的现实批判和历史思考也显示出独特的个性和意义。从现实批判方面说，由于渗透了更多的主观情感因素，作品能够呈现出更多的心灵真实，其所表现出的胆识和锐利，是其他许多现实类题材所不具备的。而且，也许是意识到浪漫主义创作方法更侧重于表现内心，难免存在对现实表现不足的缺陷，《你在高原》有意识采用巨大的篇幅和宏大的历史架构，以更多侧面、更大范围地再现现实，增强其现实批判的广度和力度。因此，虽然作品始终以抒情为主要特征，但其对现实的揭示和批判依然颇具力度和深度。如对于工业开发对乡村环境的破

---

① 转引自艾彦：《"怨恨"：资本主义精神的实质？》，《文艺报》2012年2月24日。

坏，大型企业在征地和环境问题上与农民们的冲突，物质欲望下蜕变的高官与资本家的合谋，以及社会道德在权力压迫和物质诱惑下的迅速堕落，都具有尖锐的现实批判力，是对现实阴暗面的深刻揭露。同样，作品中对历史的反思也很有新意。对现当代历史的反思是"文革"后文学长期以来的潮流，《你在高原》以强烈的人文气质显示出一定的超越性和作者的独立思考。它以美善为基准，将历史中的人和事放在人性的标准上来暴晒和检验，又立足于更高的历史高度，将当代历史与古代历史和现实社会相沟通，探索历史中某些跨时空的文化和精神。这种反思方式也许不具备还原历史的客观性和全面性，但却能从一个侧面让读者更深入地认识历史真相。较之曾经盛行的以解构为中心、完全否定式的新历史小说，《你在高原》又提供给我们一种新的认识现当代历史的文学方式，具有崭新的启迪意义。

第三，从文学史和作者的个人创作历史上看，《你在高原》也具有超越性意义。从创作方法和叙述风格上说，《你在高原》延续的是现代浪漫主义主观抒情小说的创作传统。中国传统文学习惯于深沉含蓄，直接表达情感的作品不多。直到 20 世纪初，苏曼殊、郁达夫、郭沫若等作家才开创了浪漫主义主观抒情小说的创作传统，以大胆直率而又真诚自然的情感表达方式展示艺术个性，引领了一时之风潮。但此后很长的时期中，这类创作并没有更多的继承者，直到 20 世纪 80 年代，张炜和张承志等作家才又共同丰富和发展了这一创作传统。在 20 世纪 90 年代后，《你在高原》更是这一传统难得的继承者。从张炜的创作历史看也是这样。《你在高原》的现实批判和美善主题与张炜以往的创作有密切关联，其抒情式的艺术风格也早在"芦青河"系列中就可见端倪，这说明《你在高原》是作者长期思考的产物，凝结着作家内心的真实情感和文化态度。但比较以往，《你在高原》又体现了更多的深化和拓展，或者说它有意识地更贴近时代，更深切地体现了时代的困境和时代精神。正如法国学者朗松所说："伟大而强有力的抒情并不是那一种使诗人与众不同的抒情，而是使他成为人类代表的那一种抒情。能够抓住我们的抒情是那种始终流露着普遍性的抒情，它发掘个人的忧愁和希望，它通过自然的纷纭复杂的形式来观察，它到处提出并追究生存和命运的问题。"①思想的升华，使《你在高原》具有了更广泛的思想意义，也呈现出更强大的感染力。它以个案的价值昭示出：浪漫主义小说的审美价值并没有消弭，即使在情感已经被严重异化的物质时代，只要有真诚的感情，有个人感情与时代的沟通，浪漫主义小说（甚至整个浪漫主义文学）依然拥有其感染力，拥有自己存在的价值。

　　当然，严酷的物质时代也给《你在高原》刻上了自己的伤痕和烙印。也就是说，《你在高原》以浪漫精神体现了人类主体对物质世界的超越和反抗，但反过来，物质世界也对其浪漫品格进行了反噬，对其造成了一定的影响。其突出表现是《你在高原》精神气质上的柔弱和低回——正如前所述，《你在高原》否定和超越现实的姿态是明确的，但是，它并没有显示出足够的信心来对抗现实中的黑暗和丑恶，没有展现出具有建设性和充沛的理想力量。与丑恶的巨大压迫力和腐蚀力比较起来，作品中的善和美显得那么弱小和无力。在现实生活中，丑恶具备着更大的力量，只有在回忆和梦想当中，美善才有充分的生存空间，因此，作品中的宁珂每次遇到挫折，选择的都是以漫游的方式离开——离开当然表示拒绝，但也未尝不是一种逃避——他只能去回忆"很久以前"，并且带着强烈的自我怀疑和诘问："我是什么人？我这样的人究竟属于昨天还是今天？"内心包含着犹豫和困惑："的的确确，你正在与整个世界闹翻，难道不是这样吗？"而且，在很长时间内，尽管他渴望乡村的自由和宁静，但总是不得不选择回到城市中，家庭，始终是他最后的港湾。后来，虽然他租到了葡萄园，有了自己的自由空间，但在时代潮流中葡萄园的生存显得异常艰难，宁珂也始终离不开妻子的安慰和伴随。因此，作者尽管对美善充满着赞美和期待，但却交织着太多的悲戚和哀婉。整个作品充斥着令人恐惧的阴影，也充满着怀疑、不安和焦躁的情绪，即使是对朋友、亲人，都难以维持足够的信任和信心。作品以"你在高原"为标题，正是因为对平原（现实）生活感到失望，厌恶其"低洼和拥挤"，才将希望寄托于具有理想色彩的高

---

　　①〔法〕朗松：《法国文学史》，见《欧美古典作家论现实主义和浪漫主义》（2），中国社会科学出版社1981年版，第241页。

原——"这里高，这里清爽，这里是地广人稀的好地方！"在这当中，我们可以清晰地感受到叙述者在现实面前的无力和无奈。

这并非对于作品的苛求，事实上，从另一方面说，作品中所传达的无奈和哀婉情绪，正显示出作者的真实和真诚，显示出作品与这一时代不可分割的关系，是这一时代深入而真实的精神写照。在这个意义上说，《你在高原》确实值得我们这个时代充分珍惜。无论是从其思想的穿透力、震撼力，还是从艺术的探索性，以及作者在创作中所表现出来的坚韧而言，都是当前文学所少见的。而且，由《你在高原》的问世，我们还可以对浪漫主义文学存有更多的期待。在物质文化的压力下，文化可能往两种方向发展，一种是不断地沦陷和对精神的背离，但也可能是另一种情形，那就是精神力量的迸发，对物质欲望的大胆反抗和拒绝。真正的文学应该向后一方向发展，因为这是精神的力量、情感的力量，也是美的力量、善的力量，也应该是文学的力量。

为什么写作？

——论莫言的创作立场及其意义探析

莫言的创作立场是一个有争议的话题。起初人们多用"民间立场"来进行概括，但这一概念的内涵比较模糊，未能获得学界共识。莫言获得诺贝尔文学奖后，也有人质疑和批评他创作的政治色彩，认为他的创作是为现实政治的写作。莫言则指出自己的创作是为人类的写作，认为"我的小说也描写了广泛意义上的人。我一直是站在人的角度上，一直是写人，我想这样的作品就超越了地区、种族、族群的局限"①。一个作家的创作立场，往往决定他的创作指向，影响他的创作原则，甚至对其创作成就也具有一定的限制意义。因此，对这一问题的探讨，对于我们更深入地认识莫言及其创作，是非常有意义的事情。

一、早期创作的乡村立场

莫言的创作时间长达几十年，他的创作立场不是一成不变的，而是有所发展的。他早期的创作立场非常明确，就是以乡村为中心，为乡村而写作。这主要体现在这样几个方面：

第一，莫言的创作以苦难为切入点，表达了对乡村生活的深切关注。莫言的第一篇小说《售棉大路》就是以一场乡村现实灾难为题材的，

---

① 齐林泉：《莫言：站在人的立场写作》，《中国教育报》2012 年 10 月 13 日。

此后几年中，他先后创作了《白狗秋千架》《枯河》《透明的红萝卜》《爆炸》《红蝗》和《欢乐》等作品。在这些创作中，莫言揭示了乡村现实的多种苦难，表达出对农民的深切同情和关注，尖锐地批判了乡村现实中的丑和恶。这些创作蕴涵着莫言对生存的深厚感情，也体现出他对乡村强烈的责任意识。比如他早期的重要作品《愤怒的蒜薹》，就是因为受到乡村现实问题的触动，在现实责任感的驱使下创作的："本来《透明的红萝卜》《红高粱》已经很红了，我完全可以按照这个路线红下去，可这一转向却让我对现实社会进行了直接的干预，因为我的责任感和良心在起作用。"①

除了关注乡村现实，莫言还进入乡村历史领域，创作了"红高粱"系列作品。一方面，从表面上看，这似乎与现实无关，但实际上，它们的着眼点也在于现实。正是出于对现实的不满，莫言才尝试在历史中寻找精神力量，通过对"我爷爷""我奶奶"这样充溢着勇武精神的先辈的歌颂，映照出现实的萎靡和黑暗，从而达到关注和批判现实的目的。从另一方面说，莫言的乡村历史书写，其内在根源也是对现实苦难的超越性幻想。因为苦难太沉重了，必须得找到一个突破口，才能够使情感得以宣泄，得到心灵的平静。这正如莫言谈到《枯河》中乡村少年小虎的死：他"以死使人震惊，以死证明了他并不弱小可欺。死使他升华，死使他升腾，死使他如精神的幽灵压迫在人类和宇宙之上，死使他成为一种不容忽视的存在"②。

第二，莫言在作品中表达了对乡村的强烈情感，这种情感虽然复杂，但核心是对于乡村的卫护和热爱。

强烈的现实批判，极力书写乡村的丑恶和黑暗，甚至不惜完全剥去母亲形象被传统文学（文化）赋予的华美外衣，还原其真实得接近粗鄙甚至丑陋的实质（《红蝗》《欢乐》）。这些，似乎是在表达一种对于乡村的仇恨，但实际上，这种"恨"正是爱到极点的表现，它的产生正源于心灵无所保留的彻底投入。就如莫言这段被人们反复引用的话："我无法准确

① 莫言：《寻找红高粱的故乡》，见《小说的气味》，春风文艺出版社 2003 年版，第 130 页。

② 赵玫：《淹没在水中的红高粱》，《北京文学》1986 年第 8 期。

地表达我对故乡那片黑土大地的复杂情感……我在那里生活了整整二十年，那里留给我的颜色是灰暗的，留给我的情绪是凄凉的……离开故乡之后，我的肉体生存在城市的高楼大厦里，我的精神却依然徘徊激荡在高密荒凉的土地上。对高密的爱恨交织的情愫令我面对前程踌躇、怅惘。"①所以，在一定程度上，早期的莫言写乡村，也是写他自己对乡村爱痛并存的心灵世界，写他与乡村血肉相连的深刻联系，写乡村生活赋予他生命世界的喜悦、热爱和疼痛。

正因为这样，莫言对乡村充满着关切之情，特别是对乡村的普通农民大众，莫言在同情其苦难遭遇之余，更以尊重的笔墨书写其质朴真诚的品质。莫言对乡村母亲的书写，尽管朴素到近乎粗鄙，原始得似乎丑陋，但其书写态度绝不轻佻，更无亵渎，背后蕴涵的是对其粗犷坚韧生命力的赞美，是对于其背后所凝结苦难的尊重和敬仰。这一点在《丰乳肥臀》中体现得非常充分。小说中的母亲形象丝毫不诗意，其生活方式甚至颇违背中国传统的伦理道德，作者不讳言这一切，但意图在于展现其"忍受痛苦的能力"②，写"母亲们和她们的儿女们在这片土地上苦苦地煎熬着、不屈地挣扎着，她们的血泪浸透了黑色的大地又汇成了滔滔的河流"。莫言还歌颂了母亲强大的生殖力和坚韧的生命力，赞美其"丰乳与肥臀是大地上乃至宇宙中最美丽、最神圣、最庄严，当然也是最朴素的物质形态，她产生于大地，又象征着大地……"③

莫言在创作谈中表现出与其创作完全一致的立场和态度。针对现代文化对乡村和农民的贬斥，他给予明确的驳斥："农民中有狭隘者，也有胸怀坦荡、仗义疏财，拿得起来放得下的英雄豪杰。而多半农民所具有的那种善良、大度、宽容、乐善好施、安于本命又与狭隘性恰成反照。而工人阶级中、知识分子中、'贵族'阶层中，狭隘者何其多也。难道西方发达

---

① 莫言：《高密之光》，《人民日报》1987年2月3日。

② 莫言：《我的〈丰乳肥臀〉》，见《小说的气味》，春风文艺出版社2003年版，第62页。

③ 莫言：《〈丰乳肥臀〉解》，《光明日报》1995年11月22日。

国家，小农经济消失多年后，狭隘这种心理状态就绝种了吗？"①且不说莫言观点的对错，他对农民和乡村文化的卫护姿态是毋庸置疑的。

当然，莫言的早期创作以乡村为中心，表达出关爱乡村和卫护乡村的感情态度与创作立场，但这一立场并不是封闭的而是开放的，不是单一的而是丰富的。莫言创作开始的时代是 20 世纪 80 年代初，社会已经处于对外开放的环境中。在这种情况下，莫言广泛接受了现代文明知识，也接触到了大量的西方文学。这极大地开阔了他的眼界，使他能够以超出乡村的现代眼光来认识乡村。也就是说，正如莫言自己所说，他写乡村，是写自己在离开故乡之后反观的乡村，他是带着经过现代文化洗礼后的眼光来看待乡村的。②莫言的乡村书写在精神上具有现代文明意识，蕴涵着对故乡批判性审视的意图。包括在艺术上，莫言一方面受到乡村生活的深重影响，其故乡的语言和生活是他早期创作的重要基础，但另一方面，莫言也接受了西方文学的许多影响，借鉴了马尔克斯、福克纳等西方文学大师的叙述技巧和方法。这种开放的姿态，赋予了莫言早期创作丰富性，也预示着莫言的创作立场有进一步变化和发展的可能性。

二、为人类写作：乡村立场的延伸

事实也是如此。20 世纪 90 年代中期以后，莫言的创作发生了一定的变化，他的创作立场有所偏移。这也许与两方面因素有关。一方面，莫言的早期创作因为密切关注现实，较多卫护普通农民的利益，受到了某些批评和非议。身为军人和中共党员，莫言自然感受到更大的压力，他希望通过某种方式进行适当的改变，因此他对现实有所规避，是可以理解的选择。另一方面，也是更重要的，随着创作的深入，特别是与西方文学交流的增多，莫言创作的自我意识进一步增强，他对文学的理解也更加深入。

具体来说，莫言的改变主要体现在两个方面：

---

① 莫言：《我的"农民意识"观》，《文学评论家》1989 年第 2 期。
② 莫言、刘颋：《我写农村是一种命定——莫言访谈录》，《钟山》2004 年第 6 期。

其一，对乡村现实的关注有所减弱，题材范围和关注点更为宏阔。进入20世纪90年代中期以后，莫言直接针砭乡村现实问题的作品逐渐减少，转而较多地进入乡村文化、精神和历史等领域（甚至还一度转到城市生活题材，创作了《师傅越来越幽默》等作品。但事实证明，这一题材转换之举并不成功）。而且，也许同样因为避免与现实直接关联（客观效果确实如此），他还将早期创作的《愤怒的蒜薹》改名为《天堂蒜薹之歌》。

与此同时，在创作的关注点上，他不再将目光集中于乡村和农民本身，而是试图对之进行超越。在《丰乳肥臀》的创作谈中，他这样阐释自己创作的关注对象："一个作家，如果把自己的注意力放在研究政治的和经济的历史上，那势必会使自己的小说误入歧途，作家应该关注的，始终都是人的命运和遭际，以及在动荡的社会中人类感情的变异和人类理性的迷失。小说家并不负责再现历史也不可能再现历史，所谓的历史事件只不过是小说家把历史寓言化和预言化的材料。"[1] 显然，比乡村更抽象含义也更宽泛的"人类"开始成为他创作中思考和表现的对象。

超越现实的纯粹文学和审美层面也成了莫言的关注之处，典型如《檀香刑》。作品中对刑罚的精细书写，已经超越了单纯的道德伦理层面，去除了价值批判立场，抵达了纯粹的审美层面。这一点，我们可以在莫言这时期的一段文学观念表白中找到其思想动因。在一篇文章中，莫言这样表达对福克纳民间故事立场的大力推崇："在民间口述的历史中，没有阶级观念，也没有阶级斗争，但充满了英雄崇拜和命运感，只有那些具有非凡意志和非凡体力的人才能进入民间口述历史并不断地传诵，而且在流传的过程中被不断地加工提高。在他们的历史传奇故事里，甚至没有明确的是非观念……而讲述者在讲述这些坏人的故事时，总是使用着赞赏的语气，脸上总是洋溢着心驰神往的表情。"[2] 也就是说，莫言的某些乡村生活叙述，开始更加致力于乡村背景下纯粹的故事，更在意故事的讲述方式，而不是

---

[1] 莫言：《我的〈丰乳肥臀〉》，见《小说的气味》，春风文艺出版社2003年版，第65页。

[2] 莫言：《用耳朵阅读》，见《小说的气味》，春风文艺出版社2003年版，第106—107页。

所叙述的生活本身。

其二，批判姿态更委婉曲折，创作主题更含混复杂。

莫言早期作品的情感态度非常明确，甚至说爱憎分明是莫言"红高粱"系列等早期作品很重要的特征和魅力所在。但是，此后，莫言的作品开始逐渐将爱憎情感隐藏在叙述背后，表达更为曲折和含混。稍早创作的《酒国》已经表现出这一倾向，其侦探故事的叙述方式将作品主题隐藏得很深。此后，《檀香刑》《四十一炮》《蛙》等作品的主题都相当含混。人们对这些作品的主旨几乎都有完全相反的不同理解，其原因正是作者的叙述态度本就不明确，给人以巨大的解读空间。

还是以《檀香刑》为例。作品对刑罚的细致描写是该书最引人注目之处。因为作者在对这种酷刑进行描摹时尽可能地隐藏了感情，让人看不出他的价值立场，因此，作品问世后，遭受到许多非议。客观地说，结合整部作品看，作者批判性的价值立场还是存在的，但也不能说对它的非议完全没有道理，因为对于明确批判立场的搁置，很容易让人觉得作者有欣赏和展示刑罚的意图。《檀香刑》的这一特点很容易让我们拿它对比莫言的早期作品《红高粱》。《红高粱》中也有一段对刑罚的细致描写，那是描述罗汉大爷被剥皮的场景。然而，两部作品中的刑罚场景虽然有一定相似，但所表达出的价值态度却有很大差别。《红高粱》借以展现的是罗汉大爷不屈的勇武精神，价值立场非常鲜明，但《檀香刑》的叙述立场却几乎是旁观的、淡漠的，冷静得近乎残酷。

创作变化背后蕴涵的是莫言创作立场的某些改变。但是，我以为，莫言创作立场的改变只是相对和部分的，在整体上和根本上，莫言始终没有改变为乡村写作的立场。正如莫言反复阐述的，作家应该"作为农民写作"，"应该是作为老百姓而写作"，并表示"因为我本身就是老百姓，我感受的生活和我灵魂的痛苦是跟老百姓一样的"。[①] 他始终没有放弃对乡村的关注，如果说有所改变，那只是在程度和方式上。换句话说，莫言

---

① 莫言：《作为老百姓写作》，见《中国当代作家面面观》，春风文艺出版社 2003 年版。此外，在 2012 年获得诺贝尔文学奖后，莫言重申了这样的观点。

近年来的创作所表现出的人类立场，并不与其乡村立场相矛盾，而是有很大程度的和谐与统一。他的人类立场与其说是由乡村立场转变而来，不如说是乡村立场的自然深化和拓展，它们之间，存在着非常明显的共同前提。

　　一方面，是关注弱者的苦难，并给予深切同情。人类立场一个重要的基本点是人道主义精神，就是以同情、悲悯的态度对待弱者，具有对他们的深切关怀之情。在中国，乡村和农民一直处于弱者的位置，他们的苦难是乡村精神中不可缺少的重要部分。因此，对乡村怀着强烈热爱之情的莫言对乡村苦难的关注中，自然就蕴涵着强烈人道主义情怀，他近年来更宽阔的视野，不过是将这一情怀的内涵进一步扩展了而已。这一点，也清晰地体现在莫言的自我表述中："我是一个在饥饿和孤独中成长的人，我见多了人间的苦难和不公平，我的心中充满了对人类的同情和对不平等社会的愤怒，所以我只能写出这样的小说。……但我在描写人的精神痛苦时，也总是忘不了饥饿带给人的肉体痛苦。"①

　　另一方面，是批判和否定恶的势力，以及对自由和理想精神的向往。人类的理想是指向自由、光明和善良的，恶是自由的压制者和善的敌对者，所以，追求光明、自由和善良，必然会对恶进行批判和否定。正如前所述，莫言的早期作品典型地呈现出这一姿态。他近年来的作品虽然表达更为曲折，但精神内涵并没有发生实质性变化。《生死疲劳》借一个生死轮回的故事，含蓄地传达出对新中国成立后乡村历史的反思，在强烈人道主义精神的背后，批判的姿态不言而喻。同样，《蛙》的主旨也不是我们通常理解的那么简单，它不是对"姑姑"多年来辛勤工作的简单赞颂，而是对计划生育政策的批判性反思，蕴涵对粗暴的反人性行为的尖锐揭露和严厉谴责。

　　乡村立场与人类立场的这种统一在莫言的艺术表现上体现得最为典型。正如前所述，莫言的早期作品也蕴涵着乡村文学传统的深重影响，但更多处于自发层面，在自觉层面上主要是对西方现代文学的学习。但是，近年来，莫言逐渐拥有了本土文学传统的强烈自觉。在许多作品中，他有

　　① 莫言：《饥饿和孤独是我创作的财富》，见《苍蝇·门牙》，上海文艺出版社2000年版，第6—7页。

意识地接借鉴中国古典文学，特别是民间文学艺术，如在《檀香刑》中借鉴山东高密民间的茂腔艺术，在《生死疲劳》中借鉴中国古典小说的章回体形式。在谈话中，莫言更是明确强调了《聊斋志异》的作者、前辈蒲松龄对他创作至关重要的影响。显然，与文学立场上明确表示要向更宽泛的"人类"上超越有所不同，在艺术上，莫言走的是一条向中国传统文学"撤退"的道路。从表面上看，这二者似乎是矛盾的，但实际上具有统一性。因为正如莫言曾经多次谈到过的，文学艺术的民族个性是其世界性价值的重要前提，莫言向民族传统艺术的回归正是他走向世界的另一种（也是更恰当的）方式。莫言的艺术走向与他创作立场的调整，貌似方向相异，实则旨趣相同，它们共同体现出莫言不断走向深刻的文学思想。

三、价值与意义

世界文豪托尔斯泰曾经说过："任何艺术作品中最主要、最有价值而且最有说服力的乃是作者本人对生活的态度以及他在作品中写到这种态度的一切地方。"[①] 莫言的创作立场对他的文学创作也有着非常重要的影响，其创作意义也与之有密切关联。

深入的乡村立场使莫言没有像许多作家一样产生先入为主的文化优越感，而让他能够以平等的身份，带着心灵的认同和投入去对待乡村。而强烈的认同感和深厚的乡村积累，使乡村成为莫言创作的"不竭的源泉"[②]。他在整个创作生涯中，"从来没感到过素材的匮乏，只要一想到家乡，那些乡亲们便奔涌前来，他们个个精彩，形貌各异，妙趣横生，每个人都有一串故事，每个人都是现成的典型人物"。而且，也是以此为基础，莫言在小说中构筑了作为背景的高密东北乡，通过真实与幻想相交织的方式，展示了其自然地理、民情风俗，表现了乡村的疼痛、苦

---

① 周敏显、吴克礼、朱宾贤、李良佑译：《同时代人回忆托尔斯泰》（下册），上海译文出版社1984年版，第186页。

② 莫言：《超越故乡》，见《说吧莫言 恐惧与希望演讲创作集》，海天出版社2007年版，第308页。

难和哀伤，以及种种无奈、隐忍和反抗，造就了一个充满创造力和真实性的独特文学世界。

更重要的是，依靠故乡乡村的生活和文化资源，莫言形成了深刻而具有创造性的文学思想。在许多人看来，乡村是落后的、愚昧的，但其实，乡村有着自己独特的文化和智慧精神，它并不浅薄而是非常厚重的。而且，中国乡村与整个中国文化有着不可分割的联系，乡村当中蕴涵着中国独特的思想文化精神。莫言在关注乡村的立场上深入乡村、融入乡村，吸取其文化精神，并对之进行了独特而丰富的表现。他的创作中蕴涵着乡村的思想文化和价值观念，潜藏着其独特的文化和智慧，也从一个侧面展现了中国独特的文化精神。

而且，依靠乡村文化的智慧，莫言也避免了与政治之间的简单关系。对于作家而言，乡村立场的视野有自己的独特性。莫言立足于乡村立场，特别是近年来适当调整创作立场之后，其作品的背后蕴涵的正是乡村文化智慧。一方面，他始终坚持对现实的批判态度，具有在同时代作家中并不多见的精神勇气；但另一方面，他又能巧妙地规避现实，不让自己与现实直接对抗。在现实背景下，这种态度完全可以理解，而且，它对于莫言在现实环境中的生存，对他能够更潜心于文学创作，也是很有意义的。

正如前所述，莫言文学立场的转换是其文学思想更加深刻的体现，其目的当然不只是为了规避现实，而是另有深意。从根本上说，这种立场调整是莫言文学创作的自然转型，是他创作发展的必然趋势。因为作家能够真正深入地坚持一种立场（在正常情况下，这种深入不会是在自我封闭下完成的），必然会形成深刻的自我认知，对自我缺陷和局限产生深切而清醒的认识，并萌发超越的愿望。莫言就是如此，他由乡村立场的拓展，正是他创作上自我认知的一种发展，对其创作价值也是一种提升。

这体现在其思想层面的开阔，以及将这种开阔结合在具体和切实的内容之上。正如艾略特所说："我认为任何一位在民族文学发展过程中能够代表一个时代的作家都应兼备这两种特征——突发地表现出来的地方色彩和作品的自在的普遍意义。"①文学要进入更高的思想境界，要被更广泛的读者所接受，确实需要拓展和深化自己的关怀面，实现从具体到抽象、从局部到整体的超越，具备更具普泛意义的人类关注和价值精神。只是这种超越和关注都不是抽象的，它们只能建立在具体之上。换言之，只有（也只要）将具体的关怀做到深刻和真切，才能够实现更普泛而深远的人类关注。莫言这方面的创作基本上是成功的。他始终关注中国乡村和农民，但又逐渐拓展和转换自己的视野，从一个个具体的事件中抽身出来，立足于更具体的个人，在对人物命运的充分展示和关注中，实现了更为深远的人道主义关怀，做到了开阔视野与具体关怀的深度结合。以《蛙》为例。作品中所写的计划生育故事可能是中国特有的，但其中所蕴含的人道主义关怀和批判精神却具有超越国界和时代的意义，因此，这种对乡村困境和苦难的书写中蕴涵着更普泛的生存关注，对弱者遭遇的同情和对强权的批判中潜藏着更巨大的力量。

　　这也体现在艺术层面。前面已经谈到，莫言的创作既从中国乡村艺术和古典小说传统中得到启迪，又广泛借鉴了现代西方文学技巧。这两个方面，有机地统一在莫言过人的艺术想象力和表现力下，造就了其带有强烈个人风格又极富创造性的艺术特征。其中值得特别指出的是莫言对乡村传说故事的利用，激活了长期被主流文学所忽略和弃置的民间文学艺术，让它焕发了新的生命力。正因为这样，莫言近期的创作能够在艺术上更深入地发掘和开拓本土传统特征，又融会了强烈的现代气质，艺术表现更为丰富多元，并展现出其不断的探索和创新性。同时，这也使莫言的作品既能为国内广大读者所喜爱，又能超越国界，被更多的人接受和认可，进入世界经典文学殿堂。

　　当然，莫言创作从乡村立场到人类立场的拓展也并非完全成功，没有丝毫可商榷之处。最典型的是如何对待现实的问题。尽管我们分析过莫言近期创作与现实关系的复杂性，剖析过其背后隐含的复杂原因以及对于他创作的意义，但是，在当前中国的现实背景下，保持更强的现实参与意识

---

　　①〔英〕艾略特：《〈美国文学和美国语言〉一文摘录》，见《美国作家论文学》，生活·读书·新知三联书店1984年版，第201页。

和批判精神，始终是社会大众对作家及整个知识分子群体的期望。这也是莫言获奖之后一些人对其创作持批评态度的原因（虽然这些批评更多是缘于误解等其他因素）。作为我个人来说，期待莫言能够更多也更鲜明地关注现实，在创作中既保持思想的超越性，又更具现实感和批判力度。①

① 贺仲明：《乡村的自语——论莫言小说创作的精神及意义》，《首都师范大学学报》（社会科学版）2006 年第 3 期。

怀旧·成长·发展

——关于"70后"作家的乡土小说

与前几代作家比较起来，出生于 20 世纪 70 年之后（俗称"70后"，以下沿用此简称）的这代作家对乡村的书写大大减少了，他们的创作中，以城市和个人生活为背景的明显更多。但是，所谓一代人有一代人的眼光，"70后"作家的乡土小说创作数量虽然不多，却也呈现出了独特的个性。其中既包括这一代作家个性化的叙述视野、叙述方式和叙事态度，也包括他们独立的思想和审美取向，还曲折地隐含着曾经的生活和精神世界对他们的影响。无论是从创作本身看，还是从乡土小说的发展历史看，这些作品的意义都不可忽略，值得认真而深入地探究。

一、怀旧

阅读"70后"作家的乡土小说创作，感受最深的是其强烈的怀旧色彩。这一特点表现在多个方面：

其一，表现在其创作题材颇多对往日生活的回忆，而这些回忆的落脚点多在对乡村伦理的怀恋上。虽然按年龄来说，即使是出生于 20 世纪 70 年代初的作家，在他们于 20 世纪 90 年代末或 21 世纪初开始创作时都不过 30 岁左右，还远远不到怀旧的年龄。但是，他们所描画的却大多是 20 世纪 80 年代之前（也就是乡村变革之前）的乡村，这类作品相较于直接描画现实乡村的要突出得多。

比如刘玉栋的几乎所有乡土小说都执着于乡村回忆，《我们分到了土地》《给马兰姑姑押车》是其代表作品；鲁敏的绝大多数作品都以对故乡生活的回忆为背景，构成了"东坝"系列；魏微虽然写作范围要广一些，但其重要作品《大老郑的女人》《流年》等也是关注乡村往事；徐则臣的作品分为"京漂"和"花街"两个系列，后者的内容便是对乡村往事追忆。魏微曾经表达过自己沉迷于往事的原因："我想记述的是那些沉淀在时间深处的日常生活，它们是那样的生动活泼，它们具有某种强大的真实性……它们是日常生活。它们曾经和生命共沉浮，生命消亡了，它们脱离了出来，附身于新的生命，重新开始。"① 显然，魏微所表达的不只是她个人的心声，而是他们这一代许多作家的共同心态。

　　与怀旧题材相一致，"70 后"作家书写的昔日乡村生活主要不在物质层面，而在伦理层面，传达出的不是当时的现实状况，而是他们对往昔乡村伦理世界的怀恋和温情感受。如刘玉栋的乡土小说集《我们分到了土地》，整个都是回忆式的书写，充满了对往昔乡村世界的眷恋以及对乡村美好情感的追忆。同样，徐则臣的《花街九故事》等作品，以充满诗意的笔法书写花街上妓女的生活与爱情，甚至乱伦之恋，并赋予了这些以美好的情感色彩，表达了理解和赞美的态度。他的《最后一个猎人》《失声》等作品，更是充分展现了乡村的仁厚道德，表现出对乡村传统伦理的赞美态度。② 魏微的《流年》《大老郑的女人》《乡村、穷亲戚和爱情》等作品，也以自己的方式展现了独特的乡村理想和乡村道德，同情和理解中不无认同态度。其中，《流年》是一首充满着爱和温情的乡村怀旧赞歌，作品中的故乡是寄托着梦想的世外桃源。《乡村、穷亲戚和爱情》中的乡村守望者陈平子，固守传统生活方式，抗拒生活的变迁。虽然那个城市女孩的所谓"爱情"本质上是虚幻和短暂的，或者说，它只能满足乡村回忆者一个遥远的梦想，但叙述者显然在作品中寄托着对传统生活方式的某些留恋。鲁敏的"东坝"系列作品，也基本上是以温情和怀恋作为叙述基调，通过众多普通百姓的日常情感生活，"表达出以美德为标志，以宽厚为底色，

---

　　① 魏微：《流年》（楔子），见《流年》，花山文艺出版社 2002 年版。

　　② 翟文铖：《70 后一代如何表述乡土：关于徐则臣的"故乡"系列小说》，《南方文坛》2012 年第 5 期。

以和谐为主调的人间至善。善，是这些小说要共同表达的核心主题"①。

其二，它体现在作家们书写现实和回忆世界时强烈的情感对比上。"70后"乡土作家当然不只是写过去，他们也会触及乡村现实生活。只是在书写现实时，他们普遍表现的是强烈的拒绝和批判态度，与他们回忆类作品的叙述态度形成强烈对比。批判和怀恋两种态度的背后，隐藏的显然是对传统乡村文化"怀旧"的基本态度。

作家们的现实书写主要采用两种方式，一种是直接叙述现实乡村世界。"70后"作家直面现实的作品很少，李师江的《福寿春》、张学东的《妙音鸟》、昆愚的《田园诗》是其中不多的几部。这些作品，几乎无一例外都对乡村现实持激烈的批判态度。如李师江的《福寿春》，展现现实乡村伦理的剧烈变化，父亲保持传统的伦理态度，怀有对土地的热爱之情，儿子则完全不一样，对土地和乡村生活充满拒绝和仇恨。叙述者明确地站在父亲一边。而且，作者还借人物之口来批判现实："如今人变得厉害了，一个个烂了心肝的胆子大胃口，恨不得把天咬下来吃。"《妙音鸟》也一样。作者以虚构的方式表现了一个村庄里的人们生活的苦难，目的在于展现社会现实的病相，表达出对现实乡村世界的强烈批判。作品中所写的表面上看似乎是天灾，实质上则是人祸——一种物质利益刺激下人私欲的膨胀，一种社会病态的毁灭式发展。《田园诗》则是一篇带有强烈反讽色彩的作品，它通过一个青年农民在城市文化诱惑下的堕落过程，传达出对现实乡村的忧虑和否定情感，借之表达对"远逝的田园"的追忆和怀恋（作者为作品所写的创作谈就题为"远逝的田园"）。

另一种则是"游子还乡"的叙述方式。这类作品侧重于叙述者自身感受的表达，很少直接描摹现实生活，但其叙述态度却也都包含着对现实乡村的批判。徐则臣的《还乡记》，写的是远离故乡的"我"的一次回乡之旅。在叙述者看来，农村世界已经完全"礼崩乐坏"，成了堕落和罪恶的渊薮。昆愚的《田园诗》与之颇为类似，它对乡村现实面貌的描述更直接也更富象征色彩："乡村就像养老院一样沐浴在阳光下，熠熠生辉却再也不是那

---

① 阎晶明：《在"故乡"的画布上描摹"善"》，《小说评论》2008 年第 5 期。

些河滨与绿野。河滨大多已经干枯，绿野中到处沾满着尘土，远远看去就像一个个斑秃的脑袋，有种说不出来的怪异，而风中漫卷的也不再是泥土与稻草的气息，却是那些褪色残破的薄膜包装袋。"①

　　无论是直接叙述现实，还是"游子还乡"类作品，它们在批判现实之余，经常会将现实乡村与往昔的乡村生活进行比照，传达出对往昔乡村的怀恋之情。《福寿春》《田园诗》中都有类似的场景。最典型的则是李浩的《如归旅店》，作者将梦想和追忆明确放置在昔日的乡村世界，直接对现实乡村表示拒绝和否定："我有着自己的固执，我一想起家乡首先想到的是那棵老槐树，然后是我们家的老房子，如归旅店。""我想的家乡只有那么小的一点儿，仿佛在我们家的房子之外，在这棵老槐树略远一点的地方便不再是家乡。"

　　其三，体现在叙述情感上的强烈感伤和抒情色彩，以及叙述方式上的诗化特征。"70后"作家的乡土小说在艺术表现上有颇多共同特点。一是强烈的感伤和抒情气息。这最典型地体现在他们的回忆类作品上，这些作品大都采用第一人称的儿童或少年视角叙述，在强烈的追忆性叙述中，融入了浓重的怀旧情绪，将对个人青春的怀恋和对往事的感伤融为一体，形成了细腻委婉的抒情风格，具有于沉静中流露出淡淡感伤的艺术效果。现实类作品同样具有较强的情绪化色彩，只是表现方式不一样，它主要体现为激烈的现实批判背后内在精神的感伤和迷惘。这些作品不满现实、批判现实，但又都蕴含着无路可走的迷惘，怀旧不过是这种迷惘情绪的表现方式之一。李浩的《如归旅店》典型地充满着强烈的迷茫、怅惘和自我怀疑气息，徐则臣、刘玉栋、魏微的作品也都具有类似的艺术特点。二是诗化的叙述方式。这一特点主要体现在回忆类作品中，叙述者用儿童的眼光来打量乡村的习俗风情，赋予其个人情感色彩的同时，也习惯性地采用细腻的诗化叙述，个人成长感受与乡村童话般的美丽融合在一起，构成了与现实具有一定差异的诗意化特征。徐则臣的"花街"系列、鲁敏的"东坝"系列，以及刘玉栋《我们分到了土地》、魏微《流年》等作品，其中所描

---

① 昇愚：《远逝的田园》，《中篇小说选刊》2009年第3期。

绘的乡村世界都呈现出类似的特征。

二、成长

厨川白村曾经说过："一个人疲倦于都市生活后，不由对幼少年时的田园风光或纯朴的生活，兴起怀念和向往之情，是属于一种'思乡病'。"[①]在这个方面说，"70后"作家耽于怀旧的原因，既可以看作作为乡村游子的乡土作家的一种精神共像，又与他们独特的生活经验有密切关系。

这与中国乡土作家的身份和创作传统有关。由于农村的生活和文化环境等原因，中国的乡土小说作家中很少有真正的农民，他们都是有过或长或短的乡村经历，然后就离开了乡村，再开始书写乡村。正像鲁迅当年概括 20 世纪 20 年代乡土作家的作品为"侨寓文学"一样，乡土作家们虽然离开了乡村，但他们的心灵与乡村有着难以割断的联系，其乡村书写中也自然会折射出这种情感关系。无论是站在现代文明立场上表达对乡村的批判的否定者，还是借乡村文化表达现代文明批判的文化守望者，以及乡村现实生活的写实者，都不同程度地怀有挥之不去的乡村眷恋，以及对乡村的美好想象（包括像鲁迅这样致力于批判乡村国民性、开创了阿 Q 这样的文学典型的作家，也曾经营造出《故乡》中那样的诗化世界）。宁静自然的乡村，始终是远离故乡的游子心灵的最大慰藉和精神回归之地，怀乡，是中国乡土文学一个贯穿始终的母题。

这还与近年来中国乡村社会的巨大变化有关。20 世纪 80 年代之前的中国乡村世界尽管经历了复杂的变革，也有贫穷与富裕不同程度的差别，但乡村的文化形态基本上没有大的变化，乡村伦理也始终以稳定的温馨面貌存在。这使那些离开乡村的游子们在提起笔来描画乡村时难度不是太大，他们熟悉的生产劳作方式、生活风习与现实没有什么大的差异，完全可以沿着记忆的惯性来想象和书写现实中的乡村生活。但是，这种情况在20 世纪 80 年代后有了改变。土地承包责任制开始缓慢地改变（或者说恢

---

① 〔日〕厨川白村：《西洋近代文艺思潮》，陈晓南译，志文出版社 1982 年版。

复）乡村的土地拥有和生产劳作方式，与之伴随的是乡村逐渐脱离贫穷，现代生活方式开始逐渐地影响和极大地改变乡村社会。特别是在 20 世纪 90 年代后，随着市场经济体制的实施，大批农民离开乡村进入城市打工，城市生活观念直接而强烈地冲击到乡村社会，乡村传统伦理迅速坍塌。短短的几年间，乡村的文化面貌与传统有了实质性的变化。

在这种情况下，20 世纪 90 年代后的乡土小说普遍升起浓郁的怀旧情绪。这可以看作面临毁灭命运的乡村文化一种自然的反应，因为在一定程度上，乡土小说作家可以被看作乡土文化的某种代言者和守望者。"70 后"作家创作的怀旧色彩背后自然也蕴含着这种时代文化变迁的因素。然而，独特的代际经历，使"70 后"作家拥有与乡村之间的复杂关系，也决定了他们的创作具有鲜明的个性。

与前辈作家相比，"70 后"作家不再拥有深刻而牢固的传统乡村记忆。对于他们来说，乡村记忆是不稳定的，是模糊的。因为他们的成长过程，刚好是乡村发生巨大变化的过程，也可以说，他们直接而清晰地感受到了乡村的变化，他们就是变化中的一员。他们拥有最初乡村记忆的年代是 20 世纪 70 年代和 80 年代，那是传统的、还没有很大变化的乡村（至少是在伦理文化上）。但是，当他们长大后重新回（来）到乡村时，面对的已经是另一种乡村，是与他们的记忆和经历完全不一样的乡村。它或者已经开始变得繁华，但肯定不再拥有传统的伦理景象，不再拥有传统生活方式下的缓慢、宁静和温情。无论是从现实还是从情感角度，这样的乡村都是作家们不熟悉和不习惯的。于是，作家们的乡村记忆变成了断裂和不完整的。他们的童年或少年记忆与成年后的现实乡村形成了尖锐而巨大的反差，决定了他们心灵中的乡村世界不可能是完整和稳定的。乡村的变迁，记忆的不稳定，既使他们受到的乡村文化影响不是那么深刻，也使他们在书写乡村时，不可能那么轻车熟路地对乡村现实生活做出描画。

于是，他们只能选择回忆，只能寻找自己记忆中的乡村世界。而在他们的记忆中，最深刻也是与现实反差最大的，无疑是乡村的伦理世界。伴随着他们童年记忆的乡村生活本身就含有温馨的因素，更何况是在文化严重变异的背景之下。因此，他们敏锐地感受着乡村的伦理变化，为之触动，并将笔墨集中于此，是很自然的。这一点，作家鲁敏和李骏虎的表述很有代表性:"可能正是一次又一次的回乡让我魂魄有动,我对乡土的传统情怀越来越珍重了,那来自苏北平原的贫瘠、圆通、谦卑、悲悯,那么弱小又那么宽大,如影随形,让我无法摆脱……"[①]"每次回乡,一踩上乡村的土地,就感觉到非常踏实。从村口步行回家,走在村巷里与晒太阳的老汉、抱娃娃的妇女简单打个招呼,就能给我一种力量,心中特别温暖。为什么我要把乡村写得那么诗意、那么美好?是因为在我的心里,乡村就是一个精神归宿。"[②]

"70后"独特的乡村生活记忆和时代文化特征,除了赋予了他们创作题材上的个性,还给予了他们创作特征上的显著影响,就是将乡村主题与成长主题相融会。因为他们的成长时代伴随着乡村的变迁,他们的乡村记忆会自然伴随着他们的成长经验,融入他们的个人情感和生命体验。而且,作为一种从青年时期开始的创作,他们文学创作发展的过程也是他们心灵和思想成长的过程,伴随着其视野的不断拓展,思想的不断深化,作家们对乡村生活的认识也进一步加深。他们的乡村写作也是自身成长和发展的一部分。正是这些方面,赋予了"70后"作家乡村书写无可替代的独特性。具体说,主要体现在这样两个方面:

一方面,提供了独特的审视乡村的方式。

这典型地体现在城乡对立的主题方面。由于乡村和城市之间长期以来形成的复杂政治、经济和文化关系,在乡土小说历史中,二者大多呈现对立的状态。特别是在近年来乡村社会渐渐颓圮之际,城乡文化的对立更造就了对城市和乡村的不同书写态度。"70后"乡土作家并没有完全背离这一模式,他们的作品中也多有对乡村伦理的怀恋和追忆,但是他们还是以自己的方式赋予了它一些新的内涵。

也许是因为他们与乡村文化的关系不是那么紧密,所以他们能够更清晰地意识到传统的不完美,认识到过去是不可能真正回去的。所以,他们会经常陷入迷茫和矛盾之中,但不可能像贾平凹等前辈作家那样沉溺于对

---

① 鲁敏:《我是东坝的孩子》,《文艺报》2007年11月15日。

② 赵兴红:《精神向度决定作品高度》,《文艺报》2012年8月10日。

传统的追怀之中不能自拔，在城乡文化之间也没有做出那么截然的选择。他们怀恋往昔的乡村伦理，但却不是对乡村无条件的眷恋和赞美，而是同时也对乡村的阴暗面有所揭示。同样，对于乡村现实伦理的颓败他们普遍持否定态度，但却并不因此而简单地否定整个城市文化。他们既有融入城市、与现实进行和解的努力，也有对城市文化的某些认同和追求。他们没有深厚的乡村牵系，也就免除了被文化束缚、成为为乡村文化唱挽歌者的可能性。

正因为这样，"70后"作家们对乡村文化的态度不是单向度的而是复杂多元的，他们既建构，同时也解构。比如李骏虎的《前面就是麦季》，通过表现农村姑娘秀娟以蕴藏着爱的内心世界淡然对待身边的一切困扰，完成了对乡村诗意和美好的建构。李浩的《乡村诗人札记》，通过少年的视角写乡村教师的父亲，表达了对父亲那一代人的批判态度，揭示了他们严肃外表背后的平庸和无能，对传统乡村文化予以解构。魏微的《异乡》则表达了在乡村与城市文化之间的两难。女主人公因为感觉自己难以融入城市，于是在怀乡之情的感召下回到故乡，试图找到心灵的慰藉，但是她最终发现，自己也已经不能适应乡村。对乡村生活的怀疑和拒绝，已经蕴含着更深的理性，显示了回到城市的新的可能性。

另一方面，它提供了另一种表达乡村的方式。相比前辈作家，"70后"乡土作家更少文化的沉重，因此，他们普遍选择更个人化的方式来看待和书写乡村。在他们的笔下，少了大的政治和文化追问，却多了对个人经验的追忆，多了对乡村情趣的描述，多了纯粹审美的意味。比如徐则臣的《弃婴》《奔马》，魏微的《流年》，刘玉栋的《给马兰姑姑押车》等作品，就都撇开了文化意识形态话语，完全立足于个体生活经历，从个人生命感受和情趣角度来展现生活的丰富色彩。

这种个人化的书写，自然会提供理解事物的独特角度和方式。比如刘玉栋的《我们分到了土地》，写的是20世纪80年代初的土地承包责任制，但其侧重点是将乡村改革放在个人感受下来叙述。在作品中那个不谙世事的少年看来，改革所分配的土地并没有给他和他的家人带来应有的欢欣和喜悦，只带来了死亡和悲痛，它凝结着的是个人生命的一个重要印记。再如魏微的《大老郑的女人》，以少年怀旧的眼光，叙述了一个特殊的卖春妇女的生活和情态，既折射出时代伦理的变迁，也洋溢着成长小说特有的矛盾感。较之同类题材的传统写法，这种书写的态度更含混，更富个人性，却也更具生活的质感和本真色彩。

"70后"作家乡村表达方式的特点还体现在叙述情感的表达上。情感本质上是个人的，但在强大的意识形态主题下，它也容易被影响甚至被左右，成为意识形态的附属品。"70后"作家较少意识形态愿望，其情感表现也更自然。较之前几代作家，"70后"作家在情感表现上更直接坦率，更单纯，也更少顾虑和遮掩。他们的乡村怀恋融合着自己的童年和少年岁月，他们的乡村书写也寄托着自己的人生感悟，因此，他们的情感中有感伤、有痛楚、有迷惘、有幻灭，但很少有虚假和造作，很少有为了某种政治或文化目的去伪饰自己、伪饰乡村形象的做法。所以，我们在"70后"乡土小说中感受到的情感也许会局促一些，但却更真切细致，更能够从中体会到作家的心灵和生命气息，感受到一种真实情感的流动。

三、发展

当然，总体来说，"70后"作家的乡土小说创作成就还不够高，缺陷也比较明显。我以为，当前的"70后"作家乡土小说主要存在这几方面的不足：

一方面，也是最明显的，就是缺乏有较大思想建构的作家和作品。也许是因为缺乏深刻而丰富的乡村经验，"70后"乡土作家似乎普遍没有形成独立而稳定的文化思想，没有将这种思想贯注到他们的乡土小说创作中。大多数作家的创作还停留在对他们往日的乡村记忆进行书写的基础上，缺乏对个人生活和感情的升华。因此，他们的作品虽然具有突出的优点，如感情真挚，有强烈的个人成长色彩，以及别样的乡村认知方式，但也仅此而已。它们整体的文化高度不足，没有形成系统的思想，也不具备更深远的关注，缺乏深厚的历史感。在他们的作品中，我们看不到对时代精神的揭示，也看不到个人情感之外的大的沉痛，没有足够的历史含量和深刻的历史思考。从作家层面看，也普遍没有形成稳定而成熟的创作风格，更缺乏有鲜明个性及深刻思想的大作家。这一缺点直接影响到他们创作体裁的选择。"70后"作家的乡土小说创作多局限于中短篇小说，很少有内容和思想含量丰富的长篇小说。这自然也对他们的成就有所影响。

另一方面，缺乏在乡土小说这一领域耕耘的持续性。总览"70后"作家的乡土小说创作，其数量已经严重偏少，并且发展趋势是越来越少。越来越多的作家正离开乡土生活领域，转到城市或情感题材上。这当然与现实环境有关，随着乡村社会的衰败，越来越多的农民离开乡村，作家与乡村的关系也越来越疏远。"70后"作家也一样。这种状况有其现实背景，但对乡土小说的发展来说却绝对是一个损失。而且从文学的角度来说，这种状况也存在较大的问题。因为作为正处于转型期的中国乡村，这块土地上所发生的事情太多太多，很值得作家们书写和记取。对于"70后"作家来说，这种放弃意味着某种失职，也意味着机会的失去。

"70后"作家还年轻，他们的创作路途还很长，他们的发展在一定程度上寄托着乡土小说的未来。我以为，对于"70后"乡土小说作家来说，最重要的，是在乡土小说这一领域坚持下去。正如前所述，在这么一个剧烈转型的时代，乡土小说创作是有其丰富价值的；而且，"70后"作家的乡村经验虽然匮乏，但毕竟包含自己的记忆和真实感受，较之比他们更年轻的"80后""90后"作家，他们的乡村经验算得上丰富了。他们若能真正赋予乡村书写以自己的独特经验和个性，从中挖掘出更丰富的内涵，相信能够为乡土小说的历史书写浓彩重墨的一笔。要做到这一点，需要作家们艰难的精神持守，对乡土责任的承担，以及对文学的真正热爱。因为在商业化的时代，写乡村是很难赢得市场的，稍有懈怠，将很快被市场、欲望等多种力量所裹挟，成为乡村梦想的背叛者。

当然，这中间还存在着一个如何写的问题。即作家们如何对待自己的乡村记忆，如何对既有的创作进行超越和升华。对此，已经有批评家有所针砭，认为"70后"作家迫切需要深化自己与乡村的关系，强化自己的乡村生活积累。但我的看法不大一样。我以为，"70后"这种建立在回忆基础上的创作有一定的必然性。社会的发展，使他们已经不可能拥有前辈作家那么丰富的乡村经验，也不可能拥有那么深厚的乡村感情和与乡村的文化联系——正如前所述，这种情况既是缺陷又是优势。而且，在现有情况下，要求作家去"深入生活"，要求他们直面现实，确实有些强人所难，也有赶鸭子上架之嫌。"70后"作家不可能、也没有必要再循着前人的路径去写乡村，他们有自己的特点，应该发挥自己的长处，克服自己的不足。有青年学者对魏微的评述很有道理，对这一代人的创作也有启迪意义："中国传统和乡土在这一代人的知识文化结构体系中的意义和价值，其实一直是被悬置的。因为一方面我们无法获得像前辈作家那样和乡土之间的血肉亲情，无法在身心两个方面与乡土传统发生实质性的联系……同时另一方面，深植于农业文化转型中的'我'，无疑又时时置身于乡土贫穷、凋敝和丑陋的现状中。"①

同时，对乡村的怀旧式书写并不一定就是局限。直面现实是一种乡土文学，书写记忆也是一种乡土文学，两者都可以写得很好，关键在于如何书写。从文学史上看，并不乏以怀旧为中心的作家。沈从文、福克纳是这样的作家，普鲁斯特更是这样的作家，他们赋予了自己的记忆以深厚而卓越的精神高度，抵达了文学的本质。

所以，"70后"作家们最需要的，也许是对自己的记忆进行有效的超越，而不是局限和沉溺其中，不应停留在个人记忆的层面上。这种超越大致可以从两个方面来实现：其一，将自己的乡村记忆往细致和宽广两方面拓展，既渗透以更丰富的个人生命感受，又使之与现实的乡土社会变迁相关联。正如有哲学家所分析的："怀旧不仅是个人的焦虑，而且也是一种公众的担心，它揭示出现代性的种种矛盾，带有一种更大的政治意义。"②作家可以在怀旧中寄托更真切的个人生命感受，也能够传达出更鲜活的现实时代色彩，使这种记忆书写既充满个人的生命印记，也成为时代和更广大群众（农民）命运的某种写照，融个人心灵史与时代精神嬗变史为一体。其二，赋予怀旧以更丰富的哲学内涵和理性深度。怀旧，不仅是"怀乡"，更应该是"思家"，是对文化的反思与对哲学的深入。换言之，作家们的怀旧记忆紧密连接着乡土文化，因此，它很自然地会与更宽泛的文化命运相关联。在对这种文化命运变迁的书写中，个人怀旧得到了文化上的提升，

① 简艾：《魏微的小说创作：一个时代的早熟者》，《文艺报》2011年9月26日。
② 〔美〕斯维特兰娜·博伊姆：《怀旧的未来》，杨德友译，译林出版社2010年版。

进入文化反思的更高层面。正如有学者对"怀旧"的阐释："与平庸的、凡俗的、琐碎的现实生活相比，它带有浓烈的诗意化的倾向；与真实发生的、面面俱到的现实生活相比，它又经过了主体的选择和过滤，带有虚构和创造的意味。"[1] 怀旧不只是回望过去，它完全可以展望未来，可以成为参与现实和未来的重要方式。

这两个方面虽然还是以怀旧为中心，但是却完全可能拥有更博大深邃的开拓空间，能够在怀旧的世界中包容更丰富的思想和精神内涵，可以使作家们在不失去自己独特个性的同时，更有效地超越和发展自己。如果能够做到这一点，"70后"作家的乡土书写也许就能够为文学史做出更大的贡献，能够既呈现出独特的文学审美价值，也提供出对这个时代全新的思考。那也许会是乡土小说一次新的发展，甚至飞跃。

---

[1] 赵静蓉：《怀旧：永恒的文化乡愁》，商务印书馆 2009 年版。

如何让乡村发出自己的声音

——读梁鸿《中国，在梁庄》《出梁庄记》有感

一

在这么多年对乡土文学（乡村题材文学）的关注和思考中，有一个经常困扰我的问题，就是如何才能让乡村自己说话，让乡村表达出其真实的意愿和深层的诉求。因为我以为，对于文学书写而言，无论是从对书写对象尊重的角度出发，还是从文学创作的艺术角度考虑，反映出书写对象的生存状貌，传达出它的真实声音，都是一个很重要的目标。这一点，对于一直处于边缘地位和失言状态的乡村来说更是如此。然而，在中国的现代语境中，乡村书写面临多方面的困境，牵系的问题更是方方面面的，它们对乡村书写构成了严重的制约。

从乡村的主体——农民角度来说，由于其自身文化水平、表达能力的局限，更由于社会提供给他们的发言场所和机会的限制，他们很难直接开口说话，也难以清晰准确地传达出乡村的声音。尽管他们对乡村生活的感受是最直接，也是最深入的。而且，即使他们（或者是他们在“文化人”中找到的代言人）有机会开口，因为受视野、表达能力等的限制和影响，比较容易囿于相对封闭的视角，难以全面、客观地表现乡村——在文学史上，特别是近年来出现的一些由农民作家书写的作品中，就普遍存在这样的局限。它们拥有生活的本色和质感，但在表述的深度和视野的广阔上却有较大缺憾。所以，尽管中国的乡村一直处于社会底层和边缘，深受各种统治者的压榨和欺凌，也形成了自己独特的历史和文化态度，但在漫长的

文学史（包括传统文学和新文学）上，除了少数民歌、曲艺文学作品曾传达出乡村的部分心声，乡村更丰富、更深层的内涵一直在农民自身的叙述之外，远远没有得到应有的表现。

从乡村的主要书写者——乡土小说作家们来说，也存在着两个重要的障碍。一方面，虽然乡土作家们基本上都是从乡村走出去的，对乡村有着较深的感情，也有一定的乡村生活经验，但由于中国差异巨大的城乡生活，作家们一般都只拥有短暂的童年和少年乡村生活经验，等到他们成年、有独立思考能力时，已经离开了乡村。此后，他们最多只是在节假日才走马观花般回乡村看看。这样，他们所拥有的乡村生活经验往往会与现实乡村脱节，特别是游子思乡的情绪会使他们的乡村记忆染上浓郁的感伤和怀旧色彩，现实本身的沉重感却被滤去，这十分影响他们乡村叙述的真实性和真切性。另一方面，也是更重要的，在20世纪中国，以城市为中心的现代性文化占据绝对优势，在其视野中，乡村文化被涂上了传统和落伍的色彩，处于待启蒙和待拯救的边缘位置。作家们都在这种文化环境中成长，又长期生活在这种文化氛围中，因此，他们既容易感受到来自乡村的身份自卑，更会普遍被城市文化彻底同化，对乡村文化持完全的否定和贬斥态度。这使作家们很容易陷入感性与理性的内在冲突，也难以自如地发出乡村自己的声音。

当然，在文学史上，也不是完全没有作家能够走出这样的困境。比较早的如赵树理。他虽然有着农民和共产党员的双重身份，但农民立场是他最根本的立场。在20世纪40年代解放区的特殊政治环境中，这两种身份具有较多的和谐性，因此，赵树理能够为农民代言，能在一定程度上传达出农民现实和文化的声音。只是身份的冲突对他的创作和生活始终都有较大影响，文化视野的局限更在根本上影响了他的文学成就。另一个是与我们同时代的莫言。相比赵树理，莫言获得的成功更大。这在一定程度上与他生活的政治和文化环境有关（当然这并不意味着莫言的创作没有受到外界的掣肘。事实上，更关键的还是作家主观上的努力），这使他能够具备更开阔的视野和更自由的姿态，其乡村立场能够更为明确也更为坚定，并在广泛汲取乡村文化和文学滋养的基础上，成为中国乡村一名优秀的"自语者"①，最终获得了世界性的影响和声誉。

但是，总体而言，中国的乡土小说虽然有近一个世纪的历史，却始终与乡村有着较远的距离，乡村的真实状况没有得到充分的表现，乡村的内在欲求没有得到深入的表达。这一点更典型地体现在当前文学中——由于近年来中国乡村社会的变化特别迅速，乡村伦理文化发生了巨大变异，在情感与理性冲突下的乡土作家们，创作心态普遍呈现出复杂而不稳定的状态，对乡村的表现颇为表面和混乱。

以对"农民工"的书写为例。当前"农民工"出现已有几十年，其总量更是已达到了几亿之多，但是，由于不熟悉"农民工"的生活等原因，当前文学中对"农民工"的叙述虽然很多，却普遍存在简单化和模式化的缺陷，基本上没有脱离苦难、仇恨、炫富的故事模式。这样的结果，正如梁鸿所说，"大量的新闻、图片和电视不断强化，要么是呼天抢地的悲剧、灰尘满面的麻木，要么是挣到钱的幸福、满意和感恩，还有那在中国历史中不断闪现的'下跪'风景，仿佛这便是他们存在形象的全部"②。

二

对于以虚构为基本特征的乡土小说，过于要求它真实地传达乡村的声音，也许存在苛求之嫌（反过来说，虚构的小说不论如何还是与现实隔了一层，在传达乡村声音的直接性上也存在一定限制），但是对于写实类文学，人们就会有更高的期待。对于处于巨大变异中的当前中国乡村社会，对于乡村和农民（特别是进入城市多年、已经成为城市不可忽略一部分的"农民工"）的生活状况，人们更有了解其真实面貌的强烈愿望。也许正是由于这一阅读需求的推动，近年来开始兴起了"非虚构文学"创作潮流，其中以乡村和"农民工"为书写对象的作品占据了主要部分。

---

① 参见贺仲明：《"农民文化小说"：乡村的自审与张望》，《文学评论》2001年第3期；贺仲明：《乡村的自语——论莫言小说创作的精神及意义》，《首都师范大学学报》（社会科学版）2006年第3期。

② 梁鸿：《出梁庄记》（后记），见《出梁庄记》，花城出版社2013年版，第309页。

梁鸿的《中国，在梁庄》和《出梁庄记》就是其中特别值得注意的两部。它们叙述的是作者梁鸿家乡河南省一个叫梁庄的乡村的故事，记叙了留守乡村的农民和在城市中奔波的"农民工"的现实生活。这两部作品最与众不同之处，就是借助对乡村农民和"农民工"生活的表现，让乡村发出了自己的声音。其中，本文的论述主要以聚焦"农民工"生活的《出梁庄记》为中心。

在《出梁庄记》中，梁鸿让乡村说话的意图是很明确的。首先，也是最直接的，它充分给予了农民自己说话的机会，让农民在作品中亲自倾诉心声。就篇幅而言，这些来自梁庄的"农民工"们所说的话几乎占了全书的一半，而且还不包括那些直接记录他们生活场景的诸多图像。而且，作品中对他们的叙述基本上保持原貌，很少做出删减和剪裁，语气、方言都原汁原味，很有"农民色彩"和地方气息。其次，作者在给予"农民工"说话的机会、与他们交流时，没有丝毫的俯视姿态，而是站在与农民平等而切近的位置上，保持着尊重、真诚和亲切，以及充分的关怀态度。作者对待他们，就如同对待自己的亲人（事实上这些说话者中有相当一部分就是她或远或近的亲人，至少是关系密切的邻居），书中蕴含着真诚、爱、理解和认同。在这样的态度下，"农民工"们说起话来就会比较自如，少有掩饰和顾忌，说出的话也真实可信。

作者让"农民工"们自己说话，直接发出乡村的声音，这是一个方面。与之相关联的另一方面是，作者自己也参与到对乡村的叙述中，成为乡村声音的一部分。作者梁鸿是一个现代知识分子，在作品中，她始终秉持着较强的理性和客观的态度，以现代的理性眼光来打量和审视作品中的人物。这就如作者阐述她对乡村的感情时所说的，"不是因为个体孤独或疲惫而产生的忧伤，而是因为那数千万人共同的命运、共同的场景和共同的凝视而产生的忧伤。忧伤不只来自这一场景中所蕴含的深刻矛盾、制度与个人、城市与乡村等等，也来自它逐渐成为我们这个国度最正常的风景的一部分，成为现代化追求中必须的代价和牺牲"[1]。作品中虽然蕴含着对

---

[1] 梁鸿：《出梁庄记》（后记），见《出梁庄记》，花城出版社2013年版，第309页。

"农民工"生存和生命状态的深切关怀，但它主要不是对现实中某一具体的人或事的简单同情或谴责，而是在于思考乡村的命运，思考农民和乡村文化的命运，思考不可避免的乡村城市化进程以及它的代价问题。

这两个方面的叙述，从表面看似乎有矛盾之处，梁鸿的知识分子话语与"农民工"们的讲述似乎具有一定程度的张力。但实际上，它们更构成了一种互补关系，从不同侧面共同发出了乡村的声音。因为梁鸿的立场虽然以现代理性为中心，但又始终保持对乡村和乡村文化某种程度的认同和维护。也就是说，她对乡村进行的思考中虽然包含着否定、批判和反思，但是却是以对乡村的关怀为前提的，她不是立足于乡村之外，而是站立于乡村之内。所以，作者更宽广的视野是对单一乡村立场的补充和完善，她的批判所代表着的是乡村的自我反思和深层忧虑，所说出的是那些文化水平比较低的农民说不出、实际上却在思考和忧虑着的话语。正因如此，梁鸿的声音与"农民工"的声音一道构成了乡村声音的双声道，层次存在差异，实质却完全一致。

依靠着这样的叙述方式，《出梁庄记》超出了我们常见的书写乡村和"农民工"的叙述模式，实现了对"农民工"和乡村世界更深层也更真实的讲述。

表现之一，是揭示了农民（"农民工"）的深层生活和精神世界。与访问者梁鸿的亲切感和梁鸿的平等态度，让梁庄的"农民工"们坦率自如地讲述了他们进入城市后的种种生活经历和遭遇，细致地表达了他们对城市的复杂感受。"农民工"们的话语非常质朴，在他们的讲述中，没有我们经常看到的传奇故事，没有着意的渲染和夸张，但却真实地展现了这些在城市中挣扎着的农民们的生活面貌，道出了他们的真实心声。由于作品中发言的"农民工"涵盖老中青不同年龄层次，囊括了从企业家到公司职员，以及最底层的搬运工、传销者等各行各业的人员，他们来城市打工的时间有长有短，与城市的关系有深有浅，所以，可以说，作品中"农民工"们所讲述的这一段段生活，从一个个侧面展现了近年来"农民工"在城市的生活过程，是"农民工"们的生活史和心灵史。

其中值得特别指出的，是作品中对农民心灵世界的展示。作品中，"农民工"们不只是讲述了他们的生活故事，更展现了他们曲折隐秘的内心世界。其中有青年"农民工"在面对城市时难以抹去的自卑和羞涩感，有老年"农民工"对于生活的无助和无奈，有他们在城市艰难挣扎的过程中强烈失败感、压抑感和孤独感，以及在面对文化冲突和困境时的迷茫和困惑。其中最常见也是最复杂的，是他们与乡村和城市之间的关系。对于城市，他们充满着向往，却又始终无法融入；对于乡村，他们情感上难以割舍，又不愿意长期留驻——由于长期处于社会底层的历史和受压抑的现实，中国的农民们一般都不太擅长说话，更不愿意袒露自己的深层心理。一般情况下，我们很难听到农民（"农民工"）倾诉自己的心声。只是在梁鸿这样的亲人面前，他们才放纵了自己，让我们领略到了那些在城市中漂泊，与我们日夜相伴、却为我们严重忽略的"农民工"们的内在心灵世界。

表现之二，是对乡村文化世界的深度思考。作品写的虽然是城市中的打工农民，但通过对这些"农民工"生活和心灵的叙述，我们真切地体会到了乡村文化在现实中的变异和发展。"农民工"的生活是复杂的，从空间上来说，他们在城市中生活，应该属于城市人，但在精神上，他们又与乡村有着不可分割的关系。他们是当前社会文化从传统向现代转型最直接的承受者和体现者，因此，在他们的生活世界中，乡村文化、乡村伦理发生了十分复杂的变迁，他们的身上，更深刻地折射出文化变迁的轨迹和脉络。这其中有与农耕文明有密切关系的传统仪式的无奈变异（比如对"葬礼"和"算命"的叙述），也有在现代文明熏染下，农民们在文化选择上的困惑、迷茫，甚至扭曲与堕落（比如对"恩怨""打官司"的叙述），更有在失去乡村家园之后，难以找到自己生命归宿和信仰的茫然和无奈（比如对"孤独症患者""这村落中最后的房屋"等的叙述）。应该说，在城市化不可逆转的今天，乡村文化的变化和发展是必然趋势。作品中所展现的这些盘桓在城乡之间的独特群体生活的变迁状况，很能够让我们感受到乡村文化的命运和发展方向。应该说，尽管《出梁庄记》并不是一本以思想性为主要特色的作品，但其中的思考确实是敏锐、深刻而富有启迪性的。作者能够对那些看起来很简单的事物如此敏感，如此准确地捕捉到其背后的文化内涵、感知其中的文化变迁，思绪可谓沉重而复杂。这些都充分反映出也得益于作者蕴含着强烈乡村关爱的知识分子精神。

三

也许有人会说，梁鸿《中国，在梁庄》《出梁庄记》的成功与其写实的文体有关——因为只有这种文体，才可能让农民有更多直接说话的机会。这确实有一定道理，但却绝非说其成功来得容易。因为要真正深入地表现乡村和农民（"农民工"），发出乡村的真实声音，较之虚构文学，写实文学有着同样的难度，甚至还面临特别的挑战。简单地说，写实文体要求作者的生活感受更切实丰富，要有更具体的调查、统计和数据，难免会遇到某些限制和困境。而且，在现行文学和教育体制下，写实文学虽然既非学术性，也不是文学创作的主流，但实际上，它对作者的要求也许更高，既要有生活体验，又要有思想，还要有写作能力，绝不是一般人可以驾驭的。

从这个意义上说，梁鸿书写梁庄，既是一种个体行为方式，也具有某种方法学的意义。或者换句话说，梁鸿的这两部作品能够获得成功，是主观和客观多种因素结合的结果，既是一种机缘，也蕴含着必然因素。

就客观方面说，原因一是梁鸿所生存的乡村地域、她的书写对象——梁庄。从两部作品的介绍看，这是一个乡村传统文化色彩比较浓厚，或者说传统乡村文化保存得比较好的地方。大的家族，相对封闭的环境和文化，赋予了它较多乡村传统伦理的温馨。梁鸿在这样的文化环境中长大，肯定会对乡村社会有更深的感情，对乡村文化的内涵有很深的体会，也就能更敏锐地感受到当前乡村文化的剧烈变化。二是梁鸿的乡村之根扎得很深。也许正因为受到地域文化的影响，梁鸿虽然也通过上大学的方式离开了乡村，进入大都市生活和工作，但她始终与故乡关系密切，对乡村的情感依然深厚，与乡村的亲人几乎没有断过联系，对乡村生活的变化也相当了解。也就是说，她虽然是一个都市人，但也几乎同时（至少在精神上）依然是一个梁庄人。三是梁鸿长期从事乡土文学研究，熟悉中国乡村社会的历史和文化，熟悉相关的理论知识，并对乡村问题有深入持续的思考和研究。当然更重要的是，在她这样的年龄，成长在多元文化兴起的 20 世纪 90 年代的文化背景下，梁鸿既接受了现代启蒙文化的洗礼，又不至于被某种文化完全限制，而是能够更独立、清醒地思考，更客观、平等地关注乡村和书写乡村。

当然，虽然说上述因素是客观的，但其实它们与作者的主观精神紧密结合在一起，或者说，客观环境造就了作者的许多主观质素。正因为这样，梁鸿才能够不甘于做一个固守书斋的学者，愿意深入乡村和"农民工"当中，花费巨大的心力来描画她的梁庄世界，给梁庄一次自我叙述的机会。从这个方面说，《中国，在梁庄》和《出梁庄记》也可以说是乡村借梁鸿这个乡村之女自我声音的传达。对于梁鸿来说，这也应该是一个心灵愿望的完成，是对于自己的一种精神慰藉，是送给自己的一件珍贵礼物。

个人和社会共同成就了梁鸿的写作，这一写作也同时具有社会和个人的双重意味。它对我们文学创作上的启示，也是两方面的。

一方面是文学的观念或标准问题。梁鸿的写作方式，在中国现代文学中并非没有沿承。如出版于 20 世纪 40 年代的林耀华的《金翼——中国家族制度的社会学研究》，以及庄孔韶于 20 世纪末出版的《银翅——中国的地方社会与文化变迁》。它们都是实证性极强的社会学著作，甚至是超出社会学范畴的著名作品，同时也是很富感染力的优秀文学作品。但是，我们的文学史将它们集体排斥在外，完全忽视了它们的文学意义。其实，这些作品中，既有对人、对社会的深切关注，也有对人性的深刻揭示，无论是对生活细节描绘的真实、细腻，还是语言的准确和优美上，它们都达到了相当高的水准（特别是前者），可以说将真实生活记叙与文学性笔法做了非常巧妙的结合。更重要的是，其中蕴含着对乡村和农民的真诚关注，有对乡村平等和尊重的朴素感情。我以为，对于乡村书写，乃至对于任何文学作品来说，这种感情都是弥足珍贵的，也是优秀文学作品应具备的基本品质。我们将它们排斥于文学之外，绝对是文学自身的损失，也反映了我们文学观念某些方面的缺失。

另一方面，是作家的创作观问题。不少人否认世界观、创作立场对于文学创作的影响，甚至从根本上否认作家的世界观存在差异，乃至怀疑作家世界观是否存在。但是，彻底否定世界观的存在及其对文学的影响，显然有脱离实际之嫌，也会导致我们对文学的认知产生偏差。

事实上，我们每个人都有自己对世界的基本态度，有我们看待事物的基本价值立场，它们对我们的生活方式、文学方式和审美方式起着非常重要的作用。我们今天的文学世界如同其他领域一样，存在着由意识形态立场差异带来的巨大文学偏向，只不过我们为宏大的"人类立场"所限，对此视而不见而已。其实，关键不在于我们有没有价值立场，有没有因此而形成的文学偏向，而是在于我们有什么样的立场和文学偏向。我们是偏向普通大众，偏向对柔弱生命的人性关怀，还是偏向权力、金钱和利益集团？而这，将直接决定我们文学创作的价值、高度和意义，也决定我们对待生活的态度。就乡村书写而言，正如梁鸿所说："其实许多时候，生活就在我们身边，只是，我们从来不愿正视它。"[①]生活始终在那，关键是我们作家对待生活的态度，对待乡村、农民和所从事的文学事业的态度，有没有对它们的热爱，以及为之付出的决心。有了热爱和决心，我们才可能放下身段，放弃自己的生活和文化优越感，去真正直面和接近农民（"农民工"）的生活，让他们的生活和心灵世界真正进入文学中。

　　所以，对于我们的乡村书写者们，思想立场确实是个重要、严峻而且无法回避的问题。当然，我们不主张以外在改造的方式来改变作家立场，作家立场主要依托的是作家的文学素养、精神追求和道德自律。个人的思想和文学创作都是作家的一种选择，选择是一种自由，也是一种责任。我相信当梁鸿有了更多的后继者，中国的乡村书写会取得更大的成就。

　　[①]梁鸿：《出梁庄记》，花城出版社 2013 年版，第 71 页。

论当前文学人物形象的弱化与变异趋向

——以格非《江南三部曲》为中心

　　长期以来，人物形象都是文学的重要组成部分，甚至可以说，漫长的文学史几乎也同时就是星光熠熠的人物形象史。但是近年来，文学中的人物形象失去了曾经的风采，以往那种个性鲜明、让人印象深刻的人物形象似乎很难找到了。这种情况已经引起评论界的广泛关注。早在 21 世纪初，就有多位学者指出当前文学出现了"人物形象弱化"的现象。[①] 此后，更有学者以"拯救文学人物"和"人物画廊关闭了"的字眼来形容当前文学中人物形象塑造的没落，表达不满和忧虑的情绪。[②] 显然，对于当前中国文学，特别是以叙事为中心的小说来说，人物形象的存在状况，以及在未来文学中的命运和发展趋势，都是非常值得关注的。考虑到人物形象的塑造涉及作家创作意旨、创作方法、艺术技巧和艺术能力等方面的差异，采用全面扫描式的分析方式会遮蔽掉很多细微的症结，所以本文选择了典型个案分析的方式，希望通过对具体作品的细致剖析，透过那些具有代表性的侧面，去拓展该问题的深度和方向。

---

　　① 参见张恒学：《文学人物形象：世纪之初的文学关怀——来自"世纪之交中国文学人物形象研讨会"的理论思考》，《文艺理论与批评》2001 年第 4 期。

　　② 参见汪政等：《谁来拯救文学人物》，《上海文学》2005 年第 7 期；木弓：《文学人物画廊就要关闭了》，《文艺报》2013 年 4 月 19 日。

一

之所以选择格非的《江南三部曲》①来作为人物形象分析的典型对象，有这么几个方面的原因：

首先，《江南三部曲》是近年来影响很大的系列长篇小说。在所有叙事文体中，长篇小说是最擅长塑造人物形象的一种，中外文学史上的很多优秀人物形象都出自这一文体，以长篇小说为对象来探讨这一问题，较之其他文体更具典型性意义。而且，《江南三部曲》的作者格非是一个严肃认真的作家，他成名很早、表现出很高的艺术才华。为了该作品，格非花费了十多年心血，创作态度细致虔诚，作品也充分呈现出宏阔与精致兼备的艺术效果。作品出版后，作者多次表示对该作的珍视态度，评论界也给予了广泛好评。

其次，《江南三部曲》非常重视人物形象的塑造，作品的内容、结构都与之密切相关。格非对《江南三部曲》中的人物形象倾注了很深的感情。几乎每一次谈及作品，格非都会重点谈论其中的人物，表达对他们的喜爱和珍视之情。比如他曾这样谈到《山河入梦》中的姚佩佩："读者对《山河入梦》小说本身如何评价我并不介意，我更在乎读者对姚佩佩这个人物是否有误解。这是我用心创作的人物，她的心理变化和对世界的看法同我的内心世界很难分割。"②并以"人类心灵史"来概括该作品的主旨。③而且，《江南三部曲》的三部作品都是以一个中心人物的生活轨迹为线索的，这些人物之间又有直接的血缘关系，准确说是祖孙三代人，所以，作品在一定程度上可以看作一部人物的家族史诗。人物的思想、行

①《江南三部曲》包括格非创作的三部系列长篇小说，分别是《人面桃花》（春风文艺出版社 2004 年初版）、《山河入梦》（作家出版社 2007 年初版）、《春尽江南》（上海文艺出版社 2011 年初版）。2012 年，上海文艺出版社出版《江南三部曲》的完整版。

②丁杨：《格非：好的小说一定是对传统的回应》，《中华读书报》2007 年 2 月 14 日。

③格非、王小王：《用文学的方式记录人类的心灵史——与格非谈他的长篇新作〈山河入梦〉》，《作家》2007 年第 2 期。

动，特别是他们命运的沉浮和变迁，是贯穿每部作品的基本内容。与之相应，三部作品的情节也都是以人物为中心来进行构架的，在人物命运变迁中展开叙述。人物内心追求与外在世界之间的巨大张力，是推动作品情节发展的最基本因素，也是作品的主要叙事线索。

文学评论（研究）是一种科学，研究对象本身的意图是论述成立的重要前提。如果研究对象的意图本不在塑造人物形象，却硬要以人物形象来考察和评判作品，就会有强人所难、郢书燕说之嫌。从这个角度上说，以《江南三部曲》为典型来考察人物形象塑造问题，符合作者的基本意图，是具备合理性的。

最后，《江南三部曲》在人物塑造上做出了很多努力和探索，这些努力，也包括它的得与失，在当前文学中都具有一定的代表性意义。格非是"文革"后先锋小说的重要作家，先锋时期格非的作品以富有哲理、虚幻为特征，传统的人物形象塑造既非其所长，也不是他所追求的目标。进入20世纪90年代后，格非的创作出现了较大转型，突出的表现就是回归传统的故事叙述、重视人物形象的塑造。也就是说，格非是一个经历了从"先锋"到"传统"的变化型作家，在他的创作中，可以鲜明地看到从传统到现代多种文学观念和方法的嬗递变迁，也可以看到人物形象塑造的多元方法和前沿轨迹。

以人物塑造方法为例。《江南三部曲》中塑造人物的方法既有传统的，也有现代的。传统方法如写实和描写。虽然三部作品中的故事时间跨度长达一百余年，分属不同的社会背景，但作品始终都以写实为基本方式，描绘了人物在具体时代的生活场景，在再现现实中塑造人物。作品中描写手法运用得也很多，不乏对风物、生活场景和人物行为的描述，特别是以直叙的方式展示人物对话，对人物口语进行描绘，都是传统人物塑造的重要方式。与此同时，作品中也广泛采用了现代的人物塑造方法。如通过跳跃性的方式来叙述人物故事，有意识地使时空错杂，将现实与想象杂糅在一起，以及对同一事件进行多角度、多侧面的叙述，等等。传统和现代结合的典型是对人物心理的展现。作品中既有传统的细腻心理描写，也有深入人物潜意识，在现实、幻想和梦境不同层面之间复杂转换的现代方式。《江南三部曲》中采用的这些方法当然并非特别，但确有突出之处，其对人物专心和着意的塑造，以及描写的细致，在当前文学中都很少见到。以描写为例。当前文学流行的是故事的叙述，追求快节奏叙述和大跨度的语言，在人物语言上，作家们普遍放弃了传统的用引号引出人物语言的直叙方式，而是更多采用简洁利落的间接叙述方式。

《江南三部曲》中塑造人物的方式丰富多样，也取得了一定的成功。作品中的秀米、谭端午、姚佩佩等形象都具有相当独特的性格气质。他们身上都闪耀着鲜明的理想主义精神，这种精神使他们的性格充满着自我矛盾，更与外部现实世界构成了本质上的冲突。共同的性格和一致的悲剧命运，铸就了他们集体的人物群像。在中国文学史上，这一群像的内涵是很具有创新意义的。而且，这些形象与现代中国的社会文化有着内在而深刻的联系，从他们的命运和性格中可以看到中国传统文化的影子，蕴含着传统文化与现代文化的复杂冲突，也投射出中国社会近现代嬗变的现实印记。这些方面，使作品与其中的人物形象构成了不可分割的整体，只要一谈到这部作品，读者就自然会联想到其中的人物形象。对于一部长篇小说来说，这应该是一种值得肯定的成功。

二

《江南三部曲》在人物塑造上做出了不小的努力，然而，从传统人物塑造的角度来考察，也存在一些比较严重的问题。大体而言，以下两方面是比较突出的：

第一，人物缺乏统一的性格作为支撑，思想和行为缺乏内在的精神主导。

任何现实生活中的人，其思想行为都有基本的一致性，有时候貌似脱出常轨，或者会发生变化，但不管怎样，它们都会统一在一个整体之内，遵循着某种逻辑——这就是人的性格逻辑。也就是说，一个人的性格是具有基本统一性的，无论怎么掩饰或发生变化，都有内在的核心存在，其变化发展只能建立在其内在可变性的前提之下。性格决定着人按照某种内在逻辑思考和行动，使人构成一个完整的统一体。生活如此，文学中的人物也是这样。正如黑格尔说过的，人物"必须具有一种一贯忠于它自己的情致所显现的力量和坚定性"，"如果一个人不是这样本身整一的，他的复杂性格的种种不同的方面就会是一盘散沙，毫无意义"。[1]统一的性格赋予人物思想、行为以充足的精神驱动力，反过来，统一性格主导下的思想行为，又能够进一步凸显出人物的性格特征。人物形象要想清晰、鲜明，性格的统一性是很重要的前提。

《江南三部曲》中的人物形象在这方面普遍存在缺陷。也就是说，作品中人物的性格大多不具备统一的完整性，他们的思想和行为也没有表现出统一性格的精神主导。比如《人面桃花》中的秀米，作品以她的生活为中心，书写了她的几乎整个人生，但她的性格特征却并不清晰，更缺乏一个中心性格，将她所有的思想行为串联成一个完整而统一的整体。因此，在作品中，你可以看到秀米做了什么、想了什么，但是你却根本不知道（也难以理解）她为什么会这么做，为什么会这么想。作品以秀米被绑架前后为界，分为两个部分，但这两部分之间似乎是割裂的，她后来的变化在前面找不到清晰的缘由。即使在各个阶段内，她的性格和行为也缺乏统一性与合理性。比如秀米对张季元的爱是决定故事进程也密切关联人物命运的，但是，这种爱究竟来源于何处？她与张季元之间几乎没有任何感情交流，为什么仅仅在看了一本日记之后就会陷入那么狂热的爱情之中，乃至将整个人生托付给他，成为他事业的追随和继承者？

同样，《春尽江南》中的庞家玉也缺乏性格上的统一性，其行为也让人难以理解。作品中，庞家玉的精神身份是多元的，她似乎是一个爱和理想的追寻者，又似乎是一个事业上的强者、物欲的同化者，或者准确地说，她经历了"精神—物欲—精神"的过程，也就是从乌托邦幻灭到沉溺于物欲再到自我救赎的复杂过程。在当前中国这么一个变化巨大的时代，人的身份多元是正常的，发生较大的变化也完全可以理解，问题是任何变化都肯定有发生的原因和契机，但作品中却完全没有展示出这一点。比如，从庞家玉改名和所追求的生活方式看，与谭端午初恋的失败似乎让她的乌托邦幻想破灭了，于是转向追求物质化的生活。但是，让人感到奇怪的是，

---

①〔德〕黑格尔：《美学》（第 1 卷），商务印书馆 1979 年版，第 307 页。

在与谭端午分别多年之后，庞家玉一见到曾经那么欺骗她、让她产生幻灭感的谭端午，就毫不犹豫地抛弃了准备结婚的男友，回到了谭端午的身边。这么强大的感情究竟是怎么产生的，是出于什么缘故？之后，在她按照新的生活方式生活，并与谭端午度过了多年貌合神离的婚姻生活后，她又获得了顿悟式的精神救赎。我们如何理解她这么复杂的精神轮回？难道仅仅就因为一场疾病？

相对而言，《山河入梦》中谭功达的性格算是比较完整和统一的。谭功达的内心冲突，包括他在爱情与事业中的表现，基本上都可以统一在他"乌托邦精神"的性格特征中。但是，这指的仅仅是作品中直接叙述的部分生活，作品中追忆性叙述的部分则与之严重不一致。如在追忆性叙述中我们知道，谭功达在战争时期曾经担任过中层军事指挥官，而且还颇有魄力，做过一些"轰轰烈烈"的傻事。但这些行为与作品中直接叙述所展现的人物精神气质几乎没有任何共同点，它们完全是割裂的。现实中的谭功达耽于幻想，毫无现实政治能力，性格和行为近乎梦游，这些方面如何能够与那位有魄力的军官统一为一个整体？

同时，作品中的情节安排不够真实和完备，缺乏生活的真切、鲜活和质朴。

早在两千多年前，亚里士多德就说过："刻画'性格'，应如安排情节那样，求其合乎必然律或可然律：某种'性格'的人物说某一句话，做某桩事，须合乎必然律或可然律。"① 也就是说，人物的性格必须密切关联着具体的生活，符合生活的规律。只有这样，人物才能与生活的质朴自然结合起来，呈现出鲜活生动的生活气息，具备生活所赋予的内在生命力，也才能具有足够的艺术感染力。

《江南三部曲》在这方面有明显的不足，作品中的许多情节不合生活常理。以《人面桃花》为例，小说开头部分写秀米父亲的出走和失踪，对于这一事件，秀米和她的家人表现得异常镇定，既无悲戚，也不紧张。如

----

① 童庆炳主编：《文学理论教程（修订二版）教学参考书》，高等教育出版社2005年版，第182页。

果说秀米母亲这么做是因为她不爱丈夫，那么，作为女儿的秀米如此表现就非常不合情理了。在父母身边长到十几岁，难道与父亲一点感情都没有，面对父亲的出走和失踪能够那么理性和镇定？此外，作品中还有两个重要的情节也缺乏真实性。一个是张季元死后，喜鹊将他的日记偷偷给了秀米。这是决定秀米此后人生道路的重要情节。但是，按照前面的叙述，喜鹊与秀米之间存在隔膜甚至相互怀有敌意，那么，她为什么在拿到日记后毫不犹豫就交给了秀米呢？另一个是秀米出嫁时将金蝉留在家里，这也不合情理。因为既然秀米那么爱张季元，金蝉又是张季元郑重托付给她的重要信物，她在远嫁外地的情况下怎么可能会不随身携带呢？同样，《山河入梦》中的许多情节也不真实。如作品中一个很关键的情节——洪涝灾害前，谭功达到养猪场度过了导致自己政治生涯完全终结的几天生活，让人完全难以置信。作为一个曾有所作为的一县之主，面对那种大雨滂沱的天气，他难道不知道这可能会给乡村带来洪涝灾害？他竟然想不到需要与人联系一下，哪怕只是给自己的秘书打一个电话？而且，整个县大发洪水，他所在的那个养猪场难道是世外桃源，一点都感觉不到？另外，作品中被作为理想试验地的"花家舍人民公社"也很不真实，在 20 世纪 50 至 60 年代的社会背景下，怎么会有一个花家舍这样的世外桃源存在？

情节不真实、不完备，直接的副作用之一就是破坏了生活环境的真切性，因为真正的生活是自然的，是按照生活的本色以质朴的方式流动着、进行着的。不真实的情节，必然会使人怀疑其可信度。而且，作品在生活细节描写方面也缺乏鲜活性，虽然广泛采用了描写手法，对一些景物和生活场景的描写也比较细腻，但对许多生活场景的描写明显不够真实和真切。如《山河入梦》中描写谭功达与白小娴交往的细节，忽而疯狂，忽而理性，忽而狂热，忽而冷静，完全是依靠理念在支撑，距离生活的鲜活生动相当遥远。再如《人面桃花》中的人物语言描写。如前所述，能够直叙人物语言，让不同身份的人张口说话，是一种值得肯定的创作方式。但遗憾的是，作品中的人物尽管年龄、身份、个性有别，但说话的方式、口气却几乎相同，语言完全不具备生活语言的口语特点，更遑言体现人物的性格特征了。

这些缺陷，严重影响了《江南三部曲》中人物形象的塑造。一方面，它严重损害了形象的生动性和鲜明性。因为人物性格缺乏统一性，生活没有建立在真实、合理的情节和环境当中，人物的精神个性和气质就难以稳固而坚定地建立。其个性特征不够鲜明，也就不能如生活中活生生的人一样，拥有鲜活而自在的生命力。他们只能如同模糊缥缈的影子，漂浮于作品中的故事之上，难以产生足够的感染力，给人以深刻的印象。所以，《江南三部曲》中的人物形象尽管气质独特，但个性却相当模糊，没有成为独特的、"这一个"的个性化形象。另一方面，它影响到人物对时代的折射力。《江南三部曲》的三部作品中都营设有具体的时代背景，让人物与现实和时代相关联。但由于缺乏合理的情节安排和真实的生活细节，人物与时代的关系就不可能深入和牢固。可以说，书中的人物身上确实带有时代的某些印记，但也仅此而已，他们不能作为时代的缩影，从他们身上也无法窥见时代的轨迹和暗流（相比之下，也许是因为时代切近，《春尽江南》中的故事更真实一些，对时代的折射力也更强一些）。

三

任何作品都是作者的精神产物。《江南三部曲》在人物形象塑造上的复杂表现，都与格非的文学观念和创作思想密切相关。或者说，作者在塑造人物形象上所做的努力以及所存在的遗憾，都可以在格非个人的文学理念中找到根由。

自20世纪90年代以来，格非多次表示过向传统文学回归的意图，在文学与生活的关系上，也表达了对昔日"虚构"文学观的许多否定，展示了这样的立场："作家的禀赋和想象力、形式的转换固然可以弥补个人经验贫乏，但对于写作来说，经验或经历毫无疑问依然是最为重要的资源。"[①]从这方面说，《江南三部曲》对人物的重视和运用传统方法塑造人物的做法，都可以看作格非"回归传统"文学思想的产物。事实上，从作品中我们也多少可以看出传统文学，特别是《红楼梦》影响的痕迹。

---

① 格非：《卡夫卡的钟摆》，华东师范大学出版社2004年版，第176页。

　　然而，格非对传统的回归并不全面和彻底，而是存在着很多的犹疑和矛盾。甚至可以说，格非对传统的回归只是部分的、有选择性的，其思想内核并没有脱离他在先锋文学时期形成的理念。比如他近年来对小说本质的看法就不无先锋文学的印记："首先小说是一个寓言，是一个故事，是打了一个比方。通过一个抽象的寓言，一个形式表达作家的看法。"正因如此，格非的"回归传统"并非回归传统文学本身，而只针对符合他"象征"理念的那部分："用具体表现抽象，用简单表现复杂，以写实达到寓言的高度。"① 也就是说，格非的回归传统，其实更多是试图在"先锋"与"传统"之间找到一个新的平衡点，"先锋"的核心并没有被他放弃。有学者这样评论《人面桃花》："它并没有改变从前先锋小说的形式和精神。如果说有什么变化，只是它读起来更容易，讲述也更清晰完整……"② 这是准确的。而且，不只是《人面桃花》如此，整个《江南三部曲》中都可以看到明显的先锋文学痕迹。

　　《江南三部曲》人物塑造上的缺陷与之息息相关，因为它们形成的相当一部分原因在于作者主观上的有意为之。也就是说，作者本人并不认为这些是缺陷，甚至可以说，它们就是作者所要追求的目标。正如格非对《人面桃花》主旨的阐释："《人面桃花》虽然披上了一件中国近代革命的外衣，但我的确无意去复现一段历史事实……我由此想到了中国历史传统中的一个个梦幻，并想赋予它一定的社会学意义。"③《江南三部曲》的创作主旨并不在于"事实"和"人物"，而在于探究一个梦幻，一个"乌托邦理想"的精神理念。"乌托邦理想"和梦幻本身就不可能是清晰的，而且，为了更好地适应这一主题，作者在艺术上也着意追求"象征"和"寓言"的书写方式（这种朦胧和迷离的叙述方式正是格非所习惯和擅长的）。如此一来，作品中的人物性格不清晰统一，情节背景交代不清晰、不完整，

---

　　① 王中忱、格非：《"小说家"或"小说作者"》，《当代作家评论》2007年第5期。
　　② 张晓峰：《从〈人面桃花〉看向中国小说叙事传统回归的误区》，《中国现代文学研究丛刊》2011年第12期。
　　③ 格非：《重返故乡的相像性的旅途：2004年度杰出成就奖获奖演说》，《南方都市报》2005年4月11日。

就是很自然的事情了。

不过另一方面的原因也许在作者主观意图之外——换句话说，作者也意识到了自己的这一缺陷，也想努力进行弥补——这就是生活积累上的匮乏。作品的多方面缺陷，诸如生活不够真切鲜活，情节不够真实完备等，都与这一匮乏有直接而深刻的关联。对于自己这方面的不足，格非有清醒的认识，在谈到《人面桃花》时，他感慨道："我有时写到旧时代的生活，根本不敢去写那个器物的，为什么不敢写，你没有那个经历，你就真的不敢写……我觉得想象力固然重要，但没有经验的基础，想象力也无用武之地啊。"[1] 对此，他通过大量查阅资料等方式以图改善——对历史资料的熟悉以及将它们与现实生活进行关联，的确是一种增强文学现实和生活积累的有益方式，只是格非的努力还不够成功。之所以这样，我以为还是应该归咎到格非的文学理念上——对于具备格非这样文学造诣的作家来说，能力应该不是主要问题，关键是其文学理念和文学旨趣决定着他与生活之间的距离。换句话说，是从先锋文学时期即形成的、根深蒂固的"虚构"观念在影响和限制着格非，使他即使在理性上意识到了，也难以真正脱离出来，走进"生活"和"现实"当中去。

文学既是个人的创造物，同时也与时代有着密切关系。《江南三部曲》也是这样，它体现着格非独立的个性追求，甚至与时代潮流有悖逆之处，但总体来说，它也从一个侧面折射出时代文化和文学观念的某些影子。

首先，它折射出当前文学中人物形象地位的变迁和转向趋势。变迁的首要表现是传统的个性化人物形象的衰落。这一趋势是世界文学范围内的，也与社会整体的发展态势有关。从哲学层面说，人类社会进入后工业时代，物质的主体性地位显著加强，人曾经具有的中心位置旁落，其结果是作家主体精神和自我信心的严重匮乏。福柯的名言"人死了"反映的正是这一人类文化处境。从文学接受层面说，17世纪到19世纪是人类自我认识向上发展的时期，读者也期待在文学中看到人的自我的体现。但是，

---

[1] 格非：《中国小说与叙事传统——在苏州大学"小说家讲坛"上的讲演》，《当代作家评论》2005年第2期。

进入后工业社会，物质文化成为绝对主导，人们希望在文学中看到的已经不再是人，而是物质消费。从作家层面说，面对19世纪现实主义大师们创造出的个性化人物形象，不免产生难以超越的"影响的焦虑"，很自然地转而寻求其他方式来实现自己的突破和创新愿望。不管原因如何，总之，20世纪中期以后，传统的个性化人物在文学创作中呈现出衰落的趋势。特别是期间出现的现代主义和后现代主义文学思潮，都普遍不再将人物塑造当作文学的中心，个性化人物形象更是为作家们集体放弃。

变迁的另一表现是象征型人物形象的兴起。这类形象不再强调人物独立的个性特征，也不再强调生活真实性，甚至没有自己的性别和名字，他们的意义更在于其身上所寄托的象征意义，以此传达出对时代现实的某种讽喻或批判主题。卡夫卡《城堡》《审判》等作品中塑造的约瑟夫·K和《变形记》中的格里高尔是较早的代表。此后，这类形象大量出现，在加缪的《局外人》、萨特的《恶心》、乔伊斯的《尤利西斯》，以及米兰·昆德拉、托马斯·品钦等许多著名作家的作品中，都能看到这类人物形象。虽然不能说象征型人物与个性化人物是取代和被取代的关系，但其兴衰对比确实是比较明显的。

中国文学也清晰地体现了这一发展趋势。除了受西方文学大潮的影响，还有中国本土的原因。长期以来，特别是"文革"文学中，人物塑造被极度地异化。对"典型人物"的片面强调，导致文学中出现了许多"高大全"的虚假形象，也导致"文革"后作家们强烈反感与疏离人物的塑造。20世纪90年代后的新写实小说是一个典型潮流。"凡俗化""生活流""平面化"特征背后体现的，正是思想上反崇高、人物形象上反典型的潮流。此后的文学更是如此，人物形象被许多作家有意无意地弃置，塑造人物的传统方法更受到普遍冷落。包括在文学理论界和评论界，也很少有人再讨论和关注人物形象问题，叙事、话语和各种时髦的文化批判概念完全取代了人物形象之类话题的位置。

其次，它也折射出当前文学疏离于生活的潮流。从世界文学潮流来说，与注重"再现"的现实主义相比，现代主义文学更看重"表现"和"形式"，自然会比较忽略文学与生活的关系。就中国文学而言，除此之外，还有自身历史和现实方面的原因。就历史而言，20世纪50年代至60年代的文学中，现实主义被片面地强化，也颇流行带有形式主义色彩的"体验生活"模式。这让作家们集体产生了对"生活"的反感。从20世纪80年代开始，否定文学与生活的关联、轻视生活对文学意义的言论不绝于耳。就现实而言，经历了压抑的历史之后，很多作家选择以轻逸的方式来面对沉重，以规避的态度来面对生活——与直面现实相比，这种方式显然危险性更小，更能够让自己远离社会困扰——正是在这一背景下，以想象和虚构为中心、以颠覆文学与生活关系为己任的先锋文学轰轰烈烈地兴起，产生了广泛的社会影响。之后，作为潮流的先锋文学虽然衰落，但其观念依然很有影响，甚至可以说已经深入文学潮流之中。

不能完全否定作家们的选择，但是，客观来说，当规避生活成为潮流，文学与生活的关系就逐渐越来越远，作家们关怀现实的信心和能力也越来越弱。毫不夸张地说，虽然由于历史传统等方面的原因，近年来的中国文学中并不缺少写实方法的创作，但是真正立足于生活、秉持写实精神、坚持传统写实方法的作品却非常少见。更多的是迎合利益与权力、背离生活真实的虚假之作，漂浮于生活表面、以生活为点缀之作，以及完全漠视生活、局限于一己世界的狭隘之作。风潮之下，是作家们认识和表现生活能力的普遍降低。作家们失去了把握生活的能力，难以进入生活的深层世界，捕捉到生活中的复杂和潜流，也普遍缺乏细致再现生活、展示生活的能力。无论是描写能力，还是语言能力，都出现了明显的退化趋向。

从这个方面说，格非的《江南三部曲》确实作为典型个案，凸显了当前文学中人物形象塑造的问题。也可以说，格非写《江南三部曲》有突破时代潮流的某些愿望和企图，只是遗憾的是，最终还是为潮流所困，未能真正走出昔日的自我。

四

《江南三部曲》中的人物形象塑造虽然是一个个案，但背后却蕴含着复杂的时代和社会因素，对这一作品的分析和认识，显然也应该放在文学人物形象变迁的整体背景上。我个人的看法，大致有以下三个方面：

首先，我们应该宽容冷静地看待当前文学人物形象观念的变化和新趋势。正如前所述，人物形象关联着社会文化的方方面面，背后蕴含着一定的必然因素，我们应该持宽容理解的态度。特别是对待象征型人物形象，我们更应该在理解的基础上给予积极的认可。自从福斯特在《小说面面观》中提出圆形人物与扁平人物的差异，人们就一直将内涵丰富作为评价人物形象的最高标准。恩格斯典型理论的问世，更是极大地促进了传统个性化人物形象的发展。然而，我们也应该看到，圆形人物与扁平人物的优劣比较并不能体现在所有层面上，而对"典型性"的过分强调也会给人物塑造带来某些限制，让人物丧失了自由生长和独立生存的空间。在社会发展的背景下，人物形象的审美标准、理论规范应该有大的发展，我们应该以发展的眼光来看待新的文学形象的出现。像象征型人物形象，尽管不那么生活化，也不以个性见长，但他们是对传统个性化人物的突破和创新，具有独立的存在意义和审美价值。比如卡夫卡笔下的约瑟夫·K和格里高尔等形象，从传统审美要求看，也许不够典型和个性化，但他们以象征和变形的方式真实地揭示出了人类的现实生存处境，我们每一个现代人都能够在他们身上看到自己的影子，因此他们绝对是很有意义的人物形象，应该受到我们的充分肯定和推崇。

其次，我们依然应该呼唤文学对人物形象的关注，坚持人物形象（包括传统类型的人物形象）在文学中不可替代的重要价值。这一看法基于这样两个理由：其一，正如人们习惯说的"文学是人学"，文学以反映人的生活为基本追求，文学（特别是叙事文学）的感染力也很大程度在于其对人物形象的塑造，在于它对人物命运的关怀和对人性的揭示。建立在鲜明、生动和真实个性基础上的人物形象，以及人对命运的顽强抗争，表现出人类的精神和力量，是人们喜爱和记住那些优秀文学作品的重要原因。这一点，即使在今天，依然没有大的改变。我们阅读文学（特别是叙事类文学）作品，可能会有比关注人物更多的选择，但也会被人物命运所感动，被鲜活的形象所吸引。作品的成功，也相当程度要依靠人物形象的成功——在这个意义上说，我们的许多作家批判和反思文学史的初衷是值得肯定的，但是却绝对不能因此从一个极端走到另一个极端，将人物形象本身的意义也忽略了——在开放性的视野下，那种传统的、以个性鲜明生动为基本特征的人物形象，与现代的、象征型的人物形象各有特色，不可互相替代，而是相互补充，共同构成当前文学人物形象的基本内容。其二，塑造人物其实不仅仅在于创造人物形象本身，而是关系到一种文学态度和文学精神。因为文学（特别是叙事类作品）以人物为主要书写对象，如何对待这些形象，是否赋予他们主体性，最核心的影响因素是作家的叙述态度，即他是否尊重这些人物，是否具有对人的关怀。也就是说，人物的塑造问题，不仅仅是文学内部的事，它内在关联着对人的热爱、尊重等人文精神。文学史上那些优秀的作家全身心地塑造人物，正是因为他们内心有对人物的深切关怀，在人物身上寄托了自己的情感和思想。沈从文在谈到人物塑造时有一句名言："贴着人物写。"绝对不只是在技术层面，更是在精神层面。而反过来说，这种对人物的尊重和关怀态度，既是文学人物塑造成功的前提，也是文学具有感染力的重要保证。因为正是在与作家所寄托感情的深刻共鸣里，读者才能对人物产生强烈的感情，从而产生对文学的热爱。文学永远不能只注重技术，它最大的魅力是人，最终的价值也在于人。

最后，文学中的人物形象应该遵循生活的原则，让人物在生活中自由地生长。也就是说，无论是塑造哪类形象，要想让人物具有生命力、实现人物形象的价值，都需要遵循一定的原则。这一原则大致体现在两个方面。其一，遵循人物的逻辑原则，让人物拥有独立主体精神，具备自由生长的前提。所谓人物的主体精神，就是说文学中的人物形象虽然是作家的创造物，但是，人物一旦被创造出来，就应该具备自己的独立性格，会依照自己的性格逻辑发展，在一定程度上脱离作者的控制。这就是为什么文学史上许多作家在塑造人物时，往往会根据人物的发展需要修改或推翻自己原来的设想，重新安排情节和人物命运，甚至会被人物所感动和影响。典型如托尔斯泰根据安娜·卡列尼娜的性格发展改变了小说的结局，同样，福楼拜在写到爱玛自杀时不由自主地失声痛哭。所以，在塑造人物时，遵循人物的独立性格逻辑，赋予人物形象以充分的主体性，让他们成为真正有生命力的人，才是最大的成功。其二，遵循生活的逻辑，让人物与生活融为一个整体。生活是人物自由生长的重要基础。一方面，人物的生存背景是具体的生活，其主体性只能在生活中自在地呈现。生活的气息，以及生活的完整、真实是人物生长的必要条件。所以，传统文学的人物塑造固然非常注重对生活环境的细致再现，即使是现代主义文学，尝试对生活进行变形和扭曲式叙事，但也并不背离生活的一般原则。比如卡夫卡的《变形记》《地洞》等作品，以荒诞、变形的方式塑造人物，但也尽量遵从生活的原则，情节安排上符合生活逻辑，生活细节上追求真实。另一方面，人物只有来源于生活，与时代现实密切关联，才能真实折射出更广泛大众的生存状况，对人的生存处境和意义表达关注。约瑟夫·K的形象之所以有意义，就在于它高度集中地浓缩了后工业时代人被物质挤压的生存状况，它的价值与现实生活是密不可分的——我们可以设想一下，如果这一形象出现在19世纪或更早，它的意义绝对会大打折扣，甚至会被时代所湮没。

所以，对于中国当代作家来说，探索和创新、先锋与象征都是必要的，但传统也不是完全没有坚持的意义。特别是对于有着悠久人物形象审美历史的中国文学来说，优秀的个性化人物形象是其维系与大众关系的重要纽带，也是创造和保持自身民族个性的重要内容。

最后再回到《江南三部曲》。我充分肯定作者格非在人物塑造上所付出的努力，甚至也不否定其塑造人物的方式——这些既代表着格非突破和创新的愿望，也体现出一定的新的美学质素。我只是认为在一些外在和内在因素的束缚下，作者有些很好的愿望没能充分地实现，影响了其形象塑造的最终效果。当然，我写这篇文章的主要目的并不在于对作品的简单臧否，而是以之为镜，窥探到当前文学人物形象塑造中更普遍的症结和问题，提供给作家们更多的借镜和反思。毕竟，文学人物形象的塑造关乎文学的整体和未来，我们期待欣赏到更加丰富而优美的人物形象画廊，也希望文学能够与生活、与人（大众）有更深入的关联，呈现出更丰沛的创造力和生命力。

刘震云小说荒诞意识的生成和意义

一

刘震云的小说创作较多现实题材，艺术上也多采用写实手法，因此，在 20 世纪 90 年代初，他曾被评论家们纳入新写实小说的阵营中，以"新写实作家"而闻名。然而，如果我们细致体察，而且不拘泥于西方化的概念内涵，那么，荒诞确实可以看作刘震云小说一个引人注目的特点。

在刘震云的小说中，荒诞主要表现在两个方面，其一是故事情节。刘震云的小说虽然大多采用写实手法，但许多故事情节包括一些细节的安排都颇具戏剧色彩。它们不完全是生活的写实，而是带有戏谑和调侃的气息，游走在真实与虚幻的边缘。最典型的是以"故乡"系列为代表的长篇历史小说，这些作品将漫长的中国历史浓缩成权力争夺的黑暗史、喜剧史，以及大人物的欲望史和小人物的受难史。历史记载中很庄严、很重大的人物和事件，在刘震云笔下，一概成为被调侃和嘲弄的对象。人物思想和行动的目的丝毫没有崇高的意义，而是非常鄙俗和简单，人物之间的关系也充斥着欲望和恶俗的趣味。这显然不是对历史的写实，而是蕴含着人为的虚构和嘲弄因素，戏谑和荒诞是其本质。[1] 历史小说之外，刘震云的许多现实题材小说也存在类似特征。比如其早期作品《新兵连》，"老肥""元首"等几个新兵为了争夺个人利益，上演了许多滑稽可笑的故事。不能说

---

[1] 参见贺仲明：《独特的农民文化历史观——论刘震云的新历史小说》，《当代文坛》1996 年第 4 期。

这些故事完全属于虚构，但由如此集中而戏剧化的表现，确实看得出作者的着意安排，许多情节也充斥着荒诞意味。同样，其近期创作的《我不是潘金莲》，作品的笔法虽然很写实，但故事构架却颇具戏剧色彩，呈现出夸张和荒诞的特征。[①]

其二是精神内涵。刘震云小说的荒诞不仅限于故事，而是更普遍地表现在精神内涵上，具体来说就是通过人物感受来表达对生活的荒诞化认识。一般而言，荒诞故事背后肯定会包含着精神的荒诞，"故乡"系列作品表现出对正统历史的嘲弄，也充满着历史的虚无感；《新兵连》中人物荒诞滑稽的背后，也充满着对现实的无奈与沉痛。不过在刘震云笔下，那些看起来很正常的故事背后也往往隐藏着荒诞的精神实质。刘震云的大部分现实题材作品，如《塔铺》《一地鸡毛》《单位》等，故事都很日常化，作品中的人物都生活在非常普通的环境中，他们如大多数人一样在努力生活，追求着更高的目标和意义，但是，生活的发展方向却并不与这些努力成正比，而是与之构成了反讽式的对应关系，生活也因此丧失了合理的逻辑和意义内涵。几乎无一例外，在这些作品中，处在生活洪流中的人物，再主动，再努力，都无法把握生活的方向，他们的生活中充满着压迫，被偶然性和无规则性所裹挟。在这种生活面前，个人不可预测，更难以把握自己的命运，他们的生命尊严和自主意识被完全剥夺，显得无比渺小、卑微和无奈。在这种无法阻挡、不可遏制的生活中间，在生活的非正常轨迹和偶然性背后，存在着对人的压制和奴役，这也是对生命意义的消解，其实质就是荒诞。

比如《塔铺》，主人公努力追求着自己的美好未来，但现实却无情地摧毁了他的梦想。特别是《单位》中的小林，他最初对生活充满着热情，希望以自己的主动性改变和主导生活，但现实的发展却完全不合逻辑：入党不凭思想觉悟高，而是要会讨好领导。于是，他只能放弃自己曾经的浪漫和热情，转向世俗和沉沦。《官人》《官场》等中的官场人物也如此。

---

① 参见汪树东：《民间精神与荒诞的权力运作机制：论刘震云〈我不是潘金莲〉的叙事伦理》，《海南师范大学学报》（社会科学版）2013年第8期。

几个官员为了一个职位争得死去活来，最后却是几败俱伤，获胜不是依靠实力，而是充满了偶然性，对此，他们只能发出荒诞和虚无的慨叹。《我不是潘金莲》和《一句顶一万句》也一样。前者中的女主人公李雪莲本是一个本分的农民，只是为了澄清一个被曲解的事实，想洗刷自己身上的污名，但事实上，她却如同掉进了一个怪圈当中，永远无法实现自己的初衷。故事中的每个人都在努力追求好的生活，特别是希望得到理解、友谊和关怀，寻找一个能够说上话的人。但是，生活的艰难、误解和差错却使这一切显得那么艰难而又遥不可及，结果几乎是早就注定的，那就是每一个人其实都是孤独的，都是寻求不到理解的……

在文学史上，作家们对荒诞有多样化的认识，表现方式更是丰富多样。就对荒诞的意图指向而言，大体存在两种形式。一种指向他者，也就是以俯视和嘲讽的姿态指出他人生活与行为的荒诞性，其内涵比较轻松，近于幽默与讽刺。如西方长篇小说鼻祖塞万提斯的《堂吉诃德》，中国当代作家王蒙的许多作品，都是如此。另一种的否定对象不只指向他人，同时包含着自身，它在情感上更为沉重，精神上更近于反讽。比如加缪的《局外人》、美国的"黑色幽默"作品都是如此。刘震云小说中的荒诞指向基本上属于后一种。换言之，刘震云小说中的荒诞不是一种简单的文学方法，也不是外在的社会批判，而是一种深层的内在精神，它蕴含着刘震云对生活的独特理解，体现出他对生命的观照立场和态度。

其一是对生活整体上的否定和批判。刘震云曾经将他的小说与现实生活对比，以显示他对现实的态度："有人说我的小说特别幽默。我不幽默的，我只是把真实写出来，就幽默了。"[1] 在谈到《我不是潘金莲》时他也再次表示："真正幽默的不是我，是生活本身，我不生产幽默，我只是生活的搬运工。作为一名写作者，我只是还原生活本身，所以如果要说我的作品幽默，那就是我们的生活幽默，就好似作品中的李雪莲，真真实实的故事，却看起来很荒诞，她是在以严肃对待荒诞，所以说我们生活在一

----

[1] 陈涛、郑婕：《刘震云：我只是把真实写出来，就很幽默了》，《中国新闻周刊》2012 年第 30 期。

个喜剧时代。"① 也就是说，刘震云展示生活的荒诞，意图在于对生活荒诞的揭示和批判，其背后蕴含的是对生活的强烈否定态度。事实上，结合他的历史题材作品，可以说，刘震云的作品是在全方位地展示生活的荒诞，表达对生活整体的批判和否定。他对历史上那些"大人物"的荒淫无耻是批判，对现实中官场人物无休止的争权逐利是批判，对"小人物"永远没有希望的苦难生涯、对那些窒息人精神和自主性的"单位"也未尝不是否定和批判。在刘震云所有这些以荒诞为基调的叙述中，我们可以深切地体会到作者对生活，从历史到现实，从政治到文化，从权力者到被统治者，几乎无所不及的整体否定态度。

其二是对生存的虚无化认识。虚无就是意义感的丧失。在刘震云的作品（特别是较早期作品）中，与荒诞相伴随的，是让人看不到希望的无奈和绝望感。在"故乡"系列和《温故一九四二》等历史叙述中，权力争斗笼罩着整个历史。任何时代，都少不了强权对弱者的压榨和侵凌，处处可见强者欲望无节制的宣泄，以及弱者永远没有希望的痛苦和血泪。同样，在《单位》等作品中，"小林们"永远只能无奈地随着生活沉沦，只能眼睁睁看着自己的希望、理想被现实玷污和侵蚀，自己却无能为力。也就是说，从实质上看，刘震云的绝大多数作品都蕴含着比较强烈的悲剧性，或者说，刘震云某些作品表面上可能显得幽默轻松，但内涵却始终是压抑、沉重的，无奈和虚无浸透于作品的每一个角落。从这个角度说，荒诞既是以反讽排解痛苦的方式，同时又是痛苦的化身。

从精神层面上说，一个人不可能长期生活在沉重和虚无之中，作家的创作也是这样，需要适度地从沉重中解脱出来，通过其他方式得到舒缓和调剂。也许正是因为如此，刘震云小说创作中对于荒诞的表现并不是持续不变的，而是呈现出波浪式的状态：《塔铺》之前，刘震云的作品是最沉重和压抑的②；《新兵连》之后，特别是到了"故乡"系列作品，反讽意

---

① 孙若茜：《刘震云：我不生产幽默，我只是生活的搬运工》，《三联生活周刊》2012 年第 35 期。

② 贺仲明：《放逐与逃亡——论刘震云创作的意义及其精神困境》，《中州学刊》1997 年第 3 期。

识更强，荒诞色彩也更浓烈。之后，《我叫刘跃进》《手机》等作品又相对逸出荒诞、迹近幽默。再到《一句顶一万句》和《我不是潘金莲》，又回到荒诞，不过内涵略有变化，虚无色彩弱化，可以从中见到一些希望的亮色。可以说，刘震云的创作也许不是始终在表现荒诞，但却一直在荒诞的四周逡巡。我们可以这样理解，荒诞是刘震云创作的本质核心，那些荒诞意识不明显的作品只是在积蓄力量，是潜在的荒诞，是对荒诞的另一种积累。

二

刘震云小说中的荒诞意识融汇在中国社会的历史和现实生活中，其精神资源也密切关联着中国社会的本土生活，关联着刘震云与这种生活的情感和文化联系，以及对之进行的深入思考和超越。

具体而言，对中国农民的深切情感，是刘震云荒诞意识最重要的精神资源。或者说，对中国农民的熟悉、关怀，特别是血浓于水的深厚感情，是刘震云小说荒诞意识产生最重要的原因，也是他小说荒诞感的生发点。由于文化和教育等方面的原因，在历史和现实的各种维度上，农民们常常处于失语状态，难以在文学（除了处于自然生存状态下的民间文学）中发出自己的声音。"五四"后的新文学对此有所突破，第一次让底层农民的现实生活进入文学舞台，塑造了真正的农民形象，还出现了像赵树理这样站在农民的立场为农民说话、仗义执言的作家。在这个方面说，刘震云是类作家的重要继承者，也是一个拓展者。

刘震云无疑是关注农民阶层的，他小说中所表现的人物绝大多数是中国农民，即使有些作品中的人物不是农民，也基本上都来自农村，与农村有着密切的现实和情感关系，属于"前农民"。可以说，农民始终是刘震云的关注点。刘震云有一段话清晰地表达了他对农民的关注，也解释了为什么从创作伊始到现在，他始终都围绕着乡村（包括来自乡村的人物）写作，几乎没有离开过这一领域："目前乡村发生了这么多的变化，没有人反映，许多中国作家还停留在对乡村的童年记忆里。不过，就算别人不写，我写，我会把这一块补起来的。""不是生活表面对你的启发，而是生活内部的漩涡里面，深藏的生活逻辑，给你带来的思考。"①

值得特别指出的是，刘震云对农民（或者来自乡村的"前农民"）的关注，不是对前人的简单继承，而是有明显的深入和拓展。这主要表现在他不只是将关注的目光放在现实物质层面，而是深入心灵和情感世界上。在贯穿刘震云创作历史的所有作品中，他始终将笔触放在与乡村有密切联系的、身处社会底层的多类型小人物身上，深入这些农民和"前农民"的精神世界，既书写他们生活中的各种辛酸、苦痛，展示他们的生存之艰和理解之难，同时又揭示他们在生活压力下的心灵创痛和无奈，甚至也包括精神的扭曲和变形。作者融批判和同情于一炉，艺术表现集写实与荒诞于一体。由新文学发展历史看，不乏赵树理这样侧重展现农民现实苦痛的作家，但像刘震云这些执着而深入地关注农民（"前农民"）精神世界，特别是反映他们内心苦痛和渴求的作品（其中最值得指出的是《一句顶一万句》，这也是刘震云类似作品中最有深度的一部），确实几乎没有过。也正因此，刘震云的创作对表现中国乡村，特别是农民世界具有某种突破性意义。而从另一个方面说，刘震云之能够做到如此，正体现了他与乡村情感之深厚，他文学创作与乡村情感关系之密切。

刘震云小说荒诞意识的另一精神资源，是农民文化的影响。情感与文化有着密切关联，但又不尽相同。刘震云的小说中蕴含着乡村感情，又受到农民文化的较大影响，体现出农民文化的某些色彩。从思想层面看，刘震云小说中对历史和生活的荒诞化认识，就多少与农民文化有关。在漫长的历史中，农民一直都处于底层和边缘的位置，体会着生存的艰难与意义的迷失。在这种情况下，农民最可能产生的是两种情感态度：一是惰性，其背后是消极、被动的拒绝心态，这一点，鲁迅的《阿Q正传》等作品中做了比较深入的揭示和反映，也就是我们习称的"精神胜利法"；二是荒诞感，就是将生活戏剧化、反讽化，比如中国乡村的民间歌谣和戏剧，以及某些说书作品，都是将帝王、官场生活荒诞化，以调侃和冷嘲热讽的姿态表达出农民的否定立场。刘震云的作品集中表现了后一点。无论是"故

---

① 尹平平：《刘震云：别人不写当代乡村，我写》，《新华每日电讯》2012年8月17日。

乡"系列还是"官场"系列，以及《我不是潘金莲》等作品，一律对各种大人物和官场人物予以荒诞化的处理和书写，在戏谑和嘲讽的背后蕴含着对权力朴素单纯的否定态度，其中有受压迫者的无奈和酸楚，又有边缘者的旁观和嘲弄。

从艺术层面看，刘震云小说也可见到农民文化的影响。其一是语言。刘震云小说（特别是他创作成熟后的小说）语言以缠绕纠结见长，同时带有很浓郁的生活色彩。从表达上看，这些语言显得有些啰唆，但句式不是欧化的长句，而是由无数相关联的生活化短句构成。这种日常的生活语言就像两个农民在有一句没一句地闲谈，虽然啰唆，却非常生活化，理解起来完全没有障碍。比如《一句顶一万句》的开头："杨百顺他爹是个卖豆腐的。别人叫他卖豆腐的老杨。老杨除了卖豆腐，入夏还卖凉粉。卖豆腐的老杨，和马家庄赶大车的老马是好朋友。两人本不该成为朋友，因老马常常欺负老杨。"六十来个字，就包含五个句子，生活气息很浓。而且，刘震云小说的语言非常口语化，用词浅显直白，都是日常大白话，全无生僻辞藻，语法也相当简单，充斥着许多带有河南地方色彩的口语特征。这些语言，既来源于中国农民（主要是河南农民）的生活，也可以看到在中国乡村很流行的说书体文学的某些特征。其二是故事讲述方式。刘震云写作非常注重故事性，绝大部分小说都是由人物故事贯穿起来，通过故事来推动情节。最典型的如《一句顶一万句》，小说的叙述完全随故事流转，故事是作品的中心，人物却成为故事的附属物。这种叙述方式很容易让我们想到中国古代文学中的《水浒传》《儒林外史》和《老残游记》，也容易联想到赵树理的《李有才板话》和《小二黑结婚》等作品。确实，刘震云小说的这种结构方式是对中国传统文化（农民文化）的继承，从中可以寻觅到中国古典文学，特别是传统话本小说的深刻渊源。

刘震云荒诞意识的第三重精神资源，是对更广泛的人类生存状态的关怀。刘震云的小说创作以农民立场为核心，但并不局限于农民视野，而是对其进行了升华和超越，上升到人类关怀的高度。表现在创作上，一是刘震云并不是简单维护农民，而是对其有非常峻切的批判。也可以说，他的荒诞意识既源于农民的地位、遭遇，也源于他看到了农民的缺陷，因此才会那么沉重和失望，并表现出强烈的虚无感。他既批判了社会对于农民的奴役和掠夺，又揭示了农民们匍匐、颠顸和扭曲的状态。或者说，农民既是牺牲者，也始终是未觉醒者，甚至是盲目的追求者。对于农民，刘震云的态度是既爱且痛——这一点与鲁迅的"哀其不幸，怒其不争"有一定的相似性，二者都是立足于现实关切、以峻切的姿态来塑造和表现农民，虽然二者之间也有很显著的差异。二是刘震云能够从对农民自身的批判上升到对人性的认识和批判，由对农民生存困境和命运的关注拓展到更广泛的对人命运和困境的关注。也许因为刘震云如同他作品中的人物小林一样，在乡村和城市中都深刻体会到了黑暗和不公，因此，他能够在保持清醒冷峻批判性的同时，又能从虚无和绝望中逐渐走出来，由农民个体和群体向更深远的人类关怀进发，探索更广阔、更辽远的人性世界。这一点，在他的《一句顶一万句》中表现得最为充分。作品中写的虽然是农民，关注的是农民的灵魂世界，但是其精神实质已经超越了人物和故事本身，实现的是对更广泛和更抽象的人性世界的关怀。这一点，极大地提升了刘震云创作的境界，也体现了他在创作资源上的深层超越。

三

在当代小说创作中，乃至在中国新文学的创作历史上，刘震云小说对荒诞意识的表现都具有突出的积极意义。

首先，刘震云的小说通过荒诞意识深度揭示了中国的现实，并在一定程度上连接了中国文化（文学）的传统。很多人认为，荒诞是西方文化的概念，不适合用来谈论中国的文学和现实。也正因为如此，许多中国文学理论所谈论的荒诞也完全源自西方文化语境，蕴含的是西方文化的哲学和思想内涵。近年来我们一些作品对荒诞的表现，也基本上是立足于西方语境，侧重从个体精神自发的虚无意识出发。但是，如果超越了概念的狭隘，我们对荒诞应该有更丰富也更全面的理解。因为尽管荒诞的概念来自西方，但在现实中，荒诞的存在却是具有普遍性的。在任何时代、任何社会，只要有生存压力的存在，甚至可以说，只要生命还没有完全摆脱时间的限制，都一定会存在生活的荒诞，以及人们对生活的荒诞化认识。

中国社会自然也不例外。我们一般谈论中西方文化之差别，强调中国文化看重现实而不重抽象，重视集体意识，忽视个人意识。这确实有一定道理，但这并不是说中国传统文化中完全不存在对生命虚幻和荒诞的体认。事实上，在中国古代文学中，民间传说中的济公、阿凡提等，都蕴含着荒诞及与荒诞抗争的精神实质。文学中，庄子的庄周梦蝶、鼓盆而歌，魏晋刘伶的醉生梦死、阮籍的穷途而哭，以及陈子昂的《登幽州台歌》、《红楼梦》中的"好了歌"，《聊斋志异》中的《席方平》《促织》，都蕴含着古代文人对人生价值的虚无和荒诞认识。

不能说刘震云小说中荒诞意识的产生没有西方文学影响的因素（由其反讽的叙述基调就可以看到西方文学的某些特质），但却更多中国传统和本土意识。从内涵上说，他作品中的荒诞与西方概念里的荒诞有着根本性的区别。诸如西方"荒诞派戏剧"和"黑色幽默小说"等表现荒诞的文学流派，都是从个体感受出发，关注的是更宏阔、抽象、关联人生存本质意义的荒诞，或者说是带有本体色彩的荒诞。但是刘震云不一样，他表现的是生活意义上的荒诞，其基础是生存的艰难、现实的困惑（比较而言，《一句顶一万句》具有某些形而上的意味，但也没有脱离现实关注的基础）。可以说，刘震云小说荒诞的本质是写实的，是现实的，他以荒诞的方式深刻展示了中国农民的生存困境，这种荒诞来自本土生活，来自中国土地上的农民和其他底层大众，是对于现实本土生活真实处境的折射。

其次，刘震云荒诞意识背后的立场值得充分肯定。正如前所述，刘震云小说荒诞意识背后隐含的是强烈的生活批判立场，充满对弱者的同情。他的作品虽然采用荒诞化手法，但态度上并非骑墙派，而是方式巧妙，叙述者的价值立场非常鲜明。比如"故乡"系列和《温故一九四二》中对历史的荒诞化书写，特别是《温故一九四二》中的虚无态度，可以说，刘震云是完全站在底层农民的立场上来审视和评判历史。对此，也许很多人不会认同，但我们可以充分感受到这种态度背后所蕴含的强烈感情——对弱者处境的理解和同情。比较那种完全无原则的书写立场，这种历史观是有存在的价值的。同样，《一地鸡毛》《单位》等作品中对小人物的同情式书写也曾经受到一些评论家的批评，认为它们缺乏对"小林们"的批判，是"零度情感"书写，丧失了知识分子的价值立场。然而实际上，正如刘震云一直否认自己是新写实小说代表作家一样，这些作品并非没有批判现实和人文关切的立场，只是表现方式比较曲折和隐晦而已。特别是《我不是潘金莲》，作品直接面对现实中尖锐的问题，与当前流行的许多粉饰现实的作品相比，其勇气和立场都很值得赞赏。

还值得指出的是，正如刘震云对自己笔下人物的评价，"我对他们有认同感，充满了理解。在创作作品时同他们站在同一个台阶上，用同样的心理进行创作。这同站在知识分子立场上是不同的，创作视角不一样"[1]，刘震云对生活的荒诞化表现，不是高居于人物与生活之上的俯视，而是与人物站立在同一高度，与他们同喜同悲，体现了对人物的充分尊重和关怀。《一地鸡毛》、《单位》、"官场"系列在问世之后之所以受到广泛欢迎，正是因为作者的这种叙述立场，是其中蕴含的强烈理解和同情在精神上感动着读者。有西方学者曾经这样评论美国的荒诞派小说："所有这些主人公在开始他们的探索时，已经认识到了这个世界的无意义，认识到了虚假和理想的无法实现；然而，他们的探索最终都是以肯定的姿态而结束的，这种姿态显然是出于他们认识到了爱的意义。"[2]如果说刘震云的早期创作在这方面略有不足的话，那么，他后期作品的这一特点则体现得越来越明显。

再次，刘震云在对荒诞艺术的应用，特别是将这一艺术与本土生活融合方面，体现了相当的深度和独特的艺术感染力。荒诞是对生活的戏讽、夸张，是以比生活更虚化的方式来表现生活。相比纯粹的写实，这种艺术手法显然更富变化，具有更丰富的魅力特点。就像卡夫卡的《审判》和《城堡》等作品，以变形和夸张的方式表现现代工业社会人的生存处境，体现了特别的典型和真实，也赋予了其艺术独特的沉重和反讽意义。在这一点上，刘震云的小说既显示出卡夫卡的某些艺术特点，又兼备优秀批判现实主义作家契诃夫的某些个性，在他的作品中，依稀可见与契诃夫相类似的"含泪的笑"，也可以感受到卡夫卡式的无奈和沉重。这当中，《单位》《一地鸡毛》等作品最为典型，它们对小人物生存困境的展现，以及对他们心

---

[1] 周罡、刘震云：《在虚拟与真实间沉思——刘震云访谈录》，《小说评论》2002年第3期。

[2] 〔英〕阿诺德·P·欣契利夫：《荒诞派》，北岳文艺出版社1989年版，第170页。

灵挣扎和无奈堕落的叙述，融写实与反讽于一炉，轻微而深邃的荒诞感与生活本身的沉重自然地融为一体，既沉重而又深刻，艺术表现成熟而厚重。并且，刘震云的小说大都能够将荒诞书写融于日常生活之中，将生活的鲜活真切与荒诞化的理念自然结合起来，生活气息浓郁。特别是其小说语言，幽默生动，嬉笑怒骂皆成文章；小说结构独特，句式繁复，虽然也许会稍稍影响到小说的可读性（也许部分读者会觉得其太绕），但却自有其艺术特色，且具有独特的文化底蕴。

最后，刘震云的小说中对于荒诞意识的表现不是单一和孤立的，而是与多种艺术方法相结合，呈现出多元而巧妙的特征。比如，《单位》《一地鸡毛》等作品是与传统的写实艺术相结合，荒诞、批判蕴藏在冷静的生活叙述中；"故乡"系列是与夸张、幻想相结合，充满着大胆的想象和虚构；《我叫刘跃进》《我不是潘金莲》等则更多幽默、戏谑的特点；《一句顶一万句》则呈现出内敛式的幽默，深沉而让人深思……这些多样化的艺术表现，与生活的丰富性相统一，也使其艺术风格丰富而不单调，增添了艺术魅力。

当然，风格多样的艺术表现，存在着分寸把握的问题，或者说，如何恰当处理对荒诞的艺术表现，密切关联着对荒诞本质的理解，以及荒诞的精神指向。如果处理不恰当，可能会影响到作品的价值和意义。正如前所述，刘震云小说中的荒诞经常伴随着沉重和压抑，如果把握不当，就很容易流露出两种趋向：一是油滑，在沉重的压力下，以油滑、自嘲的方式进行心灵的解脱；二是虚无，漫游于虚无世界中，以另一种绝望来对抗绝望。刘震云的大部分创作都能够将荒诞的分寸把握得很好，将它自然地融入生活之中，但也有部分作品不同程度地存在油滑和虚无的趋向。比如《手机》《我叫刘跃进》等作品的部分叙述就略显轻浮，呈现出油滑的迹象。而其早期作品和"故乡"系列等则因为犀利的批判和弥漫的绝望而存在着虚无和绝望的趋向，过于夸张的艺术表现也使作品的审美效果打了折扣。

可喜的是，刘震云近年来的创作表现出了克服这些缺陷的倾向。他近期创作的《一句顶一万句》《我不是潘金莲》等作品，都很好地摆脱了轻浮的缺陷。更重要的是，它们都不同程度地展现了爱和温情，荒诞的虚无正在被现实中的爱和正义所消解。虽然不能简单地认为虚无就是文学的大敌，但毫无疑问，文学的最终指向应该是理想和希望，而不是绝望和虚无。人生充满荒诞，但是，正如有的西方学者所说："人的高贵在于他面对整个没有意义的现实世界的态度：从容地承认它，无所畏惧，毫无幻想——对它一笑置之。"① 真正优秀的艺术家不会被荒诞所击倒，而是能够对其进行超越。换句话说，面对生活的荒诞，一个伟大作家应该具有宽广、博大的胸怀和爱，这能够帮助他超越荒诞，实现思想和艺术的提升。比如卡夫卡虽然执着地表现世界的荒诞，但他的作品中始终留有"窗口"和"光亮"，并不令人绝望，而是给人信心。所以，刘震云表现出的创作倾向是他创作境界提升的结果，我也期待着他更进一步，实现更高层面的自我超越。

---

① 〔美〕查尔士·B·哈里斯：《文学传统的背叛者——美国当代荒诞派小说家》，仵从巨、高原译，陕西人民出版社 1987 年版，第 21 页。

退却中的坚守与超越

——论张炜近期的小说创作

在 20 世纪 90 年代初期，那个文化急剧转型的时代，张炜曾经因大力张扬"理想"和"道德"而受到关注并引起较大的争议，其创作倾向被一些人概括为"道德理想主义"。从那时到今天，张炜又有《你在高原》《丑行或浪漫》《刺猬歌》等大量作品问世。那么，张炜近期 [①] 的小说创作是否发生了变化，有没有什么是他一直坚持的？结合历史来看今天，能够更清晰地把握作家的心路历程，更准确地认识其创作上的得与失，也有助于我们更好地认识时代文学的整体面貌。

一

从作家与现实之间的关系来说，有趋时和退却的不同态度。趋时者多认同、切近甚至趋附现实，退却者则多拒绝、疏离和否定现实。在多年前对张炜的评论文章中，我认为他的创作方向具有向后"退却"的特点。 [②] 审视张炜近期的创作，这一特点依然存在，甚至较之此前，其退却的姿态更明确也更清晰。具体说，这种姿态表现在以下三个方面：

其一，创作题材上与现实的疏离。创作题材是作家与现实关系最直观

---

① 从张炜的创作阶段而论，本文中"近期"的时间范围大致是 1996 年以来的二十年。

② 贺仲明：《否定中的溃退与背离：八十年代精神之一种嬗变——以张炜为例》，《文艺争鸣》2000 年第 3 期。

的表现。从早期创作看，张炜是一个与现实关联比较密切的作家，以《声音》《一潭清水》和"秋天"系列等为代表的作品直面乡村现实改革，表达了或赞同或忧虑的态度。不过，从 1992 年的《九月寓言》开始，张炜的创作比较明显地朝着疏离现实的方向发展。作品中名为"艇鲅"的小渔村虽有具体的现实背景，但象征和超现实色彩已相当浓厚，作品以"寓言"来命名正体现了这一点。

张炜近期创作中这一特点更为突出。就总体精神而言，正如张炜所声称的，"'文学'是什么？文学就是回忆。它大致在写'过去时'，记下了一些往昔事情……这等于是把丢失的时间再找回来"①，他这一时期的绝大部分作品都具有个人心灵史诗的意味。从人物主体出发对往昔生活的追忆和思辨，以及对遥远历史和民间传说的记叙，构成了其作品的基本内容。所以，虽然张炜这期间多达数百万字的长篇小说也写到了繁杂的生活，从底层的农村拆迁、金矿工人劳作，到中产阶层教授学者的追名逐利，再到高级官员和资本家的腐朽贪婪，都有不同程度的涉及。但是，作品中对这些生活的表现基本上是浅尝辄止，既没有完整曲折的生活故事，也没有细致质朴的细节再现，它们只是杂糅于传奇、浪漫和想象之中，承担着主人公生活背景和故事转换的功能，完全处于边缘和陪衬的位置。与其说这些作品的中心是展示现实，不如说主要是在借以表达主人公的思想和感受。并且，张炜近期还有不少游离于现实之外的作品。如果说《鹿眼》和《蘑菇七种》等还属于现实边缘书写的话，那么，张炜最近几年创作的《半岛哈里哈气》《小爱物》和《海边妖怪小记》等作品已经属于纯粹的童话故事，虚构半岛或森林魅惑，主人公都是儿童或动物，与现实社会之间已没有直接关联。

其二，创作态度上对现实的否定和拒绝。张炜曾多次在散文中表达对现实的不满②，并坦言："我对整个越来越吵闹的成人世界是反应强烈的。

---

① 张炜：《安静的故事》，见《张炜文集》（第 45 卷），作家出版社 2014 年版，第 24 页。

② 张炜《潮流、媒体与我们——在香港电台的演讲》等文中比较集中地表达了这种态度，此外《人的杂志》中的《驳黄夜书》也充分而激烈地展示了这一立场。

我当然不喜欢、不习惯，本能地要躲避和反抗。……我对付它的方法就是不断地靠想象返回自己的过去，进入我的那片莽影。"① 张炜近期创作的主旨也是这样。作品中所展现的现实世界都呈现出负面的基本色调，无论是上层的官僚和资产者集团，还是知识分子群体和一般平常百姓，都被欲望、权力所主宰，这是丑恶对美善的伤害，是喧嚣对宁静的毁灭。对如此现实，作者的态度是非常明确的批判和拒绝。这主要通过作品中诸多主人公的生存状态来展现。这些主人公都是生活中的失意者，更对现实持有强烈的不满和批判态度，现实困厄与心灵拒绝之间的尖锐对立，构成了这些人物的基本生存特征。张炜这些作品的主人公都带有强烈的叙述者主体色彩，也就是说，作者的叙述立场与主人公之间有着高度的契合，对现实的否定既是人物的立场，也是作者的立场。

否定现实还有一种方式是寻找和构造另一个世界，张炜就是如此。如他很认同的持有"生活在别处"姿态的米兰·昆德拉一样，张炜也着意在作品中营造了一个"别处"的世界。其于 20 世纪 90 年代初创作的《柏慧》的主人公开了选择"葡萄园"逃离现实、遗世而居的先河。此后，张炜的很多作品都沿用了葡萄园这个意象（后来又发展为"荒野""野地"等），建构起现实之外的另一个世界——对于张炜来说，"葡萄园"并非现实的乡村世界，它更是一个心灵的所在地，一个属于理想和精神的处所。它蕴含的是自然宁静的精神和美善的道德品格，既对比于现实，也蕴含着强烈的拒绝和防卫姿态——其作品中的每一个主人公，都怀有逃避现实、奔赴荒野自然的强烈渴望。离开充满欲望和失落感的城市，到广阔自由的大自然中去游荡和陶醉，是他们生命中的最大快乐和最高梦想。正如张炜代表作《你在高原》的副标题"一个地质工作者的手记"，主人公宁珂几乎始终在城市现实与野地之间的游荡徘徊；《外省书》中的史珂从京城逃到偏僻的海滨城市，最后落脚于荒凉废弃的旧屋子，不断地从现实退避成为他生活方式的基本缩影；《刺猬歌》中的廖麦最终也离开城市，渴望到乡村农场中去过贴近自然的生活；《丑行或浪漫》更以在城市深陷于无奈和孤

---

① 张炜、王光东：《张炜王光东对话录》，苏州大学出版社 2003 年版，第 205 页。

独之中的铜娃，对比于充溢着乡村自由和旺盛生命力的刘蜜蜡。铜娃对刘蜜蜡的强烈渴望和依恋，正源于因现实的极度匮乏而产生的强烈梦想。

其三，艺术上的非现实化特征。张炜文学创作艺术特征的总体倾向是从写实向抒情和思辨发展。特别是近期作品中，抒情、思辨和象征成为最主要的艺术表现方式。以《你在高原》为例，如张炜自己所说："它们无论有多么完整，有多少头尾相衔的故事，在我漫长的心史之章里，也仍旧像断断续续的自语或日记，恍惚，内向，琐屑，芜杂……"[1]作品中虽然叙述了多个故事，但它们几乎都是零散和片段式的，只有宁珂的情感和思辨在贯穿和主导。换句话说，整部作品就像一首循环往复的抒情曲和哲理诗，宁珂不断变化的行踪是其轨迹，而其情感的抒发和思绪的流动则构成作品的基本结构和中心。对此，一些评论家表示了批评态度，但其实，张炜创作所追寻的目标本就不是写实，也不在于塑造人物，而是营造诗意。近年来，张炜多次表达对诗歌和童心的大力推崇："纯文学作家应该更具备童心和诗心。我一直认为，童心和诗心才是文学的核心。"[2]"诗无论从哪一个方向来说，都是相当的敏感和深邃的、极独特的一次抵达和综合，当然包含了最大的喜悦，所谓的凄美、壮美和悲剧美，甚至还有其他，全都包含其中。它是整个的综合，最敏感、最深邃、最个人性和最具有敏悟力的独特的呈现，诗是这些东西。"[3]为此，张炜近年创作了比小说数量更为庞大的散文和诗歌作品。我们都知道，在所有文学形式中，虚构的小说对应着更广泛的现实，而以真实为前提的散文更偏向个人世界，诗歌更是典型的内倾型文体，与现实世界相隔最远。显然，张炜的文体选择与他创作题材和艺术特征上的变化一样，蕴含的都是对现实的疏离和拒绝。

退却是张炜近期创作的趋向，但退却并不一定就是溃败，它还有另一种内涵，就是战略性的撤退。张炜显然属于后一种。在散文和创作谈中，

①张炜：《精神的去处——关于〈我的田园〉》，见《张炜文集》（第37卷），作家出版社2014年版，第13页。

②张炜：《诗心和童心》，见《张炜文集》（第45卷），作家出版社2014年版，第30页。

③张炜：《张炜文集》（第44卷），作家出版社2014年版，第279页。

张炜多次表达了自觉远离时代和现实的思想。他反对作家过于切近现实，认为："作家对时代要有遥视的能力……有时需要训练自己遥视和退开的能力，远远地打量当代生活。对时代退一步看，更能明了我们处于什么时代；跟各个不同的民族去比，就更能认识我们民族的特征。"[1] 他还将优秀的文学家定位为"必须是全球化进程中的一些逆行者"[2]。包括文学阅读，张炜也大力推崇传统经典作品，对当下流行的作品，特别是通俗文学和网络文学作品坚决拒绝和批评。[3] 由此可见，张炜的退却是他自觉选择的文学姿态，目的是更好地表现他对现实的看法，或者说是为了更好地表现他的坚持——事实上，正是这种与大多数作家不一样的坚持姿态，构成了张炜20世纪90年代初期文学创作的显著特色，也使他在当年成为"抵抗投降"的代名词。这一点，在张炜近期创作中依然如故。正如张炜代表作的标题"你在高原"的寓意，追求一种超越"平原"的"高原"精神，不苟同于世俗与平庸，并在拒绝中坚守和追求，是张炜近期退却姿态的深层底蕴，也是他高度自觉的创作目标。具体说，张炜所坚守的精神内涵主要表现为两个主题：

其一，道德，或者说善。道德守护是张炜20世纪90年代初期作品的最大特色，也是他最具争议之处。近期张炜作品虽然有所变化，却依然保持着这一基本倾向。比如，"家族"仍然是其许多作品的重要表现内容，在品评人物和时势时，善良和忠诚与否是其最基本的人格标准，即使是如何对待女性和友情这样的生活细节，也常被其作为评判人物品行的标准。至于对品德善恶的褒贬，对行为美丑的评判，更是在作品中时时可见。典型的如《你在高原》中的《家族》《橡树路》《忆阿雅》等，道德质询始终处于其历史探究和现实追问的重要中心，作品也多方面地表现了善与恶、忠诚与背叛之间的尖锐对立。在《无边的游荡》中，作者对人物提出了一个尖锐的道德诘问："你准备和谁站在一起？"事实上，这种诘问贯

---

① 张炜：《七议》，见《张炜文集》（第42卷），作家出版社2014年版，第181页。

② 张炜：《与全球化逆行的文学写作》，见《张炜文集》（第40卷），作家出版社2014年版，第105页。

③ 张炜：《张炜文集》（第45卷），作家出版社2014年版，第51页。

穿于张炜近期许多作品中，它既是问人物，也是问读者，甚至也是作者自设的，从根本上显示出道德在张炜创作中未曾移易的重要位置。

其二，自然，准确地说是自然精神。自然，是张炜小说一个突出的内涵。从最基本的自然景观层面上说，从最初的"芦清河"系列开始，张炜就进行了特别关注，事实上，对自然景物和动植物的精细描摹已经成为他作品最显著的特色之一。此后，张炜作品中的"自然"内涵更为丰富，特别是近年来，他有意识地将"自然"与"野地"、"土地"和"生命"相联系，赋予其"自由""浪漫""神性""生命力"等精神特征，将人与自然的关系密切链接于人的根本生存方式。显然，在这里，自然已经升华为一种精神，已经与人类的生命状态、与人和自然的基本关系相沟通。所以，张炜将自然与自己的创作密切关联在一起："只有土地才从根本上决定了我们的性质，并且会一直左右我们。我们应该懂得从土地上寻找安慰、寻找智慧和灵感。我这不是一种虚指，而是说要到真实的泥土上去，到大自然中去。"[①]"田野上是生长繁衍各种生命的地方，是泥土。我觉得一个搞艺术的人，不管他是搞什么题材或体裁的人，都不能离开它。因为一离开它，就不会理解生命的奥秘。"[②]在近期作品中，张炜通过主人公们对自然世界的梦想、感悟和追求，对自然进行了鲜明而充分的表现。

二

上述张炜近期小说的创作特征，与他20世纪90年代初的创作有相当密切的联系，特别是在对道德的坚守上。然而，我们更可以感受到张炜不同时期的创作之间的许多差异。而且，细致审视张炜近期创作可以发现，这期间的张炜也并非一成不变，而是有着不断的变化和发展。

最为明显的表现，是主题中心从道德向自然精神的迁移。20世纪90

---

① 张炜：《你的树》，见《张炜自述：野地与行吟》，中国社会科学出版社2007年版，第117页。

② 张炜《田野的故事》，见《张炜自述：野地与行吟》，中国社会科学出版社2007年版，第134页。

年代初张炜以道德主题引人注目，近期创作中较早的部分与之关系非常密切，表现出较强的连续性和关联性。但是此后，张炜创作的主题有所变化，自然精神成为更重要的中心，而道德判断逐渐淡化，表现也更为内敛。以创作时间横跨最近二十年的《你在高原》为镜，可以清晰地看出这一嬗变过程：其中的《家族》《橡树路》等属于较早创作的作品，其主旨与20世纪90年代初的《柏慧》等大体相似，道德是其非常明确的中心内涵，但自《人的杂志》之后的作品，对自然精神的关注和倡导成为更加重要的思想，道德主题已经退为其次。

更深层次的表现，则是思想内涵上的深化趋向，这表现在两个方面。其一，对道德的理解更为深刻，并有所反思。张炜近期创作中道德色彩之弱化，源于张炜对其反思和扬弃。在近期的一篇文章中，张炜这样反思"善和恶"："所有的文学作品都不可能回避善和恶，都不可能回避价值取向和类似的行为内容。但问题是在经验世界里面不能把它简单化，不能塑造出一个完全的恶和完全的善，即便是极端的浪漫主义也不会那样简单。"①同时，他还对"二元对立"的思维方式进行了批评，认为它"是极其有害的，因为它遮蔽真实、幼稚化和简单化、浅表化"②，并表示了对意识形态色彩强烈的"理想主义"的拒绝态度。③在这一基础上，张炜的近期作品虽然还认同乃至赞美道德（善），但他更在努力探索善恶之间的深层次关系，对道德的理解更趋复杂和深刻。典型如《曙光与暮色》中对背叛的思索。作品中的庄周，因为无心之过成了告密者，深深地背叛和伤害了自己的友人。为此，他整个的后半生都活在忏悔中。作者指出，庄周虽然是一名背叛者，但却不能对其做简单的道德审判，而是需要更复杂地加以认识。再如《刺猬歌》，作者塑造的主人公廖麦，虽是一个道德理想的坚守者，但冷酷的现实导致了他的失败，也使他的人性变得扭曲，使他呈现出某些恶

---

① 张炜：《张炜文集》（第44卷），作家出版社2014年版，第237页。

② 张炜：《一旦凝固成"主义"》，见《张炜文集》（第45卷），作家出版社2014年版，第136页。

③ 张炜：《一旦凝固成"主义"》，见《张炜文集》（第45卷），作家出版社2014年版，第130页。

的品质。通过对这一形象的灵魂透视，张炜表达出对当前社会中道德理想精神价值的深刻质疑。在一篇创作谈中，张炜将这部作品定位为对理想主义的反思和批判之作："在理想主义被简化成标签的年代，这本书恰恰可以看作一部反'理想主义'的作品。"①

在以上理解和反思的基础上，张炜近期小说中的人物形象塑造有较大发展，他们不再是内涵相对单一的善与恶的承载者，而是身上的多重因素复杂地交织在一起。比如《海客谈瀛洲》中的霍闻海，《刺猬歌》中的唐童，都是恶的代表人物，但又很难简单地以恶来概括其整体形象，因为他们身上也有某些值得肯定的品质："我为他的那种巨大的创造力、行动感、单纯和好奇心所打动，但又很仇视他的掠夺和残忍的行为。"②同样，《刺猬歌》中廖麦的品质虽以善为基础，但也渗透了某些恶的因素。《能不忆蜀葵》中的淳于阳立，《外省书》中的师麟，包括其近期作品中的绝大多数人物，性格和品德都更加多元化和复杂化，很难以简单地用善恶是非来概括和判断。

其二，试图对道德和自然的复杂关系进行探究，并试图将它们融合。这是张炜道德反思的一部分，也是他反思的进一步深化。因为自然蕴含着自由的个性和生命力，它与讲究秩序和规范的道德之间必然会有冲突。张炜对道德的反思与他对自然的认识有关，也不可避免会遇到矛盾，作品中可以看到他的两难，但更可以看到他将二者融合起来的努力。较早的作品如《外省书》，书写了师麟、师辉父女的故事，女儿师辉对爱的理解是充分道德化的，并以对精神之爱的维护否定了肉体的、物质化的爱，她也得到了作者的充分肯定。但师麟却比较复杂，他虽有多情的泛爱，但却并非虚假，而是完全源于其真诚和旺盛生命力。或者说，他的行为既与传统道德构成尖锐冲突，却又蕴含着鲜明的自然精神特征。对此，作者的态度也颇为暧昧，在一定的否定之中又给予了有保留的肯定。作品另一主人公史

---

① 曹雪萍：《〈古船〉作者捧出"自己最好读"的长篇小说》，《新京报》2007年1月6日。

② 郭英德、李运富主编：《"丛林秘史"或野地悲歌——张炜与北师大师生关于〈刺猬歌〉的对话》，见《励耘学刊·文学卷：2008年第1辑》，学苑出版社2008年版。

珂在一定程度上构成了对他们父女的补充。他既遵循道德，不满于师麟的品行，但他又远非精神卫道士，年老的他也依然为年轻女性的美所吸引和感动。《能不忆蜀葵》这方面的意图更为明显。桤明和淳于阳立分别属于个性以道德和自然为中心的两类人，他们之间既有对立，却又互相吸引，一辈子都是有着深层精神关联的好友。在一定意义上，这两个形象能够相互补充，也形象地表现出道德与自然之间相悖又相融的复杂关系。其中，淳于阳立这一形象体现了张炜在自然与道德边界上的大胆探索。这一人物身上融合了多重复杂因素，杂糅着欲望与生命力，自私与天才的创造力，特别是他与陶陶阿姨之间超越世俗伦理的感情。对这一颇类似王尔德笔下道林·格雷的人物，作者并没有简单地进行鞭挞，而是给予了充分的宽容和理解，这既显示出张炜文学天平从道德向自然的明显倾斜，也是他努力融合二者的结果。在《你在高原》创作时间较晚的部分作品中，道德与自然之间更呈现出一种并行不悖、共同推进的趋势。作品的主人公宁珂可以说就是道德与自然的融合体。他一方面努力遵循和维护着善的观念，不满和对抗着现实中的丑恶；另一方面更选择以逃亡和游历的方式去追寻自然，让自然涤荡被丑恶现实污染了的心灵，让自然生命力弥补自己精神上的委顿。

对历史的思考，典型地体现出张炜近期小说创作在融合道德与自然关系上的努力。从《古船》开始，张炜一直很关注历史，但如果说《古船》的历史认识还主要是反思和寻求正义精神的话，那么，以《你在高原》为代表的作品所展现的历史观有了明显的变化。简要地说，这些作品判断历史的标准已经完全不再是传统的正义与非正义、政治上的是与非，而是以自然和生命、道德和伦理为中心。比如，它从自由、平等理想精神的角度，从不愿屈从于单调、腐朽生活的生命力勃发的角度来理解"革命"，肯定了一些革命者（如宁伽的父亲、外祖父等）走上革命道路的行为，但又从道德立场上，对那些不认同革命却道德高尚坚守信义的志士（如宁伽的叔祖父宁周义）表示了高度认可，更否定了革命过程中的背叛、暴力和屠戮行为，以及革命胜利后的道德腐朽，书写了诸如霍闻海、殷弓、飞脚、岳贞黎等众多革命人物。自然与道德双重视野下的革命历史也因此显得更加复杂而斑斓。

与 20 世纪 90 年代中期之前相比，张炜近期的创作无论是在思想内涵还是精神实质上，都有相当大的变化，或者更准确地说是实现了对自我的突破和超越——其思想比以前更为丰富、宽容，也更为复杂和斑驳。特别是他对道德与自然关系的探索相当大胆而前卫，与张炜曾经的"道德理想主义"形象形成了巨大反差。张炜的这一变化与之前并非完全没有联系，只是他以往的道德理想主义者形象太过高大，掩盖了其中的复杂因素。也正因如此，尽管张炜近期创作上的变化相当显著，但人们依然习惯于将张炜当作道德理想主义作家来看待，没有对其变化给予充分的关注。

张炜近期的变化并不是偶然和被动的，而是张炜自觉追求和改变的结果，具体说，是他努力向胶东地方文化——齐文化——开掘和吸纳的结果。作为一名山东作家，张炜的创作原本接受了较为浓厚的儒家文化影响，在《古船》、"秋天"系列作品的沉重历史感和道德责任意识中，可以充分感受到传统儒家知识分子的精神特征。但是近期，张炜对儒家文化有了批评和反思，更自觉地对其所在的半岛地区传统文化——具体说就是齐文化——进行了深入思考和探寻。为此，张炜积极参与以徐福为中心的齐文化传统纪念活动，考证、搜集、整理了大量文献，对齐国的地理、历史和文化进行了深入的探究，并表达了对其崇尚自然、追求自由，以及具有浪漫和强大生命力精神特征的充分推崇。

从小说背景、故事情节和艺术表现上看，张炜近期的作品也密切联系其家乡生活。它们多以胶东的海滨荒原为地理背景，运用地方的独特民俗和方言，大量叙述异人异事以及古代历史和民间传说。可以说，正如张炜多次声称其小说写的是"胶东半岛上发生的故事，而胶东半岛是我们通常所说的齐文化的核心地带"[1]，他是在非常自觉地将自己的创作与其家乡地方的自然、历史和文化联系起来，以之作为自己创作的源泉和命脉。对此，张炜有过多次明确的表达。他曾经谈到自己对家乡民俗生活和齐文化的迷恋，以及这一文化对他思想和创作的深刻影响："研究齐国的历史和资料，发现原来是在这个文化怀抱里孕育的，想不带它的口音、趣味、气息、

---

[1] 张炜：《在半岛上行走》，作家出版社 2009 年版，第 244 页。

气质都不可能。顺着这种自觉意识去发掘自己出生地的文化，她的全部资源，心里就有底。"①"不光《刺猬歌》，包括以前的《蘑菇七种》《古船》和《九月寓言》，它们的气都是相通的，都在齐文化的笼罩之下，在它的气脉下游走。"并认为"经过这种文化环境的熏染之后，会有新的感受，了解它，可以打通我所有的作品"②。

当然，张炜对齐文化并非无保留地认同，而是有所选择，在推崇其自由、自然精神之余，张炜对齐文化的"欲望""重商""功利"等特点也表示了明确的否定立场。换言之，在张炜的思想中，齐文化并非一种单一文化，而是一种多元文化。正如张炜所说："齐文化是一种飞翔的文化，浪漫的文化，幻想的文化。儒家文化会让我理性地审视自己，而齐文化将把我引向很远。"③正是这种文化的多元，特别是注重道德理想的鲁文化和注重自由自然精神的齐文化共同融合于张炜的思想和创作中，才带来了张炜近期创作的变化和发展。

三

尽管张炜近期创作的立场已不完全同于20世纪90年代，但毫无疑问，坚守的立场是他创作最显著的特点，也是他在社会大众中最突出的形象面貌，考察其近期创作的意义，不可回避这一点。我曾在多年前批评过张炜的创作立场，但今天看法有所改变。这一方面源于张炜创作立场上的变化。如前所言，张炜近期的创作立场更宽容，思想趋于复杂和客观，批判的视野也更开阔，更能体现出积极意义。另一方面，也与当前文学现实有关。中国社会正在发生复杂而巨大的变化，社会价值观多元而模糊，文学创作

---

① 张炜：《线性时间观及其他》，见《张炜文集》（第42卷），作家出版社2014年版，第254页。

② 郭英德、李运富主编：《"丛林秘史"或大野悲歌——张炜与北师大师生关于〈刺猬歌〉的对话》，见《励耘学刊·文学卷：2008年第1辑》，学苑出版社2008年版。

③ 张炜：《翱翔于云端的精灵——答〈人民日报〉》，见《张炜文集》（第38卷），作家出版社2014年版，第82页。

也呈现出价值立场的缺失，矛盾、焦虑，甚至仇恨的心理充斥于文学中，表现出对现实变化茫然和迷惘的心态。从这个角度上说，张炜敢于批判、有所坚持本身就是一种意义，这也是文学存在的价值前提。事实上，在物质文化居于绝对主导地位的当下中国，以精神的价值来表达对现实的强烈批判和否定，是文学的正常反应。我以为，作为当代中国为数不多的以坚持和批判为特色的作家，张炜应该能够在未来的文学史中占有一席之地。

由此，可以关联到对张炜近期创作的美学价值评判。浪漫主义文学是一种不完全遵照现实规则来创作的文学，由于多种原因，近年来的中国文学已经远离了浪漫主义，但实际上，正如任何时代都不能缺少文学，浪漫主义文学并没有失去其意义。特别是在物质主义盛行的今天，浪漫主义文学不失为一种回应现实的有效方式："灵性被驱逐出这个世界，取而代之的是一个机械化的物质主义。这样一个枯燥乏味，毫无生气的物质主义世界使得浪漫派投向自然的怀抱，去那儿寻找美的源泉和那种神所赋予的秩序。这个自然的世界与虚假、丑陋的人的世界形成了强烈的对比。"[1] 在这个意义上，我不赞同一些批评家将张炜等"50后"作家的创作疏离现实生活视为一个重要缺陷的观点。我以为，题材不能决定作品和作家创作的意义，不直接书写现实并不意味着对现实没有表达。张炜执着地站在现实的边缘思考和记录，坚持纯文学的写作姿态，既具有记录时代思想的意义，也是一种有意义的现实书写。而张炜的这种创作姿态，很容易让我们想到卡夫卡的名言："无论你是什么人，只要你在活着的时候应付不了生活，就应该用一只手挡开点笼罩着你的命运的绝望，但同时，你可以用另一只手草草记下你在废墟中看到的一切，因为你和别人看到的不同，而且更多；总之，你在自己的有生之年已经死了，但你却是真正的获救者。"[2] 确实，张炜近期创作以其强烈的思辨性特征，表达了对现实的深重忧虑和强烈批判，思想性成为张炜的创作在当前中国文学中独树一帜的重要标

---

① 〔英〕迈克·克朗：《文化地理学》，杨淑华、宋慧敏译，南京大学出版社2003年版，第134页。

② 〔奥地利〕弗兰茨·卡夫卡：《卡夫卡随笔集》，海天出版社1993年版，第260页。

识。而其富有浪漫色彩的作品所建构出的抒情、神秘、充满灵性的真幻相融的文学世界，也是对略显单调的当代中国文学的一大贡献。

作家的立场最容易使其产生社会影响力，但更有价值的还是其创作的实绩。张炜近期创作呈现出浪漫主义文学的艺术魅力，其思想也同样体现了颇具创造性的意义。这当中，自然和历史是最耀眼的两个中心。

自然是一个内涵丰富的概念，也曾被无数哲学家和文学家所讴歌，但张炜笔下的自然还是显示出自己的独特意义。它以齐文化传统为内在底蕴，包含着强大的生命力和自由精神的特点，关联着野地、荒原等神秘意象，构成对欲望、奴役和物质化现实的强烈否定。它既是虚构的文学世界，更是一个内涵丰富的思想主题，具有哲学的高度和特征。从文学史角度说，张炜的"自然"很容易让我们想到20世纪30年代沈从文笔下的湘西世界。虽然比较起来，张炜的自然世界更显芜杂和野性，不如沈从文的湘西世界宁静、平淡和明晰，但内涵指向却大体一致，它们都是以文学的形式建构的自然世界，作者借此对现实世界和现代性文化表示了深刻的质疑和批判性反思。

历史思考同样是张炜小说中具有创见之处。他从道德和自然精神的角度来审视历史，迥异于以往的宏大政治和集体视野，具有强烈的个人主体精神。与之相应，他对历史的表现也多立足于个人的感受和遭际，凸显个人品质与时代潮流之间或契合或颉颃的复杂关系。这种视角，与最近几十年间流行的传统建构式历史和解构式"新历史"书写都不一样，它既能深入到历史背后的复杂人性世界，促使人们关注历史发展中的个人品质和命运，又有助于思考道德在历史建构中的价值与悖论。张炜近期小说创作的历史观很值得我们进一步讨论。

张炜近期小说充分显示了时代思想的意义，但还并不完美，甚至可以说存在比较明显的缺陷。最突出的是思想建构不够深远和明晰。具体有两方面的表现，其一是缺乏清晰的理想指向。张炜小说否定现实，规避现实，但是终极目标是什么，却一直不够明确。正像其主人公一直在城市与乡村之间徘徊，一直梦想到自然中去，但是，广袤的自然毕竟远离人类社会，也没有切实具体的内涵，作为象征合适，却难以承载理想建构的重负。其二是一些价值观念比较模糊，缺乏清晰的价值判断。这主要体现在自然精神与道德的关系上。张炜试图融合二者，但很多情况下它们依然呈现出明显的对立。对此，张炜的价值判断比较含糊暧昧，没有明确的价值取舍。比如《外省书》中对爱的实质的探究，《能不忆蜀葵》中对道德边界的探索，都缺乏明确的指向和结论。

明晰并不是思想建构的标准，甚至说，矛盾和复杂性都是思想不可缺少的重要内容，但是，矛盾应该具有内在的主导，复杂也是为了更深层次的明晰，而不是为了陷入迷茫。在思想建构中，明晰的价值立场是必不可少的，犹疑和矛盾绝对建构不起深邃的思想。而对于思想的建构来说，清晰的理想指向也许更为重要。理想指向是思想建构的高峰和核心，如果缺乏了这一指向，思想的建构就无法完成，思想也不可能具备完整性和系统性，从而直接影响思想的深度和对他人的感染力。而且，思想的主导者是作家，因此，它的影响既指向作家精神，更会直接体现到作品当中。

在张炜近期创作中，可以清晰地看出这种影响的痕迹。表现之一是力量的匮乏。张炜作品中尽管充满对现实的批判和对精神的坚守，但却无法让人感受到强大的力量，相反却有明显的软弱无力感。当其中的主人公们面对矛盾和黑暗的时候，他们完全没有直面的勇气和力量，心里只有强烈的恐惧和不安全感，想着的是如何逃避和远离。所以，他们始终都处在徘徊与彷徨之中，永远没有果敢的决定和坚定的自信。对作品的这种精神特征，张炜并非没有自觉，他还明确将它与自己的精神直接关联："我深知，当我书中的主人公在为一个梦想而痛苦万分的时候，我却一直想使自己生活在梦想里。于是，我明白，全部的《你在高原》最终也许只是重复着这样一句话：我有一个梦想……"[1] 而且，他还直言自己创作"这里面当然有迷茫，有痛苦，有深长的遗憾"[2]。我们当然不能要求所有作品都是励志类，要求所有文学主人公都是硬汉型，但是，精神力量的匮乏，直接影响的就是作品的思想穿透力，也会损害其感召力，特别是对于张炜这样以思想性为重要特征的作家来说。

---

① 蒋楚婷：《张炜：我有一个梦想》，《文汇读书周报》2004 年 7 月 2 日。

② 张炜：《我跋涉的莽野》，春风文艺出版社 2001 年版，第 41 页。

　　表现之二是艺术上的犹疑和混乱。张炜近期小说中极少有完整的故事，人物命运也多为片段式。这在根本上与其思想建构的缺陷有关：故事无法在终极目标的层面上找到坚实的依靠，人物命运也无法在根本上安定，至于其笔下的人物，尽管内涵复杂，但却没有统一的价值观主导，性格不完整，也形不成鲜明而独特的个性特征。同样因为缺乏坚实的目标支撑，张炜小说不得不选择十分个人化的艺术表现方式，以不断反复的大量呢喃式抒情和思辨来强化自己的思想意识。但这样的结果是主观和感性过于强烈，冷峻和理性严重匮乏。不是说张炜近期小说中缺乏思想，而是说它们经常被大量的主观宣泄所掩盖，情绪感受的表达要胜过思想。另一个结果是作品写实性严重不足。从张炜早期作品看，他绝对不缺乏写实能力，甚至可以说这项能力非常突出。但在他近期作品中，很少鲜活的写实，故事的构架相对粗糙，没有表现出生活的沉重和惨烈，也没有展示出真正复杂的矛盾和人性世界，解决矛盾的方式也比较简单外在。①

　　张炜近期创作的超越和局限，都是张炜个人追求和思想发展的结果，然而，从更宽广的范围上看，这又折射出当前文学一些时代性的症候。换句话说，张炜的近期创作以个案方式触及了当前中国文学的一个重要问题，那就是文学思想和作家精神资源的问题。"五四"以后，特别是中华人民共和国成立以来，传统的断裂、长期的封闭，以及思想的禁锢，都极大限制了中国知识分子的精神资源，也严重窒息了中国知识分子独立思考的勇气和能力。其最终结果是文化思想的长期落后和创造性的匮乏。近一个世纪的中国基本上没有产生具有创造性的大思想家，中国文学也始终没有再度迎来像鲁迅、沈从文那样杰出且有独立深邃思想的作家。

　　如前所述，张炜对思想资源的认识非常清醒，追求也非常自觉。从某种意义上说，张炜对齐文化和地方生活的深度追索，可以看作一种寻求精神资源的自我拯救——它不但是对张炜自身创作的拯救，也可以看作对时代精神、思想的拯救。张炜创作中鲜明的思想色彩，特别是他近年来的思

---

　　① 这当然与张炜的创作理念和方法有关，但更关键的还在于其思想方面的制约。参见唐长华、陈红兵：《试论张炜小说的两个精神向度——从〈外省书〉〈能不忆蜀葵〉谈起》，《当代文坛》2004 年第 1 期。

想坚守和自我超越，都是这种努力和追求的突出成果。

当然，历史的重负注定了道路的艰难和漫长，也注定了张炜目前创作的遗憾。但是，我们却可以寄予他非常大的希望和期待。任何伟大的思想都不是固定不变的，而是在不断的超越和发展之中。即使杰出如托尔斯泰和鲁迅，他们的晚年思想也有许多矛盾，经常深陷困惑和痛苦之中。困惑意味着不满足，变化意味着新的发展。在这个意义上说，张炜从20世纪90年代初到今天的超越是其创作发展的一个阶段，思想上存在某些缺陷是他跋涉路途中难以避免的。对于一直不断地追求、不断地否定和完善自我的张炜，我们可以期待他今后创作新的螺旋式上升，进入思想和创作的更高层次。那既是张炜个人的幸运，也是中国文学的幸运、中国思想的幸运。

让乡土文学回归乡村

——以贺享雍《乡村志》为中心

一

与乡村之间的距离，始终是中国乡土文学一个难以言说的隐痛。

最初的乡土文学概念，就是以乡村游子的外在视野为中心内涵。乡土文学开创者鲁迅的几乎所有乡土小说表达的都是乡村游子对故乡的反顾，他给乡土文学命名，也明确将离乡者的"乡愁"和"侨寓"作为其核心特征。[①]也就是说，鲁迅所开创的乡土文学传统，是离开乡村的游子们站在现代文明的立场上对故乡的审视和回望。无论是身体还是精神，作家们写作时都已经离开了乡村。

这种与乡村的距离，激发了作家们对乡村的怀恋情感，并使其作品普遍地具有抒情和感伤的艺术质素。同时更重要的是，它赋予了作家们以理性的高度和批判的眼光，使他们能够清醒地看到乡村的诸多未启蒙因素并给予有力的鞭挞和揭示，从而使他们的作品呈现出现代启蒙精神的光芒。眷顾与批判交织，依恋与拒绝并存，是早期乡土文学作品显著的精神特征。

但与此同时，这种距离也给乡土文学与现实乡村之间的联系造成了较严重的制约。因为其一，乡愁回望式的反顾肯定难以与现实乡村同步，理

[①] 鲁迅：《且介亭杂文二集·〈中国新文学大系〉小说二集序》，见《鲁迅全集》（第6卷），人民文学出版社 1981 年版，第 247 页。

性批判的视野更会导致其书写难免选择性失真，因此，早期乡土文学作品大多具有象征性的艺术特征，缺乏对真实乡村生活面貌的细致展现。其二，外在的眼光和距离，决定了作家们书写乡村的主导精神是知识分子文化，乡村属于被俯视和受审视的一方。同样，这些作品中预设的阅读对象不会是乡村农民，而是以自我主体为中心。这必然导致它们的艺术形式与农民的接受之间形成较大的分歧，农民们看不懂它们，就难以产生认同感。这也使乡土文学陷入一种悖论式的困境当中：作家们创作的初衷是要改造和启蒙乡村，文学是其唤醒乡村民众的基本方式，但结果却是这些作品根本进入不了乡村，不能为农民们所接受。启蒙者和被启蒙者之间存在如此严重的隔膜，乡土文学的启蒙任务自然难以完成。

正因为如此，在新文学诞生十余年之后的 20 世纪 30 年代初，新文学内部出现了对新文学与大众关系的强烈反省之声，乡土文学创作是这种反省的重要部分。以瞿秋白、茅盾等为代表的作家检讨了新文学的接受困境，乡土文学的命名者鲁迅也指出现在的"平民文学"只是"另外的人从旁看见平民的生活，假托平民的口吻而说的"，期待出现真正由农民作家创作的文学。[1] 另一位新文学大家郁达夫也发表《论农民文学》等文章，呼唤真正来自基层的"农民作家"："可是在现代的中国，从事于文学创作的人，还是以小资产阶级或资产阶级的人居多，真正从田里出来的农民诗人，或从铁工厂里出来的劳动诗人，还不见得有。"[2]

在这样的背景下，茅盾对乡土文学理论做出了新的阐释和倡导，他指出乡土文学作者不应该"只具有游历者的眼光"，而是需要进入乡村农民的广阔现实生活，写出他们"与我们共同的对于运命的挣扎"。[3] 受其影响，乡土文学创作也呈现出新的趋向。叶紫、吴组缃等作家的《丰收》《樊

---

① 鲁迅：《而已集·革命时代的文学——四月八日在黄埔军官学校讲》，见《鲁迅全集》（第 3 卷），人民文学出版社 1981 年版，第 422 页。

② 郁达夫：《〈鸭绿江上〉读后感》，见《郁达夫文集》（第五卷），花城出版社、生活·读书·新知三联出版社 1982 年版，第 253 页。

③ 茅盾：《关于乡土文学》，见《茅盾全集》（第 21 卷），人民文学出版社 1991 年版，第 89 页。

家铺》等作品虽然在形式上并没有太显著的改变，但在内容上却有很重要的发展，那就是：它们以写实笔法书写了现实的乡村，让普通农民的生活真正进入了乡土文学之中。

此后，赵树理和"十七年"时期的乡土作家们将这一创作模式做了进一步的推动。赵树理的乡村"通俗故事"既表达了解放区农民的许多现实困境和愿望要求，也以生动的口语化形式走进了农民的阅读视野。"十七年"文学则更是集体性地进入乡村现实，几乎是以合唱的形式展现了剧烈的乡村变革运动。这些作品的文学形式同样致力于与乡村现实相衔接，更得到了时代传媒和出版等文化政策的大力支持，从而在大众接受上达到了新文学历史上前所未有的高度。李双双、梁生宝、萧长春等人物形象在乡村社会中拥有相当高的知名度，并受到大力欢迎。

然而，这些创作也存在着难以弥补的重要缺陷。首先，过于切近现实，缺少主体精神。作者往往抱有宣传现实政策的主观愿望，其作品主题就自然少有对问题的揭示，更缺少质疑和批评。这导致它们往往只反映了现实生活的表层现象，却没有揭示出真实、复杂的深层生活实质，主导思想上距离启蒙思想比较遥远。其次，在艺术上，它们也呈现出创造性不足的缺点。作家们描摹乡村生活获得了细节上的成功，借鉴民间文学方法和方言口语也有其特色，但是，在文学形式改造和创新方面却缺乏突破，以至于作品在艺术表现力方面欠缺丰富性和深刻性，存在浅显和雷同的缺陷。

正因为这样，进入20世纪80年代后，文学界对这些作品进行了较严厉的批判性反思，并导致了乡土文学创作方向的集体性转移。不只是"十七年"文学的那种通俗化叙述被完全弃置，连现实乡村也逐渐远离了文学。虽然周克芹的《许茂和他的女儿们》、路遥的《平凡的世界》、贾平凹的《浮躁》等作品获得了较高的成就和较大的声誉，特别是《平凡的世界》曾赢得众多乡村青年的倾心和认同，但总的来说，在乡土文学领域，直接面对乡村现实，特别是有志于展现乡村现实变革的作品越来越少，乡村书写呈现出个人化和零散化的趋势。

20世纪90年代后，乡村社会发生了巨大变化，乡土作家与乡村现实之间的关系也受到严重影响。随着乡村生活方式的转变，城乡之间的生活和文化差距日渐缩小，特别是随着传统乡村伦理的迅速坍塌，乡村再也难以让作家们产生生活的熟悉感和心灵的归属感。在现实和情感层面，作家们都与现实乡村严重疏离。与此同时，由于传统生产方式和民俗生活普遍退出乡村，更年轻的乡土作家们已经难有机会见识到传统的劳作方式和乡村风习，他们即使有过乡村成长记忆，也难以拥有充分而典型的乡村生活体验。

在此背景下，反映现实乡村生活的作品更为萎缩。作家们的关注点集中在伦理文化变迁上，侧重于表现怀念过去和自我感伤的情感，对现实乡村则普遍持否定和拒绝的态度，很少有对现实乡村进行冷静展示和细致描绘的创作。如果主要从现实层面解读"乡土"的"乡"，从文化角度解读"乡土"的"土"，那么，当前乡土文学则基本上只见"土"而不见"乡"了。

从文学接受角度看，当前的乡土文学与乡村之间的关系不但没有比之前贴近，反而是更遥远了。虽然这种情况的出现有影视、网络媒介等多种因素的影响，文学自身只是影响因素之一，但无可回避的客观现实却是：乡土文学尽管仍然在书写着乡村和农民，但是农民却根本不关注它们，更缺乏对它们的热爱。二者的距离越来越远，甚至可以说是完全处于隔膜状态。

二

虽然当前乡土文学的主流是文化怀旧，但并非没有作家在坚持书写现实乡村。四川作家贺享雍即为其中之一。他出身真正的农民家庭，依靠文学写作才离开农村，成为一名国家工作人员和作家。迄今为止，他已经创作了近七百万字的作品，这些作品几乎全都是以乡村现实生活为题材的。特别是他近几年出版的系列长篇小说《乡村志》，更集中体现了他乡村书写的个性特征：

其一，以问题为中心，热切关注乡村现实。

《乡村志》计划写作十部，目前已经完成了九部。这些小说中的人物和故事各自独立，但都以一个叫贺家湾的西部乡村为背景，人物故事也相互关联，集中展现1949年后，特别是改革开放后的乡村生活。而在内容上，它们更有一个突出的共同点，就是都以问题为中心，或直接针砭当下乡村的现实矛盾，或结合乡村几十年的历史变迁，揭示和思考乡村社会的沉疴和困境。比如《土地之痒》关注农村土地关系和流转问题，《村医之家》展示长期困扰乡村大众的医疗健康问题，《民意是天》聚焦乡村政治选举，《是是非非》《青天在上》则揭示了村民与乡村干部之间的矛盾，《人心不古》思考的是乡村法律和环境意识以及文化生活，《大城小城》则书写了乡村伦理的巨大变迁，等等。整体看来，《乡村志》几乎就是一部当下乡村现实问题的集成之作。这些问题都与当前乡村现实相关联，牵动着乡村人的日常生活，更与乡村的现实稳定和未来发展息息相关。

　　而且，《乡村志》揭示问题，并不以展示问题为最终目的，而是在努力寻求着问题的解决方法。作品中虽然有对现实的忧虑和不满，却很少情绪化的激愤，而是更致力于冷静理性地客观展现问题产生的过程，思考问题产生的原因，探究解决问题的方法。其目的是改变乡村面貌，促进乡村的发展和变革。以当前乡土文学最集中书写的乡村伦理问题为例。《乡村志》也关注这方面的内容，如《人心不古》等多部小说都叙述了当前乡村农民成天打麻将度日、精神生活匮乏的现实，《大城小城》更集中揭示了乡村社会传统的亲情和邻里关系的严重变异。其中也有昔日乡村和现实乡村的比较，但它们不是简单的好坏对照，而是被作为问题的背景和原因来思考。典型如《人心不古》，它细致地叙述了乡村打麻将风气形成的全过程，认为其原因在于生活方式改变所带来的文化的单调和枯燥，并尝试借助恢复乡村传统的喜庆娱乐节目，从根本上解决这一困扰乡村文化发展的重要问题。

　　在这个意义上，说贺享雍是一个"乡村问题作家"，说《乡村志》是一部"乡村问题小说"，大致是准确的。

　　其二，细致而全面的现实乡村生活描画。

　　贺享雍曾经说过，他写《乡村志》，是希望"将共和国成立以来特别是改革开放近四十年的乡村历史，用文学的方式形象地表现出来，使之成为共和国一部全景式、史诗性的乡土小说"[①]。显然，他希望笔下的贺家

---

① 向荣、贺享雍：《〈乡村志〉创作对谈》，《文学自由谈》2014年第5期。

湾成为一个如福克纳"约克纳帕塔法县"或莫言"高密东北乡"那样广阔的文学乡村世界。事实上，《乡村志》以如此庞大的篇幅，全面而细致地展现了改革开放以来四十余年的乡村生活变迁，既包含历史嬗变的印记，又丰富多元，确实是一幅当代乡村生活的"清明上河图"。

具体说，它展示了乡村生活的多个层面，既有物质，也有精神。物质层面的典型是日常生活，也就是乡村生活的各种细节。这其中有各种乡村政治和经济事务，比如大小会议、农民纠纷调解等，也有传统的乡村劳动，乃至琐细的家庭生活，家长里短，事无巨细，几乎无所不包。在乡村，日常生活往往是与独特的地域色彩结合在一起的，《乡村志》正是如此，"涉及生产、饮食、居住、婚姻、丧葬、节庆、娱乐、礼仪、风水、传说等行为，上至人生礼仪、节日岁时、行为禁忌，下至人际来往、游戏娱乐"[1]，全面而细致地展示了具有浓郁川东色彩的乡村生活风习。像乡村青年男女从说媒、相亲、定亲到最后婚礼的全过程，以及分家起灶、看风水、算命打卦，等等，都如一幅幅风俗画般呈现其中。

精神层面的典型体现者则是各式乡村人物和复杂的乡村关系。《乡村志》中塑造了众多乡村人物形象，他们中有乡村干部、知识分子，也有医生和普通农民，这些人物虽然身份有别，但都不是观念的化身，而是渗透着乡村的泥土气息和露水滋味，凝结着典型的乡村文化性格，是乡村社会生态链条中的真实一分子。如热爱土地、勤劳忠厚的贺世龙，善良勤奋却命途坎坷的乡村医生贺万山，曾经有理想追求却被现实不断磨蚀、逐渐世故自私的贺端阳，以及象征着乡村灵异文化的贺凤山。而且，这些人物都不是孤立地存在，而是有着亲眷、邻里、上下级等复杂关系，因此，人物之间的交往，也就构成了原生态的乡村社会关系——从政治、经济、伦理，到环境、土地，几乎无所不包。换言之，作者塑造这些人物，揭示这些人物关系，也就展示了乡村现实的政治、文化和心理等多重生态，对中国乡村社会做了一次深度的扫描和透视。

① 贺享雍：《自序：我的乡土我的神》，见《远去的风情：贺享雍乡风民俗小说选》，天地出版社2013年版，第2页。

其三，质朴通俗的叙述方式。

对于乡土文学，叙述方式是非常重要的一个部分。由于历史和教育等原因，乡村的文化和审美层次都要朴素简单一些，也就是俗称的"下里巴人"。就文学接受而言，通俗直白，质朴简洁，应该是与乡村生活比较一致的审美特点。《乡村志》在艺术上充分接近农民的审美习惯，采用质朴通俗的叙述方式，将作品中的乡村生活和审美风格融为一体。

这首先表现在书中切实的人物形象和朴实的生活细节上。作者描述了多位农民及乡村干部，他们从外貌形象，到生活语言，包括思想行为，都普通日常，也都有着非常朴素平淡的人生轨迹。特别是在人物心理的描摹上，他们在现代与传统、个人利益与他人利益等方面的矛盾和冲突，都高度吻合农民的身份和文化特点。可以说，这些人物都是真实农民的再现，与原生态的乡村浑然一体。与之相应，作品中的生活细节也非常朴实，从最亲密的父子、夫妻，到普通的邻里交往，以及最日常的生活琐事，都遵循乡村生活原有的逻辑，简单得近乎平静，朴实得几乎单调，但却是乡村生活的真实写照。

其次表现在故事化的小说结构上。《乡村志》中的所有作品都是以故事作为中心构架，每一部作品都讲述一件事情或一个人的生活故事。尽管其讲述方式不完全一样，叙述的节奏也有变化，但都追求故事的生动、曲折和流畅，情节安排跌宕起伏、曲折而富有悬念，读起来既直白浅显，与乡村生活、与农民的接受水准保持一致，又扣人心弦、悬念丛生，很能吸引读者。

最后是通俗化的叙述方式和叙述语言。作品的叙述方式与故事化结构完全一致，特别是在多个地方有意识借鉴中国传统话本小说的表达方式，比如"话说""按下不表"等，来对故事的叙述进行转换，显示出对传统口传文学叙述方法的继承，也更加强了作品的通俗化艺术效果。此外，在书写人物语言时广泛运用方言口语，包括那些不很符合文明规范的歇后语、带脏字的口语，都散落于作品各处。语言风格幽默风趣，写家长里短，虽然难免有不够简洁之处，但却真正与乡村生活自然融汇。作品中的叙述语言不完全统一，存在叙述者身份上的差异。如《村医之家》，完全以乡村医生贺万山的口语来进行叙述，《人心不古》则因为叙述者是退休中学教师，语言略带书面气息。但是，它们都没有脱离朴素通俗的基本特性。这种叙述方式，既使作品洋溢着浓郁的乡村生活气息，也通俗易懂，能够为普通农民所理解和接受。

《乡村志》的上述特点，内涵虽然有所差异，却共同指向乡土文学回归乡村的基本方向——具体说，就是"为乡村写，写乡村，以及写给乡村人看"。而这，也很容易让人想到 20 世纪 40 年代的赵树理、50 年代的柳青和 80 年代的路遥，可以从中看到周立波《山乡巨变》、李准《李双双小传》、浩然《艳阳天》等作品的影子。可以说，尽管在创作精神、艺术探索等方面，贺享雍与上述作家也许并不完全一致，但在近距离书写乡村、促进乡土文学回到乡村方面，他们确有重要的契合之处。换句话说，在文学与乡村关系方面，贺享雍的《乡村志》是对"茅盾—赵树理—'十七年'文学"创作传统的回归。

三

乡土文学内涵丰富，不同的视野具有不同的指向，价值观念也有差异。当然不能要求以回归乡村作为乡土文学创作的唯一方向，但是在当下中国，贺享雍《乡村志》这种热切关注现实乡村的作品的确有着特别的价值。

一方面，最首要的原因是乡村的现实状况。自 20 世纪 80 年代改革开放以来，特别是 21 世纪以来，中国乡村发生了重大变化。农民又一次拥有了耕种自己土地的权利，还获得了离开乡村生活的自由，这使农民们的物质生活有了迅速的改善，文化生活也发生了较大的变化。但是，改革也带来了很多问题。包括留守儿童、老人赡养、医疗保障，以及家庭亲情淡漠、生态环境保护等。特别是快速城市化导致的乡村空心化、荒芜化问题，使许多乡村面临崩溃。

乡村命运关系到农民的生存状况，而且还密切关联着更广泛的社会和大众。换言之，乡村现实的问题既是广大乡村的问题，也与中国社会整体的发展直接相关。改善乡村环境，振兴乡村发展，关系到改革全局、社会全局。正因如此，社会各界都非常重视现实乡村问题，乡村振兴也成为时代热点。作为以乡村为中心的乡土文学，将关注点放在现实乡村问题和农民命运上，揭示和思考乡村的现实和文化困境，帮助促进乡村的振兴，应该是义不容辞的责任。

另一方面，也源于对当前文学社会责任意识的期待。社会责任意识是中国古代到现代文学的优秀传统和重要特色。在 20 世纪 80 年代之前，文学确实是受到"社会""集体"名义的过分禁锢，所以，人们对文学个人权利的争取具有充分的正当性。但是，最近一些年以来，一些作品完全抛弃社会意识，回避和畏惧现实，将文学内涵局限在个人情感和欲望之内，将创作当作个人欲望和游戏的产物，也是对文学本质的片面化认知。这既会严重影响文学创作的思想高度和价值品质，也会进一步导致文学和社会的疏离。可以说，社会责任意识已经成为当前文学面临的一个重要问题。

贺享雍《乡村志》对乡村现实问题的热切关注，无疑是对时代要求的积极回应，而他之所以拥有这种自觉，则是其具有社会责任意识的结果。《乡村志》能够切中乡村重要问题，细致真切地反映乡村生活，显示出作者对乡村的谙熟和深厚的生活积累。这与贺享雍来自农村、在乡村生活多年有直接关系，但更是他对乡村发展和农民命运深切的关爱之情所致，是他社会使命感的内在体现。他这样表达过自己的乡村情感："我很喜欢生我养我的这片土地，尽管它很贫穷。我对这片土地上的历史沿革、风土民俗都了如指掌。我更热爱生活在这片土地上的父老乡亲。正因为热爱，我才替他们忧，替他们愁，替他们喜，替他们乐，洞悉盛衰，呼吁变革。"[1]并明确自己文学创作的宗旨是"为时代立传，为乡村写志，替农民发言"[2]。所以，正如有批评家对贺享雍的评价："农村对于作者而言不仅是生活的场所与创作的源泉，更是生命的体验和精神的皈依。"[3]贺享雍深厚的乡村情感，对农民和乡村命运的热切关怀，是他准确把握到现实乡村问题症结所在的重要基础，也是他有勇气和热情来创作这些"问题小说"的思想

---

① 舒晋瑜：《贺享雍：我想构筑清明上河图式的农村图景》，《中华读书报》2014年 11 月 19 日。

② 向荣、贺享雍：《〈乡村志〉创作对谈》，《文学自由谈》2014 年第 5 期。

③ 赵雷：《家族史·地方志·乡土情——评〈乡村志〉》，《扬子江评论》2015 年第 3 期。

前提。

当然，文学不应该成为复述现实的简单工具，而是需要有独立的思想作为支撑，呈现自己独特的价值。换句话说，在当下的乡村振兴和改造过程中，乡土文学不能做简单的宣传品，更不可能做具体的现实策划。它的主要价值在于以独立而深刻的思考，为乡村决策者和关注者提供思想启迪。

在这方面，贺享雍的《乡村志》显示出了充分的努力，也使他走出了往昔许多乡土文学作品的窠臼，具有了更高层面的思想和艺术突破。

从创作立场上，它不是某种既有观念或政策的简单维护者和宣传者，而是有自己对乡村社会独立、深入的思考。具体说，贺享雍不是简单站在某种立场上作为代言人，更不是借乡村变迁来倾诉个人情感，而是努力客观地展示乡村的现实状况，致力于独立地思考和探索乡村发展问题。因此，它是以一种开放、多元和超越性的姿态，对乡村矛盾中的各种维度都力图进行客观的展示、揭示，做到不袒护、无偏向。可以说，其姿态既是符合主流话语的，又有揭示问题的意义，同时还更加包含乡村自身立场，是多方面的融合。它超越了简单的政策宣讲和阐释，与之既存在某些契合之处，又具有一定的张力关系。

比如对现实政治。作品中对改革开放以来乡村政治、生活和民智的书写，毫无疑问是肯定和持积极态度的，展现了乡村生活和文化的迅速发展，并表达了明确的褒扬和认同态度。但是，它又绝不是简单对现实的歌颂和迎合，也不盲目乐观，做轻松化处理，而是立足于乡村发展的基础之上，对许多问题进行了反映和正面面对。

乡村民选是近年来乡村政治改革中的重要举措，对此，作者给予了总体上的肯定，也揭示了其中的问题。其典型是《民意是天》，作品完整叙述了贺端阳长达十余年的选举历程，其间他遭遇了乡村权力的欺凌、恶势力的威胁等多方面的挫折，最后他虽然当选了村主任，但似乎并不是真正依靠自己的能力，而是建立在妥协于各种势力的基础上。而且，结合其他几部作品看，贺端阳上台后，也并未真正有所作为，而是逐渐被环境所同化。通过贺端阳的选举故事及其形象刻画，作品中对乡村民选不是简单的赞美，而是有诸多的探究和思考。同样，对于作为影响乡村发展的重要因素之一的乡村管理机构，《乡村志》中也多次直面其存在的问题。或者说，作品中既充分展示了这些管理机构的重要性，甚至认为它们是乡村发展的核心关键，但更指出其问题多多，症结重重。

同样，对"五四"的启蒙传统，作品中也是既有所继承又有所不同。如《民意是天》《是是非非》对乡村选举中村民们的表现，特别是对某些村民的颟顸狭隘的书写，完全可以与文化批判和文化启蒙思想结合起来。《青天在上》中，农民贺世忠从一个曾经的村干部沦落为一名老上访户，既有乡政府不作为的因素，也是中国传统农民的文化劣根性在起作用。特别是他在见到官员时的怯懦，求人办事时的低声下气，一旦办事不成即反目成仇的表现，很容易让我们想到鲁迅笔下的阿Q。而且，作者对现代文明进入乡村，也持明确的理解和支持态度，这对乡村振兴而言是有益的态度和价值取向。如《土地之痒》虽然肯定老一代农民的恋土感情，但理性地认识到了农民与土地分离的必然性，并表达了对现代思想观念进入乡村的期待。

然而，《乡村志》中也有不少与启蒙文化不一致的地方。典型的如对乡村传统和乡村神秘文化的态度。作品中涉及了神秘文化，如算命、风水等，一些民俗描写中也包含不少在现代文明看来落后和愚昧的细节。但作者并没有简单否定，而是将之归结为乡村的传统文化和智慧，在基调上是认可的。缘何？正是因它们在乡村传统伦理价值存续方面仍然在发挥积极的作用，不能简单地加以否定——在这一点上，《乡村志》取的是包容的、乡村人自己的视点，而非单纯的启蒙式视点及写作意图。而在解决乡村问题的过程中，当乡村风俗与现代法制存在冲突，甚至相对立的时候，作者也多从乡风民俗角度考虑，展示其无奈当中的合理性。典型如《人心不古》中退休教师贺世普与村民之间的矛盾，他们分别代表的无疑是现代文明和乡村传统。虽然作品中对贺世普表达了较多理解，但并没有完全将责任推给村民一方，而是含蓄地表示贺世普过于机械地遵照法律条文办事，没有充分考虑到乡村传统和民风习俗，这也是他最终败退乡村的重要原因。

正因为这样，《乡村志》就超越了以往乡土文学大多比较单一的文化和启蒙立场，更为复杂多元。甚至可以说，在现实政治、现代启蒙、乡村自身这三个方面，很难说清楚它究竟是站在哪一方。它往往是复杂的、交织着多方面的理性思辨和考虑，试图从更具超越性的视野来看待问题。正是这一点，赋予了作品许多深入而独到的认识，颇多具有新意、不同流俗之处。

比如对当前乡村伦理文化的变异，绝大多数乡土文学作家都持明确的否定姿态，并对往昔乡村表示赞美和追怀。但《乡村志》不一样，它所展示的昔日乡村伦理关系并不是完美的，而是同样受到当时现实的严重制约——在贫穷的巨大压力下，家庭亲情受到很大伤害，伦理关系也被扭曲。也就是说，在作者看来，当前错误的金钱观和对物质利益的过分追逐所导致的伦理变异固然让人担忧，但往昔的物质匮乏和艰苦的生存条件也并不一定就有利于保持伦理的完美。所以，也许不应该简单地谴责金钱，而是应该思考如何正确合理地对待金钱。再如，作品中展示了贺家湾数十年的历史，也塑造了不同时期的各届村领导形象。由于时代语境密切联系着乡村社会的变化，有些人习惯于将这些乡村领导人物的品格与时代环境直接关联，将人物当作意识形态的代表符号来对待。但是《乡村志》不同。无论是对早年的村支书"老革命"郑锋，还是对改革时代的贺端阳，都没有做简单的褒贬，而是尽可能地将人物从时代环境中抽离出来，着力表现人性的复杂性，从而更客观地对人物进行描画。相比于我们习见的许多观点，《乡村志》的叙述和思考显然更为理性，也更客观真实，它能够让读者的视野超越当下，进入更深远的历史和更广阔的背景，对问题的认识也更为深刻。

四

文学是美的艺术，文学评论当然也不可忽略文学性。事实上，近年来，学术界围绕与贺享雍《乡村志》具有颇多一致之处的"十七年"文学的文学性问题产生了很大争议。因此，在这个意义上说，对《乡村志》审美性的评价，既是针对作家作品本身，也具有更广泛的价值意义。

首先，《乡村志》实现了对写实乡土文学艺术魅力的再度彰显。对乡村生活美的展示是乡土文学审美感染力的来源之一。但是，自 20 世纪 80 年代对"十七年"文学进行批判性反思以后，这种美学特征在乡土文学中很少得到精彩的呈现。《乡村志》以自己的表现证明了乡村写实文学并没有过时。特别是作品中对乡村劳作和民俗民生的展现，具有特别的审美和历史价值。因为随着乡村的凋敝和传统农业生产方式的消亡，许多具有审美和文化意义的民俗很快都将消失。《乡村志》的追求无疑体现了审美和文化上的自觉，也丰富了乡土文学的艺术性："村庄除人以外，房屋、花草、树木、河流、田野、农具、牲畜等物以及各种自然景象也是其一分子，它们和人一道共同构成的关系和发出的声音，组成了村庄斑驳的色彩和嘈杂的喧哗，从而让一个村庄活了起来，丰盈了起来。"[①] 所以，尽管它包含的九部作品在艺术表现上存在差别，艺术水准也不完全一致，但总体上说，却体现出乡村写实小说独特的艺术价值。其中最优秀的两部，如《村医之家》和《土地之痒》，放在整个乡土文学史上也属于优秀之作。

而且，它还证明了写实的艺术方法与思想深度之间并不是对立的。如前所述，切近现实的书写方式，由于缺乏远距离的观照，比较容易堕入现实感伤或急功近利的困境当中。但《乡村志》以个案的形式表明这种缺陷并非必然。只要作者不为现实观念和视野所局限，就完全能够实现思想的超越，作品就能达到优秀文学所应有的深度和高度。事实上，深入现实生活当中，又真正具有揭示和批判现实的勇气和能力，正是传统现实主义文学不朽价值之所在。中外文学史上的许多经典乡土文学作品，如哈代的《德伯家的苔丝》，莱蒙特的《农民》，斯坦贝克的《愤怒的葡萄》，都是如此。《乡村志》虽然尚未完全达到文学经典的高度，但其价值和方向无疑是正确的。

其次，《乡村志》对农民接受与艺术深度之间的关系进行了积极的探索。长期以来，关于乡土文学艺术存在一个尖锐的悖论，就是农民接受与艺术深度之间的矛盾。因为农民文化水平偏低，要让他们读得懂，就不能写得艰深，但通俗的艺术表现又往往会限制思想艺术深度。对此困境，《乡村志》也有自己的探索意义。

---

① 贺享雍：《自序：我的乡土我的神》，见《远去的风情：贺享雍乡风民俗小说选》，天地出版社 2013 年版，第 3 页。

作者是充分注意了农民的接受程度的，如前所述，《乡村志》采用的基本都是通俗化故事形式，包括叙述语言、结构方式都与质朴的乡村生活相一致。而且主题也相对比较简单，基本上每一部作品讲述一个中心事件或者一个人的故事，也就是揭示一个问题。这些特点，使它能够容易为农民所读懂，具备了接受的基础。但值得注意的是，它的艺术形式并不只是如此，而是蕴含着更高的追求。最显著的是，它虽然都是以问题为中心，但不是简单地将问题展示出来，而是将问题与历史变迁、人物命运联系在一起，而且内涵绝不单一。比如《村医之家》中对农村医疗问题的揭示，就是通过把贺万山的个人命运与时代变迁结合在一起，将医疗问题融入人物的坎坷生涯、动人的爱情故事，以及几代人的鲜活故事中。这一融合是如此紧密，以至于让人更多为人物命运所感动，之后才有思索和回味。这样的结构方式无疑有助于达到艺术深度和接受度的高度统一。

而且，在叙事方法上，作者也不是固守传统，而是努力借鉴了许多现代小说技巧，力图将故事讲述得更多元，更丰富，也更深入。前面谈到过其不同小说根据人物身份变换叙述语言风格的特点，在叙述方法上也多有变化。比如《村医之家》采用让主人公与人对谈、倾诉往事的叙述方式，《盛世小民》的叙述时空交错，颇有蒙太奇的艺术构架，《男人档案》中更尝试采用三种人称穿插的叙述方式，综合了全知、内聚焦等多个视角来进行讲述。这使得《乡村志》在叙述上避免了单调呆板的缺陷。像《村医之家》的倾诉式叙述，能够让人物的内心世界得到充分的舒展，又使叙述更为流畅自然，比较起传统的顺时针叙述，效果确实好了很多。

《乡村志》所包含的努力，显示了乡村接受与艺术高度之间和谐的可能性。无论是从文学还是从乡村角度来说，乡土文学的接受都是非常有意义的，在当前乡村文化亟待建设的情况下更是如此。所以，只要不是对低俗趣味的迎合，只要能保持正确和独立的精神向度，适度考虑农民的阅读兴趣和阅读水平并予以倾斜，就是完全可行和正当的。当年白居易以妇孺儿童作为自己写诗的标准，并没有损伤而是提高了他作品的文学价值和文学史地位。虽然我们目前尚没有得到贺享雍作品受到农民欢迎和认可的相关数据，但是毫无疑问，《乡村志》在乡村接受上的努力使它具有了被农民接受的重要前提，是对艺术高度与乡村接受关系很有价值的尝试。

最后，在文学精神和艺术方向上，《乡村志》同样具有充分的探索意义。鲁迅在评论早期乡土作家许钦文时，曾指出其创作沉溺于回忆之中的原因在于过于个人化："回忆故乡的已不存在的事物，是比明明存在，而只有自己不能接近的事物较为舒适，也更能自慰的。"还批评废名因为缺乏现实的"闪露"，在创作中"过于珍惜"自己的"哀愁"，因而存在"有意低徊，顾影自怜"的缺点。① 确实，由于乡土文学书写者与书写对象之间关系的独特性——二者之间往往存在较大的地位和文化差距——乡土作家对书写对象的热爱和关怀，以及在此基础上具有的对乡村生活的熟悉和关注，具有特别重要的意义。换句话说，只有拥有对乡村和农民充分的关爱，以平等和尊重的态度看待和书写乡村，才有可能超越自我，表现出更博大的胸怀和更高的境界，从而创作出真正伟大的乡土文学作品。

这种对乡村的关切精神还实质性地影响到乡土文学的接受。我一直认为乡土文学能否走进乡村和农民，关键不在于形式而在于内容，也就是说，文学作品是否关注农民所迫切关注的乡村问题，是否拥有对乡村和农民的热爱和关怀，是能否得到农民认可和接受最关键的因素。如果不是真正具有对他们的热爱和关怀，而是一味迎合农民的接受趣味，也许能够得到一时的追捧，却不可能真正得到他们的认可。赵树理、路遥之所以能够在不同时代受到农民的欢迎，就是因为他们作品中的乡村关切精神。从这个意义上说，贺享雍《乡村志》对乡村的深切关注和真切情感，确是对鲁迅所倡导创作传统的很好继承，也是对优秀乡土文学精神的充分揄扬。

所以，客观地说，贺享雍的《乡村志》在文学性上也存在一定不足。比如各部作品之间创作质量不太平衡，显示出作者在精品意识上还略有不够。部分叙述过于琐碎或速度过快，没有形成张弛有度的艺术韵味。特别是人物塑造过于侧重于社会性，在个人、心灵的揭示方面比较薄弱，人物

---

① 鲁迅：《且介亭杂文二集·〈中国新文学大系〉小说二集序》，见《鲁迅全集》（第6卷），人民文学出版社 1981 年版，第 244 页、第 247 页。

的个性化有所欠缺。尽管如此，它的创作水准是相当高的，具有深刻的现实文化意义。

换句话说，尽管不可能每个乡土作家都有贺享雍那样的生活经历，更不可能要求他们都以贺享雍那样的方式去写作，但是，如何心系乡村、关爱乡村，又敢于直面乡村、独立深入地思考和探索，让文学艺术进入乡村，参与到乡村的发展和乡村振兴当中，贺享雍的《乡村志》确实具有示范性的启迪意义，值得当前乡土文学创作倡导和张扬。

思想的混乱与自我的复制

——对《山本》文学价值的重新考量

自 2018 年初出版以来,《山本》^①得到批评界的一致好评,作者贾平凹也多次发声阐述其创作主旨,作品的价值和意义被提到了很高的位置。但我阅读过后,感受却有所不同。我觉得《山本》思想主题混乱,艺术上也很粗糙,远非一部优秀之作。而且,它在叙事模式和不少细节描写上还较多沿袭了贾平凹之前的作品,并反映出时代文学潮流的较大影响,缺乏足够的创新和自我突破。因此,很有必要对其文学价值做进一步的考量。

一、何为"山之本"?

按照贾平凹的初衷,是把思想性作为《山本》的重要特征来创作的。在作品的题记中,他明确要写"中国最伟大的山",写"秦岭之志",也就是说要创作一部地方的史诗,揭示出具有深刻精神和思想特征的"山之本"。对于思想性严重匮乏的当下文坛来说,这样的创作意图很值得肯定和期待。而且,秦岭是一座有生活也有文化的山,贾平凹试图深入秦岭,挖掘其精神气韵,是一种有深度的艺术追求。

但是,评价思想型文学作品,需要落实一个关键问题:作品究竟表现了什么思想。具体到《山本》,就是说什么是作者所探究到的秦岭之本?因为毫无疑问,这个"本"是山之魂,也是作品最根本的精神,直接决定

---

① 贾平凹:《山本》,作家出版社 2018 年版。

着作品的价值和高度。结合作品中的文本细节，也参考作者对作品的自我阐释，我以为《山本》表现了较为丰富多样的思想主题，但是，这些主题并没有真正展示出"山"的厚度和深度，而且思想和思想之间有颇多冲突，思想内涵相当混乱。

作品中最醒目的思想主题无疑是神秘文化。这由作品开头的第一句话就显示出来："陆菊人怎么能想得到啊。十三年前，就是她带来的那三分胭脂地，竟然使涡镇的世事全变了。"一块土地的风水，一个十来岁小孩偶然听到的一句风水先生的话，成为故事的开始，而这块风水地究竟有无作用，以及如何发挥作用，更是直接推动作品情节发展的重要动力。每隔一段时间，都要穿插一段对它的叙述。主人公的命运，乃至涡镇的处境，全都牵系于此。如此，说神秘文化在一定程度上构成了作品中心应不为过。

风水文化之外，作品还展示了各种各样的神秘文化，包括作品中高密度地写到一些神怪现象。如反复提到的那棵具有未卜先知能力的皂荚树；如将人的生命与动物的生命相关联，暗示井宗秀是由老虎托生，而某人死后却化为鸽子、狼等动物；还有猫和树木能够说话表达情感，人物周一山能够通灵、听懂鸟语，而鸟居然在谈论人类的权力争夺；再如陆菊人对所有重要事情的决断，都是依靠某些神秘的预兆。特别是作品中的陈先生形象，基本上可以算是神秘文化的一个突出代表，他具有过人的通灵能力和预知能力，什么事情都在他的预料当中。作品的结尾，就是借陈先生的一句话，将小说中所叙述的一切事件都归因于"时运"。这既是对作品主题的集中涵盖，又与作品的神秘开头进行了呼应——风水、时运，二者神秘而又难以言明的关系构成了《山本》的故事基础，也成为其基本主题之一。

神秘文化是中国乡土文化重要的一部分，其内涵也足以支撑起一部长篇小说。但是，《山本》对神秘文化揭示的深度却并不够（姑且不论是缘于客观还是主观——也许作者的心思并不在此）。虽然它以神秘风水文化来引领故事并推动故事发展，但是也仅此而已，它并没有深入神秘文化的背后进行细致的展示，更缺乏独到深入的思考。至于穿插于作品中的神秘现象和故事，则更没有一个中心来统率，只能作为零散的点缀而已。如果用一句话来表达，作品中的这个主题最多不过可以被概括为"秦岭是神秘的"而已，如此，作品的神秘主题虽然相当醒目，但却难以构成"山之本"，并成为一部优秀作品的深度思想主旨。

作品的第二个主题应该可以概括为历史和自然。也就是说，作者试图阐释自然的生命观，并以之来对照和批判人类历史，反思文明的进程。《山本》主要书写了西北小镇涡镇的现代历史，在贾平凹的视野下，这段历史完全就是争夺权力、相互杀戮和草菅人命的血腥史，其中说不清是非和正义，本质上只是欲望的宣泄和人性恶的爆发。作品中没有非常明确地表达对这种历史的否定和批判，但基本态度在一些地方还是有所体现。比如，作者借超自然的皂荚树表达了这种立场——正常情况下，皂荚树以落叶与否来表达爱憎，但当生灵涂炭的时候，它完全停止落叶——传达的显然是强烈的拒斥态度。此外，在写到周一山的命运抉择时，也写到投入权力争夺肯定会损害人的生命。

与这种充满杀戮的人类历史形成对比的，是作品中展示的秦岭的自然层面。上面说到作品中书写了多种超自然现象，在一些情况下，它们传达出的是对人类世界的否定（如周一山听到的鸟的对话；至于通灵皂荚树被烧，更典型地表达了对人类野蛮力量的控诉），此外，作品中还不厌其烦地多次展示了秦岭丰富的自然风物，更借陈先生之口，发思自然之幽情，展示了秦岭自然世界的神秘和优美。更具象征性的是作品结尾处的一个细节：对权力争夺感到厌恶的麻县长自杀身亡，在临终前他留下了两本书，一本是《秦岭志禽兽部》，一本是《秦岭志草木部》这两本书是麻县长的心血之作，将自然与人类相比照的意图很充分。

从字面上看，这样的主题当然是深刻的。但一部作品的思想不仅仅靠某些细节和部分情节来表现，而是应该作为灵魂主旨渗透于作品的方方面面。而且，它不能只是某些理念的化身，而更需要以具体、细致的方式形象地呈现出来。就自然和历史批判主题来说，人性关怀应该是其中心的内核。因为不管是表现自然世界还是人类社会，其理想指向应该具有高度的一致性，那就是人文精神，也就是对生命的悲悯、对弱者的同情和深切的关怀，以及对强权的批判和对暴力的控诉。

但是，《山本》的许多表现却与这一精神相严重对立。比如，作品中对生命缺乏最基本的尊重。作者很热衷于书写死亡场景，书中甚至有许多对野蛮、暴力的杀戮场景的渲染式描写，十分详细。在很多情况下，作者采用的是不带感情的客观描摹。在某些情况下，其笔调甚至低俗轻浮，充斥着一种带有恶意的、变态式的欣赏。在这些过程中，没有丝毫的人情关怀，也没有一丝对死者的尊重，甚至像是一场低级娱乐和一场狂欢游戏。此外，作品中对女性的也是严重缺乏尊重，除了对陆菊人另眼相看，书写其他女性时基本上都是满含着贬斥和侮辱的态度，甚至对被杀害的女性也不例外。

最典型的是对井宗秀小姨子的书写。对这名女性，作品中充满着贬斥和羞辱的态度，乃至在叙述她的时候，基本上没有用姓名，而是用"女人"两个字来予以指代——就像她是一个没有生命的工具或器皿。具体叙述中也是这样。她在井宗秀的提议下嫁给土匪五雷，但井宗秀实际上是将其作为离间五雷和王魁的工具，故意让二人玩弄她。在土匪被剿灭后，井宗秀对她也漠不关心，任由部下对她和她的父亲极尽嘲弄之能事。特别是最后写她被人奸杀致死，更是没有丝毫怜悯和关怀之情，而是以低俗之词进行亵渎。在这样的叙述和描写里，人已经不如一只动物，从中看不到最基本的人性关怀。

第三个主题也许可以算是爱情。这是贾平凹在《后记》中的阐释："那年月是战乱着，如果中国是瓷器，是一地瓷的碎片年代。大的战争在秦岭之北之南错综复杂地爆发，各种硝烟都吹进了秦岭，秦岭里就有了那么多的飞禽奔兽，那么多的魍魉魑魅，一尽着中国人的世事，完全着中国文化的表演。巨大的灾难，一场荒唐，秦岭什么也没改变，依然山高水长，苍苍莽莽，没改变的还有情感，无论在山头或河畔，即使是在石头缝里和牛粪堆上，爱的花朵仍然在开，不禁慨叹万千。"也就是说，作者试图将井宗秀和陆菊人乱世之中的感情予以美化，甚至比喻为战乱当中的"瓷器"，珍贵而脆弱，进行歌赞。这一主题与上一主题相关，但更侧重于情感层面，即表达对战乱中真挚情感的崇敬之情。

爱情是永恒的文学主题，也有着深刻的人性内涵。但是，这里的关键问题是：井宗秀和陆菊人之间真的有爱情吗？他们爱情的基础是什么？郜元宝曾经有过分析："他们不是夫妻，但感情的牵扯胜似夫妻，然而又发乎情，止乎礼义，行动上从不越雷池一步。维系他们的不只是普通男女之情，更是对于关乎涡镇生死存亡却又不可泄露的天机的共同守护。"①这一分析细致而准确，但我更以为，他们俩所"共同守护"的，不是"天机"，更是对权力的崇拜和渴望。

确实，陆菊人的一生所系就是井宗秀，为了他，可以完全不顾自己的丈夫和儿子，但她对井宗秀的希望，或者说她所爱的井宗秀，并没有什么高尚的内涵。相反，她只是希望井宗秀能够飞黄腾达，实现她对所期待的风水好运。而她对井宗秀的感情，也与这种对地位和权力的想象完全一致。一个最典型的例子是陆菊人对"夫人"称谓的态度。一开始，井宗秀为了表示感恩，以"夫人"称呼陆菊人，陆菊人没有答应；但后来，当井宗秀有了较大的权力，公开称呼陆菊人为"夫人"，陆菊人在略表谦逊之后，很快欣然接受，此后也安于这样的称呼。并且，正是在此之后，陆与井之间的关系更进一层，她对井的关爱也更多一分。从另一角度说，井宗秀对陆菊人的感情究竟来源于何处？当然也许是她的美貌，也许是感恩她告诉了自己风水的秘密，也许是看重她过人的经商能力，能够为他的军队带来财富……我不否认井宗秀感情的真实性，但是，我不知道这样的感情究竟是利益交换，还是算得上是美好的爱情？特别是作者写到井宗秀在表白感情被陆菊人拒绝之后，四处纵欲，强迫镇上许多女性献身于他。如果"爱"被扭曲成这样，再怎么被讴歌，也称不上"美好"二字。

所以，尽管作品中多处细腻地描述了他们的感情——主要是陆菊人对井宗秀的感情，渲染她的思念以及爱的无私，乃至亲自为他介绍美女为妻，还悉心调教——但是，由于作者没有赋予这种感情以纯洁的内涵，而是充斥着利益和权力，并且，它所伴随的是对其他人没有理由的伤害——对陆菊人的丈夫杨钟不多说，即使是对处于童年时期的儿子剩剩，陆菊人也没有表现出爱和重视，当剩剩骑马被摔伤时，她完全没有表现出一个母亲应该有的紧张和心疼，心思依然放在井宗秀这边。因此，这样的描写并不能给人带来美感，这样的感情也不能让人尊重，而是让人觉得反感和恶心。

一部作品拥有多个主题是很正常的事，甚至有可能，不同主题之间的

---

① 郜元宝：《"念头"无数生与灭——读〈山本〉》，《小说评论》2018年第4期。

交相辉映，会更加增添作品的魅力——典型如《红楼梦》，就存在着人性、历史和政治上的不同内涵，具有丰富的思想内涵——但这有一个重要前提，那就是这些主题应该是相对清晰的，而主题之间应该能够相互兼容而不是冲突。然而，《山本》的三个主题不只是未达到深刻明晰，相互之间也充满着矛盾和对立，让人感觉不知所云。

最典型的是井宗秀和陆菊人两位主人公形象所投射出的主题内涵。就井宗秀而言，他身上传达着什么样的主题？是传达出宿命的神秘——他的命运因父亲的坟地而完全改变；还是对权力历史的批判——他的发迹史带给涡镇的完全是灾难；或者说，作者通过叙述井宗秀的起与落，特别是最后的败落，来暗示风水的局限性？抑或是认为权力欲望强大到能够改变人的宿命？每一点似乎都有一点道理，但又其实都没有。

井宗秀、陆菊人二人的关系更是如此。从表面上看，他们似乎可以分别作为人类社会权力和自然世界的代表，陆菊人代表着自然的美丽、善良与和平，井宗秀的变化则预示着人被权力异化的过程。但实际上，作品中的表现与这种设想并不一致。一个简单的问题是：陆菊人身上体现了自然的善良和包容吗？井宗秀是否经历了从善到恶的变化？在作品中，从一开始井宗秀就是残暴和缺乏同情心的。他的发迹过程充满着阴险和卑劣，借助土匪的力量，借刀杀人又乘人之危，他才成为了地方富户。后来他掌握了权力，也并没有为涡镇带来和平和安宁，相反，他的所作所为更激化了与其他势力的矛盾，加重了百姓的苦难，最后更是给涡镇带来了灭顶之灾。同样，陆菊人也很难用善良和包容来形容。只能说她对井宗秀的行动非常支持，或者说，她所有的行为都是对井宗秀的辅助，她的某些不同意见都是在井宗秀的接受范围之内提出的，而超出这一范围，即使是对剥人皮这样的残忍行为她也予以默许。所以，这两人的关系根本不能构成自然和历史的对立主题。更何况，作品中对井宗秀的态度也并不是明确的批判，不但借陆菊人之口多次对他的品格和能力进行揄扬，还有不少地方做了正面和肯定的叙述。如此，将井宗秀作为权力历史批判的典型并无充分的理由。

而如前所述，作品中对自然的书写也包含着主题上的冲突。作品展现了多种自然风貌和风俗人情，但却没有表现出态度的严谨和足够的敬意。在作品中，自然没有显示出其宁静和平、顺应生命原则的一面，却主要凸显了其神秘的一面。甚至在很多地方，作品中所展现的自然世界并不与人类世界构成对立，两者之间是相互联系和同一的关系——比如前面提到的，作品中将人的命运与其属相相关联，就是在显示人与自然之间的一致性——在这样的前提下，作品中的自然书写就内在地强化了神秘主题，却弱化了历史主题的意义。或者说，作品中的自然成为自我冲突的产物，根本不能构成人类杀戮历史的对应物。

　　在这种情况下，我们很难辨析清楚《山本》究竟在表达什么思想，或者说，尽管作者有自己的言说，也有批评家进行过阐述，但是，从作品本身看，却完全没有清晰地传达出一种深刻的思想内涵。它的主旨是模糊的、暧昧的，态度是矛盾而自我冲突的。作品虽然名为"山本"，但是究竟何为"山"之"本"，却没能够言明。

二、什么是"山"？

　　《山本》之所以存在思想主题如此不清晰的问题，在很大程度上源于作品中所展示的"山"本身，或者说源于作者对何者为"山"的理解。

　　"山"包含多个层面的内涵。最基本的层面当然是自然，换言之，一个作家也可以从纯粹自然的层面去展开对"山"的理解和阐释。但在更多情况下，"山"不纯粹是自然，它也包括人，甚至可以说山的真正中心其实是人，以及与人密切相关的人类日常生活，人类世界是一个地域的灵魂。贾平凹在《山本》中所书写的显然属于人化的山，因此，作品中书写了众多的故事，更有意识写了非常多的人——很多人物尽管只在作品中偶尔露面，作者也给了他们完整的姓名，背后应有此意图——但是，很遗憾的是，作者并没有塑造出真正真实而有血有肉的人物形象，也没有展示出细致真切的日常生活。因此，作者虽然有意揭示"山之本"，但却没有真正反映出"山"的基本和真实面目，支撑不起作者所要表达的思想。

　　就作品中的人物形象来说，普遍存在着人物形象性格严重缺乏统一性的缺陷。也就是说，其人物思想和行为缺乏一个内在的主导，不具备基本的统一性——即使变化，也要有变化的前提和理由。

　　比如作品中的诸多次要人物形象。这些人基本上没有自我主体，没有对他们心理和思想的展示，他们都只停留在故事层面，或者说，他们只有行为，只是符号而已。因此，这些人物形象内涵混乱，行动和性格都缺乏最基本的统一性。比如杨钟，算是作品中一个比较重要的形象了，但其性格内涵非常混乱，行为也丝毫没有一致性。在作品中，他一会儿似乎很有能力，很富有牺牲精神，一会儿又四处捣乱，丝毫没有原则，纯粹率性而为。杨钟是如此，其他人物也都一样。比如匪首五雷，一开始显得精明无比，治理部下也很有方法，但后来的表现却如同草包，其被杀场景更显示出他的无能和草率。可以说，所有的人物都如同一个个戏剧道具，只是根据作品情节需要生活在作品中，完全没有自己的主体特征。

主人公的塑造也不例外。尽管作者花了很多笔墨着力塑造，但井宗秀和陆菊人的形象依然内涵模糊、面目不清。如井宗秀，其品格模棱两可，兼具善良儒雅与凶残阴险的内涵，而且，其行为和性格也不相一致。他在成为地方统治者以后，一会儿似乎很亲民，很重感情，一会儿却又非常凶残，六亲不认，在作品中同样看不到他真正统一的内心世界，看不到他做某些事情的深层心理和性格缘由，他仅仅只是在做这些事情而已。

陆菊人的形象也充满着随意性。虽然她性格的整体性比较强，但行为方式却同样难以让人信服。比如，她一个普通的农村妇女，文化程度又不高，却突然间就拥有了过人的经商能力——并非说一个农村妇女就不能具有这样的能力，而是小说应该提供这样的基础，即她为什么能这样。难道仅仅只是因为有人说她是能够聚财的金蟾化身，就拥有了如此能力？而她从之前小户人家的童养媳，到后来颇具大家闺秀之风，举止行为是如何形成和转换的，也根本看不出来由。

这种情况，最根本的原因在于作品是以故事为主导，人物都只是理念的化身和故事的附庸。包括人物语言都是采用间接叙述，语言中没有生命气息，而是千人一面，都由作者来主导安排。所以，作品中的人物缺乏足够的主动性和独立性，人物关系也是随情节而走，很多人物没有任何铺垫地突然出现（如陆林等），人物之间的亲疏远近也充满着随意性和突然性。作品的中心是故事的发展，而不是人物性格的一致性和人物关系的自然发展。

除此以外，在次要人物形象的塑造上，由于作者的笔墨主要集中在两位主人公身上，其他人物被严重忽略。作品中的很多人物只是留下一个人名而已，一些重要人物也随意地出现在作品中。

《山本》在日常生活展示上的缺陷同样严重，其表现之一是自然风情与日常生活的脱节。作品表面上很热闹，写了非常多的人物，展示了很丰富的自然风情和生活风俗，但是仔细推究，这些人物没有一个来源于日常百姓生活，没有一个人物身上可以看出日常生活的滋养。同样，作品中展示了很多风俗民情，但它们都游离、漂浮于人物和日常生活之上，不是在生活中自然地呈现，而是带有很强的人为色彩，沦落为一种趣味的点缀。这不是日常生活的朴素还原，距离百姓的生活世界相当遥远。

表现之二是作品中的不少故事情节缺乏生活的真实性和严密的逻辑性。举两个影响作品情节发展的典型例子。作品前半部一个关键情节，就是五雷的土匪居然长期居住在涡镇，抢劫了那么多富户，打死那么多人，居然完全没有人管。联系到作品后面的内容，涡镇还是有县政府管着的，政府也不是完全没有能力，拥有保安队，是有剿匪之力的。这样的情节固然能够解释井宗秀发迹的故事，但放在整个故事环境中却丧失了可信度。作品后半部也有一个关键的情节，就是阮天保的父母被杀。当时阮天保住在县城，也颇有势力，他老家涡镇还有他们宗族的许多人，但是，他的父母被井宗秀杀害了，作为儿子的阮天保居然好几天都不知情，要井宗秀的人来通报后才知道。而阮天保在这前后过程中，一味只管报复，却完全不管父母的生死，这显然是违背生活常理的。

人是山之本，这其中既包括地方高层等精英人物，也包括普通百姓。精英人物固然更能集中折射地方文化精神，但普通人物也是更质朴更本真的群体。二者共同构成的集体群像，才是一个地方人物精神的整体，也才能构成一个地方深层的文化精神——也就是所谓的"本"。《山本》中的普通人物面目模糊不清，而尽管为两位主人公花费了大量的笔墨，但人物形象内涵也并不清晰、统一，他们所能够传达出的文化精神也模糊混乱。山的面目不清，又如何能够揭示出"山之本"？——面对正邪难辨、行事诡异的井宗秀，你能说他体现秦岭的什么文化？面对如同画像一样完美却完全不知所由的陆菊人，你能说她代表着秦岭的什么精神？

所以，阅读《山本》，我们能够读到一些秦岭故事，看到一些人物符号，以及一些貌似有地方色彩、能够传达秦岭地方气息的民俗和自然景物，但我们却不能看到最质朴、最日常也是最真实的秦岭生活，认识不到由独特文化所滋育的、具有浓郁地方文化内涵的秦岭人。而且，"山"被遮蔽，不只是无法让我们认识真正的"山之本"，还会严重损伤作品的可读性：缺乏人物和思想灵魂的主导，故事只能显得累赘而琐屑，自然风俗则成了无意义的罗列和展示，难以引起人们的兴趣和热情。

三、《山本》及《山本》之外

作为贾平凹的一部作品，《山本》表现平平。一个作家创作的所有作品都优秀是很难的，甚至也有作家终其一生都不能创作出一部优秀作品，这都是正常现象。但是，围绕着《山本》，还是有几个问题值得提出来进行讨论。

其一，作家的创作惯性问题。其中最突出的是自我的惯性。《山本》中有许多地方与作家自己以前的创作存在雷同之处。如有评论家指出的，本书中的游击队故事与前两年出版的《老生》有颇多相似之处，某些人物性格和故事情节也脱胎于贾平凹的早期作品《鸡窝洼人家》和《美穴地》。[①]《五魁》《白朗》等作品的印记也可以依稀看到。

特别是在细节方面，《山本》中的不少细节曾经在作者以前的作品中出现过，而且，它们中的大部分都有一个共同的特点，那就是恶俗。如写咬油饼，咬出一个"山"字；写陆菊人想念井宗秀时拣豆子的细节；写男人比赛撒尿，以及对画匠之嘴的侮辱性称谓，对女性"白虎"的低俗谈论，四处可见的粗俗口语等。

在叙述方式上，《山本》也基本上延续了作者之前的叙述模式，节奏缓慢拖沓，叙述冗长烦琐——当然，这不是说作家不能重复自己的叙述方式，也不是说一部作品不能反复书写某一主题甚至某个故事，但是，如果这种重复还伴随着上面所说的细节雷同，就肯定不能说具有创新意义，而

---

① 郜元宝：《"念头"无数生与灭——读〈山本〉》，《小说评论》2018年第4期。

只能意味着想象力的枯萎，涉嫌对自我的复制了。

　　还有一点是时代惯性，也就是受时代风潮的影响。确实，在《山本》上，我们多少可以看到陈忠实《白鹿原》和莫言某些小说的影子。前者的熟悉之处是对现代历史的理解和解构式书写，作品中的"陈先生"很容易让我们想到《白鹿原》中的"朱先生"。后者则是对暴力场景的书写，如《山本》中"剥皮"的场景，很容易让我们想到莫言的《檀香刑》等作品。

　　这当然不能说是模仿和袭用，但是却传达出了时代创作风习的影响力。事实上，对现代历史的颠覆式、欲望式书写，自20世纪80年代末新历史小说兴盛以来，已经在近年来的文学作品中泛滥。而对暴力的冷漠书写，也可以在当年的先锋文学中找到根由。当然，反过来说，《山本》中人物形象和日常生活书写上存在的缺陷，也折射出了时代文学的共同病症。[①]

　　其二，对传统的借取问题。对中国传统文学技巧的学习是当前文学创作中一股不小的潮流，其中，贾平凹是较早尝试和始终坚持的作家之一。《山本》也一样，其在思想和艺术层面都表现出这方面的特点。比如叙述语言，虽然这部作品的语言已经比作者之前的某些作品更加生活化和自然流畅，但其较为缓慢的叙述节奏，以及叙述的语调方式，都显示出作者向传统文学的借取。再如其叙述方式，都是追求故事性，以故事场景叙述来推动小说发展，却忽略人物的独立性和自主性；包括根据情节需要来设计人物关系，人物在故事中忽隐忽现，都借鉴了中国古典话本小说的方法。特别是对战争场景的叙述，对战斗杀戮场景完全客观化的书写方式，有着十分鲜明的传统话本小说特点，可以看到《水浒传》《三国演义》等作品的影子。

　　这种回归传统、借鉴传统文学创作方法的尝试值得尊重，而且客观地说，贾平凹的努力也取得了一定的成绩。但是，究竟应该在何种程度上看待和借取传统，特别是应该如何处理传统与现代性之间的关系，还是很值得讨论的。就《山本》而言，最关键的是现代人文内涵丧失的问题。因为中国传统文化（文学）中当然有很多优秀的思想和文化，但忽视人文关怀、

---

　　① 参见贺仲明：《论当前文学人物形象的弱化与变异趋向——以格非〈江南三部曲〉为中心》，《南方文坛》2014年第1期。

过多地书写低俗和暴力，确实是其重要缺陷之一（对此，已经有许多学者在论述《三国演义》《水浒传》时做了精彩论述，这里不多赘语）。所以，在今天借鉴传统，无论是对于作家还是社会大众，都必须进行现代性的甄别和改造，摒弃其中的暴力和低俗内涵。而且，我以为，对待传统文化，包括地方性的神秘文化，最需要的是深入而理性的思考和探究，而不仅是一种姿态和浮光掠影的展示，否则，它给传统文化带来的将不是积极的传承，而会是实质的伤害。

艺术方法方面也是这样。追求故事性是中国传统小说的重要特点，也有其值得继承和学习之处，但是，也许最恰当的方式是将追求故事性与塑造人物结合起来。在今天，文学（小说）不能再停留于讲故事层面，在故事中传达思想、塑造人物，是提升其趣味和品位的重要方式。如果一部小说仅仅只是讲故事，或者完全被故事所统率，就会流于通俗，难以传达出更多的思想内涵，承载起更丰富的现代文学精神。《山本》当然不是纯粹写故事的小说，它的创作主旨中包含着非常明确的思想追求，但是客观说，以故事为中心的叙事方式仍然对人物塑造构成了某些阻滞，也影响了作品思想主题的深度推进。

其三，作家与文学批评关系的问题。

文学创作与文学批评是一个时期文学的两翼，它们的良性关系是：文学批评发掘和张扬创作中的优异之处，指出其中存在的某些不足，既引导读者阅读，又促进作家完善和提升，从而共同为时代文学的发展和繁荣助力。但是在当前情况下，二者的关系却有些变形。一部作品创作出来，很多方面首先想到的往往是宣传和赞扬，于是，本应独立介入文学现场的文学评论也或主动或被动地沦为其中的一个部分，并往往只发出单向度的肯定和赞扬之声（即使有批评的声音，也往往会被媒体有意无意地遗漏掉）。

在这种文学生态下，许多作家会自觉不自觉地陷入媒体主导制造的虚假繁荣和成功陷阱中，他们只看到对自己的赞扬，却看不到对自己的批评。久而久之，逐渐成为《皇帝的新衣》故事中的主角，丧失对自我的正确判断，不能很好地完善和改进自己的创作。《山本》也是这样。作品一问世，媒体发出的几乎都是清一色的肯定和赞扬之声，高调的评价很多，却没有一点反面的批评意见。这样的批评对于作家、对于读者都是有害的。客观地说，《山本》所存在的缺陷，并非全是新近才出现，如人性关怀、女性歧视等问题已经在作者不少作品中有所体现，也有批评家进行过严厉的批评[①]。但也许是因为批评的声音远远要小于赞颂，作家并没有予以足够的重视，从而让这些问题一次次地反复出现。

就文学创作与批评的关系而言，还有一种情况值得注意，那就是作家对作品的自我言说太多。每一个著名作家有新作问世，媒体蜂拥而上，到处发布采访，而一些作家也非常乐意表达自己对作品的阐释。这当然属于作家的权利，也不能说不正常。但是，作家的这种言说是否有必要还是值得讨论，毕竟，作品一旦问世，最重要的解读者就不是作者而是读者。特别是从文学评论的层面看，如果评论者过于重视作家的自我阐释，按图索骥地来解读作品，就会自然而然地丧失批评者的独立性，沦为作家的附属品，而不是清醒的旁观者。包括对作品价值的评价，也往往会陷入作家的自我言说中，被作家的观点所左右。这是文学批评的大忌。文学批评最重要的就是思想的独立，一旦丧失了这一点，就很容易丧失读者和作家的尊重，也就失去了其在文学场域中的独特意义和基本价值。

[①] 有代表性的如李建军、洪治纲等人的批评文章，都特别针砭了贾平凹作品中人文性匮乏的严重缺陷。

中国乡村大地的当代回声

——莫言乡土小说审美论

无论是在获得诺贝尔文学奖之前，还是在之后，大众对莫言作品的争议声一直不断。莫言究竟依靠什么获奖、他的作品具有什么样的价值，都引起人们的很大关注。我以为，这些争论之所以存在，是因为我们一直把莫言放在新文学的范围中来审视。但实际上，莫言的创作已经超出了这一范围。他的创作姿态与新文学的主流姿态不同，审美追求也不一样。莫言小说体现的不是五四知识分子的启蒙精神，而是中国乡村大地的声音，是传统乡村文化在当代社会的回响。本文主要阐释其审美精神。

一、个性化的审美特征

在当代作家中，莫言作品的审美风格无疑是非常独特而极为个性化的。概而言之，其审美特征主要表现在以下三点：

其一，生命力之美。这一点已经为评论家们所反复论及，特别是在对莫言早期作品《红高粱》的论述中。确实，《红高粱》中的"我"之所以那样倾情赞美"我爷爷""我奶奶"，是因为他们身上有着现在已经严重失落了的生命力，体现出雄强的精神气概和生命美学。正如主人公所说的："我只有按着我自己的想法去办，我爱幸福，我爱力量，我爱美，我的身体是我的，我为自己做主，我不怕罪，不怕罚，我不怕进你的十八层地狱。"① 对于作品中的这些人物来说，生命就是一种独立自由的个性，一种不服输、敢抗争的力量。生命的伦理意义和审美价值就在这种个性和力量之中。

《红高粱》之后的创作沿袭了这一特征。《丰乳肥臀》中上官鲁氏的行为做法大违传统儒家伦理道德，并因此而广受非议，但她的生命力毫无疑问非常旺盛，对子女的爱也始终执着而坚定——这种爱的内在精神是对生命力的追求和肯定，这也是人类得以繁衍生存的重要前提。② 正是基于这一点，作者毫不避讳地对上官鲁氏予以高度的认同和赞美："书中的母亲，因为封建道德的压迫做了很多违背封建道德的事，政治上也不正确，但她的爱犹如澎湃的大海与广阔的大地。……但我认为，这样的母亲依然是伟大的，甚至，是更具代表性的，超越了某些畛域的伟大母亲。"③

在正常情况下，生命力表现为与强大对手的较量和对逆境的抗争，而在极端艰难的情况下，它就表现为承受苦难的能力。面对生命中的苦难、恐惧和死亡，是否有直面的胆识、承受的毅力，是否能够保持人性的尊严和勇气，是对人勇气和力量的艰难检验，也是判断生命力是雄强还是怯弱非常清晰的分水岭。

莫言作品对之进行了非常充分的探索性表现，那就是对酷刑的描写。刑罚，在最基本的层面是受刑人承受痛苦，这是对生命耐受力的一种严酷考验；但它还有另一个层面，就是行刑人和被行刑人之间意志的对抗。特别是严酷的刑罚，受刑人固然要承受剧烈的肉体痛苦，行刑人也要经受心理的巨大考验，不仅需要直面受刑人的苦痛，还要亲自去施加和制造苦痛，没有强大的精神承受力显然是做不到的。在一定程度上，行刑的过程就是受刑人和行刑人意志力抗争的过程。

《红高粱》中描写罗汉大爷被剥头皮的过程，侧重展现的是受刑人罗

---

① 莫言：《莫言文集 红高粱家族》，作家出版社 2012 年版，第 64—65 页。

② 这方面，已经有诸多批评家和学者做过论述，这里不多赘语。参见张志忠：《莫言论》，北京联合出版公司 2012 年版。

③ 莫言：《丰乳肥臀》（自序），见《莫言文集 丰乳肥臀》，作家出版社 2012 年版，第 1 页。

汉大爷的英勇不屈，突出其顽强坚韧的生命力。《檀香刑》则是从刑罚的两个侧面来进行展现——也就是说它既展现了受刑人对肉体痛苦的强大承受力，也展现了受刑人与行刑者意志力的抗争。第一个受刑人是钱雄飞，他尽管身受剧痛，但凭借过人的忍耐力和意志力，坚持无半句呻吟，还一直对袁世凯大声叫骂，让袁世凯恼羞成怒，也让那些观看行刑的人产生惊惧心理。第二个受刑人孙丙更是如此。他遭受了空前惨烈的檀香刑，但对他来说，刑罚的痛苦已经根本不算回事，他甚至把它视作自己喜爱的猫腔中的一场戏。因此，他本可以逃生却自愿选择了死，将极度残酷而漫长的刑罚过程作为张扬生命力的一种方式。正是其生命力的韧性，让内心极端冷酷的著名刽子手赵甲，也不得不为之敬佩。

其二，驳杂和放纵之美。莫言小说审美还有另一个特点，就是不从单一的角度来展示"美"，其笔下的美往往是驳杂而丰富的。莫言书写了乡村世界的多个方面，其中很少有单一向度的美或丑，一般都是美中有丑，丑中有美，混合成一个难以分割的整体。早在20世纪80年代末，丁帆先生就指出莫言引人争议的《红蝗》表面上是审丑，实质上是另一种审美。[①]确实，在莫言笔下，美和丑不是截然分开的对立状态，而是难分彼此。最典型的如他笔下的母亲形象，既有对子女强烈的爱和牺牲精神，也有对传统伦理的大胆悖逆。《红高粱》中的余占鳌，既是充满正义精神的抗日英雄，也是杀人越货、让人恐惧的土匪。[②]莫言的单篇作品是如此，创作整体上也是如此，也就是说，莫言的不同作品展示乡村世界不同的侧面，在总体上，其营构的文学世界就是丰富而立体、善恶美丑相互杂糅和交织的。比如《红高粱》展现了乡村浪漫雄壮的一面，《欢乐》《红蝗》《酒国》则展现了其丑陋、卑琐的一面；《天堂蒜薹之歌》《丰乳肥臀》更多展现乡村对超现实的幻想和追求一面，《檀香刑》《生死疲劳》则主要呈现出乡村历史的沉重和压抑。与这种美丑、善恶、真假混合的审美特点相一致，莫言小说的艺术表现也是戏谑与沉重共存，狂欢与痛苦同在，爱与恨、批

---

① 丁帆：《亵渎的神话：〈红蝗〉的意义》，《文学评论》1989年第1期。

② 王洪岳：《文学家莫言对当代中国美学的拓展与启示》，《贵州师范大学学报》（社会科学版）2015年第1期。

判与眷恋相交织，其内涵正如小说语言般汪洋恣肆，恰似混沌浑浊的黄河之水，体现出驳杂多元的美学特征。[①]

这样的创作，自然就难有明确的价值立场，而是呈现出非常极端的美学形态，呈现出非功利化和非道德化的放纵个性。20 世纪 80 年代《红高粱》中的郊外野合和酒中撒尿等情节固然远远走在了时代美学规范的前面，《檀香刑》以夸张的笔法细致入微地展示行刑过程，更是挑战了人们正常的审美心理。而且，如莫言自己所说："非民间的写作，总是带着浓重的功利色彩；民间的写作，总是比较少有功利色彩。"[②] 莫言这些夸张、极端的审美（丑）书写并不一定蕴含实质性的精神内涵，而可能仅仅以展示本身为目的。如果说《红高粱》中的刑罚书写还以民族精神为底蕴，有伦理关怀为基础，那么，《檀香刑》中的刑罚描写就已经淡化了伦理色彩，具有为展示刑罚而展示刑罚的意义。而《红蝗》等作品，将"大便"等被排斥于传统审美观念之外的许多丑的内容写进了文学，并且给予正面的褒扬态度，从审美角度看，这无疑是一种具有挑战性质的放纵。

对于这种审美表现，莫言曾将之归咎于自己的创作习惯："我在现实生活中是个懦弱胆怯的人，但在写小说时却有坚强的意志和无所畏惧的胆量。我感到自从把'高密东北乡'作为自己的小说舞台后，我就从乞丐变成了国王。这里的一切都听我支配，这里的男女老少都听我驱使。我让谁死谁就不敢活，我让谁活谁就不敢死。我体会到了一个作家最大的幸福。开天辟地，颐指气使，我的'高密东北乡'可以包容天下，而天下万物，皆可以为我所用。"[③] 但显然，文学创作不是如此简单，这种审美特征的背后蕴含着莫言独特的思想追求。

其三，故事和传奇之美。这主要体现在小说艺术层面。莫言非常推崇

---

① 参见洪治纲：《论莫言小说的混杂性美学追求》，《中国现代文学研究丛刊》2015 年第 8 期。

② 莫言：《文学创作的民间资源——在苏州大学"小说家讲坛"上的讲演》，《当代作家评论》2002 年第 1 期。

③ 莫言：《没有个性就没有共性》，见《用耳朵阅读》，作家出版社 2012 年版，第 136 页。

小说中的故事因素，将故事作为小说的最重要部分："我一直强调小说的第一因素是小说应该好看，小说要让读者读得下去。什么样的小说好看？小说应该有一个很好的故事、精彩的故事。"①并对那种排斥故事的小说很反感："这种不讲故事的小说，就像试验田里的一个不成熟的农作物品种一样，始终也没获得大面积推广的资质。而讲述故事的小说还是小说的大多数，那些获得了普遍认同、引起读者关注的小说，无一例外的都是用精彩的方式讲述了精彩故事的小说。"②正因如此，他非常重视故事的讲述方式，或者说在意故事本身。莫言叙述故事的技巧繁多，如对感觉的充分应用，如借助真实与虚构的混杂，等等。甚至说，故事对于莫言小说如此之重要，以至于我以为，莫言小说中至少有一部分作品是纯粹的故事小说，或者说就是"为故事而故事"，它们很难以传统的意义和创作意图进行探究，而更适合从传统的形式角度来理解。比如《木匠与狗》，虽然其中传达了因果报应式的主题，但是就本质说，它应该就是讲述了一个乡村故事——一个融传奇、神秘和部分乡村伦理为一体的故事，而不是微言大义之作。

这一点，可以在莫言对自己作品的阐释上得到印证。比如他的早期代表作《红高粱家族》，在文学批评家和一般读者的理解中，都是以独特的历史观为特点和中心，重点在于阐发其思想意义。但是莫言的理解却完全不同。他曾经明确表示："许多在历史上大名鼎鼎的人，其实也都是与我们一样的人，他们的英雄事迹，是人们在口头讲述的过程中不断地添油加醋的结果。我看过一些美国的评论家写的关于《红高粱家族》的文章，他们把这本书理解成一部民间的传奇，真是说到我的心坎里去了。"③也就是说，他更倾向于将"故事"和"传奇"作为《红高粱家族》的核心，而不是一般所理解的思想观念。

---

①莫言：《用自己的情感同化生活——与〈文艺报〉记者刘颋对谈》，见《说吧，莫言》（中卷），海天出版社 2007 年版，第 84 页。

②莫言：《鲜明的法律之美——〈刑场翻供〉评点》，见《说吧，莫言》（下卷），海天出版社 2007 年版，第 358 页。

③莫言：《我在美国出版的三本书》，《小说界》2000 年第 5 期。

就小说审美效果而言，莫言的小说大都充满虚构和大胆的想象，富有传奇甚至是荒诞之美。最典型的如《酒国》，将惊险、传奇、怪异等多种因素齐聚于小说之中，导致小说中的故事始终悬置在真实与虚幻之间。其他如《天堂蒜薹之歌》《蛙》《生死疲劳》等几乎无一不是如此。最具代表性的是他小说中多次出现的"吃煤"细节，亦真亦幻，亦实亦虚，充分体现了小说故事的传奇性，也呈现出独特的审美效果。

莫言小说的这三个审美特点各有侧重，也有主次之分，相互之间更有着密切的内在关联。简单地说，自由生命力构成莫言文学最基本的审美主导，贯穿于其整个创作之中。其驳杂之美和放纵之美，包括富有想象力和传奇性的故事美，都是这种生命力的不同表现方式。

二、乡土大地的遥远回声

莫言小说的上述审美特征，在精神方面与现代启蒙文学传统有着较大差异，也与中国传统审美观念相距甚远，某些方面甚至具有颠覆性。如他在《红蝗》等作品中对"母亲"形象的亵渎性书写，以及《檀香刑》中对刑罚的无节制渲染，既与传统伦理和现代人文精神有所背离，也迥异于中国主流文学含蓄中和的美学风格。这也是莫言多年来一直饱受文学界和社会各界争议的重要原因。

然而，如果我们放弃中国传统文学的主流审美原则，改从中国乡村文化角度来看莫言，就会有完全不一样的理解。

莫言曾经多次明确表示自己的创作资源在于民间，在于其童年和少年时代接受的乡村文化熏陶，以及祖辈和父辈们所讲述的故事。近年来，也有很多学者将莫言的创作资源和创作历程概括为"民间"，将莫言的创作作为"民间写作"的代表。但我以为这一概括还不够准确。准确地说，它应该属于乡村农民文化。因为"民间"是相对于主流体制、知识分子来说的，其内涵较为驳杂，既包括市民文化，也包括流民文化等。① 但是，莫言所书写的这些生活，包括他所展现的"审美"内容，背后蕴含的不是空洞的"民间"，而是中国农民的立场和态度，所体现的是乡村文化的审美内涵，或者说，其背后蕴含的是农民文化的生命观和价值观。

中国是一个传统的农业国家，其乡村文化有悠久的历史。按照社会学家的说法，乡村文化属于"小传统"，它与主流的儒家文化（"大传统"）有密切关联，却又有明显的不同。农民文化教育程度普遍不高，长期处于社会边缘，生活方式又直接与大自然相联系，因此，他们的道德文化相比主流文化要自由宽松许多，在审美上也呈现出质朴简单的特点。莫言的小说审美与之密切相关。比如其作品中最突出的审美特质——生命力，就是底层乡村生活与生存的最基本要素。因为在艰难的乡村演变历史中，苦难太多而且非常深重。如果没有雄强坚韧的生命力，就很难生存下来，使生命得到延续。因此，他们敬畏生命，慎终追远，也崇拜坚忍顽强的生命力。而且，面对如此之多的苦难，人们也不可能一味悲伤，而是转而以自嘲和戏谑的态度来对待——尽管其中有很多无奈，甚至也不无阿Q精神的体现，但这却是农民维持基本生存的重要方式。这就造就了农民对待苦难的非功利化审美立场。另外，从与生活密切关联的角度出发，农民的审美也带有更多的实用主义特点。比如从传统的乡村生活角度看，大便并不特别为人所反感，而是传统老农民所珍视的农家肥。

至于故事性，也是农民文化的重要特色。中国乡村生活单调，娱乐方式很少，农民们也没有高深的文化，一切都以能够接受为目的。因此，对于农民们来说，无论什么艺术形式，能够吸引人的故事永远都是最重要的，否则，就不可能有存在的价值了。这一特征，体现在几乎所有乡村艺术形式中，如各种地方戏和说书，都是如此。对此，莫言的体会深刻而且切实：

---

① 一个典型的例子，就是莫言与贾平凹的区别。贾平凹的《废都》等作品中的性描写之所以被人诟病，原因在于其狎邪口吻和气息。这不是真正的农民文化，只能说是民间文化，或者准确地说是市民文化。因为色情不是农民文化的产物，它属于城市小市民文化。色情所需要的金钱、闲暇等条件，都是农民不具备的。农民对性的认识更直接、坦率、简单，但不具有玩赏和色情性质。

"我是一个没有多少理论修养但是有一些奇思妙想的作家。我继承的是民间的传统。我不懂小说理论，但我知道怎样把一个故事讲得引人入胜。这种才能是我童年时从我的祖父、祖母和我的那些善于讲故事的乡亲们那里学到的。"①

所以，就像荣格对歌德《浮士德》的评述："不是歌德创造了《浮士德》，而是《浮士德》创造了歌德。"②从根本上说，莫言小说的审美特征来源于中国广袤而历史悠久的乡村大地。是中国农民文化的深厚滋养，才造就了莫言丰富多彩的文学创作。

当然，这绝非说莫言只是农民文化的模仿者——虽然宽泛地说，模仿并非贬义，但用"传承"或"创造性地呈现"更为合适。因为正是在这里，莫言表现出了其超越时代和众人的胆识和创造力，这正是一个优秀和伟大作家所必须具备的素质。

乡村文化并非只有现在才出现，而是长久存在于历史和现实中。它之所以为人所忽略，与农民的社会和文化地位有密切联系，也与主流文化与它的疏离相关。历史上，虽然有"礼失而求诸野"的说法，古代文学中也时有"采风"（征集民谣）的做法，但在大多数情况下，农民文化，以及由它所孕育的民间戏曲等文学艺术都是为主流文学所轻视的。这导致了乡村文化传统与主流传统的疏离，也使其呈现出不同的面目。简单地说，民间文学在礼教伦理的限制上相对松弛，宿命、神秘、暴力等因素也较普遍地存在其中。这种情况，在现代文明背景下也并没有发生大的改观。正因如此，当代中国文学界多次对这类民间文学采取过批判、改造和禁止等措施。它在社会生活中的位置越来越小，新文学作家也基本上对其持否定和拒绝的态度，致使上述因素很少在文学作品中出现，更少有正面和细致的展示。③

---

①莫言：《语言的优美和故事的象征意义——英文版小说集〈师傅越来越幽默〉序》，见《说吧，莫言》（下卷），海天出版社 2007 年版，第 402 页。

②〔瑞士〕荣格：《心理学与文学》，冯川、苏克译，生活·读书·新知三联书店 1987 年版，第 142—143 页。

③参见王爱松：《中国文学中的"鬼"哪去了》，《粤海风》2001 年第 1 期。

莫言的表现与大多数作家不一样。他非常明确地承认自己的文学资源在乡村，以尊重和平等的姿态看待乡村文化："小说，原本不是什么高贵的东西。它起源于下层，是那些茶楼酒馆的说书人，用他们的嘴巴，讲述给那些引车卖浆之流听的故事。"又表示："我把说书人当成我的祖师爷。我继承的是说书人的传统。"①并且提出"作为老百姓写作"的文学主张，将自己放在与普通乡村百姓平等的位置上。这使他能够以过人的坚毅和执着，始终深入地认识和书写乡土中国，形成了以中国乡村文化为基础的思想视野和自己独特的艺术形式。虽然在他的创作历程中，这种创作姿态使他遭遇了多次批评，但他能够冷静地坚持，不断地探索，并获得突出的成就。所以，莫言的文学创作，也完全可以看作他追求独立个性的结果，是他创作天才的产物。

莫言接受的农民文化影响不是在表面，而是渗透到灵魂里，就像他对乡村不是远距离地回望，而是真正将自己融入其中，与之不可分离，他在整体上是一个在广袤乡村大地上游荡的灵魂。所以，他能够真正站在农民立场上说话，既是现实中的农民，也是文化上的农民。他的创作更带着乡村的沉重、压抑和无法言说的痛苦，也包含着那种与大地紧密连接在一起的蓬勃生命力。甚至包括莫言的文学生存方式也表现出农民文化的深刻影响。比如他的不少作品（如《天堂蒜薹之歌》《酒国》《蛙》《生死疲劳》等），借助艺术形式处理一些比较有争议的敏感题材，避免与现实的直接冲突，就充分体现了农民式的狡黠和智慧。

莫言以乡土文化为底蕴的审美追求或者说美学风格的形成并不是一蹴而就，而是经历了从自发到自觉、逐渐完善和成熟的过程。具体说，《红高粱》《红蝗》是这种美学自觉之真正起点，《天堂蒜薹之歌》《丰乳肥臀》等是有意识的反叛和创新，《檀香刑》和《酒国》则达到其审美个性的顶峰。特别是《檀香刑》，莫言在其中传达出挑战读者审美感受力的明确意图，是其独立创作个性最充分和极致的张扬："我的写作是对优雅的中产阶级

---

① 莫言：《小说与社会生活——在京都大学会馆的演讲》，见《说吧，莫言》（上卷），海天出版社 2007 年版，第 172—173 页。

情调写作的抵抗。"[①]

此外，莫言小说的审美内涵和创作方法以乡村文化为主要来源，但并不意味着他的创作是单一和封闭的。他在深厚的乡村文化基础上，向西方、向鲁迅开创的启蒙文学传统学习，借鉴和吸收了多方面内容，丰富和扩展了自己的创作。特别是在艺术上，他借鉴了西方现代主义的诸多方法，将多民族的、世界性的方法融入本土生活的写作之中。世界性因素是其创作的重要组成部分，或者说是其创作的重要激发点。但是毫无疑问，莫言创作的文化之根是扎在中国乡村的。

三、意义与价值

评价莫言乡土小说的审美价值，首先需要厘清文化与审美的关系。因为当前许多批评家对莫言的批评，最主要针对的就是莫言的文化和审美立场。

文学是文化的一部分，但是它又不是一般的文化。文学在根本上是一种"审美"，而不是道德或文化的附属物。所以，不能简单以文化的先进落后、道德与否来评判文学。姑且不说像纳博科夫《洛丽塔》、劳伦斯《查泰莱夫人的情人》这样具有道德挑战性的作品，即使是像梅里美《高龙巴》、福克纳《纪念艾米莉的一朵玫瑰花》这样的小说，如果纯粹从道德文明角度看，也多有瑕疵。但从文学审美原则看，这些作品具有突出的魅力和价值。

所以，从现代性视角看，中国乡村文化斑驳复杂，或者用陈思和先生的话说是"藏污纳垢"[②]——其中肯定存在一些负面因素，需要进行现代性的批判和改造。但是，从审美角度看，则不一定这么严苛。我们应该允许文学创作与文化现代性之间存在一定的距离。文学创作既可以给现代性文化留下反思的空间，也是对现代性文化的一种丰富，文学正是以个性化

---

① 莫言：《碎语文学》，作家出版社 2012 年版，第 9 页。
② 陈思和：《莫言与中国当代文学》，《扬子江评论》2014 年第 5 期。

的方式展示自己的美学价值。

所以，文学完全可以对乡土文化持批判的审美态度，但这不应该是唯一的态度。鲁迅所开创的启蒙传统不能代表所有的文学方向，更不能让文学创作的立场变得整齐划一。莫言站在乡土文化的立场上，呈现其独立的审美形态，在姿态和立场上都提供了一种新的状貌，呈现出一个新的文学世界，确实具有拓展和创新的意义。

其一，展现了广袤丰饶的中国乡村原生态面貌。

无论是自然还是文化上，中国的乡村都是非常广袤的，但是，传统文学很少有展示，现代文学虽有突破，但也多受制于政治正确和文化正确，很少有全面细致的展示。莫言的作品不一样，它们很少美化和掩饰，朴素而真实地进入日常生活，原生态地展示了乡村生活面貌。在这方面，莫言丰富驳杂的美学特征具有重要的意义。因为无论是人还是生活都不是简单化的，或者说，只有展现了人和生活的多面性，才能说是真正有深度的展示。其中，对农民苦难、贫穷、卑微的表现尤为突出。莫言的书写没有丝毫回避，展现了广大农民的生活，他们的艰难、苦难、痛楚，以及他们的困惑、希冀和追求。他们的生命力，都是在苦难、痛苦的挤压下才得以充分展现。所以，莫言的小说作品中充溢着乡村真实的生活和文化气息，也因此而具有了大地的力量。这不是涓涓细流，而是奔涌而至的黄河；可能有泥沙，却更是气势逼人而又真切厚重，也才显得如此真实而深刻，充分展示了其广大、粗野和生命力。

其二，传达出了中国乡村大地的真实声音，提供了一种独特的文化和审美观念，特别是表现了反抗、自由追求的精神。

由于文化教育的原因，历史上的农民很难进入文化主流、充分地发出自己的声音。新文学史上，赵树理展示了农民的现实问题和愿望，相比之下，莫言所展现的乡村声音更为丰富和驳杂。这一定程度还是源于莫言的创作姿态，与赵树理的"文摊文学家"立场一样，他愿意"作为老百姓写作"，也就是放下居高临下的俯视姿态，将全部的思想和情感投入乡村之中，饱含着切身的痛苦和灵魂的呻吟。比如《天堂蒜薹之歌》《枯河》《红蝗》《蛙》等作品，对农民生存痛苦的细致描述，对他们孤独、绝望和卑微人生的无奈叹惋，达到了非常真实而深刻的高度。在《天堂蒜薹之歌》的结尾处，更借助一个文学人物在法庭上的陈诉，表达农民遭受的各种现实压迫和他们的精神困境，展示其内心的强烈愿望和激烈控诉。无论是作品的深度还是创作的胆识，在同时代作家中都是很突出的。

当然，莫言小说更为读者所认可和关注的，是他对乡村文化的积极方面和价值的展示。其中最突出的是对乡村自由精神的张扬。《红高粱》中对农民生命力的表现虽然只是一种追怀，但却因其骄傲自信的态度而充满了艺术感染力。《天堂蒜薹之歌》以直面现实的方式表现高羊、高马、金菊等农民对幸福、自由的强烈追求愿望。尽管这种追求以失败告终，但其生命力的意义却长存。《生死疲劳》也一样。借助西门闹几世投胎的荒诞故事，表现的是乡村文化不屈的抗争精神，很容易让我们想到莫言的前辈蒲松龄的著名短篇小说《席方平》。而如果我们能够撇开道德的视角，也不能不说，《檀香刑》所表现的意志力和生命力，确实蕴含着让人惊叹的自然和野性力量——在一直以"中庸""温良恭俭让"为特色的中国文化中，这样的文学表现非常罕见，但却不能否定它是真正中国乡村大地的精神产物。

其三，提供了真正立足于中国本土文化之上的生命观和审美文化。

当前中国文学的主流是向西方文学学习。这当然有必要，但是在根本上，中国文学还是要找到自己的独创性，建立起在中国文化基础上的、独立的认识世界和表现世界的方式。文学崇尚的是个性而不是雷同，是创造而不是模仿。对此，莫言曾经进行过表达："如果说我的作品在国外有一点点影响，那是因为我的小说有个性，思想的个性，人物的个性，语言的个性，这些个性使我的小说中国特色浓厚。我小说中的人物确实是在中国这块土地上土生土长起来的。我不了解很多种人，但我了解农民。土是我走向世界的一个重要原因。"① 其创作，其塑造的人物形象，也包括其借助人物形象所表达的生命观念、文化立场，以及所表现出的审美精神，都是立足于中国乡村文化之上，展示着中国独特的文化精神和审美个性——其中值得特别指出的是莫言小说的故事美学特征。故事之美是中国传统小

---

① 舒晋瑜：《莫言：土是我走向世界的重要原因》，《人民日报》（海外版）2012年10月12日。

说的重要特点，但近年来，这一传统已经为新文学作家们所普遍抛弃。许多作家都轻视故事，也不愿意讲故事，或者已经讲不好故事了。莫言的小说以精彩的故事之美，诠释了故事型小说的价值和魅力，这也是中国小说审美传统的一次个人性的复兴。

莫言小说的以上这三个方面，是莫言赢得世界文学认可最根本的原因——有人把莫言获得诺贝尔文学奖归因于翻译等因素，但事实上，莫言能够获奖，最根本的原因是他表现了古老东方乡村的生活和文化，展示了一种能够与西方文化构成多样性差异的生存状态，并体现出另一种具有文化底蕴的生命观和审美观。而且，莫言的这些展示丝毫不肤浅，不是为了迎合西方读者而有意编造的，而是真正从原生态生活中自然生长出来的，是充分自足而富有生命活力和创造性魅力的。所以，它能给西方读者以新奇感和震撼感，并进而得到他们的认可和尊重。在这个意义上说，莫言的创作为当代中国作家与本土文化的深入关联提供了一个有启示意义的典型范本。

新时代版本的"废都"书写

——关于《暂坐》及相关问题

　　问世于 20 世纪 90 年代初的《废都》虽然在学界存在较大争议，但大家还是充分认可其在时代精神揭示上的意义。学者们或将之誉为东方式的《荒原》[①]，或认为它展示了现代文明冲击下传统文人文化的颓败，是一种"动荡年代里知识分子的'文化休克'"[②]。也就是说，《废都》以"西京"这个古老城市为典型，描述了传统士大夫文化在现代文明冲击下的困顿和颓废状态，揭示了其不可避免的没落命运，具有时代史诗的意味。在近三十年后，贾平凹又创作了一部以"西京"为背景的小说《暂坐》（《当代》2020 年第 3 期，以下引文均出自该刊），作品在思想和艺术上都对《废都》有着一定继承和发展，可以看作新时代版本的"废都"书写。

一、"废都精神"的再呈现

　　作品以一个名叫"暂坐"的茶叶店为中心，讲述了著名作家羿光与茶叶店店主海若等十二个中青年女性的生活故事，并以之为脉络，勾勒出当下西京的生活和文化状态。这种故事结构，与《废都》颇为相似。《废都》

---

　　①温儒敏：《剖析现代人的文化困扰》，见《〈废都〉废谁》，学苑出版社 1993 年版，第 217 页。

　　②丁帆：《动荡年代里知识分子的"文化休克"——从新文学史重构的视角重读〈废都〉》，《文学评论》2014 年第 3 期。

的中心是一场文人官司，重点书写作家庄之蝶与几个女性的交往，展现的也是一幅典型的西京文化市井图。而且，与《废都》一样，《暂坐》所展示的西京生活也带有很强的颓废没落色彩，是"废都精神"的再度呈现。

首先，这种"废都精神"体现在作品的中心故事——暂坐茶叶店以及相关人物的命运上。作为故事发生的中心地点，"暂坐"茶叶店具有特别的位置，或者说，它既在结构上连接起所有的人物和事件，也在思想内涵上具有很强的代表性意义。茶叶店的命运是跌宕的。作品一开始，它就处在夏自花重病和惩治腐败传言的内外烦扰中，导致与茶叶店相关的很多人都心神不定。之后，随着市委书记和相关官员被卷入反腐运动，茶叶店因为与某位老板的关系而被卷入反腐风波中，并很快进入风雨飘摇的状态。老板海若也忧心忡忡，不得不借酒消愁。小说的结尾写海若被纪委约谈再没回来，茶叶店也毁于一场不知来由的爆炸中。暂坐茶叶店的败落，是整部作品"颓败"的典型。

茶叶店相关人物的命运也投射出强烈的"废都"色彩。老板海若虽然精明能干，也善于经营各种关系，但她在各种内外交困之下，承受着巨大的心理压力，不得不经常靠酒精来麻醉自己，生活并不幸福。同样，作品中其他女性人物的生活也处在不安定的困窘当中。这一点，在作品开头部分就有很沉重的或明或暗的展示：暗线是冯迎的飞机失事，明线则是夏自花身患绝症，一直住在医院中，让茶叶店所有人牵挂而心神不定。随着故事的发展，这些女性也都与衰败的茶叶店一样，生存命运都陷入了各种坎坷和困顿。其中，有重病离世的，有生意破产的，有被人骗去大量钱财的，还有陷入离婚纠纷的……总之都是失意落魄，一副树倒猢狲散的景象。

作品写的虽然只是一个茶叶店以及十二个女性的故事，但由于这些人物牵扯到社会生活的方方面面，也可以看作当代西京社会的一个缩影。或者说，茶叶店的颓败，十二个女性生活的颓败，折射的是西京社会和作品精神的颓败，这一点在作品的结构安排上也有清晰的体现。作品开头写伊娃带着希望来到西京，希望找到心灵的归宿，到作品结尾，她满怀失望，不得不带着辛起离开西京，远走异国他乡。伊娃的心态轨迹，折射的是作品无望而迷茫的叙述基调。

其次，"废都精神"也折射在作品中的时代环境上。暂坐茶叶店是一个中心点，它不是孤立的存在，而是密切联系着更广阔的外部时代环境。自然环境是作者书写的重要方面，被反复书写的"雾霾"是最典型的意象。作品中多次细致描绘了雾霾锁城的状况。作品结尾部分更以带情感色彩的笔调描述了严重的雾霾污染场景，以及雾霾给人们带来的巨大精神伤害："那个傍晚，空气越发地恶劣，雾霾弥漫在四周，没有前几日见到的这儿成堆那儿成堆，而几乎又成了糊状，在浸泡了这个城，淹没了这个城。烦躁，憋闷，昏沉，无处逃遁，只有受，只有挨，慌乱在里边，恐惧在里边，挣扎在里边。"在作者的反复书写下，雾霾似乎成为西京的一部分，存在于作品中的每一个地方。在一定程度上，雾霾已经不只是一种生活中常见的自然现象，而是与人的精神世界密切相连，使整个作品笼罩在沉重而压抑的氛围中。

作品中的人物陆以可曾经感叹："唉，我初到西京时，那时多好的，现在是天变得雾霾越来越重，人也变坏了。"确实，与让人压抑的自然环境一样，《暂坐》中的社会环境同样阴暗肮脏。对此，作品中所展示的内容并不太多，只是从侧面展示了官场上的普遍性腐败。然而，这种腐败却又如同雾霾一样，无所不在地弥漫于作品中，对人物命运和故事的发展起着决定性影响。茶叶店的命运就与之直接相关。从作品叙述层面说，官场腐败就如同西方传说中的达摩克利斯之剑，时刻悬挂在作品中人物的头上，既使人感到紧张、压抑，又映射出社会环境整体上的恶劣。正因为这样，作品借冯迎的日记，将自然的雾霾污染与社会的精神污染作为一个相互联系的整体，二者共同制造着社会精神的沉重和压抑："雾霾这么严重啊，而污染精神的是仇恨、偏执、贪婪、嫉妒，以及对权力、财富、地位、声名的获取与追求。"

自然环境和社会环境都如此沉重阴暗，作者对社会现实的否定态度也就很自然了。作品中多次表达了对当前社会城市文化方向的明确质疑和批判。如将城市称作"空石山"，借冯迎的日记表示："现在，科技就是神吗？就是宗教吗？"更借人物之口，特意虚拟了一个"活佛"，在人们对代表超越性世界的活佛的强烈期待中，传达出对现实的不满和批判态度。然而，直到故事结束，活佛都没有来。这也意味着尽管人们希冀未来，却并没有真正的未来，作品的气氛也因此更显失落和颓败。

再次，"废都精神"体现在人物的精神面貌上。作者重点写了十二个女性的命运，也展现了她们各自的生活。这当中最主要的当然是书写她们的孤独、弱小和不幸，以及在生活中的艰难挣扎，并给予同情的笔调。但与此同时，作品中也揭示了她们内心世俗化乃至丑陋的一面。几乎所有女性都是混迹于红尘，被生活所裹挟，却也为生活尘埃所染。这其中包括她们与外界打交道时的精明，也包括相互之间的利益算计。如严念初在与应丽后借钱合同担保中的表现，以及以欺骗的方式嫁给阚教授；辛起出轨于一个有家室的老年香港人，以及女人们相互之间的嫉妒……

有人指出《暂坐》的故事框架与《红楼梦》有些相似。确实，《暂坐》和《红楼梦》一样，都采用了多个女性人物围绕男主人公的叙述模式。但我以为，更值得关注的是两部作品中女性人物身份上的差异。《红楼梦》中，围绕在贾宝玉身边的女性基本上都是未婚少女，充满着少女的天真和单纯；而《暂坐》里的女性都是离异、独身或同性恋者，只有一个来自异国的伊娃还保持着相对的单纯，她的主要作用则是与其他女性的世故成熟构成对比。显然，贾平凹如此设计的背后有很明确的意图——或者至少客观上体现出来这样的效果——那就是：如果说曹雪芹《红楼梦》中塑造了众多少女形象，意在赞美这些"水做的骨肉"的纯真之美，那么，《暂坐》如此设计这些女性人物，则是将这些女性也作为颓败社会的一部分加以展示。

作品中唯一的男主人公身上也同样体现出颓败的精神面貌。兼具著名书法家和著名作家身份的羿光，在作品中与《红楼梦》中的贾宝玉有相似的位置。他被暂坐茶叶店的女人们所围绕，更是多个女性褒扬、追捧乃至爱恋的对象。然而，作品中的多个情节揭示了这一人物在精神上的阴暗和卑琐。以他对待女性的态度为例。作者对羿光与其他女性的关系只是暗示，明写的只有海若和伊娃二人。对于这两个女性，羿光所表现的基本是玩弄和游戏的姿态。他对待伊娃，在完全没有得到对方同意的前提下就强迫接吻；他给伊娃画像，表面上说是爱美，但作品中通过一个电话揭示，他实际上是想将画像送给某个官员。同样，对待海若，羿光也完全是一种主人对仆人的态度，对海若呼之即来挥之即去，缺乏起码的尊重。正因为这样，作品中对于羿光跟伊娃的关系表示了明确的否定态度。当羿光强行与伊娃接吻后，不知情的旁人夸赞羿光"浪漫"和"温婉"时，伊娃始终不发一言，反讽的意味很明显；而当伊娃与羿光发生关系后走出其住处时，环境描写中的寓意也很清楚："漫空里仍是灰蒙蒙的。沙粒土尘很快就脏了衣服，脏了头发和脸。"

最后，《暂坐》的"废都精神"还体现在其艺术表达上。作品采用的是散点叙述的结构方式和平淡的叙述方式。也就是说，作品虽然以茶叶店的命运为中心，故事线索比较清晰，但却是围绕茶叶店同时展开多个人的故事，很难说哪个人物或哪个故事是绝对的中心。作品的叙述笔调也缺乏大的起伏，情绪节奏上也没有明显的高潮和低潮，而是如流水一般平淡展开。作品的叙述视点基本比较贴近生活，内容更是完全日常化，充斥着琐屑乃至卑微的生活细节，从而使作品中的人物表现出凡俗平庸的精神状态。包括作品的语言，也基本上采用叙述为主的较长句式，在繁复冗长的语态中营造出沉闷停滞的艺术效果。如此种种，使《暂坐》的整体氛围远离激情和浪漫，尽显颓废和庸常的色彩。

《暂坐》的地方化色彩更加强了其"废都"气息。由于《废都》的巨大影响力，西京几乎已经成了"废都"的代名词。《暂坐》也在有意识地延续和强化这种地方气息。其中最突出的艺术方式就是采用外在视角，借助伊娃充满好奇的眼睛，打量和展示西京具有地方色彩的生活环境，细致地展示西京的地方生活和文化，从而使其与《废都》中的西京不只是名字相同，地域文化气息也完全相通。而且，与《废都》相似，作者也试图将一些地方性的超现实文化因素引入《暂坐》，以强化作品的地方文化特征。作品中对冯迎飞机失事后跟人转达还钱之事的叙述，对陆以可父亲"再生人"故事的讲述，以及"活佛要来了"的传闻，都是如此。

如此多方面的表现，使《暂坐》在很多方面呈现出浓郁的"废都"气息，也让我们再一次体会到与《废都》有几分相似的西京面貌和精神气质。这显然并非偶然，而是作者贾平凹的有意识之举，体现出他对于"废都"文学世界的深入思考。

二、新时代的特征

当然,《废都》与《暂坐》的差异还是比较明显的。最显著、也最外在的,是艺术上更为平静,色彩也光亮了一些。《废都》中充斥着强烈的情绪色彩,特别是以大量的性描写博人眼球,表现个人与时代之间的剧烈冲突,作品最终也以庄之蝶的死亡告终,整体上呈现出强烈的悲观和沉重色彩。如前所述,《暂坐》与之有一定相似性。如作品中对雾霾的反复书写,以及作品中人物的命运,等等。但与《废都》比较,它的色彩已经光亮了不少,情感的表现也明显平静了。一个最典型表现是性描写大幅减少而且明显节制——对于一个成年人来说,性是一种生理和情绪的发泄,而泛滥的性则意味着狂躁的宣泄,是一种对抗现实和虚无的方式。《废都》中的性描写典型传达出这一情绪。《暂坐》在这方面的节制,折射出其精神不像《废都》那么狂躁,不再需要以极端的方式来宣泄。

与艺术风格整体上的差异相一致的,是在对待现实态度上的不同。《废都》具有很强的绝望色彩,这源于主人公与现实社会之间的严重不和谐,他对现实表现出强烈的对抗情绪。在传统向现代的文化大转型背景下,庄之蝶感到严重的不适应但又无路可走,于是就如同一只困兽一样,在性行为中宣泄自己的绝望,寻找心灵的慰藉,并在对现实的逃离过程中走向死亡。《暂坐》对现实同样存在强烈的不满,并多处表达了对现实的否定,然而,这种否定所蕴含的却不是完全的对抗,而是多了一些理解和无奈。

这典型地体现在对待作品中人物生活的态度上。《暂坐》中的女性,已经没有了《废都》中那种古典时期的献身和崇拜意识,而是多有现实物质层面的欲望追求。作品中揭示了她们在现实中的困顿和挣扎,其间她们不可避免沾染尘埃甚至苟且,但对于人物的这种生活方式,作者没有进行否定,而是给予了充分的理解和认同。主人公海若就这样表示:"我常常说,大家都是土地,大家又都各自是一条河水,谁也不要想着改变谁,而河水择地而流,流着就在清洗着土地,滋养着土地,也不知不觉地该改变的都慢慢改变了。"另一处更明确展开议论,表达叙述者的同情态度:"一方面都是不结婚或离婚,想方设法在社会上周旋着做生意,一方面又表现得工作认真，诚恳良善，乐意帮助，即便给人一个笑话，一句客气话，在路上了拾起一个烟头放进垃圾桶里，看似琐碎无聊，但你不觉得它是有意义的吗？……她们是一群那样高尚的人，怎么都有没完没了的这样那样的事所纠结，且各是各痛，如受伤的青虫在蹦跳和扭曲？"包括对作品中的男主人公，也借他在伊娃面前的自我辩解传达出一定的理解态度："我现在能做什么呢，无非是避免着中于机辟，死于网罟，安时处顺地写写文章，再做些书画，纯粹是以养而养鸟也，非以鸟养而养鸟也。但往往还不行。"

不过，《暂坐》在整体上虽然更多现实认同感，但在自我主体方面却呈现出比《废都》更明确也更强烈的批判色彩。《废都》当年受到很多人批评，一个重要原因是它对主人公庄之蝶的认同太多，批判太少。对于庄之蝶充满颓废、自恋色彩的思想和行径，对于他夸张的性能力，作品中表现出的多是欣赏式的认同，却很少理性批判。因此，很多读者很自然地将作品、作家的思想与主人公的思想相对应，并给予否定。虽然不能说《暂坐》已经完全消除了自恋色彩，但与《废都》相比已经明显减少，而且还增加了很多自我批判的内涵。作品中对主人公羿光也有认同之处，但更多揭露和反讽。他对待女性的态度前面已经做过分析，对他在社会生活中的表现，作者的态度也大体相似。

比如，作品多处揭示了羿光的虚伪。他一方面在口头上拒绝将自己的书法作品与金钱挂钩，也拒绝去参加一些商业活动，但另一方面，他又多次在人前夸耀自己作品的高价格，显示出他的某些拒绝其实只是一种欲擒故纵的策略。同样，作品中还有一个重要情节，就是羿光借了冯迎15万元一直不还。由于冯迎又借着夏自花的钱，而夏自花又身患重病、正挣扎在生死边缘，所以，冯迎尽管已经由于飞机失事去世了，却还借人之口来催促羿光还钱。如此，羿光才最终把钱还上。对于这样一个大作家、大书法家来说，为还上区区15万元费上如此周折，情节貌似有些不太合理（特别是冯迎灵魂催债之事），但却具有非常强烈的讽刺意味。作者对羿光与伊娃的交往同样明确传达出讽刺和批判态度。前面所引羿光对伊娃的自我辩解，虽然包含一定的无奈，但也显示出其混迹于世、不思改变的猥琐心迹。而正是这种生存方式和精神状态，导致了羿光精神人格的严重萎缩，身体也萎靡虚空。他在伊娃面前的阳痿就是一个典型的象征——与之对照的是《废都》中对庄之蝶性能力的夸张描述。两人性能力背后蕴含的是作者对两部作品主人公不同的叙述态度。

两部作品的差异，或者说《暂坐》在思想内涵上之于《废都》的某些变化，与它们所诞生的时代环境有关。《废都》问世的20世纪90年代初，正是中国传统文化与现代文化的冲突最为激烈之时。因此，《废都》所表现的时代精神是剧烈冲突中的反抗和拒绝，作品中的颓废是一种无奈的愤激和抗拒的绝望，喧哗与躁动是其必然的特征。而在近三十年后《暂坐》的问世所处的时代，传统文化已经被现代文化彻底击溃，构不成任何反击——即使是绝望的、自毁式的反击——的力量。甚至，在今天，传统文化已经很大程度上为现代物质文化所同化，成为其屈辱的奴仆与合谋者。所以，如果说《废都》展示的是社会文化转型初期的浮躁时代精神，那么，《暂坐》则是已经为物质文化所统率之后的中国社会文化写照。前者的中心是绝望和愤激，后者的特征则是无奈和苟且。此外，两部作品的重心也有所差异，《废都》的重点是传统文人文化在现代物质文化冲击下慌乱失策的迷茫和绝望；《暂坐》则更多展示现代知识分子（与庄之蝶相比，羿光身上的传统色彩少了很多，现代气息则更强烈）的生存环境和无奈选择。

三、时代的意义与局限

如前所述，在三十年之后再来重写西京，重塑"废都"的时代主题，贾平凹是有自觉意识的。而我认为这种写作是有其意义的。

一个作家深入细致地展示一个地域，营造自己独立的文学世界，是一种有意义的文学追求。哪怕是其中的某些地名、生活乃至细节上有一些重复，都并非完全不行。事实上，福克纳、沈从文、莫迪亚诺等作家都是这方面成功的先例，他们营造的独立文学世界已经成为文学史上的靓丽风景。而对于中国文学来说，贾平凹的城市地域性书写更有启发性。因为很长时间中，我们对文学地域性的理解都局限在乡村，局限在自然地理和方言等方面，但其实，地域性是一种能渗透每一片土地、每一个灵魂的地方文化精神，是纠缠于历史和现实深处的内在特征。一个优秀的作家也许不着意于凸显其作品的地域性，但地域性会自然凝结于其文学世界中。这一点既存在于乡村，也存在于城市。我们阅读托尔斯泰、川端康成、狄更斯等作家的作品，都可以很自然地领略到其独特地域精神。从这个方面说，贾平凹反复书写西京，显示出他对这一地域深入的关切，无疑值得充分肯定，对于我们的城市书写者也有一定启迪意义。

当前的中国社会正处在剧烈的转型期，各种生活和思想的交汇与激荡，蕴含着复杂的文化历史变迁，也对未来社会发展具有深刻的启迪意义。这是非常值得作家来书写和思考的。无论是《废都》还是《暂坐》，都表现出这方面的强烈愿望。它们试图从自己的角度来探索时代的脉搏和文化的律动，是时代的写照，也呈现出一定的时代画卷意义。所以，尽管由于时代环境的发展变化，《暂坐》肯定无法产生与《废都》一样的社会影响力，但从文学和文化角度说，这并不损害作品的意义。《废都》产生的年代，传统文化与现代文化正剧烈冲撞，时代中的每个人都对此深有感受，也有迫切的关注，因此，切入这一精神热点的《废都》能够产生巨大的社会反响——就像20世纪70年代末至80年代的改革文学《乔厂长上任记》《新星》，20世纪80年代至90年代初的文化转型小说《顽主》和电视剧《渴望》一样。但在今天，文化环境已经进入相对稳定的时代，《暂坐》的出现不可能制造大的波澜。

当然，《暂坐》更重要的价值是在思想内容上对《废都》的创新和超越。最典型的就是前述的自我反思和批判性，它敢于将自身作为时代文化缺陷中的一部分来进行揭示和批判，这种对《废都》的突破很有意义。正如哲人尼采所说："与恶龙缠斗过久，自身亦成为恶龙；凝视深渊过久，深渊将回以凝视。"[①]文学作品书写负面情绪和生活，书写者需要保持必要的清醒和超越，否则就很容易忽略与生活的距离，沦为其中的一部分。当年《废都》最大的缺陷，就是既表达了对商业物质文化的揭露和批判，又堕入了商业文化的陷阱之中；更将庄之蝶的部分情绪融化为作者的情

----

① 此语流传甚广，但目前国内流行译本的表述与之略有差异。如"与怪兽作战者，可得注意，不要由此也变成怪兽。若往一个深渊里张望许久，则深渊亦朝你的内部张望"。参见〔德〕尼采：《善恶的彼岸》，赵千帆译，商务印书馆2015年版，第119页。

绪。《暂坐》由于作者自我批判意识的强化，比较好地避免了这一缺憾。所以，虽然很难说《暂坐》在批判力度上超过了《废都》，但是它提供了一个和《废都》不一样、也更为合理的生活展示和书写形式，显示出自己的独特价值。

就总体上说，《暂坐》对时代精神的揭示是真实而深刻的。特别是作品所展示的十二个女性的生存环境和生活态度，包括羿光这个形象所折射出来的生活状态，都是现实社会的真实写照。在经历了 20 世纪 90 年代初知识分子文化对商业文化的短暂对抗——比较有代表性的表现是"人文精神讨论"，但这一讨论更多情绪化而缺少真正的深度，相当虚弱和无力——之后，我们这个时代盛行的是犬儒主义，作为一个时代文化代表的知识分子也是如此。独善其身已经算是优秀者了，更多的人投身权力或金钱怀抱之中，真正有勇气的反抗者微乎其微。知识分子尚且如此，一般大众更是这样。所以，《暂坐》中的羿光形象虽然没有浓彩重抹，但确实有其广泛的代表性。他的无奈、妥协和精神委顿，是当前中国知识分子群体的写照。而《暂坐》中所书写的十二个城市女性的生活状况和生活态度，也是当前生活中真实的一部分。作者对她们给予较多理解、同情乃至认同，也不能说完全没有合理性。

然而，《暂坐》的思想性也存在可反思之处，现实态度是最核心的方面。作品的自我批判性使它一定程度超越了《废都》，但是，它的自我批判还不彻底，还交织着对自我的辩护和部分认同。而在现实方面，更是缺乏明确的批判精神——这既体现在前述的对待人物的态度方面，也体现在对待现实问题方面。比如作品中对现实中的官场腐败就没有表现出很明确的否定态度，而是有一种置身事外、冷眼旁观的漠然。作家书写现实有认同和否定之分。我们不能够要求作家一定要批判现实，但理想主义确实是文学作品不可缺少的重要光芒。因为理想主义不是浅薄的歌颂，而是明知其不可行，但还是奋勇向前，就像文学世界中的堂吉诃德一样。这种理想主义背后蕴含着对人类的信心和勇气，蕴含着强大的悲悯和关爱之心。只有这种以理想主义为基础，文学才能表现出对抗时间、权力、虚无等力量的勇气，才能拥有深刻的洞察力和批判性——所以，我很认同诺贝尔文学奖以"理想主义倾向"为重要评奖标准。这当然不是说《暂坐》是迎合现实的写作，它内在蕴含着批判和否定精神，但是，它的批判态度并不坚决，而是包含着暧昧和妥协，也可以说是批判和认同、揭露和欣赏杂糅在一起难以辨析，从而影响到其价值观的清晰明确，并影响到批判的力度。

另外，关于《暂坐》还有一些问题，它们与《废都》之间有着密切的联系，甚至具有很强的一致性。所以我想将两部作品结合起来讨论。

其一，是语言和叙述方式。如前所述，贾平凹近年来在文体上向中国传统文学有明确的回归，《暂坐》和《废都》的艺术特色就是其重要成果。毫无疑问，两部作品的这种语言和叙事方式是对中国传统小说的承继，并传达出一种关注日常的哲学精神。贾平凹的艺术回归中所蕴含的寻找中国文学独特性的强烈意图值得充分肯定。就艺术表现而言，《废都》《暂坐》也确实获得了一定的成功。主要是因为这些作品虽然以现代城市为背景，但其中所渗透的观念，包括颓废的审美效果与中国传统文化有密切的关联，因此能够产生相对和谐的效果。

然而，对于这种探索我在总体上持保留态度。我始终认为，在今天，我们虽然需要从传统中国文学中汲取养分，但应主要继承其整体审美精神而不是具体的方法，并且在继承中绝对不可缺少批判性和创新意识。古今生活方式的巨大变化决定了传统文学语言和文学形式在今天不可能再拥有曾经的生命力。文学语言如果脱离了现实生活，就很难具有真正的鲜活度和感染力，并直接影响到其表现生活的真切度——这一点，在贾平凹当下的乡土书写中更为突出。这些作品的语言与生活距离更远，也更显疏离。[①] 所以，我尊重贾平凹向传统文学回归的探索，但在究竟应该如何回归方面，我以为还有很多值得进一步探讨的问题。

其二，是人物形象的塑造，以及与此相关联的作品思想性问题。《暂坐》和《废都》的叙述方式，都是以时代为中心，很适合描画《清明上河图》那样的时代画卷。但它存在一个严重的缺陷，就是无法深入人物的内心，把人物的深层内在世界展示出来，从而展现出深层人物关怀。所以，《暂坐》中尽管塑造了很多有名有姓的人物形象，他们也都有自己的外貌和性

---

① 贺仲明：《传统文学继承中的"道"与"器"》，《文艺争鸣》2018 年第 9 期。

格特征，但却缺乏独立鲜活的人物性格，缺乏对人物命运的深入揭示和深刻情感。他们始终是外在于世界的，没有展现出其内心主体世界。虽然作品表面上用伊娃的视角在看世界，但实际上，伊娃只是一个叙述工具而已。

　　之所以如此，最重要的原因是作者的自我主体问题。以戴锦华为代表的批评家曾强烈针砭《废都》表现出的自恋意识，指出庄之蝶是作者"白日梦"的化身，所有的女性人物都是他的膜拜者："《废都》是一个赤裸裸的白日梦，是一个在社会和性方面都受到压抑的男性所寻求的心理补偿。"[1] 如前所述，《暂坐》相比《废都》有了较大进步，多了自我批判意识，也多了对人物的关怀意识。作者试图传达出悲悯情怀，写十二个女性的命运，意图达到《红楼梦》"悲凉之雾，遍被华林"的效果。但是，《暂坐》还没有真正达到这一效果。有人可能会问，作品在很多方面表达了对人物的理解，包括对他们生活态度、生活方式的理解，怎么能说缺乏关怀呢？这当然是一种关怀，但只是一种表面的关怀，一种高高在上的俯视，而不是深入人物真实生存世界特别是灵魂世界的关怀，作者没有赋予那些女性形象以自身的生命力，没有赋予她们真正平等和独立的灵魂，包括最重要的女性人物海若在内，她们都是陪衬，都处于附属的位置。作品真正而唯一的视角还是羿光的视角——就像作品中尽管描画了很多形象，但是其实真正有灵魂的形象只有一个，就是羿光。

　　文学虽然当然可以是时代的写照，或者说揭示时代是文学重要的功能之一，但是，文学更重要的功能还是对人的关注、对人性的揭示，以及对人的关怀。作为一篇作品，可以在时代揭示与人物塑造上有所侧重，但是，人性关怀是最基本也是最重要的，而且时代揭示与人性关怀完全可以充分统一。典型如《红楼梦》《战争与和平》《日瓦戈医生》等作品，都在对人物命运的深切关注中揭示时代变迁，具有时代史诗与人性关怀的双重力量。而且说到底，如果没有对人的关怀作为底蕴，时代揭示也不可能深刻。毕竟时代是由无数个人组成的，没有对个人的关怀，也就谈不上对时代的深切关怀。

---

① 肖夏林主编：《〈废都〉废谁》，学苑出版社 1993 年版，第 82 页。

　　而且，人性关怀的不足，也会给作品的其他方面带来严重的负面影响。比如说《暂坐》的地方性色彩已经相当突出，但由于缺乏真正有个性的人（或者说只有羿光这唯一的一个有个性的人），因而对地方的真正精神还揭示得不够充分。因为真正的地域性不仅仅表现于衣食住行等外在因素，而是更深入地体现在人物的精神和性格上。就像人们谈论老舍《茶馆》的"京味"特色，强调的是常四爷、松二爷等浸透着北京文化血脉的人物形象，那些地道的北京话和茶馆等场景构造都是次要因素。此外，这也直接损伤了作品的批判力度。因为文学批判精神的最根本来源就是对人的关怀，或者说文学就是应该以"人"为立足点的。《暂坐》未能立足于作品中人物的角度来思考和揭示，其社会批判虽然深刻，但缺乏真正动人的力量。

探寻与创造

——论韩少功与乡村文化的复杂关系

韩少功出生于城市，尚未成年时在上山下乡运动中来到乡村，接受了乡村生活和文化的滋养。这样的经历使韩少功有了深刻的乡村记忆，也使他在从事文学写作初期就以乡村为书写对象，并将这一创作特点延续至今。在现实生活中，韩少功也与乡村保持着特别密切的关系。2003 年，尚处盛年的韩少功毅然放弃城市的生活，举家迁居到曾经凝聚他知青情感的湖南汨罗乡下，成为一个长期与土地打交道的"农民"。由此可见，乡村生活是韩少功人生和文学世界中非常重要的一部分，它与作家创作之间的关系颇值得深入探讨。

一

虽然乡村书写贯穿韩少功的创作生涯，但其写作风格前后变化很大。正如他对自己创作历史的感慨："眼前这一套作品选集，署上了'韩少功'的名字，但相当一部分在我看来已颇为陌生。它们的长短得失令我迷惑。它们来自怎样的写作过程，都让我有几分茫然。一个问题是：如果它们确实是'韩少功'所写，那我现在就可能是另外一个人；如果我眼下坚持自己的姓名权，那么这一部分则似乎来自他人笔下。"[1]几十年中，韩少功

---

[1] 韩少功：《自序》，见《西望茅草地》，上海文艺出版社 2012 年版，第 1 页。

的创作在书写立场、书写方式等多个方面，都呈现出明显的阶段性特征。具体而言，大体可以分为三个阶段。

第一阶段是1985年之前，以《月兰》《西望茅草地》《远方的树》等小说为代表。与同时期其他作家的同类创作相比，韩少功的作品颇有独到之处。如《月兰》，对农民疾苦的揭示相当深入，还穿插着叙述者内心的忏悔情感，很有艺术感染力。《西望茅草地》突破了同时代常见的将人物简单分为善、恶两类的写法，塑造了充满内在矛盾的复杂人物——张种田，将批判的触角深入封闭、落后的思想文化领域，从而领时代之潮流。《远方的树》虽然诞生于知青文学集体性的"回归潮"背景下，影响力也不如史铁生、梁晓声的同类作品，但其情感的真切和复杂，比很多作品都要突出。正因为如此，韩少功这一时期的乡村书写作品数量并不算多，但他却因此迅速成名，成为知青作家中的佼佼者。

不过，尽管韩少功作品表现出的思想勇气和深度要胜于一般作家，文学写作功底也相当深厚，但在基本的叙述立场和思想方向上，他与其他知青作家并没有大的区别。比如在叙述视角上，其作品基本上都采用当时流行的第一人称叙述，以明确的乡村旁观者身份，用俯视的姿态来看待乡村。在这类作品中，叙述者"我"始终是乡村的外来者，是一个具有更高文化和道德优势也更为清醒的旁观者。这使韩少功此时的作品将乡村写实与浪漫情致交融起来，具有比较典型的知青文学风格。

这样的叙述方式，在精神上直接继承鲁迅所开创的文化启蒙传统，试图站在现代文化立场批判和改造乡村文化。因此，在这些作品现实书写的背后，寄寓的更深层主题是对乡村文化的批判性审视。比如《月兰》，如作者在创作谈中所言，"我力图写出农民这个中华民族主体身上的种种弱点，揭示封建意识是如何在贫穷、愚昧的土壤上得以生长的并毒害人民的……"[1] 因此，这部作品的主旨是揭示和否定乡村文化。同样，《西望茅草地》在讲述张种田的故事时，也不是把他当作一个孤立的个人，而是将其作为乡村文化的典型来塑造。

---

[1] 韩少功：《学步回顾》，见《月兰》，广东人民出版社1981年版，第267页。

　　第二阶段是 1985 年前后寻根文学创作到 1996 年《马桥词典》的问世。虽然《月兰》等早期作品名扬海内，但对于自己的创作，韩少功却并不满意。他没有依照惯性继续写作，而是陷入了困惑和迷惘。其表现之一是发表《飞过蓝天》后，正处创作盛年的韩少功减缓了写作节奏，1982 至 1984 年间，只有一篇《远方的树》问世。而这篇作品表达的正是一个离开农村的知青对乡村强烈的情感依恋以及无法取舍的深刻矛盾。这折射出作家内心世界的不安状态。

　　困惑往往通向突破。果然，1985 年前后，韩少功的乡村书写迎来了新的变化，呈现出许多与以往创作完全不同的新的特点。最突出的一点，就是如他在著名的《文学的"根"》一文开篇处表示的"绚丽的楚文化到哪里去了？"[1] 的疑惑，韩少功这时期的作品普遍表现出对乡村文化强烈的"寻找"和"探究"兴趣。具体说，就是他不再将创作题材局限于现实，而是集中思考乡村文化，其思想态度也不再是以启蒙立场进行简单的否定，而是表现出强烈的探寻意愿。《诱惑》就是这类作品的典型。故事中知青们不惜冒着生命危险去一探究竟的大瀑布，远远不只是自然风物本身，而是有着更加复杂的寓意，或者说，它象征的是充满神秘和魅惑色彩的乡村文化。此外，如《归去来》《蓝盖子》《山上的声音》等作品也都表现出类似的内容和思想倾向。《山上的声音》以知青回顾往事的方式，讲述了一些与现代科学完全相背离的、带有神秘色彩的乡村故事。这些故事是乡村生活和文化的典型产物，也有悖于人们的日常生活经验，但叙述者却被它们深深吸引，乃至采取基本认同的态度。

　　思想态度的转变使得韩少功的艺术风格有了显著变化。由于这些小说大多讲述乡村的超现实事件，因此在艺术上呈现出较为明显的象征色彩，而不再像早期作品那样以抒情性和写实性为主。南帆就这样描绘韩少功作品风格的转变："慷慨悲歌、气宇轩昂的英雄形象销声匿迹。冷峻的洞察逐一拆穿了有意无意的矫饰。这一切无疑败坏了韩少功曾经拥有的不无浅

---

　　[1] 韩少功：《文学的"根"》，《作家》1985 年第 4 期。

薄的浪漫诗意。"① 例如，《归去来》中这样描写村庄里小牛的头："它们都有皱纹，有胡须，有眼光的疲惫，似乎生下来就苍老了，有苍老的遗传。"② 表面上是在描绘动物，但文字背后似乎隐含了对中国文化的某种象征。于是，《月兰》等早期作品中平实而富有抒情气息的乡村，在这里变得陌生、晦涩和虚幻，让人难以窥见其真实面目。

值得注意的是，尽管作者在这些作品中对乡村文化表现出浓厚的兴趣，但其态度却并不明确。这与韩少功在理论文章中的清晰表述形成了鲜明对比。在被作为寻根文学旗帜的《文学的"根"》一文中，韩少功非常明确地表示要寻找楚文化的"根"，要追求"一种对民族的重新认识，一种审美意识中潜在历史因素的觉醒、一种追求和把握人世无限感和永恒感的对象化表现"③。但他的小说却并非仅仅通过寻根复苏楚文化，而是交织着"掘根"的意味，力图批评传统，有时甚至很难分清批判和寻找究竟何为主次。被誉为寻根文学代表作的《爸爸爸》最为典型。尽管韩少功曾多次表示这部作品并非如评论家们所理解的只有批判含义，而是蕴含了对乡村的深刻"同情"④，但小说发表后，绝大多数读者都将其思想主题理解为对传统乡村文化的批判，将丙崽誉为当代阿 Q。这样的"误读"，说明作品本身存在着严重的歧义，因此，作家后来才会多次修改这部作品⑤。

1996 年，《马桥词典》问世。这部小说是韩少功寻根时期的总结之作，保留着寻根过程中的某些矛盾和犹疑，但也表明他开始步入新的思想阶段，更清晰、坚定的立场呼之欲出。李锐甚至认为："在《马桥词典》之前，韩少功的一切文字都只能算做是一种准备，在《马桥词典》之后，

---

① 南帆：《敞开与囚禁》，山东教育出版社 1999 年版，第 238 页。

② 韩少功：《归去来》，《上海文学》1985 年第 6 期。

③ 韩少功：《文学的"根"》，《作家》1985 年第 4 期。

④ 韩少功、施叔青：《鸟的传人》，见《韩少功研究资料》（增补本），天津人民出版社 2017 年版，第 67 页。

⑤ 洪子诚：《丙崽生长记——韩少功〈爸爸爸〉的阅读和修改》，《中国现代文学研究丛刊》2012 年第 12 期。

韩少功将可以被称作是一位杰出的小说家。"① 关于这部小说的主旨，韩少功指出："从严格的意义上来说，我们并不能认识世界，我们只能认识在语言中呈现的世界。我们造就了语言，语言也造就了我们。《马桥词典》无非是力图在语言这个层面撕开一些小小的裂口，与读者们一道，清查我们这个民族和人类处境的某些真相。"② 也就是说，为马桥编纂词典是要探寻一个民族、一种文化乃至一种生活方式。马桥不是一个普通的地名，而是具有更广泛的象征意义。作品以富有情感色彩的叙述方式，展示马桥独特的语言和生活方式，书写它受压制、侵蚀的历史和正在消亡的命运，传达出带有感伤色彩的理解和认同的态度。这与之前大多数寻根小说的晦涩风格有比较显著的差异。当然，这并不是说作家完全肯定马桥的世界，在一些地方他也会在批判与认同、赞赏与遗憾之间表现出些许犹疑。最典型的是小说后半部分对当下马桥青年不良品行的叙述，这既可看作传统文化崩溃后的道德沦丧，也可以阐释为传统文化滋生的恶果。两种理解都有其合理性。

第三阶段是《马桥词典》之后一直到今天。此时韩少功的创作在文体上有了明显的变化：从主要从事小说写作，转而创作了大量散文、随笔。他不仅出版了以《山南水北》为代表的多部散文、随笔集，还创作了《暗示》《革命后记》等介于写实与虚构、小说与随笔之间的作品。这种文体转换并非偶然，而是如韩少功自己所说："想得清楚的写散文，想不清楚的写小说。""大体上说，散文是我的思想，是理性的认识活动。"③ 确实，与之前犹疑、困惑的态度相比，韩少功此时在态度和立场上明确了许多。其最基本的倾向，是高度肯定乡村文化，部分作品甚至表现出为乡村代言的姿态。这主要有以下两方面的表现。

其一，维护农民的权益和肯定乡村社会奉行的价值观念。如前所述，《马桥词典》中已经部分表达出对乡村价值观的认可，只是由于其中还夹

---

① 李锐：《旷日持久的煎熬》，《读书杂志》1997 年第 5 期。

② 韩少功：《语言的节日》，《新创作》1997 年第 2 期。

③ 韩少功：《精神的白天与夜晚》，见《在小说的后台》，山东文艺出版社 2001 年版，第 149 页。

杂着批判和质疑的声音，作者态度还不明朗。但这一阶段有了很大变化。在散文《山南水北》中，韩少功完全认可乡村社会及其代表的生命观念和自然观念，还常常以之来对比现代文明，对后者进行批判。对乡村的伦理道德观，韩少功也毫不吝啬地给予肯定和赞美，他甚至这样描绘农业生产："'劳动'就成了一个火热的词，重新放射出光芒，唤醒我沉睡的肌肉。"①

　　与散文一样，韩少功此时的小说也一改寻根时期的含糊和矛盾，坚决维护农民形象和乡村文化。一方面，他注重表现农民善良和质朴的品格。《月下桨声》中努力挣学费的留守兄妹坚持还回别人多给的一元钱，在执着中尽显真诚；《空院残月》中的农民刘长子贫穷而木讷，但其行为中却渗透着淳朴和善良。即使是部分作品表现了农民的自私等弱点，也会通过对贫穷程度的渲染给予某种程度的辩解（《土地》），或借展示这一品质在乡村生活的异质性，来彰显乡村文化整体上的纯良质朴（《白麂子》），批判色彩已经相当弱化。另一方面，作家明确表达了对乡村文化的认可乃至崇敬，这一点在《山歌天上来》中表现得最为典型。这篇小说的背景在一定程度上与《马桥词典》类似：主人公毛三寅所在的边山峒是一个与马桥一样有着自己独特文化的乡村。但与《马桥词典》不同的是，这里已经没有对毛三寅的批判和质疑，只有对其浑然天成的创造天才的赞美，并明确否定以欺骗手段扼杀毛三寅创作生命的城市文化。事实上，像《山歌天上来》一样进行城乡文化对比的作品还有不少。如《赶马的老三》就以大智若愚的乡村智慧，凸显来自城市的大学生的无能。再如《怒目金刚》通过表现普通农民对乡村"礼"文化的执着，讽刺城市文化对"礼"的漠视。

　　其二，在作品的内容和形式上表现出更自觉的乡村主体化倾向。与寻根时期韩少功小说大多具有象征色彩、较少描绘乡村生活不同，这一时期韩少功开始更广泛地关注乡村日常生活和社会问题。如《赶马的老三》《怒目金刚》描写乡村政治生活，《月下桨声》《生离死别》则关注留守乡村的儿童和老人。而且，这些作品的叙述者（或隐含叙述者）都来自乡村，发出的是农民自己的声音。在艺术上，这些作品也一改寻根时期的晦涩朦

---

① 韩少功：《山南水北》，人民文学出版社 2008 年版，第 36 页。

胧，更注重讲述通俗易懂的故事。在语言风格方面，韩少功常常打破叙述语言与人物语言之间的区隔，更广泛地融入富有乡村色彩的幽默表达和方言，让读者很容易想起20世纪中叶周立波和赵树理的作品。

二

韩少功作品风格的变化过程，折射出他与乡村之间的复杂关系，也可以看作他通过与乡村文化的艰难磨合，逐渐形成独立的思想和文学品格的过程。作家早期创作更多受现代启蒙文化传统的影响。而他之所以不满于早期创作并开启寻根之旅，早年的乡村生活经历和文化感受是最重要的原因。韩少功曾谈到乡村文化对自己这一代知青作家的影响："他们从西化程度较高的城市，到传统积淀较多的乡村，既是社会身份的下移，也是不同文化板块之间的串联。这样，在一种文化碰撞之下，在文化身份的撕裂之下，他们获得了一种独特的生命感受切面，一旦受到某种观念的启导，心里的东西就喷涌而出。"[1]确实，如果考虑到下乡时的韩少功只是一个刚完成初中教育的十五岁少年，而且城市给予他的只是苦难记忆，那么乡村对作家的意义就绝不仅仅是一个普通的插队场所，而是带有情感依恋和思想启迪的双重意义。这种影响也许在一时之间无法完全呈现，但随着时间的推移，必然会逐渐凸显出来。

但是，20世纪80年代中期的外在社会环境和韩少功当时的文化积累状况都决定了其寻根之旅注定是艰难的。在启蒙主义的视野中，乡村是等待着启蒙的蒙昧之地，接受乡村文化的"诱惑"是具有"原罪"性质的。对年轻的韩少功来说，其对乡村文化的认识主要停留在感性层面，又深受启蒙主义的影响，因而绝对不可能果断而清晰地在启蒙与乡村文化之间做出自己的选择。所以，20世纪80年代中期的韩少功提出寻根文学的主张，最基本的动因就是为了解决内心深处的迷茫与困惑。然而在具体的创作层

---

[1] 郝庆军：《九问韩少功——关于文学写作与当代中国的思想状况》，见《对一个人的阅读——韩少功与他的时代》，江苏文艺出版社2013年版，第268页。

面，他很难抗拒启蒙主义，因而不可避免地陷入自我冲突之中。这是《爸爸爸》等寻根文学作品主题艰涩、矛盾的根本原因，也致使作品中的精神和态度一度有些模糊。这期间，韩少功创作了《归去来》《蓝盖子》《山上的声音》等认同乡村文化的作品，但同时，他也有《北门口预言》《领袖之死》等致力于批判乡村文化的小说问世。

韩少功能够走出漫长的困惑期，与开放的文化环境有很大关系，而时代的发展则起到了进一步的催化作用。20 世纪 80 年代中期以来，韩少功广泛接触了西方当代文学，并翻译了米兰·昆德拉的《生命中不能承受之轻》和佩索阿的《惶然录》等作品。所有这一切都帮助韩少功克服了知识分子的优越感，他开始以平等、客观的心态看待农村和乡村文化，并在理性思考中重新理解自己早年对乡村的情感。与此同时，社会文化的变迁也激发了韩少功思想的转变。20 世纪 90 年代以来，伴随着市场经济改革的加速，农民纷纷外出打工，传统的乡村共同体趋于瓦解，乡村文化在现代物质文化的冲击下迅速颓败，引发了诸如社会公平、生态环保等一系列社会问题。社会环境的变化与韩少功内心的乡村情感和文化记忆，共同交织并相互促进，激发了作家对乡村文化的独特思考，使得韩少功近年来的写作表现出以下几个特点。

首先是现代性反思中的乡村立场。近年来，韩少功创作最引人注目的倾向是对现代性的反思。20 世纪 90 年代中期，就有学者将韩少功的创作概括为"文化保守主义的社会理想"，并总结出"对东方文化传统的维护""对原始思维方式的推重""对科学技术的责难""对工业社会、商业社会的批判""对'社会发展'的质疑"等特点。[1] 而在《山南水北》《进步的回退》《一个人文主义者的生态观》等散文中，韩少功更是进一步表达了对现代社会的进步及其发展观的批判："这个时代变化太快，无法减速和刹车的经济狂潮正铲除一切旧物，包括旧的礼仪、旧的风气、旧的衣着、旧的饮食以及旧的表情。从某种意义上来说，这使我们欲望太多而情

---

[1] 鲁枢元、王春煜：《韩少功小说的精神性存在》，《文学评论》1994 年第 6 期。

感太少，向往太多而记忆太少，一个个都成了失去母亲的文化孤儿。"①这类对理性、知识的批判，对现代科技和文明的质疑，成为近年来作家作品中最引人注目的思想。韩少功的这类思考相当前沿，但它与中国乡村文化之间也有着深刻的关联，或者说，乡村文化是这些思想的重要资源。如《山南水北》《山川入梦》等散文，充分渲染和细致展示了山村自然的素朴之美，揭示了宁静生活方式背后人与自然的高度和谐，阐释了从事生产劳动的意义。这一切正是韩少功用以批判现代文明，反思发展、进步等观念的重要资源。此外，乡村文化也影响了作家的运思方式，使他形成了重视具象、轻视抽象的思维特点。其实早在《马桥词典》中，韩少功就多次阐释过乡村文化的这一特点，认为"一个词的理解过程不光是理智过程，也是一个感觉过程，离不开这个词在使用环境里与之相关联的具体形象、具体氛围、具体事实"②。可以说，作家对科学理性和启蒙思想的怀疑，在很大程度上就来自对具象的强调、对语言抽象和概括能力的质疑。在《暗示》中，他明确指出："相同'明言'之下，可以有相同的'隐象'，这是因为多数人的初始条件大致接近，在衣食、疾病、婚育、家庭等方面也有彼此差不多的经验……相同'明言'之下，必有'隐象'的千差万别，包括深隐和浅隐的差别，富隐和贫隐的差别，隐此和隐彼的差别……时间长了，言词的隐象已经积淀为本能，进入呼吸、血液、体温一类生理反应。"③

其次是文体形式变迁中的乡村文化逻辑。韩少功的写作给文学界最大的震撼，是他对文体形式的探索和创新。《马桥词典》以词典形式书写马桥故事，引起一时轰动；之后，《暗示》和《革命后记》更进一步，虽然名为长篇小说，但没有完整的情节，约等于随笔；《日夜书》《修改过程》等作品在文体形式上也有非常明确的探索创新尝试。文体的改变不是偶然的，它来自作家对生活和文学的全新认识，蕴含着他新的文学和思想理念。这当中，西方当代文学的影响不可忽略，但以具象为中心的思维方式同样起了重要作用，这令韩少功对宏大主题产生了怀疑，并倾向于选择具体事

---

① 韩少功：《山南水北》，人民文学出版社 2008 年版，第 33 页。

② 韩少功：《马桥词典》，作家出版社 1996 年版，第 42 页。

③ 韩少功：《暗示》，上海文艺出版社 2012 年版，第 303—304 页。

物作为文学作品的表现对象。在《马桥词典》中，他明确表示对由"知识"和"规范语言"建构起来的传统小说的不满，尝试抛弃宏大叙事以及与之相关的文体形式，希望将写作对象转移到具体、微小的生活中来："我写了十多年的小说，但越来越不爱读小说，不爱编写小说——当然是指那种情节性很强的传统小说。那种小说里，主导性人物，主导性情节，主导性情绪，一手遮天地独霸了作者和读者的视野，让人们无法旁顾……实际生活不是这样，不符合这种主线因果导控的模式。""我的记忆和想象，不是专门为传统准备的。……我经常希望从主线因果中跳出来，旁顾一些似乎毫无意义的事物……起码，我应该写一棵树。"① 在《暗示》中，韩少功更是把小说创作视为对语言宣战，尝试用新的言说方式来揭示被传统文学语言遮蔽的东西，建构新的文学空间："《马桥词典》的关注点是生活怎样产生了词语，词语反过来怎样制约生活，制约我们对生活的理解与介入。……我必须重新回到生活中来，看一看我们的回忆、感受、想象、情感、思想是怎么回事，看一看具象是如何隐藏在语言里，正如语言是如何隐藏在具象里。"②

　　事实上，韩少功并不讳言自己的文体探索与乡村文化之间的关系。在一次对话中，他指出《马桥词典》的文体形式与中国传统笔记小说之间有着内在的关联和继承。③ 在他看来，具有完整结构的现代小说形态并不适合慢节奏、少规范的传统乡村生活状态，而《马桥词典》所采用的零散、片段式的文体形式与之更为和谐。在《暗示》中，韩少功更将作品的文体特点直接关联社会文化状况，将它看作回归农业文明背景的一种文体形式："现代社会里传媒发达，人们很容易知道这个世界发生了什么事，因此，一个文学写作者描述这些事可能是不重要的，而描述这些事如何被感受和如何被思考可能是更重要的。这就是我有时会放弃传统叙事模式的原因。"④

---

① 韩少功：《马桥词典》，作家出版社 1996 年版，第 69 页。

② 张均、韩少功：《用语言挑战语言——韩少功访谈录》，《小说评论》2004 年第 6 期。

③ 韩少功、崔卫平：《关于〈马桥词典〉的对话》，《作家》2000 年第 4 期。

④ 雪峰、韩少功：《韩少功：我喜欢冒险的写作状态》，《南方日报》2002 年 12 月 31 日。

　　最后是以乡村神秘文化为底蕴的思想和审美个性。韩少功文学创作（特别是小说）有一个显著特色，就是具有强烈的神秘色彩。首先是超现实主义的题材内容和艺术表现形式，真实与虚幻杂糅的故事，具有亦真亦幻的审美特色。这最初体现在其乡村书写中，如《雷祸》《蓝盖子》《余烬》《山上的声音》等作品。《归去来》是最早的成功尝试。作者将马眼镜和黄治先两个人物的故事糅为一体，在表达了现实与过去、乡村与城市之间迷失的同时，也展示了小说虚实结合、真假难辨的突出特点，艺术效果颇为独特。后来，这种书写逐渐超越了题材限制，成为韩少功创作的显著特征。《第四十三页》《暗香》《真要出事》《鞋癖》《谋杀》《会心一笑》等，作品内容都与乡村生活无关，但都杂糅了虚幻与真实，在艺术上运用时空交错、现实梦境混同等叙述方法，呈现出亦真亦幻的叙事特点。

　　艺术表现形式往往与作者的思想有着密切关联。在韩少功的很多作品中，虚实杂糅的叙事特点已经超越了纯粹的艺术层面，深化为看待生命和世界的态度和方式。《马桥词典》《山南水北》中包含很多具有神秘色彩的乡村故事，特别是一些超自然的灵异现象，以及奇异的因果关系。在韩少功笔下，这些神怪现象与日常生活混杂在一起，构成乡村生活的重要内容，表达了作家对中国乡村的独特理解。而他近年创作的长篇小说《日夜书》《修改过程》，虽然主要内容是对返城知青和大学生活的追忆，但都表达出对现实和叙述真实性的强烈怀疑。在《修改过程》中，每一位事件的经历者对事件的讲述都完全不同，真相在时过境迁后已经难以捕捉，它引发的不是对经历者的质疑，而是对事件本身是否存在的困惑。这类主题，在韩少功的很多作品中都曾出现，似乎表明作家是用带有某种不可知论的态度在理解生活和世界。

　　乡村文化显然是韩少功作品中神秘色彩的源头。如前所述，作家对神秘文化的表现起始于其乡村写作。也就是说，乡村社会中那些与科学规律相悖的生活现象，那些浸润着乡村独特时空观和生命观的神秘文化，很早就进入韩少功的文学视野并对其思想产生了深刻影响。它们不仅成为韩少功作品的重要艺术特征，更成为其对生命、世界的认知方式。

三

社会环境的剧烈变化、西方文化带来的启迪以及乡村文化的深刻影响，共同推动了韩少功文学创作的不断发展，其创作历程也可以视为作家逐渐脱离文坛主流思潮、走向独立思考的过程。如前所述，韩少功的早期乡土创作，包括部分寻根文学时期的作品，都可以放在知青作家群的脉络中予以理解。但是在《马桥词典》以后，韩少功逐渐形成了自己独特的思想和文学个性，并成为当代中国为数不多的思想型作家之一。

由于多种原因的制约，20 世纪 80 年代中期以后的中国当代作家的思想能力严重不足，特别是对现代文化和社会发展方向等问题，很少有作家予以关注，更谈不上进行有深度的思考，这严重影响了当代文学在社会文化中的地位和文学自身的高度。在这一语境下，不断以批判、反思的姿态思考社会问题的韩少功就显得非常特殊。这自然与作家受到乡村文化的深刻影响有关。一切以发展、进步为目标的现代西方文化，在促进社会发展的同时，也给人类带来了难以预测的危机和风险。中国乡村文化作为外在于西方文化的"他者"，恰好为韩少功提供了一个旁观者的位置，他对现代社会保持高度警惕。这使得韩少功在面对纷繁复杂的社会现象时，不是跟在西方人后面鹦鹉学舌，而是立足深厚的中国乡村文化，以其独特的文化立场和思维方式进行创造性的思考。当然，这么说并不是认为韩少功把握了某种真理，其思想也未必就能够准确理解当代社会，但他能充分吸纳了乡村文化的某些因素，形成独特的对现代性的反思，在当代中国尤为难得。

在这方面，韩少功与沈从文有颇多相似之处。后者受苗族文化的启迪，结合精神分析等西方理论，形成了以自然为中心的生命观，并表达出对"发展"和"进步"的深刻质疑，从而成为中国现代文学史上最具文化创造力和现代性反思意义的作家。韩少功的思想方向与沈从文大体相似，只是后者的文化批判更偏重感性，蕴含较多的情感和抒情因素；前者则较多地结合了现代理性思想，以具有乡村文化特点的哲学观和现实观来审视现代文化。两位作家生活的时代相隔半个多世纪，在韩少功身处的时代，现代性扩展的步伐更快，高科技的发展更加迅速，物质主义对社会生活的支配性也更强。尽管韩少功还没能对现代生活进行全面的检视和评判，但其思考的前瞻性和强烈的警醒意识，足以成为当代中国社会不容忽视的文化资源。

不过，韩少功毕竟是一位小说家，评价其成就的关键还是其作品的文学价值。在这方面，韩少功提供了包括文体形式创新在内的多方面贡献，但我以为最突出的还是在审美层面，即他贡献了一系列具有独特审美个性的作品。其中最具有代表性的，是韩少功1985年至1996年间的创作，如《归去来》《马桥词典》等。如前所述，这一时期作家带着对早年生活经历的情感去体认乡村文化，这使他不会陷入某些先入为主的偏见中，以贬斥、忽视或有意渲染的方式来书写农村生活，而总是以平等、客观和审美的立场，表现乡村生活的独特面貌。

在正常情况下，作家观察、描绘某一地方的生活和文化时，只能在内视和外视两种角度中选择一种。例如，鲁迅、茅盾等现代作家选择站在乡村之外，以俯视的姿态描绘农民，进行文化批判与思想启蒙；而赵树理、沈从文等作家则主要从乡村世界的内部视野出发，试图展示乡村文化的价值和诉求。[①] 相比之下，韩少功观察乡村的视角非常独特。作为知青，他对乡村相当熟稔且有着深切的情感，但他又始终不是真正的农民，外来者的视角天然地存在于其思想中。对韩少功来说，乡村世界既遥远又亲近，既熟悉又神秘，其观察乡村的视角介于内视与外视之间，这使既能够近观乡村，避免距离所带来的隔膜和冷漠，又不至于因为太熟悉而忽略掉乡村生活中的独特细节。所以，韩少功1985年至1996年间创作的小说，能够将现实与象征、真实与虚幻较为完美地融合在一起，以比较客观的态度看待具有虚无和宿命意识的乡村文化（也就是一般所说的"迷信文化"），创造出虚实结合、亦真亦幻的艺术风格。

然而，纵观韩少功近年来的创作，其作品的文学性与思想性变得有些失衡。他能够写出很多优秀的思想随笔和文化散文，但小说创作的水准却

---

① 贺仲明：《"农民文化小说"：乡村的自审与张望》，《文学评论》2001年第3期。

并没有超越过去，甚至有所下降。也就是说，随着韩少功思想观念越来越深刻，主题意识越来越明确，他的小说失去了早期作品含蓄朦胧的独特韵味。包括他近年来的文体探索，也可以说有得有失。如果说《马桥词典》能够较好地将零散的人物、故事以词条的方式组合起来，成功实现了文体创新，那么《暗示》《革命后记》等小说则过于激进，摒弃了故事的叙述方式或许更适合表达思想观念，却与文学距离较远。概而言之，过强的理性色彩，使韩少功与乡村文化渐行渐远。拒绝故事可以让思想的表达更加透彻、顺畅，但对于小说艺术来说则是一种伤害，阻碍了韩少功像当年的沈从文那样建构起一个具有独特魅力的乡村文学世界。感性与理性，文学与思想，对韩少功来说，也许是一个鱼与熊掌那样的两难选择。

下 编

重审文学中的个人主义

一、个人主义及其与现代中国

个人主义是一个在现代社会影响广泛而深远的概念。但正如有学者所说："大而用之，它几乎可囊括几个世纪以来整个西方思想的精髓，它不仅是哲学的也是历史的概念，其用法并不具有始终一贯的明确的单一所指。"① 个人主义的思想资源异常丰富，内涵驳杂甚至不无自我冲突之处。然而，就我的理解，尽管人们对个人主义的理解非常多样，但离不开两个中心特点，一是个人的独立性，即"强调自我支配、自我控制、不受外来约束的个人或自我。……个人主义反对权威和对个人的各种各样的控制，特别是国家对个人的控制"②。因此，个人主义与集体主义、民族主义等集体意识形态形成根本上的对立。二是个人权益的重要性。就如卢梭曾经说过的："人的最原始的感情就是对自己生存的感情；最原始的关怀就是对自我保存的关怀。"③ 个人主义注重自我感受和个人价值，将个人利益、

---

① 李今：《郭沫若的"我"——兼谈五四时期个人主义思想对郭沫若的影响》，《中国现代文学研究丛刊》1991 年第 3 期。也许正因为个人主义概念的复杂和宽泛，人们对它与中国现代文学之间关系的研究不是很多，也缺乏突破性的研究成果。

② 美国不列颠百科全书公司：《不列颠百科全书：国际中文版 8》（修订版），中国大百科全书出版社 2007 年版，第 369 页。

③〔法〕卢梭：《论人类不平等的起源和基础》，李常山译，商务印书馆 1962 年版，第 112 页。

个人幸福作为考虑事情的重要出发点。这两个特点，既密切联系，又存在一定张力，构成个人主义思想内涵的丰富性和多元性。

这种内在张力特点，导致个人主义在人类发展中具有巨大而复杂的影响。其一，个人主义对于个人意义的强调，对于人的独立性和自由精神的张扬，使人充分认识到自己存在的价值，以及维护自我尊严意义的重要，帮助人从神权束缚之下解放出来，并敢于对抗各种专制权力，是人类的一次重要自觉，也是人类精神一次巨大进步，在人类思想史上有重大意义。其二，个人主义对个人利益和幸福的追求，客观上也促进了人类对物质文化的追求，促进了社会生产力的发展。可以说，从欧洲文艺复兴之后人类社会在物质文化上的迅速发展，与个人主义思想的传播和影响有密切关系。其三，它也刺激了极端功利主义的发展。个人主义思想重视个人感受和权益，走到极端，就很容易一切以满足个人欲望为出发点和归宿，最终必然走向对身体欲望的极度张扬，以个人利益为绝对目的，沦为极端的、狭隘的个人功利主义。简单地说，个人主义是一种对人类发展起着重要推动作用的思想，但它也并非完美，特别是在它走向极端和片面的时候。

个人主义是中国现代以来文化和文学的重要关键词。五四时期，个人主义是时代先驱们大力引进和推介的重要西方思想之一。对于长期受专制统治荼毒的人们来说，个人主义无异于一支精神的清新剂，它使人们意识到自己的权利和价值，并将对这种权利的争取与民族国家的兴盛相联系，因此，个人主义是五四时期最有影响的现代文化之一。新文学的开端——五四文学，作为五四新文化运动一部分，自然是个人主义思潮的重要推动者和体现者。五四文学中高扬的"人的文学"，核心就是对个人和个性的张扬。而正如"我是我自己的，你们谁也没有干涉我的权利"是五四文学中男女主人公们最响亮的口号，对个性解放的书写和倡导也是五四文学的绝对主题。

但是，由于20世纪的中国面临着民族国家救亡和振兴的巨大压力，民族国家和集体意识对时代的要求更为迫切而广泛。这样，个人主义与集体、社会、民族国家之间的内在矛盾必然会限制个人主义的生长。因此，尽管个人主义风潮在五四时期盛行一时，但此后相当长一段时间内，它的发展却并不顺利，基本上处于受压制和边缘化的状态。

　　"文革"后，个人主义迎来了它的又一个发展契机。政治上的解冻，经济上的大力改革，思想上的对外开放，带来的是个人主义略显缓慢艰难却又不可阻挡的复苏，个人的权利和欲望也逐渐得到了表达和呈现。从大的社会文化思潮到小的个人生活方式、言语方式甚至穿着打扮，都可以看到个人主义的影响。应该说，这种复苏是人性正当的要求，也是文化摆脱束缚的集中体现，它也是促进"文革"后思想和社会解放的重要因素之一。因此，当时的个人主义潮流非常受社会大众的支持，每一个与之有关的思想都会在社会上引起轰动。如与个人主义有着密切关联的存在主义，在强调社会责任感的前提下张扬个人的选择自由，极大地激发了人们的自我意识，深化了人们对自我价值的思考，成为在社会大众（特别是青年大众）中轰动一时的思想潮流。在"文革"后个人主义解放和发展的过程中，文学起到了非常重要的引领和开拓作用。戴厚英的《人啊，人！》、张笑天的《离离原上草》，以及北岛、顾城等人的作品，是其中的杰出代表。它们与社会思潮的嬗变相辅相成，共同推动了个人主义在中国社会的迅速发展。

二、近二十年中国文学和社会中的个人主义

　　如果说20世纪80年代是个人主义的艰难复苏和正常发展阶段的话，那么，20世纪90年代以后，个人主义的发展则异常迅猛。大规模市场经济改革极大地促进了个人主义的发展，只是，特殊而复杂的社会和文化背景，致使个人主义的发展并不健全、正常，而是片面、畸形和极端的。

　　这其中有多个因素的影响：一方面，从"文革"结束到20世纪80年代末，总的社会思潮是解放和发展，但一则因为其中充满阻力和回旋，二则时间过于短促，在短短几年时间内，人们对许多思想（其中自然也包括个人主义）的认识，距离真正的理性辨析和思想重建还很遥远。这些有限的认识遭到现实的阻滞，也未能在社会上深深地扎下根来。另一方面，20世纪90年代初开始，市场经济大潮带来的消费文化，缺乏政治和文化的有效制约（相反是无节制的片面推崇，特别是在教育和文化领域），迅速成为时代主导文化潮流。它极大地刺激了个人欲望，使人的精神内涵被完

全抽空，物质成为人存在最重要的甚至是唯一的内涵。

于是，面对着汹涌而至的消费主义大潮，整个知识界、文化界普遍表现出精神疲乏的状态，甚至缺少最基本的理性辨析和冷静审视。个人主义缺乏足够的反击力量，甚至无意中以对精神文化解构的方式承担了帮凶（在一定程度上，这种解构是完全必要的，只是在特定的背景下，它的意义被歪曲了）。几乎没有遇到像样的抵抗，消费主义就毫无争议地成为时代文化的统治性潮流。与此同时，个人主义也呈现极端而狭隘的发展方向：在物质（身体）层面，个人主义迅速膨胀和强化，盛行于社会文化的各个层面；但在精神层面，它却遭到严重的压抑和毁灭性的打击，完全被推到社会文化的边缘。

在这当中，文学也起了推波助澜的作用。虽然有张炜、张承志等个别作家表达了对时代精神的批判，也有部分作家"独善其身"，以对文学独立性的坚持来抗击现实，但这些批判的资源因为不具备足够的理性深度而缺乏力量（感性和浪漫是这些批判的主要特征）。更重要的是，这些批评声音是如此微弱，完全抵挡不了对物质和消费进行迎合与投靠的思想潮流。在文学创作中，对物质的膜拜和歌颂，对精神的亵渎和嘲笑，成为时代文学的主流。对极端个人主义的表现，则泛滥于时代文学创作中。

表现之一是对民族国家意识的嘲讽与亵渎。如前所述，个人主义与集体、民族、国家等有着天然的对立倾向。作家们以嘲讽和亵渎（以及有意的忽视），对社会责任意识采取集体逃离和着意规避的对策。以民族战争文学为例。民族战争是民族精神最极致的体现。20 世纪 30 年代至 40 年代的抗日战争就是中华民族的一次顽强抗争，无数中华儿女为了民族的独立自由无私地奉献了青春和生命，他们是民族的楷模和英雄。然而，我们当前文学（当然更为突出的是各种抗战影视剧）中流行的是与真实历史完全无关的"戏说"，是对历史荒唐、戏谑的演义，其结果是民族国家的庄严和神圣被完全消解，民族精神受到严重亵渎。表现之二是对道德底线的挑战与放纵。如果是 20 世纪 90 年代以来的文学对民族国家的挑战尚处于相对间接（或悬置）的状态，那么，它对道德的挑战则可谓肆无忌惮了。各种挑战道德底线的文学创作开始盛行。"下半身写作""身体写作"成为时尚。随着网络文学的出现，这种现象更为突出，文学已经完全放弃了最基本的道德底线，成为极端个人主义的鼓吹者和呈现者。表现之三是以个人为中心的创作内容和主导思想。在 20 世纪 90 年代，文学非常明确地极力提倡回到个人世界，将"个人写作"作为旗帜，拼命张扬和宣泄个人欲望，造就了时代的"个人化写作"潮流。进入 21 世纪后，文学的创作题材似乎更宽泛了些，底层、大众似乎进入了文学的视野。但实际上，透过这种外在的题材包裹，我们看到文学更实质的内核却依然是个人。因为这些文学潮流所表现出来的价值观念完全以个人为中心，都是从自我出发，缺少对社会和他人的关怀，更缺少社会对责任的承担。典型的就是当前网络文学中最为盛行、读者最为广泛的"穿越""盗墓"等类型小说，这些作品最大的特点就是与现实隔离，所呈现的完全是个人臆想的、与客观现实无关的世界。它们完全出自个人想象，是沉溺于幻想世界的产物，与真实的现实和历史，与他人的生活没有真正的关联。它们来源于个人，也归属于个人。

从 20 世纪 90 年代初到今天，在物质文化潮流和消费文化的帮助下，极端个人主义在中国思想文化和文学中的发展已经持续了几十年。经过了这么多年的"洗礼"，个人主义在当前社会和文学中的影响已经深入骨髓，呈现出更为普遍和极端的特征。或者说，从表面上看，个人主义这个词在文学领域中出现的频率似乎不是很高了，但实际上，这是因为它已经毫无疑问地成为时代文学的决定因素，已经化为了时代文学的内在主导精神，不再需要大张旗鼓地宣扬了。它也许不那么明确，却更内在；也许不那么张扬，却更彻底和普遍；也许不那么表层，却更牢固和深刻。

从社会文化中更可以看出这种畸形个人主义泛滥的"效果"。当前社会问题众多，当然存在商业文化腐蚀等方面的原因，但片面的、极端的个人主义思想也起着重要的负面作用。当前社会中极端个人主义的表现方式很多，概而言之，其一是个人的绝对中心化。当前社会文化所倡导、也为绝大多数人所信奉的，是一切都以个人为出发点，以追求个人利益为目的。其他方面，无论是亲人、朋友，还是更广泛的对社会和他人的责任义务，都不在考虑范围之内。这样的后果是人与人之间关系的严重冷漠，是基本关爱和互助精神的匮乏。其二是极端的现实功利主义。在当前社会文化和思想中，理想、精神已经完全失去了地位，人们所遵循的是完全的现实利益原则，"不求天长地久，只求一朝拥有"，金钱、财物、个人的感官享受等，成为人们唯一追求的目标，理想、精神、未来成为人们彻底嘲笑和完全忽视的对象。其三是社会、民族、国家意识的几近虚空。这一思想出现的原因当然很多，但客观的情况确实是，社会、民族的责任感和荣誉感受到普遍的忽略甚至亵渎，人们不再将国家利益、民族利益作为崇高目标，更普遍缺乏为之付出和奉献自我的决心。

三、我们社会的危机与困境

如前所述，无论是从理论还是从现实层面说，个人主义都绝对有其价值。但是，正如它的意义层面存在着内在张力，它的价值也需要建立在其精神与物质两个层面的互补上。它的两方面相互矛盾，却又在对立中彼此互补，形成自我的内在平衡。但现实中国的个人主义却是畸形和极端地发展，这使它对社会的危害远甚于意义，甚至成为当前社会文化问题的重要根源。

从文学角度来说也是这样。个人主义在新文学中的曲折发展，具有复杂的历史和现实背景，也与个人主义本身的意义有关。个人主义蕴含有现代人文精神，是对传统专制文化的颠覆性否定和对人类主体精神的实质性解放。对于中国这样一个长期专制统治的国度及受专制文化影响至深的国人来说，个人主义思想尤其有启迪意义。从文学而言，文学由个人书写，表达个人的经验和感受，建立于个人才华和个人生活感悟之上，独立的个性追求是文学创造性的重要前提。特别是在今天，物质文化大潮以强大的群体力量对个人存在构成巨大威胁，个人主义具有一定的积极反抗意义。个人化的创作方式使文学拥有比较独立的创造空间，其表现的丰富的个人体验更是对单一、机械的工业化的抗拒。

但是，个人主义的极端化和普遍化却更多呈现出危害性。就当前文学而言，它既危害到文学自身的成就和发展空间，还超越文学范围，影响到整个社会的文化状况。简单地说，其影响集中地体现在这样两个方面：

其一，限制了文学作品的思想高度，进而限制了作家文学创作的成就。虽然文学离不开个人，或者说通过个人方式深入到人性世界，是文学写作的重要内容，但是，仅仅局限于个人，一切都以个人为出发点，必然会导致文学内涵的狭窄和视野的局限，进而导致文学作品缺乏更深远的关怀和境界。因为说到底，人是群居动物，人与人的关系是最基本的社会关系，人与人之间的关注、信任和爱，对集体、社会、民族国家的书写，是文学重要的表现内容，也是文学无可回避的责任。只有拥有了比个人世界更宽广的关注范围和境界，文学才可能具有更深远的价值，也才能够得到更多读者的喜爱，读者才能在这里找到心灵的共鸣。正如有西方学者所说："舍勒说：爱是精神和理性之母。它是人类参与客观世界全部精神活动的源泉。没有参与的行为（Teilnahme，爱），人就不可能参与（Teilhaben，认识）世界的事件。正是人所拥有的这种爱的力量涵盖了人与世界的联结面，在这个维度内，爱的力量被引导进入认识事物的价值结构。"[1] 我们不能说在当前文学中看不到人与人之间的爱和关怀，但确实，这些内容在文学书写中的空间已经严重地被个人所侵占，我们难以感受到那种深沉宽厚的对大地、民族和他人的热爱，也难以体会到那种深沉博大的民族精神。所以，我们不排除当前文学中有个别作家达到了较高水准，但就总体而言，当前文学的思想境界依然有较大局限。

其二，影响到文学与大众的关系，并进而影响到文学的未来。鲁迅曾经说过："创作总根于爱。"[2] 实际上，阅读也源于爱。读者在文学中感受到作者的爱，被作者的爱所感动，就自然会热爱文学。因为说到底，文学是一种作家和读者之间的交流，交流需要平等、尊重、信任和爱。读者只有在其中看到了对自己的关注、尊重和热爱，才会相应地热爱、关心文学。近年来文学被严重边缘化，被社会大众普遍忽略，当然有多重因素的影响，但文学自身视野狭窄，匮乏现实关怀，也应该承担一定的责任。因为作者只是关注自我世界，不关注国家、民族，也不关注社会大众，自然也就不能得到大众的认可和喜爱。没有对他人的关注，没有自我的奉献，就不可能得到他人的爱、关注和尊重。读者的热爱是文学生存的基础，失

---

① 〔美〕弗林斯：《舍勒思想评述》，王芃译，华夏出版社2003年版，第48页。

② 鲁迅：《而已集·小杂感》，见《鲁迅全集》（第三卷），人民文学出版社1981年版，第532页。

去了这一基础，文学的生存必将艰危，而且，这也促使文学更多地去依靠政治、商业文化，通过其他方式以图生存。这样，文学的独立性日益丧失，文学的前途也很是堪忧。

如果说在一个时代的文学中，只有个别作家鼓吹极端个人化思想尚无伤大雅的话，那么，作为一个时代、一个民族的文学整体呈现出这样的特征，则是一种非常明显的缺陷。因为在一个社会中，文学代表着先进的文化，它在一定程度上引领着时代的文化风尚，是社会文化潜移默化和深远的影响者。这种对个人主义的极端化和普遍化表现成为时代文学潮流，对社会文化产生负面影响是必然的。当前社会的极端个人主义状况，当然不是由文学引起的，但文学在这种潮流当中没有起到逆流而行的批判作用，它主要是随波逐流，甚至是推波助澜，与之形成某种程度的合谋，共同推动着社会文化格局的形成，充当着社会道德伦理的掘墓人。可以说，如果说在"文革"后的个性解放中，文学所起的推动作用是积极和正当的，那么，在今天，它鼓吹极端个人主义，沦为欲望的顺从和煽动者，却是值得反思和检讨的。

对于社会而言，极端个人主义的危害已经不需多言。甚至可以说，极端个人主义已经成为社会文化的主导思想，成为影响我们每一个人生活和社会文化方方面面的重要负面因素。就社会思潮来说，极端个人主义的泛滥，导致传统社会道德面临崩溃，人与人之间缺乏基本的友爱和信任，在一定程度上，我们的社会只是依靠传统伦理的惯性在勉强运行。

我们看当前社会上弥漫的虚无、迷茫和绝望情绪，看已经泛滥得无法遏制的群体性贪婪和腐败，以及完全以金钱为价值标准、丧失了最基本是非感和道德立场的大众价值观，都可以感受到极端个人主义思想的力量。那些在当前社会中引起广泛反响的诸多贪污腐败、以权谋私事件，以及犯罪率居高不下，犯罪者缺乏罪恶感和忏悔意识，社会大众也多成为犯罪的纵容者乃至潜在的犯罪者的现象，包括当前社会上的几乎所有负面事件，如"地沟油""毒食品"事件，等等。特别是高等学府中泛滥着的抄袭、剽窃，以及大学生中以"室友危机"为代表的同学关系淡漠，还有时可耳闻的精神危机、自杀事件等——按理说，大学处在社会文化的顶端，它应该是时代文化最后的堡垒，也是时代精神金字塔的峰顶，对社会文化起引导和匡正的作用。但是，在今天，大学已经完全丧失了这一功能，其精神的堕落更标志着整个社会文化出现了严重的危机①——都可以看作极端个人主义思想泛滥的后果。这样的社会不只是在现实中充满危机感，更蕴藏着可怕的怨恨爆发的力量。

四、我们如何选择个人主义

文学中的个人主义密切联系着社会文化中的个人主义思想，因此，如果要重审文学中的个人主义，对思想领域的个人主义做出清晰的界定是重要的前提。反过来说，真正认识和理解文学中的个人主义，其意义既在文学自身，同时又深刻关联着对当前社会整个文化价值观的建设。文学与社会的关系，从来都不是分离的，而是互相依存，不可割舍的。

首先，最基本也是最重要的，是对个人主义做出理性的辨析，并进行恰当的价值选择。正如前所述，个人主义概念非常复杂，在不同的时代背景下人们对它的理解会有不同的侧重。就其基本内涵而言，它既有强调个人利益和欲望的一面，也有强调精神独立和自由的一面。这两层内涵之间既有联系，也存在巨大裂隙。不同时代人们对其会有不同的强调和取舍。在物质化、欲望化已经甚嚣尘上的今天，我们理解的个人主义，应该侧重于精神独立和自由的一面（当然这并不是要对个人利益完全忽略，但毫无疑问，我们认识的前提不应是个人利益和欲望）。因为在根本意义上，以对人的欲望刺激为存在方式的商业文化，貌似在张扬个人，实际上是对个人独立性的戕害和毁灭，是无个性的物质欲望对人丰富个性的奴役。当前许多个人主义提倡者（包括文学），完全从物质和个人利益角度来理解个人主义，实质是对个人主义的窄化和精神阉割。只有具备真正独立的个性精神，才能实现对单一物质文化的反抗，体现个人主义的价值和意义。

所以，对于当前的中国文学来说，不是应该摒弃个人主义，而是要准

---

① 近年来，钱理群先生对当前高等教育中极端个人主义思想的泛滥有非常严厉而精当的批评。

确地选择和表现个人主义。应分辨是张扬真正个人主义的独立和自由精神，还是表面上张扬个人利益和个人欲望，实际上却在扮演着物质文化的奴隶和帮凶，对真正个人主义精神构成戕害和杀戮。对于社会文化、社会道德来说，真正的个人主义精神绝对不是灾难，而是发展和进步。文学选择的方向，应该是前进和发展的方向，是有益于社会进步的方向。当前的中国文学尤应如此。

其次，应该更宽泛地、以发展的角度来理解个人主义，特别是理解它与集体意识形态之间的关系。

早在 20 世纪初，美国著名哲学家杜威就曾经分析过正进入发达工业化时代的个人生存状况，认为在现实中普遍存在的"美国生活中典型的不安、急躁、易怒与匆忙"，来源于个人在社会中位置的迷失感："个人找不到那种作为社会整体中既支持着社会又被社会支持的成员所特有的那种援助与满足。"[1] 也就是说，进入现代工业社会，个人遭遇到更大的精神危机。就如弗洛姆所说，虽然今天人们在个人方面获得了更大的自由，但另一方面却感受到"自由的焦虑"，渴望逃避自由，寻求人与人之间更多的精神依靠。这种情况与个人主义兴起时的文化和社会背景已经有了很大的差别。那时候，人们寻求的是对过于强大的压制的逃离，是对自由和独立的追求。但是在今天，在强大的商业和工业背景下，个人已经拥有了充分的外在独立，但这所带来的却是人的弱小和无助，也就是说，人与人之间其实越来越明显地存在着休戚与共的密切关系。信息化社会、核能社会的到来，导致人类命运的关联性越来越强，需要更多地以集体姿态和力量去面对。利益和命运密切相关的同时，相互之间的责任意识也就要更强，个人与他人、与整个社会的关联也更加突出。这也许与传统的个人主义有所悖逆，但却是无法改变和回避的。英国诗人约翰·邓恩的著名诗句"没有人是自成一体、与世隔绝的孤岛，每一个人都是广袤大陆的一部分。……不要问丧钟为谁而鸣，它为你，也为我！"，真实地揭示了现在人类社会

---

[1] 杜威：《新旧个人主义——杜威文选》，孙有中等译，上海社会科学出版社 1997 年版，第 73 页。

的生存状貌。学者钱满素说过："在个人与集体的平衡中，过分强调其中一方都可能有危险。若不考虑一个观念具体运作的历史和社会条件，便很难判断它的可行性。"① 显然是很有道理的。

在这个意义上说，在今天，我们对个人主义与集体、社会、民族国家之间关系的认识应该更丰富和灵活，它们不是简单的抛弃和坚守、非此即彼的关系，而是相互交融和补充的。正如美国著名作家福克纳曾经说过的："对于我来说，没有人仅仅是他自己，他是他的过去的总和。没有真正过去式的东西，因为过去现在还存在。那是每个男人，每个女人，每个时刻的一部分。他或她的祖先、背景的一切，在任何时候，都是他或她自我的一部分。因此一个人，任何一个行动时刻中的故事里的一个人物，并不仅仅是他当时的自己，他是造就了他的那一切……"② 任何人既是个人，同时又必然是群体中的一员，其价值和意义不可能完全脱离群体而实现。换句话说，个人主义以个人为基础，但绝不是封闭地固守自我，不是逃避集体、社会和民族，而是一种对更多社会责任的承担，以之实现对个人的更高体认。对于文学来说，应该坚持个人独立性，但同时也应该探寻个人与社会、群体、国家等方面的复杂关系，关注更多人的生存、价值和命运，在大爱中完成自我价值的实现和升华。事实上，大众是文学最直接的书写对象，也是其直接接受者，社会现实和历史则是文学最可探索的表现空间，它们也是文学持久生命力之所在。

从纯粹的文学角度来看也是一样。或者说，它以自己的方式显示文学的个人主义与民族、国家之间的内在统一。这个统一的契合点就是文学的民族个性。作为人来说，需要个人的独立和自由，作为文学来说，同样需要独立的个性。在人类文化背景下，文学个性一个最根本的前提就是民族文化，优秀的、独立的民族文化传统，造就了人类文化的丰富性和广阔性，文学的个性也在于此。因此，从文学角度来理解个人主义，需要以民族文

---

① 钱满素：《爱默生和中国——对个人主义的反思》，生活·读书·新知三联书店1996年版，第235页。

② 〔美〕尤多拉·韦尔蒂：《在南方文学节上的主旨演说》，见《福克纳的神话》，上海译文出版社2008年版，第298页。

化个性为前提，需要超出狭隘的个人写作范畴，与民族传统相关联。文学的个性和深度与民族文化有直接关系。而反过来，个性化的民族文学也促进民族文化的深入发展。这正如学者江宁康对美国文学与美国民族精神关系的论述："美国文学史的历程也是对美国地域和人文景观不断观察和想象的过程，是用不断创新的艺术技巧来深刻地揭示美国民族身份各个层面的过程，所以从这个意义上说，美国文学想象的历史就是对美国地域和文化的特性揭示史，是对在这个特定的文化—地理疆域中各色人等的性格表现史，也是对各个族群所认同的美利坚民族身份的建构史。"①

当然，文学在社会中不是独立生存的，它不可能摆脱整个大的文化环境的影响，也就是说，要纠偏当前文学中的个人主义潮流，不是只靠文学自身就能完成的。这需要整个社会文化，特别是政治、教育、文化等体制改革上的努力，需要更广泛的文化界人士的思考和投入。但作为文学来说，清晰地认识自己存在的缺陷，更清醒地厘清自己与个人、社会、民族国家之间的关系，却是不可回避的责任，甚至可以说是当务之急。

---

① 江宁康：《美国当代文学与美利坚民族认同》，南京大学出版社 2008 年版，第 40 页。

论近年来乡土小说审美品格的嬗变

一

乡土小说作为一种与地域现实关联密切的文学类型，其审美品格不是固定不变的，而是具有一定流动性的，不同的乡村社会形态和政治、经济、文化背景，都会对之产生影响。20世纪90年代中期以来，随着中国社会全方位地进入城市化进程，乡村社会的现实和文化形态都发生了巨大变迁。这些方面，自然深刻地影响着乡土小说审美品格的状貌。具体说，近年来乡土小说的审美嬗变主要有以下体现：

首先，在审美风貌上，乡土地域色彩明显弱化。乡土地域色彩是乡土小说最重要的审美品格，周作人当年所强调的"地方色彩""乡土趣味"[①]，茅盾所言之"特殊的风土人情"[②]，以及鲁迅《呐喊》所表现出来的"浓厚的地方色彩"，都与之密切相关。《简明不列颠百科全书》中对"乡土小说"的界定，"它着重描绘某一地区的特色，介绍其方言土语，社会风尚，民间传说，以及该地区的独特景色"[③]，也明确以地域特色为中心。一般

[①] 周作人：《〈旧梦〉序》，见《自己的园地》，岳麓书社1987年版；周作人：《地方与文艺》，见《谈龙集》，北京十月文艺出版社2011年版。

[②] 茅盾：《关于"乡土文学"》，见《茅盾全集》（第二十一卷），人民文学出版社1984年版。

[③] 姜椿芳：《简明不列颠百科全书》（8），中国大百科全书出版社1986年版，第540页。

而言，乡土地域色彩主要包括自然风景、生活场景（特别是劳作场景）和地方方言等几个方面。近年来乡土小说中，这几方面都有明显弱化的趋势。

其一，也是最引人关注的，是乡土自然风景。风景作为乡土小说中最外在也最醒目的审美风貌，曾经受到众多乡土小说作家的青睐。但20世纪90年代中期以来，也许受社会文化世俗化的影响（新写实小说是这一影响的典型产物），作家们的兴趣点普遍转移到故事性等方面，叙事内容也往社会、政治方面倾斜，"严肃的社会主题冲淡了地域色彩的表现"[①]，风景描绘明显淡化——当然，淡化并不意味着消失。近年来乡土小说中，也有一些作家在坚持比较细致地描画乡土自然风情。突出的陕西的红柯、宁夏的石舒清、新疆的刘亮程和黑龙江的迟子建等。然而，从这些执着地展示乡土风景的作家们创作上的变化，也许能够更充分地呈现出乡土小说中自然风景从丰富到衰微的过程。比如红柯，从其早期的《美丽奴羊》《吹牛》，到近年来的《跃马天山》《西去的骑手》等大多数作品，可以清晰地看到其创作重心的转移：从对草原风景和人情的细致描摹，逐步转向传奇和曲折的故事书写。同样，迟子建虽然一直没有放弃对乡村风景细腻温婉的刻画，但随着她将笔触深入城乡之间的生活，如《踏着月光的行板》《泥霞地》等作品，其风景画色彩也有明显削弱。

其二是乡村生活场景。生活场景能体现出比自然风景更内在也更深刻的地域个性，农民们的衣食住行、生活习俗，包括他们的日常生产劳作，都具有很浓重的地域色彩，更蕴含着独特的地域文化个性。虽然宽泛说来，乡土小说只要表现乡村生活，就自然会书写一定的乡村生活场景，但是，真正细致地将生活场景展现出来，呈现出其独特的地域个性，则需要作家多方面的努力。这需要艺术的锤炼，更需要丰富的生活细节。在这些方面，近年来乡土小说都有明显的不足。近年来倒不乏表现乡村民俗的作品，如贾平凹《土门》《秦腔》等作品中对地方碑文、民间戏曲的展现；韩少功《山歌天上来》、肖江虹《百鸟朝凤》、关仁山《醉鼓》、刘庆邦《响器》等作品对乡村音乐的关注，等等。不过这些作品表达的，主要是对民俗所

---

① 丁帆：《中国乡土小说史》，北京大学出版社2007年版，第345页。

面临没落命运的悲叹，民俗的具体细节往往被情绪色彩所遮盖，没有得到充分的表现。作品中比乡村民俗更加匮乏的是乡村劳作场景。劳作是农民日常生活的最基本组成部分，也是乡村生活世界不可缺少的重要内容，但近年来，除了李伯勇、李一清、罗伟章等少数与现实乡村关系比较密切的作家在作品中对现实乡村劳作场景做了一定展现外，绝大多数乡土小说作品都缺少这一内容。

其三是地方方言和人物口语。关于地方方言与文学创作的关系，一直存在着较激烈的论争，而现实中，在越来越规范化的教育背景下，文学创作与地方方言之间关系的总体趋势是越来越疏离，这也直接影响到人物口语的呈现。最典型的是，近年来小说创作流行对人物对话的间接叙述，这就自然过滤了人物语言的方言属性和口语色彩。这一点对于乡土小说创作的影响是最大的。因为在乡村生活中，方言口语最为丰富多样，也最能体现乡土小说的审美魅力。事实上，在近年来的小说中，部分城市小说倒是运用了带有较显著地域色彩的方言口语进行叙述（如何顿的浓郁长沙话特色小说，以及金宇澄完全用上海方言叙述的《繁花》）。反而在乡土小说领域，很少能看到鲜活生动的人物口语和具有地方气息的方言，以往乡土小说中个性化的人物语言和地方方言已经基本绝迹——当然，这里需要特别指出的是，方言口语在小说中的作用不是简单的人物语言实录，而是应该融入生活叙述之中。所以，像《妇女闲聊录》这样使方言土语完全舍弃作家提炼、没有与生活叙述相融合的作品，很难进入真正的乡土小说之列。

其次，是审美内涵的空心化。所谓空心化，最直观的表现是在题材内容上。近年来的乡土小说中，以纯粹的农民和乡村生活为叙述对象的作品已经不多，更多作品展示的是在城乡之间徘徊的农民工的生活，其中不乏作品甚至完全舍弃了传统乡村生活场景、只以城市生活为背景（关于这些作品是否归属于乡土小说，学术界存在一定争议，但越来越多的学者已经接纳它们进入乡土小说阵营。有关争议将在后文论述）。这样，按照传统意义的乡土小说概念来理解，"乡土"的内涵呈现出的自然是"空心"态势。不过，审美内涵的空心化特征更内在的表现还是在乡土小说创作上。也就是说，近年来乡土小说中对乡村的书写已经呈现出明显的"虚化"和"空洞"特征。表现之一，是作家们的关注点普遍集中于乡村伦理和乡村文化等精神层面，较少着力于表现乡村的现实生活问题——尽管这二者密切相关，难以截然分开，但差距还是明显存在的。生存、身份等问题主要关联现实生活层面，也更与农民们的生活息息相关，但作家们的创作重点并不在此。更有代表性的，是近年来乡土小说流行文化抒怀和哲学思辨型创作，作家们对乡土进行抽象的哲理探究，思考自我、乡土和文化的命运，现实的农民、乡土被抽象到文化和哲学的高度。表现之二，是作家们较少致力于刻画乡村人物。这并非说作家们完全不写乡村人物，而是在书写这些人物时，作家们的兴趣点主要集中在人物身上所发生的故事，在各种传奇或苦难经历，却很少关注他们的内心世界、现实欲求和精神特征，这样，我们很难从中见到那种立足于现实乡村的、个性鲜明的农民形象。对于乡村来说，现实的日常生活和人（农民）是最基本的内涵，它们的缺席，就自然使近年来乡土小说展现的文学世界难以丰富、饱满，而是显得虚幻和空洞，呈现出空心化的内在特征。

最后，审美艺术上的情绪化和碎片化。情绪化是近年来乡土小说一个醒目的艺术特征。就像我们很少能够在近年来的乡土小说中见到宁静的乡村风景图画，也很少看到平静客观的乡村叙事，作家们多带着比较激烈的情绪进行书写，作品中充斥着骚动和不安的色彩。这主要表现在两个方面，一是感伤乃至虚无的情绪。典型如贾平凹的很多作品都充斥着强烈的颓废和虚无色彩（当然，《带灯》另当别论）。此外，张炜、迟子建、孙惠芬等作家的作品中也常见感伤情绪。魏微、徐则臣、鲁敏等"70后"作家的乡土作品中，更是普遍充满着由对往昔的怀念和对现实的排斥所生发出的浓郁感伤气息[1]；二是愤激和怨愤的情绪。如罗伟章的《我们的路》、鬼子《被雨淋湿的河》、陈应松的《马嘶岭血案》《望粮山》、尤凤伟的《生存》《泥鳅》、胡学文的《一个谜面有几个谜底》等作品，都通过主人公的苦难遭遇或极端行为，传达出对现实的强烈不满，乃至愤激和仇恨，作品中的人物最终都以报复社会或戕害自己的极端方式来宣泄这种情绪。

---

[1] 贺仲明：《怀旧·成长·发展：关于"70后作家"的乡土小说》，《暨南学报》（哲学社会科学版）2013年第1期。

碎片化也有两方面的表现。其一，个人化的、片断式的叙述方式。除了极个别作品（如李一清的《农民》），作家们很少从整体时空上全局性地把握和书写乡村，他们更愿意采取个人化的较狭窄的视角，融入个人的情绪和感性色彩，描画个人视野和情感世界中的乡村。这样，他们笔下的乡村自然是局部的而非整体的，碎片的而非完整的。其二，小说文体上，碎片化叙述成为时尚。20世纪90年代韩少功的《马桥词典》、王安忆的《姊妹们》算是这种碎片化文体的开端。此后，林白的《妇女闲聊录》对此有所承续。此外，孙慧芬《上塘书》采用的是"民族志"形式，刘亮程的《虚土》和《凿空》采用象征的手法，都具有碎片化的特征——它们最大的共同特征，就是以零散的、碎片化的、外部的书写方式，以片断化的故事来建构起他们文学中的乡村世界。

通常而言，文学审美的变异是一个渐进的过程，而且，作家创作个性的差异使这一变异过程具有纠缠和颉颃的特点。近年来的乡土小说审美变异当然也不例外，它也不完全典型地体现在每一个乡土作家和每一部作品上。然而，审视近年来乡土小说的发展轨迹，确实可以发现这种变异的清晰轨迹，而且，这种变异还呈现出愈演愈烈、加速度般的状态，其时代特征也越来越明显。

二

近年来乡土小说审美品格发生如此显著的嬗变，与多方面因素相关，其中既有时代社会整体变化的客观现实因素，也有作家主体的精神、文化和情感因素，也与作家文学创作观念和方法上的变化有密切关系。

从现实层面看，乡村现实的变异是最直观的因素。20世纪90年代以来，中国社会开始了大规模的城市化进程，大批乡村、耕地被归入城市当中，更有数量巨大的农民离开乡村进入城市，成为栖身城乡两地的农民工。这极大地影响和改变了乡村的现实和文化生活。从现实层面说，随着青壮年农民的大量离乡，日常乡村只剩下老人、妇女和儿童，农村劳作者数量大幅减少，乡村自然不再有以往劳动过程中的喧哗和热闹，乡村劳作甚至不再是乡村生活的重要组成部分。而且，尽管乡村生活水平总的来说是在改善和提高，但其中也存在着不少问题，比如在城乡之间辗转奔波的农民日常生活中的困顿，比如留守乡村的妇女、儿童和老人的艰难，比如乡村生活中的不公正因素，以及拆迁、医疗、食品安全、环境污染等问题对农民生活造成的严重困扰，等等；从文化层面来说，乡村现实的变化，特别是随着城市文化观念迅速融入农村，传统的乡村价值观念和伦理文化受到根本性的冲击。与城市一样，以物质利益为主体的伦理思想成为乡村世界的基本伦理，甚至由于城乡之间的贫富悬殊，以及农民们较低的文化程度等因素，乡村文化的混乱和衰微显得更为突出。因此，近年来的乡村不但在现实面貌和生活方式上呈现出多层面的杂乱局面，也从根本上失去了传统乡村的温情和宁静。

乡村现实的变化直接影响到作家对待乡村的态度和与乡村的关系。因为长期存在的巨大城乡差距，在中国，绝大部分乡土小说作家都来自乡村（除了比较独特的、有过短暂乡村生活的知青作家群体之外），都与乡村有着深厚的血缘关系和深刻的情感记忆。并且，乡村对于作家们还有很强的情感抚慰作用。因为他们虽然因为种种机缘离开乡村来到城市生活，但始终保持着对乡村的关注，美好的乡村记忆因为时空的距离而显得更加动人，宁静的乡村伦理因为城市的喧闹而显得更加温馨。特别是当他们面对城市的纷扰和不公对待时，乡村生活的美好回忆，往往成为慰藉他们失意和寂寞的精神滋养。

所以，近年来乡村现实和文化上的巨大变异，肯定会影响到作家与乡村的现实关系。正如贾平凹的自白："故乡是以父母的存在而存在的，现在的故乡对于我越来越成为一种概念。"[1] 在乡村被拉入城市化的发展进程之后，传统的乡村氛围不复存在，留在乡村的农民越来越少，作家们与乡村之间的现实联系也随之减少，他们与乡村现实生活之间也会越来越有距离。特别是由于现实社会中乡村伦理的迅速颓败，作家们不得不无奈地放弃对乡村的情感依赖和文化认同感，他们对现实乡村虽然不乏关怀，却更多精神上的反感和拒斥。换句话说，作家们对现实的乡村可能越来越

---

① 贾平凹：《秦腔》（后记），见《秦腔》，作家出版社 2005 年版。

厌恶、拒绝和远离，但又不可能真正放弃关怀和关注，而他们更普遍的情感，是对正在走向没落和消逝的乡村伦理的强烈怀念和无奈感伤——在这个意义上说，乡村现实的变化，并不是真正隔断了乡土小说作家与乡村的关系，他们的关系依然密切，只是态度和表现方式有所变异而已。

　　现实与作家关系的复杂变化，推动了乡土小说审美品格的变异。一方面，无论从所拥有的乡村现实生活积累出发，还是遵从自己内心的愿望，作家们都难以进入乡村现实和农民的内部世界，像以往一样以熟稔和亲切的姿态来书写乡村。他们只能书写一些使他们有所触动的乡村故事，展现一些与他们心灵相通的文化衰败状貌，借乡村书写来抒发自己的文化怀念和感伤悲悼之情。他们最深切的关注点必然放在乡村文化上，并以明确的批判姿态来看待这一文化的巨大变化："中国的城乡差距从来没有现在这么大，城乡的交织也从来没有现在这么杂而乱，一切人为了生存各尽其能，抗争，落寞，自卑，愤怒，巨大的失衡和强劲的嫉妒，人的心态在扭曲着，性格在变异着，使这个社会美善着美善，丑恶着丑恶，人性的激活也激活着社会的发展。"① 这当中尤为突出的，是年轻的、出生于 20 世纪 70 年代和 80 年代之后的作家们。由于年龄的关系，他们最初的乡村记忆还基本是处于传统伦理的状态之下的，但现实乡村已经与这种记忆形成了巨大反差。记忆的温馨与现实的陌生和冷酷，使这些作家更难熟悉和融入现实乡村，只能在感伤的回忆中去寻找昔日的乡村。另一方面，这也决定了作家们难以用平静的情绪来书写现实，急切、躁动和迷茫成为他们作品的内在精神特征。贾平凹的倾诉可以代表许多作家的心声："我的写作充满了矛盾和痛苦，我不知道该赞歌现实还是诅咒现实，是为棣花街的父老乡亲庆幸还是为他们悲哀。"② 因为现实的失落、文化的无所皈依，作家们自然会陷入痛苦、感伤和虚无之中。也有部分作家会以更强烈的情绪来表达他们的现实态度。陈应松的话表现得非常充分："经过了大量时间的深入生活和田野调查，我抓到的第一手资料让我时时愤怒，恨不得杀了那些乡

---

① 贾平凹：《五十大话》，长江文艺出版社 2003 年版。
② 贾平凹：《秦腔》（后记），见《秦腔》，作家出版社 2005 年版。

村坏人，当然也有更多的感动。……这些唤起了你的冲动，引起了你的思索，是装作没见到呢，还是决定要把它写出来？是以平静的心态写，还是以激烈的心态写？以及分寸感的把握等等，这都是斗争，这是一个漫长的艺术处理和思想搏斗的过程，会让人痛不欲生，会让人夜不能寐，会让人心如刀割。"[1] 出于这样的创作准备和创作心态，空心化、情绪化、碎片化成为时代乡土小说的典型审美品格就自然而然了。

乡土小说的审美变异，还蕴含着乡土小说作家的思想变化和创新愿望。一方面，剧变着的乡村社会也期待着新的书写方式，对作家们提出了新的要求。这一点，就如贾平凹的感慨："原来我们那个村子，我在的时候很有人气，民风民俗也特别醇厚，现在'气'散了，起码我记忆中的那个故乡的形状在现实中没有了，消亡了。农民离开土地，那和土地联系在一起的生活方式，将无法继续。"[2] 另一方面，在 20 世纪 90 年代以来的社会文化背景下成长起来的作家，有了更多的独立意识和自由思想的空间。面对中国乡土小说虽略显单一却不乏闪光之处的创作传统，许多优秀作家很自然拥有突破传统创作方式的愿望，力图求变和创新。《寻找妻子古菜花》的作者北北说："当下生活如此纷纭复杂，即使相同的素材在手，如果想要有另一层面的表述，也必定需要各异的方式来承载。""'变'是冒险也是进取，少重复多变化的过程，至少有更多的乐趣充斥其中。"[3] 作家主体与现实客体的双重要求，刺激了乡土小说审美品格的变异。

比如，对于在乡土小说创作中长期盛行的现实主义创作方法，许多作家都表达了质疑。林白对传统小说的整体性价值观有所针砭："是谁确立了这样一种价值观的呢？只有完整的、有头有尾的、有呼应、有高潮的东西才是好的，整体性高于一切，碎片微不足道。""片段离生活更近。生活已经是碎片，人更加是。每个人都有破碎之处，每颗心也如此。"[4] 更

---

[1] 陈应松：《非文学时代的文学痛苦》，《作品与争鸣》2009 年第 5 期。

[2] 贾平凹、郜元宝：《关于〈秦腔〉和乡土文学的对话》，见《贾平凹研究资料》，天津人民出版社 2005 年版，第 1 页。

[3] 马季：《林那北：看似平常也曲折》，《大家》2008 年第 5 期。

[4] 林白：《生命热情何在——与我创作有关的一些词》，《作家》2005 年第 4 期。

年轻的"70后"作家在逃离意识形态的大背景下开始创作，自然会寻求更加个人化的表现方式。如魏微就表示："我喜欢写日常生活，它代表了小说的细部，小说这东西，说到底还是具体的、可触摸的，所以细部的描写就显得格外重要。……我只写我愿意看到的'日常'，那就是人物身上的诗性、丰富性、复杂性，它们通过'日常'绽放出光彩。"[1]

作家们创新愿望的典型结果，是出现了前面提及的那种带有强烈个人色彩的、碎片式的乡土小说形式。这些形式的产生和盛行，虽然也许与作家们对现实乡村了解得不够充分、这些了解难以支撑他们对乡村全面完整的书写有关，但更重要的，显然是其蕴含着作家们艺术上的创新愿望，可以看作对追求完整、全面的传统现实主义的一种反叛。

三

审美品格的嬗变，对乡土小说创作产生了很大影响。一方面，它使近年来的创作呈现出了一些新的气象和新的风貌，对传统乡土小说有所发展和开拓，较突出的有两个方面。其一，审美上的个人性、丰富性和复杂性，带来了思想方面的相应深入。近年来的乡土小说在审美意蕴上更加丰富，作家们大多立足于个人感知的角度来思考和表现乡村，艺术表现角度和方法更为多元，这也导致了作品的思想内涵更为复杂和深刻。比如迟子建《额尔古纳河右岸》、北北《寻找妻子古菜花》、白连春《拯救父亲》、孙慧芬《歇马山庄的两个女人》、魏微《大老郑的女人》等作品。作家们立足于不同的个体身份特征（包括年龄、性别、生活经历等）来感知乡村，在个人的乡村记忆中传达对乡村世界不同的美学理解，作品中也蕴含了对爱、温情等人性问题和人与自然关系问题的深刻思考，赋予了乡土小说比乡土本身更丰富的内涵和深度，这是传统乡土小说所不具备的。再如近年来乡土小说对"国民性批判"主题的表现，无论是在叙述方法还是内涵探

---

[1] 魏微：《让"日常"绽放光彩》，《信息时报》2005年2月28日。

索上都有所深入。如东西《没有语言的生活》、李洱《石榴树上结樱桃》、李佩甫《羊的门》等作品，都使对国民性问题的思考超越了民族文化层面，与更普遍的人性、制度等问题进行勾连，作家们的立场也不仅仅是对民族性格的简单否定和批判，而是寄予更复杂的认识和感情，显然是对国民性问题的深化和提高。其二，乡土小说在艺术上有一定发展。近年来乡土小说不再秉持传统现实主义手法，而是充分展现出艺术表现上的探索性和多元性，发展和丰富了乡土小说艺术。贾平凹《秦腔》《带灯》等作品，借鉴了中国传统话本小说的特点，将传统元素融入现代生活之中；同样，韩少功《马桥词典》、孙慧芬《上塘书》等以民俗生活建构起的小说，对《呼兰河传》《果园城记》的创作传统有所继承和发展。特别是在中短篇小说领域，毕飞宇《地球上的王家庄》、李洱《石榴树上结樱桃》、北北《寻找妻子古菜花》，白连春《拯救父亲》、魏微《大老郑的女人》等作品，在立足于个人内心感受的基础上，于小说的想象力、艺术表现和艺术形式等方面做出了有深度的探索，达到了精致、深刻而富有创造性的高度。

但是，从另一方面说，近年来乡土小说审美嬗变背后也隐藏着一定的问题，或者说，近年来的乡土小说创作也潜藏着某些缺陷，伴生着某些内伤，对乡土小说的总体成就构成这一定制约，甚至给其现实生存和未来发展造成了严重影响。

首先，是作家与乡村现实的遥远和隔膜。这一点较集中体现在乡土小说空心化审美特征的背后。虽然很多人（包括一些乡土小说作家）将乡土小说的空心化完全归因于乡村本身的变迁，但我却认为，问题并不是这么简单。在乡村本身的变异之外，作家与乡村现实的遥远和隔膜也应该承担一定责任。因为一方面，虽然空心化是中国乡村现实的总体特征，但并不是一概如此，依然存在较好保持传统生活形态的乡村世界。另一方面，也是更重要的，即使是在变化剧烈的、受到城市化严重挤压的乡村社会，乡村生活形态也并没有完全消失，而是依然存在着一定的丰富性和复杂性。即使是那些进入城市的农民工，也并没有完全脱离与传统乡村生活的联系，更没有真正摆脱乡村现实带给他们的困扰。换句话说，现实的乡村虽然有所凋敝，但并非完全丧失了基本生活形态和内在生命力。优秀的乡土小说应该能够在琐屑的生活细节中把握乡村的律动，在农民的生计中感受乡村的沉重，在以不同形态存在的乡村劳作、乡村风习中表现乡村的文化状貌，从而实现对当下乡村社会更充实、具体的把握，而不仅仅是突出乡村"虚"的一面——当然，这绝非说乡村文化不值得关注，乡村文化的没落完全值得作家们深入地歌吟和悲叹，但这却不能成为忽略乡村"实"的一面的理由，而且，对乡村文化的表现也需要实在和具体的现实作为基础。

这当中，特别值得指出乡村人物问题。近二十年乡村变迁，对农民生活和精神的改变绝对是巨大的，也成长出了与传统农民完全不一样的新型农民，他们的生活或者依然沉重，或者有大的改变，他们的灵魂或者被污染，也或者在升华，但他们绝对呈现了充足的活力和新的个性特征，是值得乡土小说作家挖掘的深厚文学资源。这些方面的严重匮乏，空心化特征的普遍存在，不能不说源于作家们与乡村现实过于遥远，且心灵上过于隔膜。而这些匮乏，除了影响到乡土小说乡村表现的丰富性和全面性，也影响到其真实性和客观性。当前许多作品（甚至不乏一些获得好评甚至得奖的作品），明显存在人为编造的虚假痕迹，牵强的传奇故事更流行于当前文学界，包括正在流行的乡土文化小说中。不能说小说只能写实、不能进入哲学思辨层面，但这种思辨应该建立在与乡村大地和农民们切身关联的基础上，只有这样，它才能传达出乡村大地的真实声音和深沉呼吸，否则很容易陷入自我情绪的无病呻吟。

其次，是作家们思想高度较低。这一点典型的表现是乡土小说的情绪化特征。对于近年来社会（包括乡村社会）的剧烈变化，情绪化是普通大众的基本反应，然而，如果一名作家的认识也停留在这一层面，则显然是较大的不足。它既会局限其作品的思想艺术高度，也会让读者对文学感到失望，丧失信赖和信心。好的作家应该具有比一般大众更高远、更理性的思想，对社会做出更深刻、更准确的判断，并以这种思想感动和引领大众。就当前乡土小说而言，强烈的情绪化色彩，不只是已经严重影响到其思想和艺术高度，甚至带来了一些思想上的偏差，可能对大众思想形成某些误导。其一是一些作品中存在对极端负面情感和恶俗场景的渲染，某些内容甚至违背社会的普遍伦理和人文道德。比如，不少作品没有节制地渲染和肯定仇恨和暴力，甚至对报复仇杀行为给予宽容和赞美。尤凤伟的《泥鳅》、陈应松的《马嘶岭血案》等作品不同程度地存在这样的缺陷。[1]还有一些作品在民俗描写中，对低俗内容予以大力渲染，甚至将变态行为和性描写作为吸引读者的噱头。二是艺术上缺乏精致、沉静和大气之作。近年来乡土小说中并非没有佳作，但数量却很有限，普遍存在的是众多低水平作品。其中充满着粗糙的编造，乃至虚假的故事情节，却缺乏平静客观的叙述和理性冷静的思索，更缺乏具有较高思想和精神高度的大气之作。体现在小说体裁上，是中短篇小说领域优秀作品较多，具有丰富历史文化含量的长篇小说则非常匮乏。三是在表现内容和叙述方法上存在模式化的缺陷。近年来乡土小说数量虽多，但却颇多雷同之作。无论是创作题材、故事类型，还是情感基调、叙述方法，都大体一致，创造性的作品比较少见。

最后，但也许是更重要的，是地域性审美特征的淡化，使乡土小说失去了它最独特、也最富魅力的审美个性，影响到了乡土小说在当代社会的生存和发展。在这方面，人们对自然风景的失落关注很多，也有较多论述。确实，正如美国学者皮尔斯·刘易斯所说："我们人类的风景是我们无意为之，却可触知可看见的自传，反映出我们的趣味、我们的价值、我们的渴望乃至我们的恐惧。"[2]对于乡土小说来说，风景远不只是意味着风景本身，它还体现着人对自我生活审美层面的发现，是一种自我价值的确认。风景的保存也将比乡土生活更长久、更宽泛。但我在这里想特别强调的是乡村生活。因为在乡土小说研究界，一些学者严重忽视乡土生活的意义，甚至因此将赵树理和"十七年"乡土小说排斥于文学史之外。这也许是当前部分乡土小说作家片面关注乡土文化而忽视乡土生活的原因之一。这其实是对乡土小说本质的严重误解。最直接地说，既然以"乡土小说"命名，没有"乡土"又何以名之？正像凡·高的名画《鞋》，如果这鞋不属于乡村，没有乡土的内涵，就难以被海德格尔赋予那么深刻丰富的哲学内涵。乡村生活既蕴含着独特的民风民俗，又像地方方言一样，浸润了深厚的文化历史，与乡村、大地、泥土不可分割，已经成为乡土文化和人们乡土记

---

[1] 周保欣：《乡土叙述的"冲突"美学与道德难度》，《人文杂志》2008 年第 5 期。

[2] 〔美〕温迪·J. 达比：《风景与认同：英国民族与阶级地理》，张箭飞、赵红英译，译林出版社 2011 年版，第 361 页。

忆的重要组成部分。就当前生活说，乡村生活的审美意义甚至比乡土风景更为重要，因为生活更富有生命气息，地域的色彩也更内在和全面。

地域个性特征的淡出，导致乡土小说的乡土特征变淡，必然影响到乡土小说在人们心中的形象和影响力，也会影响创作者们对它的信心。比如，近年来就有学者认为，随着乡村社会逐渐城市化，乡土小说已经丧失了存在的前提，面临着消亡的命运（生态小说、乡村小说等概念出现并产生影响，正说明乡土小说这一概念正受到巨大的质疑和挑战）。一些乡土小说作家，都对乡土小说的前景持悲观态度，越来越多的乡土小说作家逐渐远离乡土这一领域，其中不乏刘震云这样有成就的作家。而在年轻的"70后"和"80后"作家中，真正坚持在乡土这一领域开拓的作家越来越少，许多较有影响的作家，如徐则臣、魏微、刘玉栋等，都尝试着在新的都市生活领域寻求发展。显然，随着乡土小说审美品格的嬗变，乡土小说创作的萎缩正在成为事实。

乡土小说审美变异的背后具有某些时代性的必然因素，对此问题，当然不可能完全在文学内部解决，但作为乡土小说创作者和研究者，却很有必要严肃地对待、思考和探讨。其中，从事乡土小说研究的学者更需要做出有建设性的工作。比如关于乡土小说的概念内涵、审美特征，我们不应该总是停留在鲁迅、周作人和茅盾的思想理念中，在新的时代背景下，乡土小说理论需要发展和更新。只有建构起更丰富、更科学、更系统的理论，乡土小说才有望维持自己的完整性，才能在新的时代变化中顺利地发展。作为乡土小说创作者来说，既要坚持近年来的创新和发展（典型如个人化的创作方向），也需要根据乡土小说的内在要求做出适当的调整，特别是增强对乡土小说创作的信心，更积极地投身其中。我个人认为，以下两方面的关系也许是当前乡土小说界亟待思考和调整的：

一是乡土小说概念拓展与基本内涵特征之间的关系。

如前所述，近年来，传统的、以乡村生活为基本内容的乡土小说创作相当衰微，已经难以支撑起乡土小说这面旗帜，如果再坚持从传统意义上界定乡土小说，会导致乡土小说的萎缩甚至消亡。所以，与时俱进地对乡土小说的内涵进行拓展，为其补充新鲜血液，势在必行。正是在这一前提下，我赞同许多学者提出的将部分城市农民工生活题材作品接纳到乡土小说中来的观点。但我以为，这种拓展和接纳应该遵循一定的原则，那就是必须保有部分乡村生活内涵。也就是说，至少在目前情况下，乡土小说的范围不能完全脱离其命名，以乡土生活为背景是被称为乡土小说的重要前提——它必须部分地写到乡村、田园、农民，与乡村没有完全分割。如果作品完全与乡村生活无涉，只是书写在城市中生活的农民工，就不能被纳入乡土小说中。也许有人会认为这样的标准太过机械，但任何标准都有它的机械性，只有坚持一定的标准这种机械性，才能保证概念的完整和清晰。缺少了这种明确性，概念的外延就无限扩展，概念也就失去了自身的限定意义。

二是强化乡村地域性意义与乡土精神之间的关系。地域特色于乡土小说的意义前面已经多次阐释，这确实是乡土小说生存命脉所在，必须坚持。如果丧失了地域性审美特征，乡土小说也许会沦落到只有题材上的差异，也就是说，它的内涵就会与农村题材或乡村题材没有什么两样，也完全可以与工业题材、教育题材并列。这显然丧失了乡土小说作为独特文学类型的充分理由。但是，一个不容忽略的现实是，随着社会的发展，乡村生活肯定会有进一步萎缩，乡土小说的地域性特色难以永久保持，乡土小说的审美品格也应该随着时代的变迁做必要的调整。在这种情况下，我以为，作为一个延伸性的内涵，可以引入乡土精神这个概念。所谓乡土精神，就是对乡土的关注和热爱，对乡土文明生活方式和价值观的向往与认同，以及对部分具有旺盛生命力的乡土文化价值观的揭示和展示——其中包括对自然的尊重和热爱，认同人类质朴的人性和价值，以及对人情、人伦的强调等。它超越题材范围，更属于精神内涵的层面，但在审美上又与自然、生命、乡土文化等因素有着密切联系。也许随着人类社会不断往工业化方向发展，乡土生活会逐渐淡出人们的视野，但是，乡土精神是可以永远存在的，它也应该成为未来乡土小说在思想内涵上的核心特征。[①] 它将与乡土风景一道，共同构成乡土小说的独特审美质素，成为其作为一种独特小说类型所必要的重要基础。

---

① 贺仲明：《乡土精神：乡土文学的未来灵魂》，《时代文学》（上半月）2011年第9期。

重举中国文学的"寻根"旗帜

一、"文学寻根"的昨天与今天

20世纪80年代中期，中国文学界曾经掀起过辉煌的"文学寻根"运动。然而，短短两三年间，它就如昙花一现，迅速从文坛消散，之后更为人们逐渐否定和基本淡忘。在谈论这场运动时，同时代和后来的许多人几乎一致认为其失败是必然的，理由在于其主张背离了时代潮流，方向性上存在问题。也就是说，他们认为，当时（甚至包括之后）中国文学迫切需要的，是向西方学习而不是向传统回归（寻找）——事实上，取文学寻根而代之的正是以追慕西方文学为指向的先锋文学潮流。迄今为止，中国的文学潮流虽略有起伏，但基本方向却从未移易：西方，是中国文学发展的根本主导和最终目标。

然而，我以为，寻根运动的失败值得重新反思，更不能因其失败而对它的方向性价值予以完全否定。换言之，寻根运动的失败也许并非因为其方向本身，只是由于时代（社会）和个人等一些主客观原因，使得寻根运动未能充分而健全地成长，从而迅速走上夭折之路。

从时代方面说，社会尚未形成寻根的大趋势，致使其缺乏坚实的背景。当时正处"文革"结束不久，整个社会都在感叹西方物质的强大和文明的进步，慨叹中国社会的落后和愚昧，无条件向西方学习几乎成为共识。文学界也一样。作家们面对异彩纷呈的西方文学世界，再对比刚刚走出单一和狭隘、处于艰难恢复期的中国文学，自然会滋生出强烈的落后感和危机意识。追赶西方文学、得到西方文学的承认，不只是个别作家的梦想，更是整个文学界的集体愿望。另外，当时社会文化的主导是"回归'五四'"，将传统文化视作封建思想的观念依然是时代主流，一般人很难背离时代潮流来进行思考——直到几年后，经济的繁荣改变了文化导向，"新儒家"思想引领了时代风潮，林毓生的《中国意识的危机》开始在知识界形成剧烈冲击，对传统文化彻底否定的观念才有所改变。

从个人方面说，那些主要由知青构成的中青年作家群体，虽然在乡村的人生经验和多元文化撞击的影响下，萌生出对"五四"传统进行反思、对传统文化进行重审的强烈意愿，但是，他们当时的文化积累尚难以真正承担起寻根的重任，也缺乏真正立足于传统寻根的深层自觉。特别是他们长期接受的是以"五四"新文化为主导的思想文化教育，在根本上决定了他们在短期内难以在完全悖逆于现实文化潮流的道路上走得更远。[①]

所以，在根本上说，寻根运动一开始就不是在完全自然和自发的背景下孕育出来，而是其他因素催生的结果。或者说，它并非独立自觉的产物，而主要是在其他外在因素的刺激下产生的，其背后有许多由西方文学（文化）带来的焦虑和困惑因素——无论是在当时还是在今天，我们都承认，寻根运动最初和最基本的出发点就是 1982 年哥伦比亚作家马尔克斯获得诺贝尔文学奖。这一事件让一些作家意识到，要追赶上西方文学，除了学习，还可以另辟蹊径，通过"民族个性"取胜。而且，比起一味向西方学习，这种方式更能让作家们获得心理上的平衡，维持至少是表面上的自尊。

从这个意义上说，寻根运动可以说存在着严重的"先天不足"。所以，无论是从运动的一开始，还是在其短暂的发展过程中，都可以见到其内在和根本性的缺憾。

其一是仓促草率的准备。寻根不是一项简单的任务，至少它需要真正扎实地去"寻找"，需要对"根"做出客观全面的检视、甄别和分析。即使是文化功底再好的人，要做好这一工作，也不可缺少较长时间的认真准

---

① 贺仲明：《"归去来"的困惑与彷徨——论八十年代知青作家的情感与文化困境》，《文学评论》1999 年第 6 期。

备。但是，寻根运动的兴起却相当匆促。作家们都急切地以各种方式表现自己的姿态，发出自己的宣言，却缺少具体、细致的寻找过程，也难以看到深入沉潜的思索。

　　以寻根文学的主将韩少功为例。《文学的"根"》的呼吁发出不足半年，《爸爸爸》就问世了，再半年，《女女女》也问世了。要知道，韩少功并不是一个以创作量见长的作家，在寻根作家群中，他的创作还是属于比较谨慎的。但在如此短促的时间里要真正深入地完成理论思考的深入，显然是很困难的（作为个人，韩少功倒并没有真正放弃寻根之举，他 1996 年问世的《马桥词典》可以说是一部晚到的寻根力作，也达到了他个人创作的高峰）。于是，从 1984 年"寻根文学"口号提出开始一年多里，寻根文学的代表作品几乎全部问世——当然，我并不否认作家的创作是长期孕育的结果，也不否认韩少功等作家在发出寻根宣言之前早有思考，其寻根具有一定的厚积薄发性质。但是，从作家集体行动来说，特别是对于那些跟随者来说，如此之快的创作速度，我们很难想象他们的作品是依靠扎实的寻找功底创作出的，这些作品中很难真正蕴含深刻的文化之"根"。事实上，其兴也勃其亡也忽，短暂的创作冲动过去之后，作家们再无后续之作，根本无法以作品举起寻根的大旗。

　　其二是浅白简陋的内涵。寻根文学作品并不算很少，但是，读完这些作品，究竟什么是他们寻找到的"文化的根"，却难以让人言说。正如郑万隆所说："我小说中的世界，只是我的理想世界和经验世界的投影。"除了阿城的《棋王》能够被人解读出有道家思想的印记（其实也有牵强和浅白之处），从其他的寻根作品中很难找到真正有内蕴的传统文化内涵，它们更多只是对作家自我和观念的表现而已。将这样浅陋的内涵作为寻根的成果，自然会让那些试图在其中感受和体会文化之"根"内涵的读者们失望，也难以让寻根文学名副其实，产生好的文学效果和社会影响。除了思想内涵外，艺术表现上也是如此。寻根文学作品中很少能够看到对"根"（文化内涵及其体现者）的细致书写和深层表现，而是大都采用大而化之的方式，从虚幻处着手。比如其中的"丙崽""小鲍庄""葛川江""棋王"等"根"的意象，都少有对文化的深刻体悟、细致描摹和真切展示，更多只有抽象的象征和空洞的抒情。如果我们以之对比一下同时期的以邓友梅、冯骥才等的作品为代表的民俗文化小说创作，感受更为明显。这些以表现地域民俗文化为特色的作品，虽然在大的文化指向上并不宏阔，但在对文化展示的细致具体上却很大程度超过了寻根文学。

其三是矛盾自戕的态度。寻根作家们虽然表达了寻根的呼声，但其实，他们完全没有足够的底气，也没有足够的力量对抗现实中以"五四"文化为主导的文化方向。一个显著的表现，就是他们的宣言含含糊糊，根本不敢将他们要寻的"根"与民族文化主流联系起来，只能将它限定在非主流文化上。而如果说在宣言中，一些作家（突出如韩少功、郑义、阿城）的态度还算旗帜鲜明、慷慨激昂的话，那么，一旦进入创作世界，他们的困惑和迷茫就一显无遗，作家们完全陷入不知究竟应该如何看待传统的困境中。也正因此，寻根文学中许多作品的价值指向都模糊含混，难以明确。典型如《爸爸爸》，作品中的丙崽究竟是被批判还是被赞颂一度被人们猜测，最终还是以"20 世纪 80 年代的阿 Q"成为大家的共识。同样，《小鲍庄》《女女女》，乃至《棋王》等作品，对于民族文化究竟是褒是贬，意旨究竟何在，都引人争议。究其原因，根源正在于这些作品的主旨并不能与作者的寻根宣言完全一致，甚至是严重的自相矛盾，而其根源正是在于作家们自身精神上的巨大困惑。

如此几方面的缺陷，决定了寻根运动虽以寻根为宣言，实质上却并没有走出"五四"文化"审根"的窠臼，而它充满自戕色彩的过程和方式，也决定它不可能走得更远。

反思昨天的目的在于启迪今天。我们今天来重新审视这场运动，绝不是为了鄙薄前人，而是相反。我们虽然质疑文学寻根运动的仓促和简单化，却敬佩作家们思想的敏感和行为的果决，敬佩其时代先锋意义。换言之，我以为，20 世纪 80 年代的寻根运动虽然有诸多不足，却有意无意地切中了时代文学的某些要害，虽未能深入，却具有超越时代的启示价值。特别是审视寻根运动之后中国文学的发展道路，可以看到，对寻根运动及其方向的彻底否定，在与寻根相反的道路上片面地前行，既严重限制了中国文学的成就，更留下了难以弥补的巨大隐患。

当前文学最突出的缺憾，我以为主要有两点。其一是文学思想高度不足。客观说，经过作家们几十年间对西方文学的学习和创新，当前文学在技术上已经与西方文学没有大的差距，它最严重的不足在于思想的高度和深度。当前中国和整个世界正在经历前所未有的巨大变化，但面对如此丰饶的生活，文学没有表现出其在生活之上的整体把握和思想引导力量，无论是在对历史和传统的认知，还是在对现实世界的把握和对未来的思索上，中国文学还未能表现出真正独特而深刻的思想。其二是缺乏与社会、与大众的密切联系。文学是作家的个人创造物，同时也是社会文化的重要部分，真正优秀的文学（特别是一个时代文学的整体），应该能够深入民族大众中，在社会文化中产生广泛而深刻的影响，并最终成为民族文化传统的一部分。但是，当前文学与社会大众却存在严重隔膜，影响力越来越低，甚至已经基本上沦为自说自话，丧失了发言权。

　　造成上述缺憾的原因固然不止一个，甚至与非文学的其他因素也有深刻关联，但我以为，造成这两个缺憾最根本的原因，在于文学的"根"。也就是说，今天文学的这些症候，与 20 世纪 80 年代以来对文学之"根"严重漠视的发展方向有着内在而根本的关系。对中国文学现状及原因的认识，既促使我们重新认识 20 世纪 80 年代的寻根运动，又是我们主张重倡寻根的重要前提。

二、为什么寻根与什么是"根"？

　　倡导寻根，首先要明确的就是为什么要寻根以及究竟什么是寻根。这些问题，20 世纪 80 年代的寻根运动中，韩少功等作家进行过阐述，但一则文学家的笔法偏于感性，理性讨论不是太多；二则当时的某些认识相对简单，在时过境迁之后，我们对这一问题的认识有所变化和发展。因此，有必要做出新的阐释。

　　文学为什么要寻根，这首先需要从一般文学理论的角度来阐释。也就是说，应该立足于文学本土性角度来思考。所谓文学本土性，我曾经概括为三方面的内容。其一是立足于本土的文学内容。也就是说，文学创作应该反映本民族生活，展示其日常生活状貌，再现其生活流程和人物事件，揭示其社会伦理情态。同时，更应该反映生活自身的呼吁和要求，提出针对本土现实的问题。其二是来源于本土的精神和思想。它包括本土文化传统和与本土生活的情感和文化联系两方面内容。既从民族文化传统中汲取精神养料，继承和发扬其审美传统，同时还能够对生活有深切的关注，潜心于对生活的深入观察和思考，这样的文学作品才能感染民族大众。其三是融入本土生活。真正成熟的文学应该融入本土生活，能够被社会大众所接受，并产生以精神陶冶为基本方式的社会影响，成为民族优秀文化传统的一方面。[①] 我以为，无论从文学个体还是文学整体来说，文学本土性都是一个很重要的评价标准，特别是对一个时代的文学整体来说，是否具备了本土性的素质，是判断其是否成熟的重要标志。而文学寻根，其内涵与文学本土性有着直接而内在的关联，是实现文学本土化的重要基础（详见以下对于寻根内涵的论述）。

其次，寻根还需要结合中国新文学的独特发展历史来说。中国新文学在近现代的社会转型中诞生，由于特别的现实和文化环境，它是以西方文学为蓝本，在对传统的反叛和否定中诞生出来的。这种诞生环境有充分的时代合理性和必然性，但它对新文学此后的发展道路却提出了本土化的特殊要求——也就是说，发源于西方文学的新文学，需要经过本土化的洗礼，需要将西方文学的因素融合到本土生活中，需要对曾经简单否定的传统进行更客观细致的重新认定，将西方因素与本土生活、文化传统与现代社会切实地融为一个整体，使之真正中国化和现代化，才算是真正成熟。这中间，不可缺少的一个过程就是寻根，就是对中国的文化和文学传统进行重新梳理和辨析，让它们与现代生活和文化结合起来。这既是为今天的文学寻到精神源头，从而使其具有更深远发展的基础，也是让传统获得新生的重要做法。

由于多种原因的影响，新文学的本土化工作到今天依然没有真正完成，无论是与传统文学还是与大众的关系上，新文学依然处于疏离状态。前述当前中国文学存在的两大缺憾，正是其典型表现。

从文学层面上说，文学思想的深邃独特，需要建立在深远的民族文化

---

① 贺仲明：《新文学本土化理论引论》，《南京师大学报》（社会科学版）2013年第1期。

之上，民族个性化的精神、文化和思维方式，是文学思想最深厚的资源，也是其独特性之根本所在。也就是说，中国传统文化有审视世界的独特方式，中国文学也有独特的审美传统，当前中国文学需要与这些传统勾连起来，才能具备独特而深刻的文化和审美品格，才能真正深入地揭示现实，特别是现实中的人，也才能以独立的思想和文学审美立于世界文学之林。正如诗人臧棣所说："中国当下的诗歌创作是多样化的，但缺少一个统一的评价标准，从而容易产生不同的评价。在日本、美国等国家，一个诗人无论写得多么反叛、怪异，但他的作品总是能够和本国的诗歌传统发生关联，从而找到自己的位置和意义。在中国诗坛，我们缺少一个'主心骨'，对于什么是伟大的中国诗歌没有形成基本的共识，所以我们没有办法把诗人们的作品放在共同的平台上进行比较。"[①] 缺乏对民族个性及传统的深刻体认和表现，是当前文学未能呈现出独立、深邃文学思想的根本原因，也严重影响了当前文学的总体质量。

从社会接受层面看也是如此。当前文学过于偏重对西方文学的接受和认可，相当多的作家完全以西方文学趣味和接受标准为写作方向，严重与现实本土生活相疏离。换句话说，他们写的也许是中国的生活，写作方式却没有遵循真正的中国现实，而是遵照西方的观念和趣味——20 世纪 90 年代人们曾经批评过的"后殖民主义"现象在今天并未消失，相反却是愈演愈烈，方式更丰富也更隐蔽。同时，正如作家宁肯所说："中国当下写作的根源似乎都在西方，我们顺口就能说出卡夫卡、卡尔维诺、博尔赫斯，却独独对中国自己的文学传统处于失语状态。"[②] 在审美趣味上，作家们也完全忽视与大众接受有深远关联的传统审美方式，拼命追求西方化的文学特征。以诗歌而论，当前诗歌艺术的理性化、知性化特征完全与中国传统的审美方式相悖，充斥在诗歌之中的是晦涩抽象的西方理念，精神和情感都与传统审美严重疏离。而且，在诗歌作品中基本看不到普通大众的生活，甚至连诗歌里的意象都是西方式的，如太阳是"阿波罗"，月亮

---

① 黄尚恩：《"做一个有方向感的诗人"》，《文艺报》2014 年 7 月 11 日。
② 傅小平：《中国为何缺少"作家中的作家"？》，《文学报》2014 年 9 月 4 日。

是"阿尔忒弥斯"。文学不关心大众，不以大众需要、关切为念，甚至根本就不去书写大众，自然得不到大众的认可和欢迎，也肯定产生不了应有的社会影响。

在明确了寻根的意义之后，再来谈"根"的内涵。我以为，在这方面，我们既需要继承 20 世纪 80 年代寻根运动的某些倡导，接受它的启迪，但更应该进行全新的辨析和必要的纠偏。

其一，应该在更丰富的内涵上来理解"根"。中国传统文化有多个方面，包括儒释道，包括民间文化，其中也包括已经有了超过百年历史的"五四"新文化传统，这些都应该成为寻根的内容。这当中，需要特别谈到主流传统文化问题。20 世纪 80 年代的寻根运动明确将"根"集中于非主流文化，对主流文化予以排斥。这一看法带有当时政治和文化影响的痕迹，片面性是很明显的。任何文化传统都由主流与非主流组成。一般情况下，特别是在中国这样文明传统比较悠久、文化传统比较深厚的国度，主流文化绝对占据中心，成就和厚度也更为突出。寻根，离开传统主流文化显然是难以完成的。

其二，需要更充分地关注民间文化和民间文学传统。正如郑振铎对民间文学的评价："她们表现着另一个社会，另一种人生，另一方面的中国，和正统文学、贵族文学、为帝王所养活着的许多文人学士们所写作的东西里所表现的不同。只有在这里，才能看出真正的中国人民的发展、生活和情绪。"[1] 民间文学和文化以边缘的立场表现了对社会独特的审视，其艺术也充分切近农业文明状态下的质朴生活，具有独特的艺术韵味和魅力。特别是在当下，因为城市化和市场经济的影响，民间文化和文学的生存正遇到严峻挑战，甚至濒临绝境，汲取其精神和艺术，是丰富文学内涵、强大其生命力的重要方式。

其三，需要正确和全面地认识"五四"新文化传统。很多人认为寻根与"五四"文化是完全对立的，其实并不尽然。"五四"文化对传统的鄙薄固然有其局限，但客观上，"五四"一代人在很大程度上依靠传统、借

---

[1] 郑振铎：《中国俗文学史》，团结出版社 2006 年版，第 13 页。

鉴传统，也部分地发展了传统。遗憾的是后人只看到他们当时的反传统态度（事实上，这种态度更多是出于对现实需要的考虑，而不完全代表他们真实完备的思想），却忽略了他们与传统的深刻关联。典型如废名等人创作的诗化小说，它是将中国古典诗歌艺术与现代小说艺术相沟通，将诗的艺术特征融入小说形式之中，从而使小说形成了独特的美学特征。虽然非常遗憾，由于缺乏与现实和大众日常生活的深度关联，丧失了生活本身的鲜活生命力，从而局限了其读者范围和社会影响力，但其对传统的许多探索和创新都有很多值得继承和发扬之处，值得今天的寻根者汲取。①

三、今天文学如何寻根？

相对于 20 世纪 80 年代，今天的文学环境有了很大的改变。对于重倡文学寻根来说，其中既有有利之处，也有艰难的一面。

从有利方面讲，现在的政治、文化环境更为宽松，社会文化意识也更开放和多元。经历了改革开放，人们对许多问题的认识更深刻和全面，简单化的思维正在为绝大多数人所抛弃。特别是在对待传统文化方面，各个领域的学者对它的梳理辨析更为深入，社会认知更为客观科学，这是今天文学寻根很好的社会文化基础。而且，几十年间，虽然受大的潮流局限，真正有寻根意识的作家不多，特别是在理论上推进得不太充分，但依然有一些作家在创作上进行艰难而自觉的探寻，并取得了不俗的成就。这对今天的文学寻根具有很好的启迪意义。

从不利方面讲，其一，时代文化的西方主导色彩更加突出。随着互联网时代的到来，人类社会"地球村"的特点更加明显，西方文化随着商业文化进入中国，并占据了主导位置，民族传统被视为落伍的代表。文学的发展与这种潮流基本一致，当年寻根运动夭折后，失败的阴影笼罩着整个文学界，作家们避之唯恐不及，基本上回避谈"传统""民族化""本土

---

① 贺仲明：《中国传统文学的换形变体——论"诗化小说"的兴起与传承》，《江苏第二师范学院学报》2014 年第 6 期。

化"这样的话题，思想和创作重心完全放在世界化、全球化方面。虽然在这当中，并非没有反思和理性的呼声，但相比于大的潮流，声音非常微弱。其二，文学与传统的关系更显复杂。这主要是因为在当下社会的政治、文化等领域，主张回归传统的呼声也很响亮，虽然其内涵不直接关涉文学，但却与文学有着难以廓清的复杂联系。比如在思想文化界，存在着呼唤传统文化的新儒家观点；在文化界，也有以传统文化对西方民主观念进行抵抗的声音。这些思想的存在，客观上会搅乱人们的视线，也会让许多人误以为文学的寻根等同于政治上的保守和文化上的复古，从而对之产生反感和犹豫心理。

上述情况，在客观上导致了文学寻根的思想只能是寂寞的，是逆时代大潮而行，甚至可能为人所误解和排斥。同时，它也要求文学寻根者需要更严格地限制自己的行为和方式，在内涵和外延上做出更清晰的辨析，明确文学寻根不是对传统文化的简单依附，也不是以文化为旨归，而是主要局限于文学层面。只有这样，它才能不被混同于政治和文化思潮，才能更清晰地界定自己的目标，不至于走上歧途。所以，在今天重新提出文学寻根，既需要吸取 20 世纪 80 年代失败的教训，也需要考虑新的时代变化，在思维、方法上等方面做出改革和调整。具体说，主要有以下几个方面。

一是平等自信的主体性姿态和创造性的现代立场。正如前所述，20 世纪 80 年代寻根运动的重要不足之一是西方文化主导的心态。在今天，只有有了平等自信的心态，才有可能有主体性的立场，真正客观地面对传统。事实上，面对西方文化和西方文学，我们完全拥有平等对话的基础。这不是说我们的文化一定比西方文化优秀，更不是认为中国文化将取代西方文化成为世界主导潮流，而是需要承认，从根本上说，中国文化是有独特智慧、具有丰富内涵和生命力的。在当今社会发展中，它当然需要蜕变、发展和更新，但却绝对没有失去存在的意义。相反，它在面对人类的现实处境时能够也应该发出自己的声音，为人类解决困境和向未来发展贡献自己的思想和智慧。文学方面也是一样。就长篇小说、戏剧等文体，西方文学的传统比中国文学悠久，成就也更大，但传统中国文学也拥有自己的鲜明个性，同样抵达了文学的顶峰，是人类优秀文学中不可忽略的重要部分。在这个意义上，我们完全有自信的基础。

　　但是，平等绝不意味着封闭，自信更不是蛮干。在这里，需要特别强调思想的现代创造问题。寻根绝对不是单一的、狭隘的，不是对传统的一味膜拜，不是简单的寻古和无原则的吸纳——这既不可能，也不现实。寻根不可缺少的精神之一就是批判，它是对传统的创造性再造，是一种现代的选择和批判性吸收。寻根绝对不意味着文化守旧和做传统文化的守灵人。在这方面，20世纪80年代部分作家的创作提供了前车之鉴。当时的《三寸金莲》《阴阳八卦》等作品，对传统文化（包括一些背离现代文明的内容）一律持怀念和赞赏的态度，结果陷入文化保守主义的窠臼。所以，今天意图寻根的作家最需要的，也许不是简单地做某种立场的宣示者和维护者，而是应该立足于客观而深入的展示，以内容的丰富性和深刻性实现自己的价值。

　　二是与现实生活的关联。如前所述，20世纪80年代寻根运动作家普遍认为"根"存在于历史当中，因此，他们普遍到古代历史或即将消失的生活方式中去寻根，所写的多是古代的边野文化或民间传说。比如韩少功的《爸爸爸》追溯远古历史，李杭育"葛川江系列"写即将消失的葛川江渔民。即使是那些涉及现实题材的作品，也基本上不是对现实的写实，而是运用抽象和象征的方式。韩少功的《女女女》、王安忆的《小鲍庄》、阿城的《遍地风流》等，都是如此。

　　但其实，文学的基本表现对象都永远是现实，文化最鲜活、最有生命力的所在也是现实。在任何民族文化中，传统并不是僵死的，不是仅存于典籍之中的。按照物竞天择的基本原则，只要是能够以健全状态生存的民族，真正有生命力的传统都会存活于民族生活中，而那些不能留存于现实中的传统必然有其与时代发展的不适应处。而且，如果传统需要借助历史的外壳才能实现其价值，那就很难说有生命力了。换言之，传统中最有价值、最有生命力的内涵是蕴含在日常生活中的，对于文学的寻根，最首要、也最有价值的方式也在现实生活中。这样，既能赋予传统以鲜活的气息，也能加深传统与现实的关联。所以，文学寻根的首要方式应该是在现实中（或者在与现实密切的勾连中），通过揭示和探寻现实生活中的传统文化因素，让现实与传统得到最直接的关联——寻找的目的不是使其僵化，不是拉到博物馆去展示，而是赋予它全新的生命和活力，让它进入现实生活当中。否则，即使找到了传统，也是僵硬的、缺乏生命力的。

在这方面，新文学历史上除了寻根文学的教训之外，也有成功的创作可以作为借鉴。比如莫言，虽然没有广泛地宣言寻根，但正如他认为自己"是在寻根过程中扎根"[①]，他应该是当代文学中最成功的寻根作家之一。他的创作始终立足于乡土大地，深深扎根于以《聊斋志异》为代表的齐鲁地方文学和文化传统中，创造出"高密东北乡"的文学世界，从而完整地再现了一部中国近现代乡村历史，是对文学之"根"的多层次、多方位挖掘和表现。再如现代京剧艺术（京剧虽属艺术类型，但现代京剧非常重视语言创作，其文本完全具备文学的审美效果）。虽然现代京剧是在特殊的政治和文化背景下兴起并赢得巨大影响力的，但客观来说，以《红灯记》《沙家浜》为代表的现代京剧达到了很高的文学水准，特别是在方法意义上，给中国传统艺术形式赋予了新的现实内容，让其获得了新生。

三是处理好思想与形式之间的关系。寻根，究竟是寻思想还是寻形式（艺术），究竟是寻一种抽象的精神还是具体的内容一直存在不同的看法。我以为，这二者当然不能截然割裂，在中国传统的文学形式中也包含着具备民族审美特征的因素，关联着与中国文化一致的思想和精神。特别是在小说故事化和诗化的融合方面，中国古典文学形成了自己的独特传统，它们对今天文学形成自己的独特个性，以及被大众接受，具有一定的启迪意义，所以，适度的文学形式上的借鉴是有必要的。但是，就根本来说，寻根的重点不在器物，不在外形，而在精神和灵魂。不在简单的艺术形式继承，而在对世界的观照方式。内在的思想是寻根活动的精髓。

单纯的形式继承是难以获得成功的。因为具体的文学形式和方法带有很强的时代印记，随着社会生活从传统到现代的过渡，那些具体的传统文学形式和艺术技巧大多已经很难适应时代的要求，要将它们与现代生活联系起来，重新为其灌注生命力，是非常困难的事情。这一点，在文学史上已经有教训可寻。比如20世纪80年代曾经流行过新笔记小说，它完全借用传统的笔记体小说形式，试图以现代内容使其再生。汪曾祺、林斤澜、

---

① 莫言：《十年一觉高粱梦》，《中篇小说选刊》1986年第3期。

何立伟、聂鑫森等作家都付出了不少努力。但客观地说，这一形式取得的成就有限。一个最重要的原因是作家们太过于倚重传统小说形式，创新和发展上有所不足。再如近年来贾平凹借用明清小说语言反映当代生活，反响很大，但同样成绩不佳。这些语言在用于传统的、节奏缓慢的生活书写时也许能显示出特色，但在叙述快节奏现代生活时则明显让人觉得生硬和滞涩。

在今天重倡文学寻根，不是一件时髦的事情，也肯定有非常大的难度，甚至会遭遇各种困厄与困境。但对于中国新文学的发展来说，它也许是无可回避的选择，至少，它可以以更自主的方式验证一条道路，探索一种文学与民族、与本土关系的深层可能性。

我们时代文学的精神缺失

——对当前文学的一种审视

一、时代文学精神与文学的高度

文学既是作家 ① 个体的创造，也是一个时代思想文化的结晶。所以，文学作品会折射出时代文化状况，受到其影响，本身也会构成时代文化的一部分，反过来影响社会和其他的文学创作。也就是说，文学创作既受社会影响，又通过时代文学的整体状况（特别是精神品格）来影响社会和其他文学创作。文学既是其他文化的影响者，也是自我精神的产物。这种由作家、文学作品和整体文学环境构成的文学精神，就是时代的文学精神。

时代文学精神最首要的构成者是作家精神，特别是作家在文学作品中所表现出的思想高度和精神品质——值得说明的是，作家精神与作家创作的作品之精神有时候可能会不一致，但它们往往关系密切，并且都是时代文学精神的重要构成者。此外，文学生态中其他构成者的精神世界也是时代文学精神的组成部分。因为作家不是孤立地从事文学创作，他们是时代文学的一部分。文学作品的创作、流通、批评和接受，都是文学生态的组成部分，它们共同构成的文学生态会影响到作家的精神，并进而影响到时代文学的品质。也就是说，由所有文学从业者，包括作家、文学批评家、文学理论家和文学史家，以及文学编辑，这些人所共同构成的文学群体环

---

① 本文中的"作家"为泛指，意即文学创作者，包括所有文学体裁的创作者。

境，它们是否公正、平和，是否由积极、健康的文学潮流引领，都属于时代文学的精神世界，会对时代文学的品质和成就产生重要影响。

文学精神在作家、作品及文学生态其他部分的内涵不尽相同，程度也存在较大差别，但其基本内涵应该是大体一致的。它的核心是文化伦理，也就是以善和美为中心，包括爱、悲悯、同情、宽容，以及希望和理想等内容。也就是说，它所代表的是文学的本质，包含的是人对美好和善良的向往和追求，对爱和希望的渴求，对未来的憧憬——这是文学之所以产生的根本前提，也是文学能够具有永恒的感人力量、拥有无数热爱者的重要原因。正因如此，优秀的文学永远引人向美向善，让人的心灵变得更真诚，更能感受和追求生活中的爱和美。具体来说，优秀文学精神大体可分为现实和超越两个层面。从现实说，就是对现实，即对同时代人生活和心灵状况的关注，对历史的思考和对未来的忧患意识，以及对其他生物和大自然命运的关心。具备这一切并非容易，它往往蕴含着对苦难和权力的艰难抗争，对暴力和丑恶的反抗和斗争。从超越层面说，优秀的文学精神则主要表现为对人性的思考，对人类生存意义的思考。这是在现实生活之上更抽象、更深远的思想，涉及的是对于比较纯粹的精神层面的探索，诸如生命的意义，信仰的价值等——其中要特别提及信仰，信仰被很多人认为是一种宗教精神，其实，从宽泛的角度上讲，信仰并不局限于宗教，而是一种更为普遍的超越性精神追求。在信仰当中，包括对文学的信仰，也就是有没有对文学的虔敬、尊重和热爱，有没有为文学牺牲的精神。

一个时代的文学精神是高远还是低下，既是其时代文学生态及品质的共同结果，又同时折射、影响甚至决定着时代文学创作的高度。因为文学作品本就是精神产品，其思想有无深刻而高远的文学精神，对其基本品质起着重要的制约作用，也是时代文学整体高度的重要评判标准。换言之，只有深远的文学精神，才能孕育出伟大的作家和优秀的文学作品，才能成就时代的优秀文化，并逐渐融于民族和人类的优秀文明传统。这一点，就像福克纳在诺贝尔文学奖获奖致辞中所说的："诗人、作家的责任就是书写这种精神。他们有权力升华人类的心灵，使人类回忆起过去曾经使他无比光荣的东西——勇气、荣誉、希望、自尊、同情、怜悯和牺牲，从而帮助人类生存下去。诗人的声音不应该仅仅成为人类历史的记录，更应该成为人类存在与胜利的支柱和栋梁。"① 缺乏这种精神的照耀，就产生不了优秀的作家和文学作品。

从文学接受的角度说，文学精神的高度也非常重要。因为文学要真正进入社会文化并产生影响，必须有一定的精神高度为支持。作家个人的精神形象固然也是文学精神的一部分，但更重要的还是在于其文学作品。这些作品是否站在时代精神的最高处，是否具有原创性的思想和艺术魅力，决定了它究竟能否被大众和时代所接受。文学作为一种社会文化，只有两种方式可以赢取大众。一是迎合，这需要以文学丧失独立性和生存价值为前提。而且，肤浅、简单的迎合之作，绝不可能拥有真正的创新和生命力，不可能对读者有持续的吸引力，其效果是短暂而表面的。二是引领。文学以思想和艺术魅力来启迪和感染大众，于潜移默化的情感和理性中吸引大众，获得大众的认可。引领式的影响可能不一定那么迅速，但却能够长久而深入。引领的重要前提就是文学具有超越世俗和平庸之上的精神高度。

二、当前文学精神的低俗状态

从文学精神的角度来审视当前中国文学，其不足是很明显的。可以说，当前文学精神在整体上呈现低俗的状态。而这既存在于当前的文学创作中，也存于整体文学生态之中。或者说，它们相互关联，给时代文学的整体精神状态带来了大的制约。

一方面，从文学创作层面看，表现为精神狭隘，缺少直面现实的勇气和深远的人类关怀。当前人类社会严重地被物质异化，人与人、人与自然的关系也日趋紧张，生态危机、核危机等都给人类生存带来了极大威胁。中国社会更处于剧烈转型时期，社会矛盾尖锐，不公平、非正义的现象很普遍。这时候，文学最需要表现自己的精神价值，具备独立的思考能力和

---

① 盖威：《诺贝尔奖获奖者传记丛书 福克纳传》，时代文艺出版社 2013 年版，第 169 页。

人文关怀精神。但是，遗憾的是，我们看到的当前文学中，真正敢于直面现实问题的作品很少，更多的是歌颂式的作品，其中有涂脂抹粉的献媚，有司空见惯的冷漠，泛滥着的是虚假、编造，以及各种各样的交易。这一点，已经远远落后于 20 世纪 80 年代，那时候还有《人妖之间》《将军，不能这样做》《愤怒的蒜薹》这样敢于直面现实问题、并表达明确现实批判态度的作品。

　　与之相应，是个人主义的极度盛行。当前文学几乎完全陷入个人主义的潮流之中，个人成为文学的绝对前提，自我世界和异态人生成为许多作家的写作中心。这种情况在 20 世纪 90 年代就已经盛行，诸如身体写作、个人化写作、"小女人散文"流行一时，有批评家从"中产阶级趣味"等角度进行过批评，但情况并没有任何改观，甚至愈演愈烈，已经成为常态。有人统计过某著名文学选刊的近年作品，绝大多数都局限于两类题材，一是非正常人或非正常状态的生活，二是城市白领的爱情生活。这不是个案，而是当前文学整体的折射。不是说文学不能书写这样的生活，也不能说这都是虚假和造作之作，但其中确实有相当多的作品缺乏鲜活的生活气息，有无病呻吟之感。这类创作如此集中，也说明作家们的关注面过于狭窄，其思想缺乏更高的追求和自我期待。个人主义不意味着极端的自我，个人也不是文学唯一的表现对象。因为人是群居动物，与他人的和谐共存是人生存重要的前提，其生存意义也主要建立在这一前提上："与他人一起生活，不只是一个事实，而且这种与他人的联系在本质上是在体性的。人的存在既是自我的存在，同时也是相关存在。"[①] 也正如此，有学者这样看待自我与社会的关系："自我是因为思想了比自我伟大的事情所以才有所谓的思想；生命是因为投入比生命伟大的事情中去，才不至于变成一个无聊的流程。"[②] 从文学角度说，鲁迅在 20 世纪 30 年代的著名批评在今天依然有针对性："咀嚼着身边的小小的悲欢，而且就看这小悲欢为全世

---

① 〔美〕弗林斯：《舍勒思想评述》，王芃译，华夏出版社 2003 年版，第 37 页。
② 赵汀阳编著：《论可能生活》（第二版），中国人民大学出版社 2010 年版，第 252 页。

界。"①

另一方面，是积极伦理的匮乏。作为人类的精神产品，文学的目的是让人变得更好，让社会变得更和谐，更有希望，因此，它的基本方向应该是向美向善和具有理想色彩的，应该张扬积极的伦理精神。但在当前文学中，我们经常可以看到的是虚荣、自私、欲望、仇恨等负面伦理，很少看到爱、同情、宽容和怜悯等积极伦理。特别是在一些都市情感小说和女性心理小说中，充斥着钩心斗角和阴暗的心灵，其中没有善和温情，恶则无所顾忌地穿行。批评家李建军曾经以苏俄文学中的优秀作家作品为比照，对当前中国文学在积极伦理上的缺失进行针砭②；当代学者陆建德也表达过对中国当代文学的遗憾和期待："我心里深深地渴望，当代的中国文学中有人能够像契诃夫这样，写出来的绝对不是简单的心灵鸡汤，而是对善良有着一种深深的同情和体验，把充满着矛盾纠结的心情以及他对善良的复杂关怀，通过天才的戏剧家的笔法呈现出来。"③ 显然，这种现象绝非个案，而是非常普遍，在整个社会文化中产生了负面影响。

积极伦理匮乏的另一个表征是作品价值观念的严重混乱。有批评家曾严厉批评过 20 世纪 90 年代初新写实小说的部分作品丧失价值立场，但其实，那些作品虽然批判的力度不够，但价值观念还是明确的，与一般社会伦理并没有大的偏差。而在近年来的一些作品中，偏激的、混乱的价值观念比比皆是，甚至还得到了一些主流文学批评家的积极认同。比如好几部以动物为图腾的作品，价值观念明显包含对人性的蔑视和批判，还有一些作品在涉及个人、家庭和社会关系时，缺乏清晰的基本伦理标准，一味从个人私利出发，认同乃至纵容与自己关系亲近的人在利益争夺中表现得斤斤计较。而部分流行在网络和低俗杂志的作品，已经不只是缺乏基本的价值立场，而是竭力对色情、暴力和畸形情感进行渲染。这其中，我们还需要特别提到部分底层文学作品。底层写作很有价值，其中优秀者所表现出

---

① 鲁迅：《〈中国新文学大系〉小说二集序》，见《鲁迅全集》（第六卷），人民文学出版社 1981 年版，第 242 页。

② 李建军：《文学的态度》，作家出版社 2011 年版，第 350—417 页。

③ 何晶：《理解契诃夫，就是理解日常生活中的我们》，《文学报》2015 年 1 月 29 日。

的现实关怀精神，以及所蕴含的人文内涵，都有效地提升当前文学的精神品质，但是，也有不少作品存在一个重要缺陷，就是缺乏必要的理性高度，流于情绪化和感性化。一些作品的价值立场完全等同于人物的立场，对人物所表现出的仇恨、杀戮和报复思想缺乏批判，甚至认同甚至赞赏。这样的立场严重降低了作品的精神高度。

文学创作中表现出精神缺失，整体文学环境上也存在同样的不足。首先，这表现为文学总体精神缺乏必要的独立性。当前文学的基本倾向是朝向政治、西方文化以及物质利益，向各种权力和利益献媚，却严重缺乏文学的独立性，也因此缺乏真正的创造性。大多数作家按照政治、西方文化或金钱的预设要求来进行写作，遵从的是各种权力的趣味。各种文学批评和激励也都按照同样的标准在进行。因此，简单为现实歌功颂德的文学、为换取金钱而不惜出卖道德和文学品格的文学有着极大的市场，完全西方化的文学也甚为流行。其次，更表现为文学界不良风气的盛行。当前文学界严重缺乏对文学的尊重，很多人以文学为自己争名逐利的工具，使文学界演变成了一个巨大的名利场。不少作家为了作品的发表、获奖不惜牺牲独立性和尊严，甚至进行各种利益交换和四处钻营，这类现象的普遍性和极端性已经超过了许多人的想象。尽管我们依然可以看到有一定数量的作家怀着对文学的信仰在执着地写作，默默地进行自己的文学事业，但总体情况确实堪忧。文学批评界乱象更为突出，无原则的吹捧几乎遍及整个文坛。其危害是降低了优秀文学的标准，一些真正好的作家、作品被鱼龙混杂的文学市场所淹没，文学标准陷入混乱。而且，这也破坏了整个文学界的风气，献媚型作家增多，真正有追求的作家则受到伤害。

三、原因及对策

当前文学精神的低俗状况，有着多方面的复杂原因：

其一，长期的政治制约。"文革"结束之前的近三十年中，知识分子的思想自由度受到严格限制，这极大地伤害了知识分子的精神独立性，既使其失去尊严，又使其失去了自觉的精神追求。之后情况虽然有所好转，但知识分子被窒息的心灵却始终没有真正得到恢复，自我限制和外在限制一起共同制约了知识分子思想的提升，文学只不过是其表征之一。"文革"后的文化以解构为中心。它的目的是解构政治束缚，但客观上却伤害了精神本身，精神的庄严和神圣被玷污，低俗成为流行的常态，平庸琐屑被许多人奉为信仰。在这种情况下，文学的独立性和超越性几乎不见踪影，蝇营狗苟占据文学界的中心，而正如理查德·罗蒂曾经说过的："一旦失去言论自由，创造能力势必枯竭。"精神的委顿是其自然的结果。这其中，文学教育难辞其咎。完全以应试教育为目的的中学教育严重伤害了学生对文学的热爱，大学中文教育的严重程式化和文学管理的体制化也对他们的文学兴趣和创造力产生负面影响。于是，不少文学从业者并不具备对文学的基本感悟力，甚至缺乏对文学的热爱。一些人自觉地将文学当作政治宣传的工具，一些文学批评者缺乏基本的文学鉴赏能力。这种机制在根本上影响着文学的生态，并对时代文学的精神高度造成了严重的制约。

其二，"五四"之后与传统的长期疏离。传统文化绝对不是完美的，对它进行批判，使其实现"现代化"转型是必经的过程。但是，"五四"新文化运动确实很大程度上抹杀了人们对传统的尊重和客观认识，特别是此后的多次政治运动，更严重地伤害了传统文化的现实传承。传统是社会文化的重要稳定之源，也是人们生活中许多价值观念的来源，一旦发生断裂，其后果就是社会心理的混乱和无序。典型如"文革"结束之后，社会大众心理相当严重地陷入迷茫当中，商业文化无所顾忌地成为社会文化的主导，也是其后果之一。还有一点，就是思想的真正创造性只能建立在与本土的密切关联之上，其中传统是不可忽略的重要部分。西方文化能够对我们有启迪有激励，但是，只有中国的本土语境和独特问题才能激活创造性思想。在这方面看，当前中国文学精神的匮乏确实在一定程度上是与传统过度疏离的结果。其中有不少问题值得我们去反思。

其三，与时代文化整体状况的关联。近年来，中国社会的文化主导是商业文化，彻底的金钱至上、娱乐至死，统率了中国的文化精神。这种状况的出现，与改革开放和市场经济的发展有直接关系，或者说它是物质生活现代化伴生的副产品。但在中国，情况尤其严重，因为在20世纪90年代初全面实行市场经济之前，中国的文化处于严重的荒芜状态。"文革"的政治和文化集体围剿了传统文化，人们对传统的崇敬和信仰消亡殆尽。

"文革"结束后，回归"五四"的信仰又没有建立起来（事实上，在新的时代背景下，回归"五四"也不可能真正成功），大众心理充满茫然和虚空。在这种情况下，商业文化堂而皇之地进入思想的殿堂，知识界除了"人文精神讨论"略有回击之外，几乎都是一片迎合的声音。文学界也是一样。迎合的声音占据主流，即使偶有批判的声音也因为缺乏足够的力量而陷入困顿。金钱的主导，自然使文学越来越落向物质欲望，而不可能有精神的提升。

当前文学精神高度的不足，对文学的伤害是巨大而严重的。一是在文学成就上。比较20世纪80年代以及更早的文学，我们可以说，当前文学在技术层面肯定是更成熟、更发达了，但是，在精神以及整体的思想高度上，却是下降和退步了。二是在文学影响力上。当前文学在社会上处于边缘位置，原因当然很多，特别是商业文化的主导对其产生了严重影响。但是，在这当中，文学自身也应该承担相应的责任。也就是说，当前文学被时代大众忽视，既源于外在社会文化的不正当引导，也因为文学自身不具备足够的精神高度，对大众缺乏足够的吸引力和感召力。

这种状况的负面影响还超出了文学之外。因为文学对于社会文化有着特别的意义。与电影电视不同，文学作为语言艺术，既有悠久的传统，又以深度为特点，时代文化中，它承担的是高端和精英文化的角色。所以，它与图像艺术的天然接近娱乐、具有消遣功能不一样，应该发出民族独立的、自由的声音，来建立和传达一个时代的精神和信仰。或者说，文学是一个时代的人文作品的重要代表。可以说，在正常的情况下，文学的高度是时代精神文化的重要标尺。目前看来，文学正在丧失自己应该具有的精神高度和独立特征，正在走向严重的平庸化和低俗化。读者通过文学作品所感受到的，不是精神的高扬、引领，而是精神的坠落和腐朽。其后果是不断拉着社会文化向下发展，而不是向上生长。文学在社会大众中也基本失去了自己曾经的崇高形象。这是对整个民族文化的矮化。

一个民族需要精神的力量，文学在其中应该承担自己的责任。在这一点上，美国学者理查德·罗蒂的看法是很有启示的："任何国家都必须忠于自己的过去和历史上的英雄人物。每个国家都要依靠艺术家和知识分子去塑造民族历史的形象，去叙说民族过去的故事。从某种意义上说，政治领导权的竞争就是民族自我认同的不同故事之间的竞争，或者说是代表民族伟大精神的不同形象之间的竞争。"[①] 对于一个民族，历史的建构、文学的建构是文化自信的重要基础。文学，只有拥有了自己的精神高度，才能参与对民族精神的有效建构，才能在社会文化中产生积极的影响。

文学精神高度亟待提高，但要真正改变现状，难度也是相当之大。也就是说，文学精神的提高，不完全是知识上的，更不是文学技巧上的，它所需要的是更丰富的内容。作为作家个体，需要有对文学的尊敬、热爱和才华，更需要有广阔的视野和思想的创造性，需要不媚俗、不媚权的勇气和胆识。我以为，就当前社会而言，做到以下两点也许是最重要和最迫切的：

其一，给予文学更大的自由度，给予思想界更大的自由度。文学和思想都需要自由的滋养，只有在自由的背景下它们才能自然地绽放，才能生产出真正独立和深邃的作品，才有可能提升时代的文化精神，产生真正的创造力。在这方面，自由的环境比经济富足、技术指导都要重要得多，因为只有自由的环境才能造就自然放松的心态，才能让在思想和文学的精灵自由地飞翔。没有自由，就永远孕育不出真正独立的思想，也难以产生真正高远的精神。戴着镣铐（不管是外在的还是内在的）是永远也跳不出优美的舞蹈的。我以为，适当调整文化政策，给予文学和思想界更大的自由度，不但不会损伤社会文化，反而能够提升时代文化精神，真正促进中华民族的崛起。

其二，寻求更广泛的精神资源，特别是在中西、传统与现代之间找到更客观的和谐。其中，重视与中国传统文化、本土文化的关联也许是最需要强调的。因为长期以来，西方文化成为中国社会文化的基本方向，已经深深地影响了几代人。开放当然是必要的，但传统文化内涵丰富，也有现代传承和转化的可能[②]，绝不可以简单地予以否定，而是值得深入客观地

---

① 〔美〕理查德·罗蒂：《筑就我们的国家 20 世纪美国左派思想》，黄宗英译，生活·读书·新知三联书店 2006 年版，第 1—2 页。

② 贺仲明：《我们还会不会爱？——对于中国现代思想的一种反思》，《当代作家评论》2012 年第 5 期。

审视和甄别。事实上，本土文化资源所构筑的文化自信与学习西方所得来的开放视野，都是思想文化发展的重要前提。可以说，如何真正做到在批判的基础上继承传统，在立足于本土文化和现实生活的前提下进行思考和创作，是中国知识分子和作家需要共同思考和探索的重要问题。

先锋文学余绪：
一个被忽略和误读的文学群体

一

　　人们谈论先锋文学，大都局限于 1985 年至 1987 年之间兴起的创作群体，但其实，这一创作风潮既不是突如其来，也不是戛然而止，而是有着先声和余绪的。对于先声，学界已经有所关注，不少学者有意识地将较早出现的所谓现代主义文学纳入先锋文学当中来进行考察，但对其余绪，则几乎没有人关注。

　　其实，在主流的先锋作家于 20 世纪 80 年代末普遍沉寂或转向之后，还有不少作家在自觉不自觉地承继着先锋文学的传统，以本质上相同的创作倾向活跃于文坛上。作为潮流，他们主要活跃于 20 世纪 90 年代初期至中期，或者说在 20 世纪 80 年代文学的余烬中。从文学观念和创作方向上看，他们与当时盛行的新写实小说和现实主义冲击波迥异，强烈的个人主义和形式主义色彩是其作品的基本特征，而对现行体制和道德伦理的反叛则一次次掀起了轩然大波。在正走向新的规训化的时代文学潮流中，他们显得如此特异而又格格不入。

　　也许正因为这样，当时的批评家不知该如何对他们进行命名，只能以一个含义模糊而牵强的"晚生代作家"来称呼。但是，正如"晚生代"这个名词本身就颇为含混和牵强（所以，在几乎同时，就出现了"新生代作家"一词来指代这批作家，但其实，两个概念大同小异，内涵都不清晰），其内涵特征也始终未能清晰呈现。作为一个即时生成的概念，"晚生代"当然有它的存在价值，但从文学史角度看，这一无明确内涵的概念肯定会被很快淘汰。甚至可以说，用"晚生代"这个语焉不详的词语来称呼这些作家，既没有充分关注他们的外在关联，又模糊了他们的内在个性，实际上是对他们的误读和忽略。

在时隔二三十年后，我们可以看到这一批作家与 20 世纪 80 年代先锋文学血脉的贯通。或者说，在文学观念和创作精神上，他们与先锋文学绝对是一脉相承。只要我们不对先锋文学做出明显狭隘的理解，不将眼光放在短短的 20 世纪 80 年代，而是略微放长远些，立足于更广阔的文学史视野，就可以清晰地看出，这批所谓"晚生代作家"的作品，完全应该看作先锋文学的一部分。

特别是从最后的结局或者说从命运角度看，这些作家将先锋文学在中国的命运体现得更为典型。因为 20 世纪 80 年代末，在活跃了短短两三年之后，主流先锋作家中的绝大部分已经放弃写作或者转型了，所谓的主流先锋文学已经偃旗息鼓。20 世纪 90 年代初，中国社会发生了巨大的经济和文化转型，在这一背景下，先锋文学的使命已经改由这一批作家承担，他们也以自己的方式表达着先锋文学的理念和精神，当然也承担着另一种衰落的命运。如果说主流先锋文学承担的是 20 世纪 80 年代末文化转型的使命，那么，这一批作家则代表着 20 世纪 90 年代先锋文学在商业文化下的命运。从这个角度上说，只有将先锋文学的主流和余绪结合起来看，才能对其特点和缺陷认识得更全面准确。或者说，只有通过剖析这些先锋文学的承继者（也是发展者），我们才能更完备地理解先锋文学与中国当代社会的关系，以及在当代中国的发展状况。

这一群体的创作主体，主要包括韩东、朱文、张旻、林白、海男、刁斗、述平、毕飞宇、李冯、邱华栋、鲁羊等人——其范围与所谓的"新生代作家"或"晚生代作家"有较多一致之处，但鉴于这两个概念内涵上的空泛无当，因此，我们的概括与它们还是存在一定差异。从年龄看，这批作家普遍比主流先锋作家略小。虽然也有个别作家进入文坛时间比较早（如韩东，但因为他之前主要活跃于诗歌界，所以没有进入主流先锋文学潮流中），但绝大多数作家开始创作的时间比主流先锋作家要晚。

与主流先锋作家一样，他们也大都来自城市，接受了正规的大学教育，虽然学习的多不是文学专业，但对文学的热爱程度丝毫不逊色于专业学习者。在精神文化上，他们更是 20 世纪 80 年代理想主义的直接影响者和体现者。当先锋文学兴起的时候，他们或者正在大学里狂热地阅读文学作品，或者正在充满激情地练习写作。在他们阅读和学习的视野中，最主要的部分是主流先锋文学，以及其背后更广阔的西方现代主义文学。因为这几年，正是西方文学大规模进入中国的时期，作为年轻人的他们正充满着青春的反抗和叛逆精神，西方现代主义文学的思想正契合他们的心境，使他们不由自主地膜拜和迷醉——这一点，他们与主流先锋作家基本无异，只是他们有此感受的时间稍晚两年而已。但就是这两年，让主流先锋作家成为他们的先行者和榜样。风靡校园的先锋文学吸引着他们的每一个文学细胞，他们的文学启蒙也由先锋文学开启，这决定了他们最初的文学趣味和创作倾向。这正如他们曾自我表白过的，中国古典文学，特别是中国现代文学史于他们基本陌生，他们的文学祖先是现代西方文学："如果说到'父亲'，也许是海明威、卡夫卡、博尔赫斯这样一些人……"[1] 韩东说："我们这代作家，最直接的影响来自翻译小说。大量的阅读刺激了我们的神经、激动了我们的血液，使我们产生了写作的冲动。在进入那个体系逐步形成理解之后便拿起笔来一试身手了。"[2]

所以，尽管他们进入文坛的时间比主流先锋文学作家晚了几年，但文学观念却与之保持着很大程度的一致，核心是对文学本体和形式的推崇。比如他们对小说语言的重视，与曾经的孙甘露几乎没有二致："对一个具有自觉语言能力的小说家来说，小说语言问题也就是小说问题。"[3] 再如："语言在生活与生活之外穿行，穿越生活又悬挂在生活的表面，它被语言的操纵者赋予各种各样的形体……在这个世界里，语言获得了独立的生

---

① 韩东：《备忘：有关"断裂"行为的问题回答》，《北京文学》1998 年第 10 期。

② 韩东：《清醒的文学梦》，见《生命的摆渡 中国当代作家访谈录》，海天出版社 1998 年版，第 62 页。

③ 林舟：《在期待之中期待——朱文访谈录》，《花城》1996 年第 4 期。

命。"① 同样，苏童曾经指出，一个好作家"不是来自哲学和经验，不是来自普遍的生活经历和疲惫的思考，它取决于作家自身的心态特质，取决于一种独特的痴迷，一种独特的白日梦的方式"②。这种观念，与韩东、朱文等人的文学观表述也颇为相似。

事实上，在作家创作上也可以清晰地看出他们对主流先锋文学的继承。特别是在一些作家的早期创作中，学习乃至模仿的痕迹相当明显。比如毕飞宇的《孤岛》《是谁在深夜说话》等作品，对小说的叙述视角和叙述者都有强烈的探索追求，先锋色彩非常浓郁；鲁羊的小说追求以语言为中心，虽然方向不完全同于孙甘露，但基本志趣却高度一致……当然，在更多的情况下，也是这些作家与主流先锋作家更为一致的地方，是西方现代主义文学大师的影响。比如在朱文和韩东小说的背后，我们完全可以感受到卡佛和卡鲁亚克等作家的影子；邱华栋"城市人"系列小说中的平面化、象征化特征，更有后现代主义文学的明显印记；张旻的《情幻》等作品，追求真实与虚幻相交织的境界，将形而下的日常生活与形而上的抽象神秘融为一体，可以从中看到格非曾极力推崇的博尔赫斯作品的几分神韵。

二

当然，与主流先锋作家相比，无论是文化环境还是现实环境，这些作家都有了很多不同之处。现实与文化环境方面不用多说，20 世纪 80 年代的理想主义与 20 世纪 90 年代市场经济之后的商业文化具有极大的落差。在 20 世纪 80 年代中后期，作家们完全可以自在地躲在纯粹的形式中追求虚构的文学梦想，既无关现实，也较少关联个人。在现实比较平静的背景下，他们不会感受太多的外在压力，也不存在心灵的负担。这是主流先锋作家能够潜心沉迷于历史和虚构中创作的根本原因。虽然他们不是 20 世纪 80 年代理想主义激情的代表，但多少接受了它的陶冶。所以，无论是

---

① 林白：《置身于语言之中》，见《一个人的战争》，长江文艺出版社 1999 年版。
② 苏童：《周梅森的现在进行时》，《中国作家》1988 年第 1 期。

发自内心要求还是出自社会的期待，他们都既不可能去做一名现实的歌手，也不可能完全游离于现实之外。

他们对西方文学的接受也与主流先锋作家有所区别。虽然他们与主流先锋作家只隔了短短几年，但开放的迅速，使西方的文学潮流有了较大的变迁。在这一阶段，最能让中国年轻作家们动心的已经不再是博尔赫斯和卡夫卡，而是以黑色幽默、新小说和垮掉的一代等为组成部分的后现代主义文学。所以，如果说他们的早期创作还带有较强现代主义文学影响痕迹的话，那么，后现代主义色彩是他们更显著、也更成熟的群体特征。此外，在艺术表现上，经历了主流先锋作家的探索和获得的经验教训，他们对西方作家的模仿气息也淡薄了些，现实的、本土的色彩更浓一些。在对待西方文学方面，他们也努力加强批判性和选择性，并试图将其与自己的生活情境结合起来："我在接受它们时，歪曲胜过模仿，遗忘多于记忆。"[①]

这些方面，决定了无论是创作上还是文学行为上，他们都会与主流先锋作家存在差异，作品甚至会呈现出完全不同的面貌。

个人性是他们创作最显著的特征。20 世纪 80 年代先锋文学的显著特点是历史和虚构，他们的作品多以近现代和古代历史为背景，或者进行的是纯粹的文学游戏，既不切中现实，也不关乎时代精神。如果说其中也部分地蕴含着作家们对现实的否定和批判，那么，其主要方式就是努力远离现实，以追求文学自律的姿态来显示自己的独立性。但是，活跃于 20 世纪 90 年代的这些后继者不同，他们创作的显著特色是强烈的个人性。简单地说，他们的创作不再像主流先锋作家一样迷恋虚构，却也没有进入真正的日常大众生活，它们选择的是回到个人的生活世界，写自己周围狭窄范围内的人和事。这种个人性规避现实社会，却又与现实有着千丝万缕的联系，或者说蕴含着现实的强烈压迫，充满强烈的焦虑和对抗情绪，凝聚着内心的深切痛楚——显然，经历了 20 世纪 80 年代理想主义的幻灭，他们更能感受到现实中的失望，透彻而悲观。他们只选择个人加以表现，源

---

① 韩东：《清醒的文学梦》，见《生命的摆渡 中国当代作家访谈录》，海天出版社 1998 年版，第 62 页。

于他们无力（或不敢）表现现实却又不愿意远离现实的复杂心态，而个人也成为他们缓和内心世界与现实冲突的折中方式：一方面，他们通过个人来表达对集体的拒绝，与现实对峙；另一方面，通过表达个人在现实中的无力，他们得以缓解现实与内心的巨大冲突，勉力维持内心的平衡。

这一点，正如韩东等人的自我描述："把握住自己最真切的痛感、最真实和最勇敢地面对是唯一的出路。"[①] "由于种种原因，我们总是处在一个不真实的生存环境里。人们已经从血液里接受了一种实际上十分怪诞的生活，不再对它的合理性提出疑问。在此基础之上，人们建立起他们的生活他们的明天。……我在我生活的时代生活，我在我生活的时代写作，我的生活中刺激我困扰我的问题，就是我通过写作去思考去试图解决的问题。"[②] 在现实与个人之间，他们充满两难，并充满了强烈的自我怀疑："我觉得对于现实应该采取一种完全敞开交流的态度。你是一个非常渺小的自我，而你周围是一个非常强大的存在，两者不成比例。"[③] "我们不是任何意义上的'确信者'，我们的目的不是为了教化或布道。我们自身就体现了某些不可解决的问题。" "我们是那样地犹豫和矛盾，藏污纳垢，时而敬畏时而痛苦；我们是欠缺的、不完满的，虚伪绝望，同时又对人世间的快乐充满眷恋。……我们的不满是显而易见的。"[④]

第二个特征是反抗性。反抗首先体现在现实层面，其首要目标是现实中的文学体制。他们多次非常明确地诉说自己与其他文学创作者的区别，并对那些与现实合作者表示了明确的鄙夷。韩东说："如果我们的写作是写作，那么一些人的写作就不是写作：如果他们的那叫写作，我们就不是写作……我们必须从现有的文学秩序中断裂开来。"[⑤] 朱文在创作谈中也

---

① 韩东：《弯腰吃草》（序），见《弯腰吃草》，华艺出版社1996年版。

② 朱文：《在期待之中期待》，见《生命的摆渡 中国当代作家访谈录》，海天出版社1998年版，第122—123页。

③ 张英编著：《文学的力量——当代著名作家访谈录》，民族出版社2001年版，第283—284页。

④ 鲁羊、韩东：《虚无和怀疑——鲁羊、韩东通信二则》，《青年文学》1996年第3期。

⑤ 韩东：《备忘：有关"断裂"行为的问题回答》，《北京文学》（精彩阅读）1998年第10期。

明确表露出对现实中文学的强烈不满："两天前开始的牙痛比整天把真理挂在嘴上四处布道的作家所说的苦难、焦虑更为真实，更有可写性。"①不只是言论上，在现实行为上他们也表现出对文学体制的拒绝与不合作。在 20 世纪 80 年代和 20 世纪 90 年代初期，这些作家绝大部分都与各级作家协会关系疏淡，韩东、朱文、吴晨骏、李冯、夏商等作家更以开先河的姿态相继辞去公职，成为自由撰稿人。②1998 年的"断裂"活动是他们最有影响的现实行为。在这一活动中，这些作家不仅公开表示对现行文学体制的批评态度，而且挑战了主流文学界几乎所有的精神主导，包括鲁迅和"五四"文学传统。在今天看来，这场有些歇斯底里的活动是他们的最后疯狂，也是他们最极端的反抗方式。

在现实行为之外，他们的文学创作也充满了反抗和愤激的气息。受现实限制，他们的反抗目标主要限定在伦理道德层面。在中国社会，性一直是一个重要的伦理禁忌，也成了反抗者一个重要的宣泄方式。所以，在"文革"等时期，性的书写成为略显扭曲却又蕴含深刻无奈的重要方式。这些后期的先锋作家集体选择了这种方式，他们通过对性的大胆宣泄和袒露，表达对平庸现实的不满，曲折地表达对现实的不合作，或者说"借性浇愁"，传达出对现行世俗秩序的嘲笑，宣泄他们内心的压抑和苦闷。朱文的《弟弟的演奏》《我爱美元》，韩东的《障碍》《交叉跑动》，述平的《凹凸》，张旻《情幻》，林白的《致命的飞翔》，海男的《我的情人们》……这一群体作家的重要代表作品几乎都涉及性的话题，以具有禁忌色彩的性来表达他们的心灵态度。

作品中的反抗色彩是明确的，但仔细考察，其反抗性其实并不强烈，他们的反抗目标基本上不涉及主流政治，而是更多关联个人——换句话说，他们的反抗与他们创作的个人性实质上完全一致。从中，我们难以感受到强大的力量，更多的是他们内心文学梦想的幻灭，是他们强烈的心灵压抑，愤懑、无奈、孤独和绝望……

---

① 朱文：《关于沟通的三个片断》，《作家》1997 年第 7 期。

② 张钧：《时间流程之外的空间概念——韩东访谈录》，见《小说的立场——新生代作家访谈录》，广西师范大学出版社 2002 年版。

第三个特征是艺术上的反讽和愤激色彩。作为一个人数较多的创作群体，这些作家在艺术表现上存在差异性是毫无疑问的，但是，他们的创作中确实也存在着比较显著的共性，这些共性显示出他们与主流先锋作家的差异，又蕴含着内在的精神关联。

就整体风格而言，他们的创作比主流先锋文学更具现实的挑战性，也更有冲击力。他们笔下的性和个人精神反抗主题，较之多游离于现实之外的主流先锋文学，在艺术上更多了愤激和锋芒，也更为狂放和躁动，蕴含着几许颓废和虚无，乃至绝望的痕迹——这正是时代带给他们心灵烙印的体现。所以，也许在纯艺术层面，他们的作品不如主流先锋文学那么精致圆熟，但在精神内涵上，他们的作品却更为饱满，也更具有创造性和个人色彩。比较起20世纪80年代先锋作家的纯艺术的轻，他们的个人书写要更为沉重。在具体的艺术表现上，反讽是最普遍呈现的特征。从表面上看，他们的叙述平静而客观，不乏冷峻的写实，但是在其背后，可以感受到浓烈的讽刺和反叛色彩，这种讽刺既是指向外在社会，也是指向他们自己的——对自己无力的苦痛和绝望，以及无可奈何的艰难挣扎。这一特征，颇可比拟他们的精神先驱《在路上》《麦田里的守望者》等作品，也可以在这段话语中找到注解："反讽、透视、反省，它们表现了探求真理过程中不可避免的心灵反映，真理不断地躲避心灵，只给它留下了自我意识一种富讽刺意味的增加或过剩。"[1]

出现这些艺术特征也许部分包含着"影响的焦虑"因素——作为先锋文学的后继者，他们不愿意落入前人的窠臼，而是试图走在更前面。但更重要的原因还是他们的生存环境，以及在现实环境下对生活的独特感受。

---

[1]〔美〕伊哈布·哈桑：《后现代景观中的多元论》，见《后现代主义文化与美学》，北京大学出版社1992年版，第128页。

三

这些作为先锋文学余绪的作家，生存环境与主流先锋文学作家有所差别，但最终结局却颇为相似。或者说，先锋作家的余绪以另一种方式演绎着先锋文学在当代中国的没落和颓圮命运。这一命运源于20世纪90年代中期中国社会现实和文化的迅速变异，以及这一变异与作家们追求之间的尖锐冲突。

首先，作家们所反抗的文学体制，特别是整个社会文化中心发生了较大变化。1992年实行社会主义市场经济以后，中国的作协体制也面临改革和冲击，它不再像过去一样完全体制化、政治化，而是比较灵活起来。作家与体制之间的关系变得松弛起来，作家协会已经很难再像以往一样约束、限制作家，作家也难以从它那里得到很多实际利益（这种情况至少在20世纪90年代中后期到21世纪初时非常突出，最近几年情况又有所变化），作协会员这个身份的实际和象征意义都严重缩水。与此同时，随着政治体制上的改革，作家协会不再那么僵化，它甚至鼓励作家离开体制，去商海试水。在这种情况下，作家脱离作协体制已经不再成为稀奇事，也不再蕴含以往的反抗意义。

更重要的是，在这期间，中国的社会文化发生了进一步的变化。市场经济实行之初，中国社会的文化转换曾有个短暂的缓冲期，但很快，商业文化统治性地占领了文化市场。20世纪90年代中期应该是文化转型最剧烈的时期，短短几年间，金钱成为社会文化的绝对主导。在此背景下，文学的影响力越来越小。如果说在20世纪90年代中期前，作家们作品中的反体制、反伦理色彩还引起了一些争议和掌声，但很快，他们的反抗基本上遭到无视。同时，在商业文化的巨大影响下，作家们也很难完全不受到它的利益诱惑，使自己的文学创作不受到侵蚀。

其次，社会伦理的变迁，使作家们的反抗变得尴尬。实行市场经济之后，中国社会的伦理状况迅速发生变化，传统伦理转瞬崩溃。在这种情况下，这些作家所渲染的性，已经不再成为社会禁忌，反而成了受商业文化欢迎的欲望化代表。这与作家们的初衷显然是对立的。他们之选择书写和渲染性，目的在于对现存伦理和社会秩序的反抗，但是现在，这种反抗意义已经完全不存在了。他们的书写甚至反而成了商业文化的助手，成了社会传统伦理崩溃的推动者——对于这些先锋文学的坚持者来说，这显然是具有讽刺性的。他们虽然不一定是传统伦理的维护者，但商业文化的泛滥却完全有悖他们的文学写作目的。用一句俗话说，他们种下的是龙种，收获的却是跳蚤。反抗失去了目标，甚至开始反噬其自身。

这样的环境中，作家们的反抗举动已经不再能充分实现所追求的效果，相反只能面临悲剧性的失败。就如同一个拳手用尽全力出拳，却是打在一团棉花之上，力量被完全化解，丝毫没有英雄气概，反而自伤。对于反抗者来说，这是最惨然的悲剧，也最容易折损人的意志和动力。正因如此，这一群体的结局只能是穷途末路，在悄无声息中无疾而终。20世纪90年代中后期之后，这些先锋文学的最后守望者发生了剧烈的分化，并最终在无奈中集体退场：部分作家改弦易辙，选择与体制和解；部分作家从此沉寂、淡出文坛；还有一些作家如朱文、述平等则转向影视，在商业和娱乐文化中浮沉；真正坚持原来方向创作的，只有韩东等为数极少的个别作家。

美国著名批评家马尔科姆·考利曾这样评论20世纪20年代的美国"流放者"一代："'他们'曾经是反叛者，他们充满自豪的幻想。他们向生活本身提出要求，要求生活给他们美妙的冒险奇遇、忠实的友谊、在适当的环境中慷慨给予爱情并得到爱情。现在，幻想破灭后，他们成了愤世嫉俗者。"① 以此效颦，我们也可以这样概括中国的这一作家群落：他们是过去时代的文学坚守者，却遭遇了悖论性的时代环境；他们的反抗成为虚无，他们的嘲讽最终指向了自身，于是，他们只能溃散，成为溃散时代的典型精神镜像。

这些作家所遭遇的背景和命运与主流先锋文学没落时的20世纪80年代有所关联，却更多差异。他们都是中国社会从传统政治体制向商业文化转型过程中的过渡者，只是承受了不同的侧面。所以，他们既共同折射出

---

① 〔美〕马尔科姆·考利：《流放者归来：二十年代的文学流浪生涯》，张承谟译，重庆出版社2006年版，第64—65页。

中国当代先锋文学的某些缺失，又折射出各自时代背景下更深层的关系。主流先锋作家在 20 世纪 80 年代末普遍转向或者陷入彻底沉寂，根本原因在于纯粹形式主义的软弱——这使他们在创作中无法针砭现实（既缺乏驾驭现实的能力，也缺乏这方面的愿望），只能选择规避现实的方式。因此，他们的创作面临着读者、市场，以及文学评论界和主流体制多方面的压力。读者不习惯阅读这种略显晦涩的作品，自然影响到文学市场，而文学评论家也大多难以接受这种与传统文学反差甚大的作品，主流体制所期待的更是与现实保持高度一致的文学。在这种情况下，主流先锋作家显示出了自己的软弱性，他们无力坚持写作先锋文学，只能迅速将其瓦解，走向与现实合作或转行、退隐的不同道路。相比之下，这些主流先锋文学的后继者反抗精神更强一些，与现实的关联也更多一些，但他们所遭遇的环境也更为严酷——文化的变迁，目标的转变，使他们恍如进入了"无物之阵"。虽然面临的不是严酷的政治高压，不是艰难的经济困窘，却足以在根本上消弭他们的勇气，磨灭他们的精神意志。

从这个方面说，虽然他们表现得比主流先锋作家更有勇气，但二者在实质上还是具有共同的缺陷，那就是软弱。无论是在文学中还是在现实中，他们反抗的限度是很明显的（虽然已经很不容易了），这当中有可以理解的无奈，但其柔弱却是无可否认的。特别是他们的创作始终游离于现实大众之外，缺乏与现实沟通和直面现实的能力——这一点，与主流先锋作家本质上是一致的，也导致他们的创作始终未能在社会上产生较大的影响（他们的很多影响是依靠"事件"而不是创作）。他们的失败，与 20 世纪 80 年代先锋文学的失败一样，既代表了先锋文学在当代中国的必然归宿，也共同证明了文学需要更宽阔而坚实的土壤，只有立足于坚实大地之上才能拥有真正强大的力量。

最后，再谈谈该群体作家在文学批评和文学史研究中的命运。总起来说，这些作家是被文学批评和文学研究严重忽略的，除了在创作鼎盛时期受到过一定关注，之后基本上处于被遗忘的状况。包括那些一直坚持在一线创作的作家，如韩东等，也是如此。这也许一部分是由于这一作家群体比较分散，难以进行概括和归类，比如曾经的"晚生代作家"概念就很快被人遗忘。但更主要的原因还是源于其反抗色彩。虽然它们的反抗并不能对文学体制构成实质性的损伤，但毕竟，这种不合作的态度肯定是不受欢迎的。而且，他们的文学价值观念也迥异于主流文学，他们不受体制青睐是很自然的事情。在这方面，他们的遭遇要比主流先锋作家不幸很多。这也可以理解：主流先锋作家虽然也不一定归顺于主流，但却基本上没有明确的反抗性，很少与主流文学发生冲突……

但是其实，无论是从文学角度还是从文化意义上看，我们都不应该忽略这个创作群体。别的不说，至少，他们是一个过渡时代的典型体现，他们的反抗，他们的无奈，以及他们最终的结局，背后都有非常值得我们思索的问题。回避他们，事实上也就难以深入地思考这些问题。就这些作家本身来说，不管他们的文学成就究竟如何，他们所表现出的坚持却颇值得敬重。甚至作为一个群体的溃散，他们也足以让人感怀——特别是在他们与 20 世纪 80 年代文化背景联系的意义上。

现实主义、现实书写与本土意识

一

近年来的中国文学界多次出现呼吁现实主义文学的声音，其中不乏回归现实主义、重振现实主义传统的期待。但我不太赞同这种呼吁。有三个理由：

其一，现实主义在中国从未真正兴盛过，何来重振和回归？确实，20世纪50年代至60年代现实主义文学曾经热闹一时，但是，正如众多学者指出的，那并不是真正的现实主义，而是蕴含着特殊政治浪漫的创作方法，甚至从本质上说，它是对现实主义精神的破坏。其间产生的许多现实题材作品，也很难称得上是现实主义文学，更不具备持久的生命力。即使是回到中国现代文学时期，现实主义创作的成就也不能算丰盛，除了鲁迅、老舍、沙汀等个别作家的作品体现了现实主义文学的本质，达到了优秀现实主义文学的创作水准外，其他作品大多与真正的现实主义还有较远距离。即使是鲁迅、老舍等作家，受时代环境的影响，他们的现实主义创作也缺乏持续性和稳定性。

从现实主义理论方面考察也是如此。鲁迅等现实主义作家的创作经验很少有上升到系统理论高度的，鲁迅的"选材要严，开掘要深"已经算是其中很难得的、具备一定理论高度的经验总结了。理论家们对现实主义的探讨更是匮乏。现代文学时期，茅盾的"写实主义"理论内涵很不清晰，也没有充分展现出现实主义的思想精髓（当然，在那种时代背景下，这是可以理解和接受的）。到了"十七年"文学中，无论是秦兆阳、周勃等人对现实主义理论的阐述，还是邵荃麟的"现实主义深化"思想，尽管对时代观念有难得的突破，但在重重政治迷雾的影响下，其内涵并不丰富，最多不过算是巨石压迫下艰难挣扎出的一丝绿意而已。至于其他诸如"社会主义现实主义""现实主义与浪漫主义相结合"等理论，更是枯燥狭窄之至，甚至堕落为排挤和打压他人的工具。"文革"结束之后，出于对以往那种现实主义创作的恐惧和反感，作家们表达的主要是对现实主义的质疑，学者们则主要追慕现代、后现代潮流，传统现实主义观念或者处于固守状态，或者处于忽略状态，真正有深度、创造性和发展性的思考并不多。所以，要在中国新文学历史中寻找现实主义传统并试图回归并不容易，也很难施行。

其二，从世界范围来说，也很难以重建、回归来进行界说。正如王国维曾经阐释过的，一时代有一时代之文学。随着时代环境的变化，文学的创作方法也肯定会发生相应的变化。所以，文学对现实生活的书写不可能总是停滞在 19 世纪批判现实主义的创作方法中，不可能一直生活在托尔斯泰、巴尔扎克等大师的阴影之下。早在 20 世纪初，卡夫卡就已经宣告了现实主义新的发展，此后，更有无数作家对现实主义写作方法进行了拓展和创新。在 21 世纪的今天，更没有必要提倡对传统现实主义进行回归——我这样说，并非说当今作家不能采用传统的现实主义写作方式，也不认为现实主义创作方法已经失去了意义。作家照样可以选择现实主义方法，也完全可能创作出优秀甚至伟大的现实主义作品。我所反对的只是将其作为一种潮流来提倡。当然，我还是更期待作家们对现实主义方法进行发展和创新。

事实上，从更深远的历史上考察，传统现实主义的文学思想本身就不够丰盛和自由。19 世纪后期是现实主义创作的鼎盛时期，诸多批判现实主义大师将其推向了高峰。但与创作的丰富和多元相比，理论方面则薄弱、干涩了许多，甚至成为限制和阻碍创作的桎梏。最突出的诸如典型环境中的典型人物、真实性与倾向性等理论，在某些方面内涵狭窄甚至狭隘，蕴含着强烈的偏见和意识形态色彩。正是这些理论的笼罩下，才产生了许多简单粗暴的现实主义文学批评：较早对左拉、龚古尔兄弟"自然主义"的批评，后期对卡夫卡的否定和排斥，以及列宁对托尔斯泰的政治贬斥等。

在一定程度上说，现实主义文学之所以在苏联文学和中国的"十七年"文学中被异化，与其理论本身的不完备或者比较保守狭窄有着直接关系。

其三，文学环境需要自由和宽容。一个时代当然可以提倡某种创作方法，但前提是它应该是宽容和接纳的，而且，它一定不能排斥和否定其他创作手法——从中国新文学历史上看，就存在一定的教训。延安文学和"十七年"文学对现实主义的过分强调和推崇，就严重影响了当时文学的多元发展，导致诸如浪漫主义等创作方法的严重萎缩（当然，这种局面的形成不只是因为某个因素）。因此，在今天，既需要呼唤书写现实和关注现实，倡导深度书写现实，但绝对不应该限制作家，将作家的思想和创作方法限制在一个固定的框架当中。在集体性地，特别是借助文学管理机构发声，进行某种偏向性倡导的时候，需要更多的慎重和严谨。

在这方面，我认为特别应该给予那些批判传统现实主义的作家更多的宽容。正如毕飞宇曾经调侃的："我曾亲眼看到过这样一件事，我的一位同行被批评家说成了'现实主义'，他的脸像电炉一样变红了，还翻了脸，可见'现实主义'的'名声'有多糟。"①还有不少作家也发出过类似的声音，创作上也有多种创新尝试。应该说，作家们的批判不能说没有偏激之处，他们的创作探索也不一定都获得了成功，但是，不应该否定这种批判和创新精神的价值。因为只有在宽容、多元的环境下，现实主义才能真正繁茂生长，也才能真正彰显出其魅力，焕发无穷的生命力。如果简单以传统现实主义标准来要求和打压批评的声音，否定探索性的创作，既是对当前中国文学的损害，也是对现实主义本身的损害。

二

当然，我不赞同倡导现实主义回归，并不意味着认同当前文学的现实

---

① 毕飞宇、杨辉：《我始终和这世界处在对话当中：毕飞宇先生访谈》，《美文》（上半月）2014 年第 7 期。

写作状况。恰恰相反，我也认为当前文学的现实书写存在着较大的缺陷。只是我以为，简单地谈坚持或回归现实主义与否，也许并不是最重要的，辨析其缘由、找到其症结所在，才能找到问题的根本。也就是说，最首要的任务是了解当前文学中现实书写匮乏的状况和原因。

匮乏点之一，是现实题材创作中存在的问题。我们不否认当前书写现实的文学中有比较优秀的作品，但确实存在着具有普遍性的问题。其一是缺乏生活实感，没有真正深刻地揭示出生活的真实。在这当中，不乏停留在现实表面，对现实进行图解的作品；也更多迎合某种思潮观点或读者趣味，闭门造车、虚应故事的情况。我们看到的情况是：表面化的涂抹和粉饰现实之作、雷同和虚假的故事情节充斥于文学创作中，却很少见客观冷静、细致描摹，还原出生活真相和实质的作品。其二是精神高度不足。优秀的文学作品往往能够给人以精神的启迪和引领，它应该站得比一般大众更高，觉察到旁人难以发现的细微和复杂之处，拥有比一般人更远的未来视野。但是，当前许多作品中却充斥着情绪化的空洞抒情、呐喊和谩骂，以及面对现实不知所措的茫然和绝望，许多作品对事物的评判和价值观念完全停留在写人物的层面。我们很难想象这样的作品能够在时代文化中承担引领和启迪的功能，也很难想象它们能够拥有洞察生活和透视现实的高度。①

现实书写之外的另一种匮乏是对现实书写的回避。这当中，有一些作家是不敢写现实。因为写现实肯定面临触犯现实禁忌的可能，要冒直面现实的某些风险。因此，这些作家更愿意躲在个人的生活世界中幻想，却对广大的现实视而不见。我以为，畏惧现实、逃避现实的作家是不具备真正的文学品格的，他们的创作也不可能抵达文学的高峰。对这种情况，这里暂且不论。

更多作家回避现实的原因则是不愿意写，这主要源于他们的文学观。他们的文学创作目的是追求纯粹的思想和审美，因此，他们认为，过多关

----

① 贺仲明：《我们时代文学的精神缺失——对当前文学的一种审视》，《当代文坛》2016 年第 1 期。

注和书写现实，采用现实主义艺术手法，会对他们的文学追求造成一定的阻碍。这种文学观的源头是 20 世纪 80 年代的纯文学和先锋文学潮流，更可以看到西方现代文学观念的影响。韦勒克在《文学理论》中是这样阐述现实主义方法的："现实主义的陷阱与其说在于其常规与限制得过于死板，不如说在于尽管有其理论的根据还是很可能失去艺术与传递知识和进行规劝之间的全部区别……现实主义的理论从根本上讲是一种坏的美学，因为一切艺术都是'创作'，都是一个本身由幻觉和象征形式构成的世界。"[①]换言之，在偏重文学形式本体的西方现代文学观念中，现实主义是一种基本过时的、严重窒息形式探索的创作方法。这种观念严重影响了中国的纯文学作家和先锋作家，也导致了他们大多规避现实生活，习惯于在梦幻、想象和历史当中遨游。

在 20 世纪末和 21 世纪后，先锋文学严重衰微和转型，但其思想和创作潮流并没有消退，甚至可以说，其思想观念在作家（特别是 20 世纪 70 年代以后出生的年轻作家）中产生着广泛的影响。整个社会文化中集体意识的淡漠，自我意识的强化，使这些作家更容易接受非现实的文学观念，也更容易忽略文学的现实意义。所以，在新的时代背景下，他们也许不再能形成像当初纯文学和先锋文学那样的创作群体，每个年轻作家也不一定都能旗帜鲜明地对现实主义概念进行批判性针砭，甚至在创作实践上，他们也可能会触及某些现实题材，但在深层思想世界里，他们是轻视现实主义，对写现实是持拒斥心理的。这是当前许多作家回避和轻视现实书写的重要文化心理。

客观说，这种观念不能说完全没有道理。文学确实应该追求超越，应该有比现实更高远的关怀。但是，关键的问题是，文学超越与现实书写之间究竟是什么样的关系，它们是否就尖锐对立，不能兼容？答案也许并非肯定的。

无论是从文学史还是从理论角度看，文学超越与现实书写之间并不绝

---

① 〔美〕雷内·韦勒克：《文学研究中的现实主义概念》，见《批评的概念》，张今言译，中国美术学院出版社 1999 年版，第 244—245 页。

对冲突，甚至可以说，真正优秀的现实书写与文学超越之间是相辅相成、相互促进的关系。因为其一，所谓文学的超越，最基本的内涵就是拥有立足于人类、民族整体意识上的宽广视野，对人类和大自然的深切关怀，以及广博的爱心和人道主义精神。这些内涵大多是建立在现实基础上的。作为作家来说，其超越意识最首要和最直接的发源地就是自身所生活的现实世界，是身边的普通大众和日常生活。其二，只有建立于现实关怀之上的精神超越，才是切实具体的，而不是虚幻空洞的。正如古人所说："故不爱其亲而爱他人者，谓之悖德；不敬其亲而敬他人者，谓之悖礼。"（《孝经·圣治章第九》）只有建立在现实关注之上的超越，才切实、真诚、可靠。我们很难设想一个人连父母兄弟都不爱，会去爱全人类，也很难想象一个人对身边的苦难置之不理，却有胸怀天下的悲悯情怀……无现实关怀空谈超越，那只能是虚妄和空谈，甚至是虚伪。其三，文学的超越精神需要探索的勇气、思想的深度和宽广的视野。同样，它们也是书写现实生活所需的重要品格。只有具备了直面现实的勇气、深刻的历史和现实洞察力，才能透过生活表层看到深层的本质世界。反过来也是这样，真正具备了现实书写的深度，也就能够进入思想的深层世界，能够拥有思想的前瞻性和穿透力。

从文学史上看，就如美国作家爱默生所说的，"具有精妙深邃的头脑"的文学家可以"把发生在纽约、芝加哥和旧金山的生动鲜活的现象转换成具有普遍意义的象征符号"[1]，许多优秀的作家都做到了使形而上思想与形而下关怀并存，很好地结合超越意识与现实书写。托尔斯泰、惠特曼、福克纳等著名作家，就都既探索了宗教、精神、历史等宏观的超现实主题，又真实客观地揭示了各自时代的民族生活和文化状貌，在小说和诗歌领域抵达了高峰。甚至可以说，文学史上真正伟大的作家，往往都是立足于其时代现实，深刻关注现实中人的生存、苦难、希望和追求，在深刻理解和同情的基础上，进行必要的升华和普泛化，从而拥有更宏阔的精神视野和达到更高的思想高度。

---

[1]〔美〕爱默生：《不朽的声音》，张世飞等译，当代世界出版社2002年版，第309页。

另外，还需要补充一点，就是超越并不是文学唯一追求的目标。文学当然有超现实、超功利的功能，或者说其最高境界是拥有人类关怀，成为人类共同的精神文化财富。但是，文学最基本的功能还是为本民族的现实社会和大众服务。他们是文学作品最广大的读者，只有通过他们，文学才能实现其基本价值。而作为社会中的一员，为现实写作，发挥文学的现实价值，也是作家的基本义务。在这个意义上，书写现实是文学不可忽略的重要部分。

所以，现实书写存在的问题，与回避现实的文学创作态度，二者之间貌似对立，甚至从表面上看，那些回避现实作家的理由似乎正针砭了当前现实写作的某些症状——因为现实书写的重要缺陷之一是精神高度不够，而这，正是他们回避现实的理由——然而事实上，这种针砭虽然中肯，却没有找到关键的症结，没有意识到以追求文学超越来拒绝、回避现实是一种舍本逐末的行为，其结果是让自己的写作成为无源之水、无本之木，更遑言文学的超越。所以，现实书写存在的精神缺陷，在回避现实的创作者那里并没有消失，就当前文学创作看，他们的创作并没有表现出超越他人的精神高度和思想创造性。可以说，尽管回避现实者与现实书写者对待生活的观念、写作方式不同，文学创作的目的和方向有别，但却存在着共同的根本缺陷——或者说，他们的缺陷都源于一个本质问题，那就是本土意识的匮乏。

三

所谓本土意识，最基本的就是意识到文学创作的根本出发点和归结点是本土生活和本土文化。从出发点来说，本土生活是文学的基本立足点。如前所述，文学的书写对象和接受对象主要都在本民族内，其价值意义也主要在本土生活当中体现。作为作家来说，意识到文学与本土生活不可分割的密切关联，特别是意识到作家对本土生活和本土文化的责任所在，是其文学观和创作思想的重要基石。从归结点来说，文学的思想深度和超越精神不可能离开本土生活，特别是本土文化。文学当然要借鉴、吸收其他民族文化的营养，开阔视野，但真正有独创性的部分只能是来源于独特而深邃的民族文化传统。只有它才能给文学提供独特的、能比肩其他文化高峰的思想视野和审美品格，进而以深刻的个性和独特性立于世界文学之林。本土文化不只存在于典籍之中，更与现实生活密切相连。

具有了深刻的本土意识，真正意识到文学与本土之间的关系，作家就可能很好地解决文学与现实的关系问题，特别是现实题材创作与文学超越之间的关系问题。因为只有如此，他们才可能充分地尊重现实和文化传统，热爱生活和民族大众，并进而从本土文化的深广背景上来观照和思考现实，从而实现深度认识生活和超越生活的目标——所以，从这个角度上说，我以为，虽然我们谈论的话题是现实书写，是现实主义，但最关键的核心其实更在于作家对本土现实和文化的认识，在于作家与本土之间的关系。在这里，它所关涉的不只是一种创作方法，更是整个文学和文化发展上的问题。

从本土意识出发，当前文学在这几个方面是最需要加强的：

首先是对现实的人道主义关怀。人道主义这个词对于中国文学来说已经很陌生了。以前是被在政治上予以否定，后来又因为不够时尚、不够潮流而被作家和评论家们集体抛弃。其实，人道主义在任何时代都应该是文学的重要关怀。如前所述，当前文学现实书写存在的一个重要问题是缺乏对现实的关怀，很多人心灵漠然，将现实作为纯粹的书写对象，缺乏对弱小者、对底层大众的深切同情。一些作家将文学当作纯粹的形式，奉形式为圭臬。但是，丧失了最基本的人道主义关怀，何谈文学的超越、文学的境界？

还是以 20 世纪 80 年代至今兴盛不衰的先锋主义思潮为标本进行分析。客观说，先锋主义思潮曾经对中国文学的发展具有很强的积极意义，在 20 世纪 80 年代的时代环境中，它极大地开阔了人们的视野，拓展了人们对文学的认识，帮助人们走出时代狭隘的现实主义限制。典型如余华对现实主义真实的阐释："人类自身的肤浅来自经验的局限和对精神的疏远，只有脱离常识，背弃现状世界所提供的秩序和逻辑，才能自由地接近真实。"① 他使对真实的理解超越现实真实，引入心理真实、精神真实、想象真实等内涵，是对时代现实主义理论的极大拓展。但是，从总体看，这一文学潮流过于看重形式，缺乏生活实感和人道主义精神，并与现实生活严重疏离，却是对中国文学发展的阻碍（当然，余华等大多数先锋作家后来都告别了原来的自己，选择了新的文学道路）。我们在今天反观20世纪80年代的先锋文学，其中绝大多数都属于探索性作品，几乎没有具备真正深度和高度的创作，也几乎都不具有持久的生命力和经典性。以之来审视当前许多追求形式主义的作品，也同样因为缺乏人道主义的精神底蕴，陷入空洞、游戏和虚幻当中。所以，回到文学的现实关切，回到人道主义关怀，都是当前中国文学最迫切的期待。

其次是对本土生活的切近。文学生活问题是一个老问题，也曾经成为架在作家头上的一根魔杖。后来人们将这根魔杖撤下，甚至以戏谑和轻忽的态度对待它。但其实，无论是采用哪种创作方法，真正优秀的作品无不是以深厚的生活为底蕴的。生活的敏感对读者永远拥有吸引力，生活的真诚能够获得读者的强烈认同，而生活的细腻、鲜活，绝对是文学艺术重要感染力之所在。至于对生活的感受、感情和感悟，都需要建立在深厚生活经验的前提下。所以，曾经的"体验生活"固然存在作秀之嫌，"体验"二字也过于简化了作家与生活之间的密切关系，但强调作家对生活感知的深度、生活积累的厚度，绝对是有益于作家、有益于优秀作品创造的。

近年来，很多作家追慕西方文学观念，将抽象、思辨当作文学的最高目标，忽视、远离现实生活，但其实，所有文学作品的本质都是以本土民族生活为前提的。只有在切近、深入生活的基础上，文学才可能实现更高的追求。西方学者爱默生曾经说过："衡量诗人的才能的高低，不在于他解读诗的水平，而在于他对自身所处环境的感受能力；不在于对科斯特或莎士比亚的迷信和崇拜达到何等的程度，而在于他把时代的、民族的事物

---

① 余华：《我能否相信自己 余华随笔选》，人民日报出版社1998年版，第52页。

转换成他诗中具有普遍意义形象的创造力。"[①] 这段话，对于许多轻视现实生活、追慕观念和抽象的作家应该具有一定启迪意义。

最后是对民族文化的尊重和深化意识。对民族文化及其传统绝对不应是简单的回归，而是需要现代的批判和改造，然而，它有一个重要前提，就是对文化传统的充分尊重。只有在尊重的基础上，才有可能取得深入的了解，然后才能辨析、批判、继承和发展。否则，无论是谈论继承传统还是批判传统，都只能隔靴搔痒，无法取得实质上的进展。

这一点，对于当前中国文学并非易事。因为近年来，无论是文学体制还是知识界，都是以"世界化"（实质上就是西方化）为准绳，忽视文学与本土现实的关系，更以完全负面的态度对待本土文化传统。流风所披，为西方写作已经成为大多数作家显在或潜在的基本目标，作家们对文学的认识和文学创作的基本精神资源也完全西方化。在目前的背景下，要改变现状，难度之大可想而知。以近年来正逐渐成为主流的"70后""80后"作家为例。他们在浓厚的西方化文学氛围中成长，接受的是整个社会"走向世界"的巨大精神蛊惑，他们的文学阅读和知识视野基本局限在西方范围内。对于他们中的许多人来说，对西方文化、历史可以如数家珍，对中国文学、历史却完全茫然。在他们的创作中，也四处可见西方文化的痕迹（典型如诗歌，西方的宗教意象随处可见），却很难寻觅到中华民族文学和文化传统的基因（除了无法摆脱的汉字外表外）。

这种现象的危害也许在短期内难以看出，但从长远看则贻害无穷。对文学成就的限制暂且不论，失语于现实就是一个难以忽视的重要问题。按理说，一个时代的文学应该是时代文化的领先者，对时代文化具有启迪和引领作用。但是现在，当前的中国作家有谁能对现实贡献出真正有建设性的、前沿性的思考？有谁能够以独特性和深刻性为现实文化提供重要的启迪？另一个现象是文学正严重与大众疏离。我们很多人都将大众对文学的疏离归咎于大众，但其实，文学自身的责任绝对不可忽略。文学对大众缺乏理解、同情和关怀，是导致大众对文学缺乏认同感的重要原因——可以

[①]〔美〕爱默生:《不朽的声音》，张世飞等译，当代世界出版社2002年版，第303页。

作为对照的，是我们反复谈论的路遥的《平凡的世界》。这部并不算特别优秀的作品之所以能够在读者中长盛不衰，一个关键原因就是它拥有作家大量的情感投入，对作品中人物和生活强烈的热爱和关怀。这样的作品能够让读者感受到关怀，产生强烈的共鸣。相比之下，当前作家在这方面显然差得太多。作家当然不仅仅为本民族大众写作，但是，无论什么样的文学，如果被自己民族大众所疏离和拒绝，无论获得多少世界性的荣誉，其价值和意义都是值得质疑的。

传统文学继承中的"道"与"器"

　　近年来，无论是在文学创作界，还是学术研究界，大家都逐渐放弃了对传统文学简单的拒绝和否定态度，开始更冷静客观地看待其得失，并试图以不同的方式借鉴和回归传统。莫言提出的从西方文学向传统民间文学"有意识地大踏步撤退"[①]，林毓生提出的"中国传统的创造性转化"[②]，都成为文学界和学术界的讨论热点。但是，我以为，究竟如何继承传统，以及究竟继承传统中的什么内容，还有待深入思考。其中，"道"与"器"的关系就是很值得重视的一个问题。

一

　　《易·系辞上》说："形而上者谓之道。"所谓文学之"道"，就是内在的文学精神。就一个民族的文学之"道"来说，应该具有三个基本特征，一是整体性，也就是说它不是一时一地文学之面貌，而是超越具体阶段文学的范围，是整个民族文学的总体特征。它的形成贯穿整个文学发展历史，甚至说，它与民族文学传统的建构紧密相连。二是根本性，它是对民族文学特征的高度概括，或者说是其精神内核，由它构成民族文学的个性本质。因此，对它的表述往往具有抽象模糊的特点，很难进行明晰的界定。三是文化性，也就是说它不局限于文学内部，而是深刻关联到文化哲学层面，

---

　　① 莫言：《大踏步撤退——代后记》，见《檀香刑》，上海文艺出版社 2012 年版，第 418 页。

　　② 林毓生：《中国传统的创造性转化》，生活·读书·新知三联书店 2011 年版。

包括更宏大的世界观和审美观，即以何种方式来看待世界和表现世界的层面。它伴随着文化的生长、成熟而不断完善丰富——它既来自民族文化，而一旦形成，又反哺民族文化传统，成为其重要的一部分。

由此可见，"道"是一种文学最核心和实质性的特征，也是其真正的独特性之所在。一般所言的文学传统，最基本的内涵就在于"道"，各民族国家文学之间的深刻差异，也主要体现在这里。比如日本文学的特别之处，虽然也包括有和歌、俳句和能剧等个性化的文学形式，但更主要的是它独特的"死亡与美"相结合的世界观，以及这种世界观在文学中的深刻体现。当年诺贝尔文学奖给川端康成的授奖词就特别强调了这一点，川端康成的致谢词"我在美丽的日本"也是特别申明自己与日本传统文学精神的关联。西方文学在整体上具有共同的基督教文化背景，也各有其民族文化个性。歌德的《浮士德》只能由坚韧顽强的德意志民族文化所孕育，托尔斯泰的《战争与和平》传达出俄罗斯民族独特的东正教文化气息和以厚重深邃为中心的审美精神，福克纳的《熊》等"约克纳帕塔法世系小说"也与美国南方的神秘文化和家族精神传统紧密相连。

由于"道"的内涵深邃复杂，其形成原因也不局限于文学领域，而是密切关联着更丰富的外在传统文化。或者说，博大深邃的文化是"道"的内在底蕴。因此，它的根源深厚，其形成过程不会短暂，需要长时间的历史积累、沉淀和孕育。而一旦形成，也难以被轻易改变。特别是在深层精神上，由于与民族文化精神相关联，因此很难移易。

中国文学"道"的形成伴随着中华文化的漫长发展过程，要准确概括中国文学之"道"的内涵，这里显然难以做到，因为它内涵丰富而微妙，需要细致的辨析和周详的阐释。在很多情况下，人们在对它的理解会特别突出这两个方面：一是较强的社会意识，也就是强调文学的社会属性，相对忽略个人属性，将文学当作社会文化重要的一部分；二是审美上含蓄蕴藉的中和之美，即以所谓"怨而不怒，哀而不伤"为中心。

这一理解当然有道理，但却并不全面，因为其主要指向的是传统儒家思想。而事实上，虽然孔子的儒家思想成为民族文化的核心，其中关于文学艺术的论述如"诗言志""忧愤深广"等思想，更自然浸润、灌注于中国文学传统之中，构成了中国文学传统几千年最核心的偏重社会伦理、偏重人文教育的精神血脉，但道家和佛家思想也深刻地影响着"道"的内涵。道家的超越精神、佛家的善恶观与儒家的入世思想一样，都是中国传统文学的基本精神，并共同造就了中国文学"道"的内涵的丰富性和复杂性。

当然，上述对"道"的阐释，并非说民族文学之"道"不会有变化，更不是认为中国传统文学之"道"是完美无缺的。如同任何民族的文化一样，中国传统文化也是优劣并存，特别是长期的封建专制统治严重窒息和扭曲了许多文化的精神内涵，其中也包括文学之"道"的某些方面，亟待现代的改造和更新。我所明确的只是：文学之"道"扎根于深厚的民族文化之中，它是一个民族文学的个性所在，具有足够的值得继承的价值。而且，由于它蕴藏于文化和文学的传统与历史之中，对作家的思想和精神都有深远的影响，要改变它并非简单之事，需要社会文化客体和作家主体两方面的长期努力。同时，中国传统文学之"道"牵系丰富，内涵复杂，需要对它进行客观冷静的辨析、科学的扬弃和现代的更新，才能做到真正有效的继承。

"形而下者谓之器"。与"道"相比，"器"的内涵更具体，它的主体表现在形式层面，比如文体、技巧、方法等。但它也涵盖部分文学内容，比如某一时代的文学观、文学潮流，以及时代文学与社会文化的关系等。当然，"器"的这些文学内容与"道"更注重整体性和文化性的特征不一样，它比较偏重具体的时代和社会制度层面，与具体时代政治的关系也比较密切。当然，文学之"器"与民族文化也有深刻关联，像文体形式、风格气韵等方面的个性特征，也存在各民族之间的不同侧重和差异。但是，相比之下，"器"层面的内涵相对浅显，也更容易沟通和传播。特别是在政治经济环境趋同、文化交流丰富的时代，文学之"器"之间的民族差异在日益缩小，其独特性已经大都不再局限于民族范围之内，而是为更多民族所共享。比如在今天，中国作家与西方作家们的创作语言虽然不一样，但基本的文体形式、文学技巧已经相差不大，很难找到特别突出的民族性特征。

而且，文学之"器"还体现出较强的时代性特点，与时代的社会文化发展程度、审美趋向等有着非常直接的关系。随着时代、生活的变化和发展，审美趋向会发生改变，文学方法、文体、文学形式都会自然地流转。

所以，王国维早就提出"凡一代有一代之文学"[①]。就中国古代文学而言，诗歌形式从古体、四言转换到五言和七言，辞赋的中心地位逐渐被诗词和小说所取代，以及由文体变迁所带来的文学创作方法的变革和递嬗，都是典型的例证。

当然，"道"与"器"之间不是截然分割的，而是有密切联系的。比如说，"道"中偏重现实层面的部分内容与"器"更为接近，相互之间的影响也更大；再如"器"的变化也会对"道"产生冲击和影响，而"道"更会始终对"器"的嬗变起主导性作用。"道"与"器"之间既有和谐时期，也会产生冲突；有如胶似漆之际，也有分道扬镳之时。但总的来说，"道"是文学传统最根本的主导者，"器"则以不同的方式和侧面对"道"进行延伸和发展。而从表现上来看，"器"往往处于显在层面，"道"则更内在，在不同作家作品中的表现也存在程度和内涵上的差异，需要细致辨析和探究才能得以清楚地显现。因此，文学之"道"不像"器"那么让人一目了然，体会和表述起来也更为困难，但它毫无疑问却是一种文学的根本，是其深层底蕴之所在。

二

"五四"新文学是对中国传统文学一次大的革新。总的来说，作家们更主要的目标还是在传统文学"器"的层面的批判，对"道"的关注比较少。胡适《文学改良刍议》中的"八事"基本集中在"器"的层面，其创造的新文学也主要侧重于形式上的变化，最典型的自然是语言和文体。白话文对传统文言文的取代是"五四"文学最引人注目之处，而新诗、小说等新文体对传统诗歌和散文的取代也极大地改变了中国文学的基本面貌。事实上，"五四"一代人对文学变迁的理解也同样建立在"器"的层面上："文学乃是人类生活状态的一种记载，人类生活随时代变迁，故文学也随

---

① 王国维：《宋元戏曲史》（自序），见《宋元戏曲史》，东方出版社2012年版，第1页。

时代变迁，故一代有一代之文学。"①

　　这一策略是非常正确，也是合乎时代潮流的。因为随着时代的变化，新文学对传统文学的取代是历史的必然，特别是在"器"的层面，传统文学与时代文化之间的巨大隔阂已经非常明显，成为时代发展的重要阻力。这也是"五四"新文学运动能够一呼百应、迅速获得成功的根本原因。无论是时人还是今人，在评价新文学运动时，无不把其成功的最显著的标识确立在"器"的层面上——而这也典型地证明了传统文学中"器"的变革与时代文化的关系确实非常密切。

　　新文学在"器"层面上的成功，当然也会部分地推动传统文学观念的变革和转型，特别是在与现实关系比较切近的思想内涵层面，如在文学的基本功能、文学与社会大众的关系等方面，新文学呈现出与传统文学很大的不同。这既可以看作"器"的变革推动和影响部分"道"的转型，也显示出新文学运动在"道"的层面（特别是在相对来说比较浅层次、与现实文化关联比较密切的层面）本身也发生了一定的变革，它对传统文学的发展而言是具有整体性和革命性的。

　　但是，综合来看，"五四"时期的作家对待传统文学"道"方面的理解和态度都过于简单和草率了。概而言之，作家们更多从现实变革的角度出发，未能用更长远的眼光来看待文学的沿承和发展。因此，他们对传统文学"道"的意义认识不足，特别是没有对其给予必要的辨析和甄别。中国传统文学精神内涵丰富，其中既有值得充分继承发扬的（主要是具有超越性的、侧重于哲学和审美层面的），也有需要否定、舍弃和批判的（主要是切近现实、与政治关系比较密切的）。"五四"时期的作家们没有在细致辨析的基础上对传统文学进行做出全面评析，而是做了武断的简单化处理。如陈独秀在著名的檄文《文学革命论》中，对传统文学"贵族文学""山林文学"的定位；周作人予传统文学以"非人的文学"的精神判词；以及集体性的对传统文学"文以载道"一言以蔽之的命名和否定，

---

　　① 胡适：《文学进化观念与戏剧改良》，见《胡适文集》（第3卷），人民文学出版社1998年版，第91页。

客观上将传统文学之"道"简单武断地贴上了落后的封条，其所具有的一些深层内涵被遮蔽，真正价值也被忽略了。

如前所述，传统文学之"道"与传统文化密不可分，其中落伍于时代之处自然甚多，迫切需要甄别、扬弃、更新和发展。所以，在"五四"时期的作家们进行的新旧文学嬗变的史诗性工程中，对传统文学"道"的批判不可缺少。但是，由于"五四"作家们对传统文学"道"的认识过于急切和简单，因此，其批判未能真正切中传统文学落后之根本，或者说未能有效切断新文学与传统文学某些重要弊端之联系。甚至说，在某些精神实质上，新文学还自觉不自觉地继承了传统文学精神中某些需要摒弃的负面因素，贻害无穷。

最典型的是文学与政治的关系问题。对于传统文学与政治过于密切的依附性特点，"五四"作家并非没有认识到，他们对"文以载道"问题的提出和抨击，应该说是切中肯綮。但是，从深层次上看，"五四"文学并没有真正剖析出这一传统的形成原因以及缺陷之所在，而且，也没有真正脱离"文以载道"的传统。甚至可以说，虽然名义上批判，但实质上却是有所继承。最简单地说，"五四"文学没有充分强调文学的独立性，而是全面地将文学作为文明批评和社会批判的武器——事实上也就是"载道"的工具。与传统文学比较，"五四"文学"文以载道"的思想未变，依附性的本质也没有消除，有所改变的只是"道"的内涵和所依附的对象而已，文学最重要的独立性未能真正建立起来。

说到底，传统文学最需要检讨的，并不是简单的"文以载道"的方式，而是文学是否有自己的独立性，是做"道"的附庸，还是表达对"道"的坚守与批判。因为中国传统知识分子（也是传统文人）最核心的问题，是对政治的依附和自我独立性（也包括文学独立性）的缺乏。至于是坚持参与社会、文化的"载道"型文学，还是坚持个人独立的"出世"型文学，其实并不紧要。甚至可以说，积极的社会关怀和参与意识是中国传统文学的优秀特征，完全值得继承，需要舍弃的只是其对政治权力的依附，更需要的是创造性地建立文学和作家的独立精神。

"五四"作家们没有抓住政治依附性这个中国传统文学的实质要害，对传统文学的政治特性予以细致剖析和批判，并将独立精神建构作为自我思想建设的核心，而只是以一句笼统的"文以载道"将传统文学简单全面否定。这样的做法不可能割断新文学与传统文学的政治依附性关系，也不可能真正建立起新文学的独立性。这就是为什么作为新文学的主将，胡适、周作人等人却从一开始就在为新文学寻找传统的依靠，这也反映了它自身独立精神的内在匮乏。换句话说，从一定程度上说，"五四"作家们并没有真正摆脱传统文学"道"层面的思想，他们虽然张扬反传统的立场和方式，实际上却仍然在继承着某些传统因素。换句话说，"五四"作家对传统文学"道"的认识并不全面，他们没有充分重视真正具有超越性的文化哲学之"道"的意义并予以张扬，反而不自觉地陷入与政治传统关系密切的思想窠臼之中，受到其影响和制约。

究其原因，这与中国知识分子（文人）受传统政治思想影响太深有关，他们都习惯于从政治角度来看待和评判文学。另外，当时民族危亡的时局也强化了作家们的这一情绪，于不觉之间堕入传统文学的某些老套之中，择其一端，却忽略其余——当然，这绝非菲薄"五四"一代作家。传统改变之难是很自然的，寄希望于"五四"作家毕其功于一役，既不切实际，也是后来者对责任的逃避。"五四"开创了批判传统，后来者需要继承，也需要超越。只有经过持续而坚韧的批判性发展，传统才能真正更新，新的传统才能真正建立。①

遗憾的是，"五四"时期的这一重要思想缺憾未能为时人所认识，更未能为后来者所批判和弃置。后来者未能超越"五四"，建立起更强的文学独立性，相反是比"五四"更为退缩，更回归到依附于政治的特征——如果说"五四"作家将文学当作文化批判的工具，能够始终与政治保持必要距离的话，那么，后来者则基本上又重回政治化文学的窠臼当中去了。在对待传统文学的态度和方式上，也始终没有重视梳理和辨析传统文学精神的复杂性和丰富性，而是继续简单化的否定姿态。

这其中，中国传统哲学思想在现代的中断更进一步导致中国文学"道"的衰落。如前所述，文学之"道"与思想文化关系密切，或者说，独特深邃的思想文化是其深厚的资源。20世纪中国哲学基本上沿袭西方思想，

---

① 贺仲明：《论新文学的自我批判传统》，《学术研究》2017年第9期。

传统中国哲学思想在总体上被否定和批判的大前提之下，严重缺乏有活力的创新和发展，中国哲学传统实质上处于被湮没和中断的境遇中，而没有在西方文化的刺激下生长出新的创造力和拓展性。

于是，长此以往，人们距离传统文学之"道"越来越远，对它的理解也越来越简单化。其结果是，人们所认识的传统文学，就只停留在形式（"器"）的层面，"道"的丰富内涵和价值被严重抽空和简单化，乃至被彻底弃置。传统被作为一个象征、一个符号而存在，扮演的完全是负面而简单的形象，或者被等同于形式层面，也就是旧体诗、文言文等文体，被视为落后于时代的代表，而其背后的丰富精神内涵被完全抽空。

传统文学之"道"被彻底忽略和否定，新文学发展方向自然是彻底以西方文学为圭臬，而且，这不仅体现在文学形式层面，精神层面也是一样。遍观新文学历史，很少有探索、表现中国传统哲学思想的创作，或者说将传统思想文化融入现实生活的创作，却不乏表现西方宗教或政治思想的作品。典型如20世纪80年代的先锋文学潮流，对西方文化的借取和袭用已经完全代替了独立的创造性。从表面上看，先锋文学只是一股创作潮流而已，但实际上其创作方向却足以代表中国现当代文学的主流。

这其实已经先在地决定了新文学很难获得真正的成功。因为如前所述，文学之"道"不同于"器"，既不可能轻易改换，也不容易轻易获得。西方文学之"道"与西方文化、宗教有深刻关联，中华民族没有信仰上帝、基督教的传统，中国作家也不可能遽然得到西方文学的真正思想精髓，更遑论将之与中国现实生活结合起来。所以，几十年来，中国传统之"道"固然被抛弃，难觅踪迹，西方文学之"道"也不可能真正进入中国文学。

包括形式（"器"）层面也是如此。如前所述，文学形式的真正完备，需要与"道"之精神结合起来，真正融化为与精神相一致的文学本体。只有在这种前提下，文学形式才能焕发出鲜活的生命力，具备创造性和发展性，否则，就只能是水中之油，沙上之塔，难以深入和持久。在中国传统文学之"道"已接近崩溃和湮没的背景下，对西方文学形式（"器"）层面的融入自然难以获得真正有效的成果。

话剧文学表现得最为典型。话剧引进中国已有百年之久，但却始终未能深入到民众生活之中，近年来更是挣扎在消亡的边缘。究其原因，虽然有市场经济冲击的因素，但最关键的却是在其自身。也就是说，戏剧家们对西方话剧的学习借鉴，只停留在形式层面，却未能与具有中国独特文化底蕴的思想内涵和审美特征结合起来，使之融化为本土文化的一部分。因此，话剧虽在中国生存了百年，却始终飘浮于现实生活之上，浮游于中国文化和审美传统之外，不能化为在现代中国有生命力的艺术形式，为中国大众所接受。

三

这种对传统文学"道"和"器"关系理解上的偏差，特别是对传统文学整体理解的简单化和片面化，还对作家们在回归传统方面的努力产生了负面影响。

20世纪末以来，不少中国作家都表达出回归民族文学传统的愿望和要求。这是作家们在创作实践中传达出的内在要求，蕴含着作家对民族个性和自我主体的强烈自觉，也是文学正常发展的必然结果。然而，值得关注的是，作家们所表达的要求和创作实践，几乎无一例外都集中在文学形式层面，很少涉及文学思想和文化精神。如莫言采用传统章回体形式叙述，贾平凹对明清小说语言的借鉴，格非对传统诗歌意象的化用等，都是如此。作家们的努力值得充分肯定，但在回归传统文学的内容和方式上，却不无可商榷和讨论之处。

如前所述，文学传统的精髓和底蕴不在"器"而在于"道"。舍弃"道"的内涵而寻求"器"的回归，是舍本逐末之举，很难获得真正的成功。简单地说，传统文学形式（"器"）的时代局限性较大，难以跟随时代变化，现代化转换是必然的潮流，每个时代都有最适应这个时代发展的文体形式，像旧体诗、章回小说等传统文体形式在现代社会就很难再重回昔日的辉煌，明清小说的叙述语言也不可能在今天焕发生命力。事实上，在当前社会背景下，各民族文学的形式探索已经相当充分，试图单纯依靠文学形式的独特性引领文坛已经很难实现。文学真正的独特性只能是内在的思想精神——它需要深刻的文化为底蕴，既不容易被模仿，也非常难以获得。

新文学历史上为数不多的几次尝试回归传统的努力，都可以作为负面例子。比如20世纪40年代的"民族形式问题讨论"和"旧瓶装新酒"创作潮流，以及20世纪50年代的"英雄传奇小说"，都是试图在形式层面激活和借鉴传统文学，也都走向了失败。

最典型的是中国新诗格律化的追求者。从闻一多、冯至到何其芳、卞之琳，无数优秀诗人尝试将传统诗歌的格律化特点引入新诗中来，但始终没有获得成功。究其原因，也许在其错误的起点。格律是旧体诗之所以成为旧体诗的最显著特征，在旧体诗形式被全盘否定的情况下，想要在新诗中回归格律，显然是不可能的事情。此外，曾经在20世纪80年代兴盛一时的"笔记体小说"也是类似情况。虽然汪曾祺、林斤澜等作家凭借较深的传统文学和文化功底，带给了这一文体短暂的辉煌，但继承者缺乏汪、林二人的传统文学素养，不能在形式中融入与之相统一的"道"的精神，而是只能着力于形式本身，其昙花一现的结局是不可能避免的。

这种误将"器"作为传统文学的主体却忽略更内在的"道"的行为，根本上源于长期以来对文学"道"的轻视和对文学传统的简单化理解，而且也未能有效地针对当前中国文学的真正匮乏和不足。与世界一流文学相比，当前中国文学最匮乏的，也是严重限制其高度的，是深刻的思想和审美精神，即那种独立而深刻的认识世界和表现世界的方式。只有具备这些思想和精神，中国文学才能够在以西方文学为主导的世界文学中显示出自己的独特之处，呈现出自己真正的个性和价值。从根本上说，这种思想和精神个性只能来源于传统文学的"道"，背后所接续的则是中国深广博大的传统文化。

所以，对于当前中国文学来说，最需要借鉴和继承的传统，不是具体的形式（"器"），而是侧重于精神的"道"。也就是将中国传统文化独特的精神、视野和世界观融入创作中，特别是将它与真正鲜活的日常生活书写结合起来，使其融化、再生于现代生活，从而创造出独特而有深度的文学思想，才能造就真正的文学辉煌。就基本方式而言，最需要的是对传统文化和文学的涵泳，是真正深入地熟悉和了解它们，将它们化作自身的精神和文化素养，而不是单纯以实用主义对待它们。

近年来中国文学"走向世界"的结果也充分证明了这一点。几十年以来，我们文学界的绝大多数人，包括管理者，也包括一般作家，都在想方设法地试图"走向世界"，以之为工作和创作的最高目标。特别是最近几年，国家花费大量资金资助了一批规模宏大的当代文学外译工程，许多作家也在以自己的方式努力将作品翻译、介绍到国外。但是，这些活动的最终效果却远不让人乐观。根据一些资料，国外文学界对中国当代文学的接受很有限。真正对西方文学、西方社会产生影响的，不是中国当代文学作品，而是中国古典文学作品。

其原因也与当代中国文学思想独特性不足有直接关系。因为按照一般的文学规律，作为弱势一方的中国文学要得到作为强势一方的西方文学的认可，只能有两个方面的可能：一是在西方文化所认可的文化、文学领域取得超越西方的成就，比如文学方面就要在揭示人性的深刻度、人类关怀的深远度方面超越西方文学，让人刮目相看；二是依靠独特的个性，以不同于西方文学的新颖和异质性引起他们的关注，并得到认可。显然，做到前一种的难度很大，因为在不同于西方的文化背景下，要在文学的深度方面超越西方作家，是很困难的。更大的可能性在于后一种，也就是凭借自己的独特性获得成功。这种独特性的源泉，最根本的就在于文学深层的"道"，也就是以独特民族文化为背景的思想、精神和审美内涵。从文学史看，那些能够被西方文学界认可的非西方作家，大都是具有鲜明民族个性的作家，如日本的川端康成、印度的泰戈尔，以及拉丁美洲的马尔克斯、博尔赫斯等，都是如此。中国古典文学之所以在西方始终具有很大的影响力，原因也在于此——如果论形式的现代，论生活的切近，古典文学肯定不如当代文学，但它所蕴含的民族独特意蕴，却是当代文学所无法比拟的——而这正是能够吸引和感染西方大众之所在。

当然，特别需要说明的是，强调传统文学"道"的意义，提出对"道"的继承，绝对不是主张没有批判精神的复古。事实上，现代的精神立场，开阔的思想视野，以及反思性的态度，都是这种继承的重要基础和前提。具体说，这样几个方面需要特别注意。

其一，"道"的内涵需要细致的甄别、选择和现代转换。正如我们在前面反复强调的，不是所有的传统文学之"道"都有继承的价值，而是需要细致地甄别和选择。那些具体的、与社会文化关联比较密切的层面，如"载道"文学观等，就应该予以批判性的弃置。值得继承的只有那些与哲学和审美联系密切的部分，简言之就是中国文化视野下审视世界的眼光和艺术化表现世界的方式。它们具有超越时代、超越现实功利的特质，可以继承，也值得继承。同时，对"道"的继承也不是固守，而是应该与西方现代思想结合起来，融入现代的、开放的元素，进行创造性的现代转化。

其二，赋予"道"以现实活力与生命气息。也就是说，对于"道"，不是继承其空洞概念和抽象内容，而是要赋予其现实生活内容，让它鲜活起来，生动起来。传统绝对不只存在于典籍之中——如果是这样，就说明传统已经失去生命力了——传统同样存在于今天鲜活的生活现实当中。或者说，传统其实从未远离我们，只是等待着我们去发现。作家要借鉴传统，一定要从现实的民族生活中吸取养料，使传统与日常生活密切关联起来。这样可以让传统再次焕发出生命力，更能展现传统最鲜活也是最真实的面容。如果远离了真实而广泛的现实日常生活，去寻求抽象的"道"，只能是缘木求鱼、舍本逐末。

其三，客观认识"器"与"道"的关系。如前所述，"器"与"道"之间不是截然割裂的，而是存在内在的密切关联。在传统文学中，也存在部分有价值的、能够超越时代局限的"器"，它们是可以继承、被赋予现代生命的。并且，对这些"器"的继承，也有助于更好地把握"道"的传承。只是需要警醒的是，不应该习惯于在"器"的层面上来单一地理解传统文学，或者将"器"等同于"道"，却忽略了"道"独立的、也更重要的价值和意义。特别是当前文学，最迫切和最需要的，是对"道"的涵泳，而非对"器"的简单借取。

所以，对于当前作家们在"器"层面向传统的回归，我并没有贬斥之意，而是充分尊重其探索和努力。毕竟，"器"与，对"道"的继承有着非常密切的关联。而且，要想真正深刻而完美地体现出中国文学之"道"，需要经过一个漫长而艰巨的过程。它需要作家深厚的传统文化素养和思想涵泳，也需要开放的视野和创新精神；既要作家有过人的天赋，也需要其辛勤追求和探索；既要有审美和艺术能力，更要有深刻的思想能力为底蕴。所以，当传统文学之"道"真正以现代方式呈现于世人面前，才是中国文学复兴之时，而之前的每一次探索、每一种努力，都有其贡献的价值。

在民族文化传承创新中
建构中国当代文学经典

　　在西方文化思潮的影响下，中国近年来文化思想的主流具有明显的解构性质。从一方面说，解构有其意义，但文化不能长期停留在解构阶段，解构的目的是更好地建构。只有建构起优秀、深刻而健康的文化，一个社会才能顺利地运行，其民族文化也才能持续良性地发展。当然，建构优秀文化并非易事，优秀文化既需要切合时代的需要，又需要处理好坚持与发展、传统与现代、精英与大众等方面的关系。经典是时代文化建构的重要内容。经典是民族文化的深远积淀，凝结着深邃厚重的历史内涵。如何对待经典，如何继承经典和对经典进行创新，密切关系着时代文化的价值和发展方向。文学经典更是这样，它不仅涉及传统文学经典的继承和发展问题，还涉及自身作为未来经典的建构问题，在现实文化中具有非常重要的意义。目前学术界对文学经典问题的讨论不少，也充分关注到了文学经典与民族文化建设的关系问题，但是对当代文学如何建构自己的经典，特别是如何将当代文学经典的建设与民族文化传承结合起来，还缺乏足够深入的思考。本文试图就此展开一些讨论。

一、当代文学经典对民族文化传承的意义

　　对于当代文学有无经典，以及何为经典，文学界有过较多的争议和讨论。有学者以经典绝对性和永恒性标准来要求当代文学，对"当代文学经

典"这一概念表示质疑。① 这种质疑代表着一种比较传统的文学经典观。但在今天，随着文化传播越来越便捷、思想交流日益频繁，越来越多的人更加认可文学经典的相对性和流动性。就像历史学家何兆武说的，"一个历史学家不可能对历史事实是完全中立的，他总会不可避免地要受到自己的世界观、价值观和哲学见解（或信念）的支配"②，人们认识到：文学经典是一种具有一定主观性的时代建构，受时代文化、思想等多种因素的深刻影响。意大利作家卡尔维诺对经典的著名界定，就是以个人和集体的无意识为基本特征："经典作品是一些产生某种特殊影响的书，它们要么本身以难忘的方式给我们的想象力打下印记，要么乔装成个人或集体的无意识隐藏在深层记忆中。"③ 英国学者伊格尔顿同样赋予"文学经典"以很强的个人属性，认为它"不得不被认为是一个由特定人群出于特定理由而在某一时代形成的一种建构（construct）。根本就没有本身（in itself）即有价值的文学作品或传统，一个可以无视任何人曾经或将要对它说过的一切的文学作品或传统"④。中国学者童庆炳也明确表示："文学经典是时常变动的，它不是被某个时代的人们确定为经典就一劳永逸地永久地成为经典，文学经典是一个不断地建构过程。"⑤

因此，在充分认识文学经典相对性特点的前提下，当代文学经典这一概念无疑是充分可行，也非常合理的。正如杜卫·佛克马所提出的：文学

---

① 参见刘悦笛：《当代文学：去经典化还是再经典化》，《文艺争鸣》2017 年第 3 期。事实上，尽管该文对"当代文学经典"持质疑态度，但也表示"经典是相对的，不是绝对的，这也许是一种真理"。

② 何兆武：《论克罗齐的史学思想》，见《历史与历史学》，湖北人民出版社 2007 年版，第 95 页。

③〔意〕伊塔洛·卡尔维诺：《为什么读经典》，黄灿然、李桂蜜译，译林出版社 2006 年版，第 3 页。

④〔英〕特雷·伊格尔顿：《二十世纪西方文学理论》，伍晓明译，北京大学出版社 2007 年版，第 11 页。

⑤ 童庆炳：《文学经典建构诸因素及其关系》，见《文学经典的建构、解构和重构》，北京大学出版社 2007 年版，第 80 页。

经典存在着程度上的差异，其中既包括那些历经时间检验、魅力价值不减的传统文学经典，也应该包括尚没有完全经历时间检验，但已经具有较大社会影响意义的当代文学经典。[①]并且两类经典的意义内涵、承担的责任和建构标准也不一样。其中，传统文学经典的地位是稳定的、很难移易，思想艺术价值更具有超越性和永恒性，而当代文学经典则表现出更多的变化性和相对性特征。简单说，即传统文学经典具有典范意义，可以看作经典的最高阶段；而当代文学经典则是传统文学经典建构的基础和起点，是文学经典建构过程中不可或缺的桥梁和过渡。

从民族文化传承和发展的角度说，当代文学经典存在的意义更为明确。在一个民族的文化中，"文化传统是一个国家的灵魂，作为传统文化中的核心的经典，则是一个民族、一个国家的灵魂，对它的核心价值应深怀敬畏之心。经典资源除具有培养审美力、愉悦心灵之功能以外，还保有借鉴、参照、垂范乃至资治的社会文化功能"[②]。作为文化经典的重要组成部分，文学经典参与着民族文化共同体的建构，其思想价值和审美观念会对该民族大众的思想文化观念产生深刻而持续的影响，是民族文化传统的重要体现。就中国文化而言，从最早的《诗经》《离骚》，到岳飞的《满江红》、文天祥的《正气歌》，再到谭嗣同的《绝命诗》、陈天华的《警世钟》等一系列文学经典，都是民族家国精神的重要建构者。而从"窈窕淑女，君子好逑"到"慈母手中线，游子身上衣"等经典诗句，也塑造了大众的基本伦理观念，造就了中国文学含蓄深沉情感的表达方式。不仅如此，就连中国文学经典"怨而不怒，哀而不伤"的审美风格，也参与了对中国文化性格中"中庸"这一特点的塑造，造就了整个中国审美文化的含蓄美和意境美特征。因此，从根本上说，参考美国学者本尼迪克特·安德森的民族国家观念，中华民族这一概念之所以能成立并历经数千年而不衰，一个重要原因就是有众多优秀文学经典构成了独特的文化传统，从而成就了中华

---

① 〔荷〕杜卫·佛克马：《所有的经典都是平等的，但有一些比其他更平等》，见《文学经典的建构、解构和重构》，北京大学出版社 2007 年版，第 18 页。

② 宁宗一：《为什么经典值得反复品读》，《人民日报》2018 年 7 月 3 日。

民族这样一个"想象的共同体"①。而在未来，中华民族文化的赓延和发展也同样离不开文学经典的介入。

与其他文化经典相比较，文学经典的传播方式具有自己的特点和优势。一方面，它具有自然形象的特点，以情感人、通过"润物细无声"的方式传达思想理念，具有寓教于乐、雅俗共赏的效果；另一方面，文学经典以生活为基本表现对象，其内容更鲜活、接地气，更贴近人们的日常生活。而且，文学经典不是精英阶层的特权，而是包含优秀的通俗文学，因此，文学经典更容易感染大众，也能够超越知识水平、社会地位和文化差异，进入包括社会各个阶层在内的广大群体，产生更广泛的社会影响。在中国历史上，《诗经》《楚辞》《三国演义》《红楼梦》等文学经典的影响力就是超越社会阶层和时代的。

然而，文学经典虽然具有超越时代的意义和深刻的影响力，但是，正常意义下的文学经典都需要经历较长历史阶段的检验而形成，都属于传统或亚传统经典。它们作为历史的产物，必然与社会现实之间存在一定的距离和隔膜，难以直接影响社会、较快产生社会效果。而且，更重要的是，不同时代对经典的理解和要求都不一样。当代文学需要以当代意识为基础，建立自己的经典标准。当代文学既是一种文化传承，同时也是对传统的创新。它以新的视野完成对传统文学经典的重构，也要帮助传统文学经典更好地完成其功能。优秀的当代文学作品，能够直面社会现实和大众生活，传达出新的时代精神和创新特点，也就能更好地契合时代要求，得到大众的接受和认同，这正弥补了传统文学经典由时空阻滞带来的大众接受效果不佳的弱点。

在当前中国，当代文学经典的存在具有更迫切和更必要的意义。这与中国社会的现实文化处境有关，也与传统文学经典的当下命运有联系。

一方面，受消费文化等影响，中国社会正面临着较为严重的文化困境。近年来，以强大资本为背景的消费主义文化在中国社会发挥着主导性力量。在其影响下，物质崇拜盛行于中国社会，精神价值受到毁灭性冲击。

---

① 参见〔美〕本尼迪克特·安德森：《想象的共同体》，上海人民出版社2011年版。

中国传统的以家族与和谐为中心的伦理文化已基本为人们所弃置，取而代之的是物质欲望下的极端个人主义。社会生活中充斥着严重的低俗化和实利化思想，家庭亲情和人际关系日益冷漠，理想主义和思想信仰缺失，怀疑主义和虚无主义思想盛行。虽然随着国家对民族文化复兴的倡导、新农村建设的实施，部分状况有所改观，但总体上问题依然很严重。这种情况无疑是需要充分警惕的。一个社会如果没有理想和精神的指向，完全为物质文化统治，将会导致社会丧失向上的精神追求力量，人们会沦落为物质欲望的奴仆，并在日渐丧失民族自信的背景下失去进取和向上的精神，社会随之越来越丧失活力和动力，最终陷入没落和被淘汰的命运。

另一方面，传统文学经典的价值和意义受到严重挑战并被削弱。因为消费主义文化无所不在的巨大破坏力，传统文学经典的社会地位和文化影响力遭到极大冲击，其承担的民族文化传承功能受到很大削弱。特别是近年来，受时代潮流影响，年轻一代对传统文学经典失去兴趣，不再信奉、喜爱经典作品，而是持冷漠、拒绝的态度。典型如2013年广西师范大学出版社做过一个社会调查，包括《红楼梦》《三国演义》在内的多部传统文学经典名列"死活读不下去"排行榜前列，显示出社会大众对经典的冷漠和拒绝。[①]同样，鲁迅的作品在中学教师和学生中也遭受冷遇，并在逐步退出中学语文教材。[②]更严重的是，受娱乐至上的消费主义文化影响，社会上出现了很广泛的将文学经典虚无化和戏谑化的潮流。有学者对之有这样的概括："90年代以来，'戏说'与'大话'之风横扫一切，通过影像与语言的双管齐下，试图撼动经典的基石，像《水浒传》《三国演义》《西游记》等古代经典，成了文坛新贵们肆意亵渎的对象。像李冯、李修文、崔子恩、叶开等新生代作家的戏仿小说，和周星驰的《大话西游》、今何在的《悟空传》、林长治的《沙僧日记》和《Q版语文》等异曲同工，通过一种无厘头的手法，消解经典作品所蕴含的审美规范与文化秩序。"[③]

---

① 参见周宪：《为什么"死活读不下去〈红楼梦〉"》，《人民日报》2018年2月23日。

② 虽然后来有中学语文教材主编进行了解释，但部分中学教师和学生对鲁迅持拒绝心态是确实的。

③ 黄发有：《文学季风 中国当代文学观察》，山东大学出版社2006年版，第338页。

应对当前中国社会的文化问题,最有效的方式还是通过民族传统文化。毕竟,数千年的文化滋养深刻地浸润着中国大众的心灵,在文化资源匮乏的时代,最能重新赋予人们信心和希望的也只能是中国传统文化。人们也只能在民族文化传统中寻找到生活的意义,心灵得到皈依和慰藉。因此,优秀民族文化的倡导和弘扬,将很好地帮助中国社会走出物质文化的梦魇,让社会文化正常发展。当代文学经典应该在其中承担起重要的责任。它如果能够有效融合民族文化和现代思想,对当代社会进行恰当的文化批判和精神引导,就能与传统文学经典一道,在当前的文化转型中起到良好的建设和推动作用。

结合以上对当代文学经典的意义和价值的论述,中国当代文学经典应该具有这样三个方面的基本特征:

第一,与民族文化传统的密切关联与创新发展。"一个不再关心其文学传承的民族就会变得野蛮;一个民族如果停止了生产文学,它的思想和感受力就会止步不前。"[①]当代文学经典是民族文化传承链条中的一部分,需要承担传承民族文化的责任,它本身就应该蕴含较丰富的民族文化思想和审美精神。并且,当代文学经典本身也代表着民族文化形象,它对民族文化的当代理解和表达,既是民族文化的现实表征,也传达出传统文化的当代创新特征。所以,考量当代文学经典的品质,应充分考虑到其与民族文化传统的关联及其创新。

第二,鲜明的时代性。作为当代文学经典,"当代"精神的内涵不可缺少。这包括两方面的内容。一是反映当代社会生活,揭示时代文化精神。只有与时代息息相关,针砭现实问题、彰显时代精神的文学,才能说具备了当代文学经典的基本特征。二是在社会文化中产生较大影响力。当代文学经典不像一般的经典那样要历经时代变化,接受更广阔时空读者的阅读和检验,它的评判权主要在本民族的同时代大众手中。所以,当代文学经典必须得到较多民族大众的共鸣和认同,在社会文化中能够产生较大的影

---

①〔英〕托·斯·艾略特:《诗的作用和批评的作用》,见《艾略特文学论文集》,李赋宁译,百花洲文艺出版社 2010 年版,第 125 页。

响力，否则，即使文学作品有再高的思想艺术含量，具备成为未来经典的基础，也很难成为当代文学经典。

第三，较高的文学品质。较高的文学品质是任何经典作品都必须具备的。当代文学经典对文学品质的要求虽然不像传统文学经典那么高，但毫无疑问，在同时代文学中，它应该是优秀、出众的。而且，与传统文学经典标准存在区别的是，当代文学经典最好能够体现出时代文学的典型风貌特征。

二、民族文化自信和当代文学经典之得失

当代文学经典建构是一个复杂而艰难的过程，包含多方面的要求。其中一个最关键的因素，是拥有对民族文化的高度自信。它对当代文学经典的建构具有决定性的意义。有这样几个方面的原因：

民族性是文学经典（优秀文学作品）创作的重要前提。优秀文学作品的重要标准是具备富有创造性的文学品质、深刻的思想内涵和个性化的艺术特征。这些方面当然渗透着创作者的个人气质，并由作家个体所呈现，但它远非纯粹由作家个人所构建，而是需要深邃厚重的民族文化作为基础和源泉。就像荣格对歌德《浮士德》的阐释："不是歌德创造了《浮士德》，而是《浮士德》创造了歌德。"[①]优秀的文学作品往往孕育于深厚的民族文化积淀之中，它们所表现出来的审视世界的独特思想和创造性的审美个性，都得益于深厚的民族文化滋养。所以，文学经典在一定程度上可以看作优秀民族文化的回声，作家只是承担着民族文化传承和表现的角色。

民族性是文学经典建构的重要因素。如前所述，一般情况下，文学作品最广泛的读者是在本民族内，因此，无论是当代文学经典还是传统文学经典，其形成和建构过程中，本民族大众起着最基本和最重要的作用。读者的阅读、选择、评价和推荐过程，也是民族性渗透进文学经典建构的过程。同时，正如著名批评家艾略特所说的："从来没有任何诗人，或从事

---

① 荣格：《心理学与文学》，冯川、苏克译，生活·读书·新知三联书店1987年版，第142—143页。

任何一门艺术的艺术家，他本人就已具备完整的意义。他的重要性，人们对他的评价，也就是对他和已故诗人和艺术家之间关系的评价。"①文学经典的历史构成一个以民族文化为中心的完整序列，所有文学经典都是其中的一部分，它们既传承同时又在构造传统。从文学自身发展来说，一部作品只有置身于民族文学史的深远背景下才能显示出意义，其经典性必然与文化传统紧密联系在一起，关联着其对民族文化的继承、发展和创新。

一个作家要得到民族文化的深厚滋养，并对其做出深刻的理解和表达，一个重要的前提就是对民族文化拥有强烈自信。只有呈现出自信的文化姿态，才能真正客观自然地展现民族文化的状貌和特点，才能在其作品中建构起真正独立且具有民族个性的文学世界。如果缺乏发自内心的尊重和自信，就很难形成独立的思想文化观念，容易陷入其他人的思想窠臼，使自己的文学创作沦为他人观念的附庸乃至传声筒。而且，自信意味着热情，只有足够的信心才能激发作家对民族和人民的热爱，才能热情地投入生活、关注生活和表现生活。

中国作家对民族文化的自信不是盲目的，而是具有充分的合理性。无论是在当前还是在历史上，无论是在思想文化层面还是在审美层面，中国文化都拥有卓越而独特的突出价值，足以成为中国文学深邃的精神源泉。民族文化自信的最主要来源是传统文化，但也包括现代（亚传统）和当代文化。

中国文化的内涵和价值是一个非常丰富的话题，这里不适合一一展开，故只选择哲学作为个案。应该没有人可以质疑，中国传统哲学思想是深邃、独特且具有充分创造性的。虽然不能说完美，但它确实与西方文化构成了较大反差，具有鲜明的独立性和互补性，对人类文明发展具有重要的启迪性意义。就现实而论，进入现代社会以来，西方文化给人类文明带来了快速发展，其意义当然很突出。但是另一方面，它过于单一的发展性思维也带来了许多危机，给人类命运蒙上了阴影。当前人类社会面临许多困境，

---

①〔英〕托·斯·艾略特：《传统与个人才能》，见《艾略特文学论文集》，李赋宁译注，百花洲文艺出版社 1994 年版，第 3 页。

如无节制的军事竞争带来的人类生存危机问题，以及单纯的发展主义和消费文化带来的人类精神危机和生态危机问题，它们都给人类思想文化和发展方向带来了巨大的冲击，引起人们的深切反思。正如日本学者池田大作所说："一般而言，西洋思想强调革命、变化，有强烈的无秩序倾向；相反，以儒家为中心的中国的思想，却有着较强的顺从宇宙秩序的倾向……必须将维持稳定秩序作为优点来继承。我想这里所积蓄的中国文明是重要的人类遗产。"[①] 在这种情况下，中国文化的"天人合一"思想，"和谐""平衡"思想，以及以柔克刚的思想，以其迥异于西方文化却并不滞后和保守的形象，充分展示了对西方单向度发展主义的针砭和警醒。事实上，不少西方后现代主义者，在思考人类社会如何走出困境、保持更健康安全的发展时，都表达了对中国传统文化的充分推崇。

当然，这绝非说中国文化完全优越，强调文化自信也不是认为自己一切都好，一切以自我为中心。鲁迅曾经以"拿来主义"作为文化自信的形象化表达，但是"文化自信"的准确内涵和实现方式都还不清晰，需要学者思考和讨论。就我个人的理解，我认同这位学者对"文化自信"的基本概括："一是它深植于民族文化的沃土之中；二是它应是民族传统文化中最优秀和精华的部分；三是要用时代精神去整合优秀传统文化，使其在全面认知中华优秀传统文化，在创造性的继承和创新性发展中，全面焕发中华优秀传统文化的当代生命力，从而提升中华民族的文化自信，为中国梦提供强大的精神支撑和文化滋养。"[②] 具体说，它应该体现在以下方面：

一方面，要有充分的主体性。也就是具有明确主体性立场，在对民族文化有独立思考的前提下，充分展现和弘扬民族优秀文化，也展示当代文化的独特价值。正如别林斯基所说："只有遵循不同的道路，人类才能够到达共同的目标，只有过各自独特的生活，每一个民族才能够对共同的宝

---

① 金庸、池田大作：《探求一个灿烂的世纪——金庸 / 池田大作对话录》，北京大学出版社1999年版，第54页。

② 黄红丽：《让中学生阅读经典，增强文化自信》，《中国出版传媒商报》2020年6月30日。

库提出自己的一份贡献。"①一个伟大的民族如果没有对自己文化的信心，将会逐渐失去其他文化的尊重，也会丧失存在的价值。拥有了文化自信，就能够较充分地展现中国文化的独特视野和方法，并形成对世界更独立和更全面的认识，也更能产生对社会人生的积极态度和更强烈的进取心，为时代精神带来显著的激励意义。

另一方面，要有世界文化视野和高度。文化自信意味着不狭隘、不封闭的姿态，意味着与其他文化平等而友好地相处。对外来文化的优秀部分，善意地学习和吸纳，而发展和丰富自身的民族性。各种民族性之间是相通而非隔绝的，其特点也并非固定于民族范围之内，一些民族性特点在进入世界性文化背景后，可能得到更广泛的接受和融合，由民族个性发展为世界性特点。民族性的发展和变化，最重要的途径就是与其他民族性的沟通交流，否则只能是逐渐走向没落和衰亡。所以，文化自信下的民族文化是在与其他民族的交流和碰撞中不断吸收新的因素，对原有内涵进行扬弃性的批判和改造，并在不断的重构中更新和发展。

在此前提下，审视和反思中国现代文化和文学，可以得到某些启示和教训。在现代文化的发展中，存在对民族文化（这里主要指传统文化）肯定和批判的两种基本立场。一种以赞美和坚持为主，代表如"学衡派"。他们的基本态度是"今欲造成中国之新文化，自当兼取中西文明之精华，而熔铸之，贯通之"②。也就是坚持肯定和尊重民族文化的价值，又以开放、融合的态度对待中西文化关系。这一观点在当时受到较多批判，被视为"文化保守主义"，但近年来越来越多的学者对其进行了更全面客观的评价。此外，曾经撰写过《中国人的精神》的辜鸿铭是这一立场中观点最为极端的学者。他坚持认为中国传统文化是最优秀的文化，并对外来文化持基本排斥的态度。另一种则以批判和更新为基本态度。鲁迅等"五四"先驱倡导的"国民性批判"是其基本内容，而像废除汉字运动、全盘西化等主张盛行一时，则是其中的极端观点。批判和否定代表着中国现代文化的主流

---

①〔俄〕别林斯基：《文学的幻想》，见《别林斯基选集》（第1卷），上海译文出版社1979年版，第26页。

②吴宓：《论新文化运动》，《学衡》1922年第4期。

思想。"国民性批判""阿Q精神"成为家喻户晓的文化名词，就充分证明文化批判观念在社会文化中的巨大影响力。

不能说批判传统文化的观点不对，更不能将持批判立场等同于文化不自信，或将持肯定立场等同于文化自信。比如辜鸿铭的文化态度就存在盲目和偏执的缺点，不是良好的文化自信态度。同时，鲁迅等人的文化批判也具有时代的合理性。在落后的政治环境中，传统文化的负面性充分显现，严重阻碍了社会的发展，改造和更新是其必然命运。但是，五四文化的某些片面和偏激也不可否认。以"国民性批判"为例。这一观点的片面性毋庸置疑，因为任何民族文化都不可能只有负面性，更何况，中华民族能够经历那么多磨难而绵延至今，依然表现出强大的生命力，充分证明了它的优秀和伟大。正如陈思和提出"五四"文化的"先锋性"①，先锋性就意味着极端和阶段性，在一定时期它是可以理解甚至是必要的，但它不应该是常态而只能是一个过渡性阶段。然而，在复杂社会环境的推动下，"五四"时期对传统文化的全面否定成为百年中国社会文化的主流，并在多次政治运动中进一步加剧。它导致了社会对传统文化整体性的轻视和反感，也严重影响到人们对民族文化的自信。

在现代文化潮流的影响下，中国当代文学的发展也呈现出大致相同的局面。就是说当代文学发展也存在文化批判和文化认同的两种不同路径，整体上则显示出民族文化自信的较大匮乏。它既表现为当代文学在主体上对民族传统文化持拒斥和否定的态度，使"五四"时期形成的与传统文化的断裂加剧，也表现为在思维方式上局限在"国民性批判"的价值预设中，难以感受时代现实的变化和发展，不能对其价值做出充分的认识和自信的表达。当代文学发展的主体方向是对西方文学的仿效和追赶，得到西方的认可是大多数作家的最大梦想，民族文学传统和现实大众的要求却被严重边缘化。

当代作家中当然有一些对民族文化表现的优秀探索者，他们也取得了

---

① 陈思和：《试论"五四"新文学运动的先锋性》，《复旦学报》（社会科学版）2005年第6期。

更为突出的创作成绩。但从根本上说，即使是优秀作家的创作，也没有完全摆脱时代文学潮流的裹挟。甚至可以说，由于这些优秀作家创作的优点突出，缺点也相应被衬托得更加明显。

莫言可以作为一个方向的代表。莫言创作继承的是鲁迅的方向。他创造的"高密东北乡"文学世界，对民族文化进行了全方位的批判性挖掘和展现。这其中有对民族优秀文化的展示，如《红高粱》系列作品中对以爱国主义为基础的雄强民族精神的展示。但他对民族文化的主体方向是批判的，如《檀香刑》《丰乳肥臀》等作品，重点揭示和批判了民族文化的残酷和孱弱，特别是在《红蝗》《欢乐》等作品中，对与中国传统伦理有密切关系的母亲形象进行了亵渎和丑化书写。与之相应，上述不少作品也严重挑战了中国传统的审美习惯，《红蝗》展现的丑陋，《檀香刑》展现的惨烈，都以极端的方式挑战着读者的神经，为民族审美传统带来了尖锐冲击。

莫言对民族文化的批判是峻切的，而且能够深入乡村文化之中，以痛切的态度反思乡村文化，因此其批判具有巨大的力度。但是，莫言在文化方面存在一个认识的误区，就是没有意识到现实中的时代与鲁迅时代的区别，没有以发展和现代的眼光来认识文化的进步和新的时代特征，因此也就不能抓住时代文化的主旋律。另外，从美学上看，莫言的审美方法主要受西方文学的影响，这也与莫言民族性批判和否定的主题密切相关。这两方面都反映出莫言民族文化自信心的不足。也就是说，莫言创作所用的主要还是外来的文化立场和审美方法，不能充分立足于中国文化本身来审视和表现生活。

路遥和陈忠实则代表着另一个方向。路遥的文化自信是最强烈和最坚韧的。他明确将自己的创作与时代大众密切关联："大多数作品只有经得住当代人的检验，也才有可能经得住历史的检验。那种藐视当代读者总体智力而宣称作品只等未来才大发光辉的清高，是很难令人信服的。因此，写作过程中与当代广大的读者群众保持心灵的息息相通，是我一贯所珍视的。"① 所以，他的小说作品致力于关注底层大众的命运，发掘他们在逆境中顽强不屈的生命意志和拼搏精神，以及始终拥有的对生命的热爱和激情，充分体现了中国传统文化"自强不息"的民族精神。而且，在盛行西方文学观念的时代背景下，他潜心创作的《平凡的世界》在评论界遭到冷遇，但他始终都不屈服于潮流，而是以坚毅的态度继续坚持："当别人用西式餐具吃中国这盘菜的时候，我并不为自己仍然拿筷子吃饭而害臊。"②

陈忠实《白鹿原》文化自信的代表性则表现在思想和艺术两方面对传统的充分继承和借鉴。一方面，从思想角度揭示中国乡村文明与乡土大地之间不可分割的密切关系，着力展示其中所蕴含的民族责任意识和人文关怀精神，也对其中对个性的压制以及专制宗法权力等进行了揭露和批判。作品深入文化内部，将肯定和批判熔于一炉，以充分的独立思考为底蕴。另一方面，在艺术上，他既继承中国文学"文史相通"的传统，立志将《白鹿原》写成一部民族的史诗，又不回避对西方长篇小说艺术方法的借鉴，将中国传统白描艺术手法与西方现代小说的宏大结构融合在一起。《白鹿原》的价值立场不回避批判，但更致力于对中国乡村伦理的深刻思考，思想独立而富有创造性。

路遥和陈忠实的创作在民族自信心方面是比较充足的，也较好地体现了中国的立场和美学风格。但从更高的层面要求，他们的作品在对西方文化和文学的包容和吸纳上还有所不足。《平凡的世界》具有时代史诗的气质，但艺术方法相对陈旧和模式化的缺点也不可回避。《白鹿原》对乡村文化进行维护的立场太过急切和强烈，缺乏更高价值观念的切入，也多少影响了作品思想的深刻性和现代性。

所以，就总体来说，中国当代文学确实取得了较高的成就，产生了一些优秀作家和具有经典气质的作品，但却还缺乏真正可以称为时代代表的经典作家作品。

在整体特征上，中国当代文学则存在与文化自信相关联的两大缺陷。

---

① 路遥：《路遥全集》（散文·随笔·书信），广州出版社、太白文艺出版社 2000 年版，第 99 页。

② 白描：《不要再为我们的文学批评护短》，《文学自由谈》2020 年第 6 期。

其一是没有形成自己的独立话语，总结出中国自己发展道路和特征的独特性和合理性。当代中国所走的道路是独特的，它不同于西方国家的模式，而是具有与自己的传统和现实密切联系的个性特点。对这一特点，中国文学需要自信地总结优秀历史文化，深切关注和认识现实，对中国式的道路探索进行合理的阐释和深入的思考，在世界文学范围内展现自己的话语力量，也就是道路的自信、文化的自信。但目前的当代文学作品还没有达到这一高度。其文学思想大都是尾随于西方理论话语之后，缺乏真正的原创性。其二，没有以具有创造性的个性，在世界文学格局中构建起"中国文学"的鲜明形象。一个作家要显示出较高的价值，必须具有自己的独特创造性，在思想或风格上与众不同。一个民族也是这样，只有当它表现出了认识世界方式或表现世界审美特征上的鲜明个性，才能赢得世界文学的充分尊重，呈现出独特的创造性价值。同处东亚的日本，就依靠其深厚的文化传统和开放的文化姿态，在文学中形成了极富个性的生命观和审美观，传达出独特的日本文化精神，日本文学在世界文学中拥有重要的地位。就目前看，中国当代文学还没有达到这一高度，独特的"中国文学"形象还没有形成。从在世界文学中的地位和影响力来说，中国当代文学还远没有达到中国传统文学的高度。

三、中国文化精神与当代经典的建构

文化自信是当代文学经典构建的思想前提，具体落实就是中国文化精神的主体性价值。以中国文化精神为思想基准和创作特征，是当代文学经典能否建构及如何建构的中心内容。中国文化精神内涵非常丰富，这里无法一一列举，其基本内涵则呈现出这样两个基本特点：

其一，关于传统与现代的融合问题。很多人误以为中国文化精神指的只是传统文化精神，其实不是这样。中国文化精神是中华民族历史智慧的结晶，它既包括长期历史积淀中形成的传统文化，也包含启蒙思想启迪和改造下的现代文化，还包括中国共产党领导下形成的当代精神。它以悠久深厚的传统文化为基础，经历现代文化的洗礼和更新，又在当代社会文化中被赋予新的内涵，是历史与现实、传统与现代的高度融合。

其二，关于独立性与开放性的统一。中国文化精神不是固定不变的，也不是封闭的，而是发展和开放的。其在发展过程中充分吸收了外来文化的营养，在今天也不例外。但是，它也应该是具有充分独立性的。中国传统文化是它的深远背景，中国社会现实是它的思想前提，它拥有认识世界和表现世界的个性化视角，有鲜明的美学特征，是其他文化所无法替代的。

举例说，强烈的道德意识、社会意识和进取精神是中国传统文化的重要特点，并构成了中国文学的主流传统。从社会意识上说，中国传统文化具有强烈的"入世"特点和社会使命精神，像"路漫漫其修远兮""哀民生之多艰""先天下之忧而忧""天下兴亡匹夫有责"等文学名句，就从不同侧面体现了这一点。与之相关，较强的道德意识也是中国文化的重要特点。孔子的"兴观群怨"等"诗教"观念[①]、"文以载道""知人论世""文如其人"等文学观念是其在文学上的体现。至于"天行健，君子以自强不息"的思想，则造就了中国人积极向上、努力进取的人生态度，塑造了中国文化的基本人格内涵。在中国现代文化中，这些文化精神又得到了新的发展，被赋予了很多新的内涵。如李大钊提出现代知识分子"铁肩担道义"的精神品格，就将传统知识分子关注民族国家的内涵延伸到对大众（特别是底层大众）的关怀。同时，现代文化也强化了知识分子的独立精神。传统社会的知识分子思想具有较强的政治依附性特点，独立自主的思想很匮乏。现代思想拓展了传统知识分子文化的精神，赋予其以更丰富的独立精神内涵。鲁迅、路翎等作家创作的《在酒楼上》《财主底儿女们》等作品，就充分体现了知识分子的自我反思和自我批判精神，蕴含着强烈的独立思想意识。

当代优秀文化又进一步发展了上述传统文化精神，或者说，它是以现在进行时态对中国文化精神进行了新的阐释。中国文化精神是民族集体智慧的凝聚，兼具思想的深刻、丰富和独特性，也植根于本民族生活的大地上，应该成为中国文学的主导性思想和作家追求的目标，从而实现当代文学经典的顺利构建。但是，从现实看，当代文学中并没有很好的体现。

---

① 方长安：《中国诗教传统的现代转化及其当代传承》，《中国社会科学》2019 年第 6 期。

　　具体表现之一，是以西方文化观念为文学的唯一评价标准，却没有将它们与中国传统文化和现实生活进行充分结合。

　　如前所述，中国文化精神不仅仅来自传统文化，而是包含了丰富的现代文化精神，所以，运用现代文化标准来评价和建构文学经典是必要的。但是，这些文化标准必须是经历过中国化"洗礼"的，是结合中国文化和现实状况、适合中国社会和文化土壤的。所谓南橘北枳，任何文化概念的形成都离不开特定的文化背景，在不同背景下，它们的适应程度和价值意义都会受到严重影响。如果不充分考虑这种差异性和适应性，必然会导致内容的误差。而中国当代文学却没有充分考虑到这一点，而是如诗人臧棣针砭的，它没有形成一个以自己的文化为中心的标准，而是建立在其他文化观念之上："中国当下的诗歌创作是多样化的，但缺少一个统一的评价标准，从而容易产生不同的评价。在日本、美国等国家，一个诗人无论写得多么反叛、怪异，但他的作品总是能够和本国的诗歌传统发生关联，从而找到自己的位置和意义。在中国诗坛，我们缺少一个'主心骨'，对于什么是伟大的中国诗歌没有形成基本的共识，所以我们没有办法把诗人们的作品放到共同的平台上进行比较，对这些作品的意义也无法做出自信的判断。"[①]

　　比如，个人主义是当代文学评判的一个重要标准。确实，个人主义是现代思想文化的重要内容，也应该得到文学的积极书写。但是，我们应该充分考虑到目前所应用的个人主义概念萌生于西方文化背景下，它的一个重要前提是西方的深厚宗教基础。所以，在西方，个人主义思想再发展，都会得到宗教文化的缓冲，避免走向极端。但中国的情况不一样。中国没有宗教文化的制约，而是注重家庭和集体，将家国和个人利益进行适度的中和，其中包括要求个人利益对集体利益一定程度的妥协和服从，是有一定的文化合理性的。在中国社会，如果片面强调个人主义，否定个人与集体的关系，特别是否定个人与民族国家的密切联系，就很容易走向文化虚无和极端的自我中心，是很不恰当的选择。所以，我们当然应该在文学中

---

　　① 黄尚恩：《"做一个有方向感的诗人"》，《文艺报》2014 年 7 月 11 日。

肯定和尊重个人的独立性，但却应该注意分寸，不能无节制地倡导和宣扬个人主义。

也有一些思想不完全属于外来文化，它们在中国文化中同样存在，只是面貌和表述存在差异而已。在这种情况下，更需要明确辨析二者的差异和形成差异的原因，然后做出恰当的选择和判断。人道主义思想是一个典型个案。很多人都认为人道主义是外来的西方文化思想，是中国文化精神所匮乏的。其实并非如此。中国文化传统中也有以"仁"为中心的人文精神，孔子"仁者爱人"和儒家的"民本"思想都是集中体现，只是中国传统人文精神比较忽视个人，与孝悌、友信等"礼"的思想结合得很紧密。西方人道主义思想确实很大程度上拓展和深化了中国文化精神，但并不代表就能完全遵从西方人道主义标准来要求和衡量中国文学。以孙犁的作品为例。孙犁的抗战文学充盈着强烈的人文关怀精神，但他对战争的理解却不同于西方作家只以"反战"为原则的做法，而是充分揭示非正义战争对人的伤害，以家国情怀为中心，对保家卫国的英雄给予歌颂和赞美。这种思想的源头可以追溯到中国传统文化中对"武"的理解，也就是"以武止戈"的内涵。如果只是立足于西方人道主义立场看，孙犁的战争书写似乎有所不足，但如果立足于将中国传统人文精神和现代人道主义结合的视野，则能对孙犁的创作给予更高的评价。

表现之二，是对于民间文学传统和大众要求的严重忽视。

民间文学是中国文化精神的重要来源之一，它代表的是社会普通大众的思想和审美诉求。优秀的民间文学作品也是传统文学经典重要的一部分。但是，相当长一段时间以来，民间文学被置于边缘，乏人问津。特别是诗歌界，几十年间，只看到各种西方诗歌观念和形式的变换，却几乎没有诗人真正从丰富的民歌传统中吸取养料，创作出具有鲜活生命气息、表达普通大众生活和情感的诗歌作品。小说也是一样。在现代文学时期曾经出现过本色的中国故事书写者赵树理，但在他之后基本上没有出现真正的继承者。特别是在近几十年，那种具有泥土气息、符合农民审美的小说创作已几乎从文坛上绝迹。

对民间文学传统的忽视，是对大众审美要求的严重漠视，也是对文学与大众关系高度疏离状况的真实折射。相当一段时间以来，文学界盛行的是自我的呈现，作家们都将文学作为自我主体的展示场，却严重忽视文学的社会功能，忽视文学与现实之间的密切联系。一些作家的创作完全局限在个人的狭小空间里，却忘记了自我之外的广阔世界，包括各种社会问题，底层大众的疾苦，以及时代发展的前景和困局等。看近年来的文学作品，具有时代史诗追求的越来越少，沉溺于私人生活的越来越多；表现对弱者关怀和人类关怀的越来越少，对生活冷漠旁观的越来越多。

这样的价值主导，给当代文学的发展带来了严重的负面影响，并影响到当代文学经典的顺利建构。

其一，不能真正挖掘出当代文学的价值，真正具有中国文化底蕴、体现中国文化精神的作品被贬低乃至被忽略。典型之一是一些优秀的"红色经典"作品长期受到冷落和贬斥，它们的价值内涵更遭到漠视。同样，路遥《平凡的世界》问世以后也受到文学界的普遍冷落，即使是在受到广大读者热烈好评的情况下，一些文学史著作依然对其持冷漠态度。造成这些现象的原因正是没有充分以中国文化作为价值主导。而反过来，这种情况又影响到当代文化精神的建构。比如，在个人主义至上的评价标准下，一些具有较强集体意识，甘于为集体奉献、牺牲自己的思想不能得到理解，更难得到认可和推崇。前些年中国文学界流行完全以个人为中心的"小散文"写作，而像魏巍《谁是最可爱的人》这样彰显集体主义牺牲精神的作品却受到贬斥和嘲弄。

其二，不能对中国现实进行有效的判断和解释。在作家普遍回避现实、远离大众的背景下，文学就很难准确反映生活。典型如近年来中国乡村发生较大转型，很多作家从个人的文化立场出发，无法认同和直面乡村社会的伦理变迁，并因此远离现实乡村，使自己的创作沉溺于对乡村的虚拟性想象里。这样的创作，既距离真实的乡村生活很遥远，也让作家本人无法跟上时代的变革，失去对生活的辨析力和把握力，更无法对未来发展做出有前瞻性的判断。不少乡土小说作家经常表达对现实的迷惘和困惑感，正是这种情况的直接反映。①

其三，作家的思想精神逐渐萎缩。一些作家缺乏对中国文化的自信并失去了民族文化的滋养，就自然会逐渐丧失思想的主体性和独立性，容易成为他人思想的奴隶。并且，逃避现实、个人化书写潮流的盛行，会导致文学生态环境的狭窄化和空洞化，进而使作家不能拥有积极健康的文学心态，特别是难以具备同情弱者、批判强权的道德勇气和对社会大众的关怀精神，最终会导致作家个体精神和道德品格的某些匮乏。

当代文学这种情况的出现并非一朝一夕，对它的改变也需要时间。其中，以正确的态度和方向对待中国文化精神是最基本的前提，要做到：

尊重和了解中国文化精神。对事物的了解和认知是认可和接受它的重要前提。我们一直都坚持对传统文化要持扬弃立场，这一说法当然没错，但容易为我们忽略的是：扬弃的前提是深入地了解和辨析。只有在了解的前提下才能做到去芜存菁，合理地选择和舍弃。由于历史和现实的影响，当代多数人在心理上与民族文化产生隔膜乃至对立，对它的接受和认识能力更是非常低下。包括作家，也大多缺乏深厚的传统文化素养，很难具备深入认识和重新阐释传统思想文化的能力。这种素养上的不足与认识上的简单化往往容易呈现出恶性循环的态势：越是不懂，就越是漠视；越漠视，就越隔膜和疏离。所以，以平等尊重的态度看待，以潜心研习的方式认识，是我们真正了解中国文化精神的重要前提。

强化对文化的现实创新。一方面，如前所述，中国文化精神不只源于古代传统文化，也来自"五四"以来的现代文化。现代文化与传统文化之间有对立，也有关联，它们之间的颉颃和融合正是中国传统文化新生的空间。继承的目的是创造，传统必须更新和发展。所以，对待传统文化绝非要一味崇拜，而是也需要改造和批判。特别是要顺应时代的变化，在传统文化精神中灌注新的时代内涵，从而不断丰富和拓展其适应性和生命力。

---

① 著名乡土小说作家贾平凹就在多部作品中表达过这种情绪。如在《秦腔》（后记）中，他就这样哀叹："难道棣花街上我的亲人、熟人就这么很快地要消失吗？这条老街很快就要消失吗？土地也从此要消失吗？真的是在城市化，而农村能真正地消失吗？如果消失不了，那又该怎么办呢？"贾平凹：《秦腔》，作家出版社 2005 年版。

另一方面，使文化精神深切关联现实生活，特别是在文学创作中使生活与文化融为一体，自觉而自然地表现出中国文化精神内涵，是赋予中国文化精神现实活力的重要方式，也是文学真正传承和发展中国文化精神的卓越体现。文学必能因此而具有丰富的思想内涵，也能呈现出充分的创造性。

以开放的态度进行学习和继承。开放是中国文化发展的重要前提。向西方优秀文化和文学作品学习，将它们融入中国现实和文化中，形成具有活力的有机整体，是当代文学经典建构的重要前提。强调中国文化和文学的个性，绝对不是要代替或遮蔽其他文化和文学的价值，而是如费孝通先生所说的"各美其美，美人之美，美美与共，天下大同"[1]，让人类文化和文学世界呈现出更丰富多彩的面貌。同时，对传统文化的继承也需要开放的态度。也就是要抛弃那些已经不适应时代的内容，选择那些有生命力和创造性的精华。具体说，就是继承其哲学观念和审美精神，继承其认识世界和生存于世界的方式，以及深刻的艺术精神。精神的浸润不同于外在的学习，它是将中国文化精神化为自己的思想和思维方式，并将其结合于现代生活和现代精神，这样的继承才真正深入，具有特别的意义。

在此方面，现代作家林语堂给了我们较好的启示。林语堂对中国文化曾走过从否定到认同的路途，最终，他做到了将中国文化思想内化为自己的思想灵魂，并在与西方文化相融汇的基础上，使中国文化呈现为自己的思想和生活方式。正因为这样，他的一些优秀作品，特别是《京华烟云》，就能够将中国文化的儒家和道家思想渗透到人物的思想内核中，自然而自如地在日常生活中生动地表现。而且，作品中书写的都是生活于现代社会的人物，他们的思想行为中自然地融入了丰富的现代生活和文化元素，因此，作品所表现出的中国文化不是僵化固定的，而是灵动和发展的，是经过现代文化融合的。[2]

当代文学经典是时代文学的范本，能够给当代文学带来重要的示范和启迪作用，推动当代文学的发展。所以，确立当代文学的经典品格、建构

---

[1] 费孝通：《反思·对话·文化自觉》，《北京大学学报》（哲学社会科学版），1997年第3期。

[2] 参见王兆胜：《论林语堂中西文化的融合思想》，《江汉论坛》2006年第4期。

当代文学经典至关重要。只有如此，当代文学经典才能承担其民族文化传承和创新的时代责任，涌现出全面深刻呈现中华民族个性的伟大作家作品，中国当代文学也才能够真正卓立于世界文学的舞台，再现中国传统文学曾经拥有过的灿烂和辉煌。

建构以文学为中心的文学史

——对于中国现当代文学史建设的思考

近年来，关于中国现当代文学史书写的讨论很热烈，争议也很大。确实，对于已经具有百年历史的新文学来说，建构更具科学性和规范性的文学史，无论是从总结文学发展历史、促进未来文学创作发展的角度，还是从确立文学经典并将之更好地融入民族文化的角度，都是非常必要和急迫的事情。目前的多种文学史建构观点各有意义，而在我看来，需要以更多元丰富的姿态来进行现当代文学史建设，其中最迫切的，是建构以文学为中心的文学史。

一、"非文学"的文学史历史

学者朱晓进曾经用"非文学的世纪"[①]来概括中国现当代文学的百年历史。虽然也许有人觉得这一概括有极端化之嫌，但我以为，至少从文学史书写的角度说，它是很准确的。从20世纪50年代初开始的半个多世纪的几乎所有中国现当代文学史，其书写的主导都不是文学，而是现代性文化和政治思想。

这与现当代文学本身的生存状况有着深刻而直接的联系。"五四"新文学的诞生，就是现代性文化的结果。一些文化先驱希望通过文化"革新"

---

① 朱晓进等编著：《非文学的世纪：20世纪中国文学与政治文化关系史论》，南京师范大学出版社2004年版。

的方式来改变传统中国，文学只是这种革新的方式之一——所以，"五四"新文学运动是新文化运动的一部分，其产生和方向都与后者高度一致。作家们的写作，也大都像鲁迅因为"听将令"而撰写的《呐喊》一样，承担的是文化革新的使命。"五四"之后的现当代文学历史，虽然有过波折和坎坷，但大的思想观念和发展路径上都是遵循"五四"文化的方向，有着明显的现代性文化印记。除了文化，政治在现当代文学中打下的烙印也非常深刻。20世纪中国长期处在民族危机深重、战乱频仍之中，之后又有民族国家建设等诸多任务，文学具有鲜明政治色彩有着一定的时代必然性和合理性，我们可以做出不同的价值评判，但却需要给予一定的理解和同情。就如作家的个人选择，像何其芳等作家那样为了民族战争而选择弃文从军（政）的人生道路，虽然对文学是一大损失，但这一选择蕴含的是作家对文学和自我价值的独立理解和人生追求，不应该受到过多的责难。①

　　文学史的书写环境与文学的生存环境一致，它也自然遵循着类似的主旨。被誉为中国现代文学史开山之作的王瑶《中国新文学史稿》就非常明确地体现了这一特点。其中"新文学"的"新"就包含着非常明确的现代性启蒙思想色彩，在其主导之下，通俗文学、旧体诗词等不合其标准的内容都被排除在外。在具体的作家作品甄选，以及对文学家的评骘、对文学作品的解读中，"新民主主义革命"的政治标准也是首要原则，意识形态色彩很鲜明。《中国新文学史稿》的这一特点基本上贯穿在此后的现当代文学史书写中，只是在不同背景和环境下，它或者向着启蒙，或者向着政治的方向不同程度地倾斜而已。而且，这一思想影响深刻而久远，几乎所有文学史书写都循此惯例，基本上没有脱离其传统的例外现象。

　　在20世纪80年代以后，学术界曾经进行过多次文学史观念讨论，最有影响的是"重写文学史"潮流。这些讨论使现当代文学的文学史观有一定的改观。比如"20世纪中国文学"概念的出现，就部分纠偏了"新文学史"的偏颇，通俗文学、旧体诗词等开始被纳入一部分文学史著作中。然而，

---

　　① 何其芳的道路问题曾经在中国现当代文学研究领域引起较大争论，被称作"何其芳现象"。参见应雄：《二元理论、双重遗产：何其芳现象》，《文学评论》1988年第6期；贺仲明：《喑哑的夜莺——何其芳评传》，南京师范大学出版社2004年版。

在整体上，由现代性文化和政治思想主导现当代文学史写作的局面并没有真正改变。特别是在文学史写作的实践中，革新的理念没有得到充分体现。虽然出现了多种以"20世纪中国文学"命名的文学史著作，但其意图基本上只在大的概念范畴上得以实现，并没有落实到更具体的文学史细部。所以，中国古代文学史领域在21世纪初诞生了章培恒、骆玉明主编的《中国文学史》，其主旨非常明确地脱离了习见的"启蒙和政治"，代之以"人性与人情"，对主流文学史写作有显著的突破。但在中国现当代文学史界却始终没有出现类似的突破性创新之作。

中国现当代文学史"非文学"特征的首要体现在于文学史的甄选和评价标准。文学史是一种权力的体现，谁能够进入历史，以及以何种面目进入历史，是文学史权力的核心。现有的众多现当代文学史著作最显著的甄选原则无疑是政治正确。立足于这一前提，在某些时段，徐志摩、沈从文、张爱玲、周作人等作家都曾经被完全逐出文学史，即使在今天，周作人等一些作家的文学史位置也受到较大影响。而王平陵、谢冰莹、黄震遐等作家，则一直难以完整地进入文学史视野中。至于像"鲁郭茅巴老曹""三红一创，青山保林"这样的经典排列有着浓郁的时代政治和文化痕迹，则已经是学界公认的事情。

政治标准之外，现代性文化观念也起着重要作用。最典型的是对张恨水、金庸等通俗文学作家和旧体诗词的长期排斥。对此问题关注者甚众，这里就不多赘言。此外，在对文学思潮和作家作品，以及某个时段文学的评价中，现代性文化的影响同样很大。比如对创作方法就有明显的高下之分。从现代性文化角度（政治角度也是如此）说，无疑是现实（写实）主义更符合要求，而浪漫主义、现代主义则稍逊一筹。正因如此，在几乎所有现当代文学史著作中，现实主义作家都占据绝对中心位置，得到的推崇和认可也最多，浪漫主义和现代主义文学则一直处在文学史的边缘，从来没有享受过主流的荣耀。

文学史甄选标准之外，"非文学"的特点还体现在文学史的内容上。其典型标志是几乎所有的现当代文学史著作，无论是介绍文学潮流还是具体作家作品，都是以思想（政治）因素为主要内容，审美艺术因素所占的比重要小很多。而且，在审美艺术相关内容里也可以清晰地看到思想或政治因素的主导。前述不同创作方法直接影响到作家作品在文学史上的位置，那些思想情感比较消极、艺术风格比较个人化的作家作品，远绝对比不上适应政治和现代性文化艺术要求的作家作品受重视。至于那些不以思想现代（正确）见长、只致力于追求艺术审美的作家，如废名、冯至、穆旦、邵洵美等，不只是无例外地被置于思想第一、艺术第二的价值模式下，接受与其他作家一样的评判标准，对他们的文学史介绍也同样在此原则下进行，其艺术方面的成就和特色被淹没在思想和政治视野之中，完全得不到与其艺术成就匹配的充分展示。

　　现代性文化和政治标准的文学史长期成为主流，有多重复杂原因，也有其存在的历史合理性，这里不做具体的分析和评判。但是，毫无疑问，这不是文学史最合理和正常的状态，而这样的文学史建设对文学创作的发展而言无疑是存在一些负面影响的。一个最直观的现象：中国现当代文学的创作和观念中一直存在强烈的实用主义色彩，特别容易受现实环境影响乃至主导，虽然影响因素很多，但与现有的文学史观念和写作有着不可分割的联系——它们至少是这种潮流自觉或不自觉的推动者。

　　现代性文化和政治等因素对文学史的长期主导，还带来了一个理论上的负面影响，就是对"文学性"概念的片面认识和理解。因为一直强调文学的思想和政治内涵，并在很长一段时间内将思想标准与艺术标准相对应，似乎思想性与艺术性是完全割裂、互不包容的关系，而"文学性"与思想性无关，只是等同于艺术性。以至于很多人一谈到"文学性"，就下意识想到"审美性"，将之与"形式主义""唯美主义"等概念联系起来。

　　但其实，这完全是一种偏见。"文学性"远非我们习惯想到的那样狭隘和单一，而是更为丰富和多元。它重视审美，但绝不局限于审美，更绝不等同于形式，它同样包含思想内涵，甚至可以说思想是文学性中不可忽略的重要因素。举例说，著名作家托尔斯泰谈过自己所认为的"接近于完美的艺术"的标准，其内涵是："（一）就内容的意义重大而言是卓越的作品，（二）就形式的优美而言是卓越的作品，（三）就其真诚和真实性而言是卓越的作品。"① 其中第一点、第三点都属于思想因素。与之相似，美国著名批评家布鲁姆的标准也是这样："关于想象性文学的伟大这一问题，我只认可三大标准：审美光芒、认知力量、智慧。"② 其内涵基本属于思想层面。

对于"文学性"内涵的理解和表述当然存在着一定差异，其中包括时代、民族、文化和个体的多种因素。就我个人的理解，文学思想的基本内涵是张扬真善美的精神。它包括深刻的人道主义关怀，以及"爱、荣誉、怜悯、自尊、同情和奉献"③ 等精神品格，以及对丑恶的揭露和批判。而艺术性则大体包括创新和圆熟两个方面的内容。对于任何文学审美，创新是最高的艺术境界，而圆熟是基本但绝非不重要的要求。

二、建构文学中心文学史的必要与可能

如果说在之前的环境中，以现代性文化和政治思想为中心的文学史有着较充分的存在空间和价值意义，那么在今天，回到文学本身来建构文学史，已经显示出更重要的价值，呈现出一定的必然性和必要性。

首先，从文学发展来说，需要借助文学史来进行文学发展的经验教训总结。中国现当代文学已经有一个多世纪的历史，正在进入经典化阶段。文学经典化的基础毫无疑问只能是文学而不能是其他。也就是说，需要充分而有效地总结百年文学的创作规律，阐扬优点，贬抑缺点，辨析文学创作中的得失优劣，去芜存菁，才能真正建立文学经典的标杆，明确何为真正的文学经典，何为创新，何为价值规范，从而为今天的创作者树立样板，为读者确立准绳。在这当中，文学史的意义至关重要。既然为历史，总结

---

① 〔俄〕列夫·托尔斯泰：《谈艺术》，见《列夫·托尔斯泰文集》（散文·随笔），吉林人民出版社1995年版，第31页。

② 〔美〕哈罗德·布鲁姆著：《史诗》，翁海贞译，译林出版社2016年版，第2页。

③ 美国作家威廉·福克纳1950年在诺贝尔文学奖领奖致辞《人类必胜》中的名言。〔美〕威廉·福克纳：《人类必胜》，见《美国演说名篇》，上海世界图书出版公司2000年版，第245页。

历史得失，明辨价值规范，是其不可推卸的重要使命。之前的文学史，因为文学不能起主导作用，因此这方面的工作做得很不够，也导致今天的现当代文学经典建设存在较大缺陷，很少有获得公认的经典作家作品。很多曾经的经典被颠覆，但颠覆的理由并不充分，新的经典也未能有效建构。所以，建构以文学为中心的文学史，是文学史真正完成历史使命的必备前提，也是建立起真正科学的中国现当代文学传统的重要基础，具有急迫的意义和重要的价值。

其次，从时代角度说，文学非常需要张扬自己的独特价值，也就是对"文学性"的凸显。当前中国正处于高速信息时代，文学受到商业文化、高科技等多方面的冲击，读者流失严重，文学在社会文化中的影响力也越来越小。在这一背景下，文学就绝不能再像以前一样，依附在现代性文化和政治之上生存，而是需要更充分地彰显自己的独特价值和魅力，获得社会和读者更广泛的认可。作为文学来说，其最独特的价值就是自己的独立思想和艺术性，也就是所谓的"文学性"。在这方面，中国传统社会的文学教育方式具有一定的启发性。传统中国文学场域中完全没有抽象的"文学史"，只有优秀文学作品的选集，在文学教育上，也特别重视文学作品的诵读，最直观地面对作品，充分展示文学作品的语言。这样的文学史和文学教育自然并不完备，但它却是不受外在因素的束缚，真正以文学为中心，能够凸显出文学自身的特色和价值标准。这应该是中国传统文学长盛不衰的原因之一，也客观上造就了文学在中国传统文化中的重要地位。

半个多世纪的中国现当代文学史，对文学自身特色的凸显很不明显。简单地说，就是没有真正从文学自身来阐释作家和作品，严重压缩了对其独立思想和审美属性的阐扬。比如解读文学作品，基本上都是将之与现实社会相联系，甚至将之简单对应于社会政治文化，按照现代性文化或政治文化的要求来解读和评判，却很少深入而全面地展示作品的独特思想和艺术魅力——事实上，崇尚个性化的文学的最大价值就是对现有思想和艺术的"越轨"，就是在思想和艺术上有对现有思想文化的突破和超越之处——这样的解读方式，既严重窄化文学作品的价值意义，也会影响到文学作品的感染力，伤害到读者对文学作品的热爱和兴趣。由于现当代文学历史越来越长，文学作品与其产生时代之间的关系越来越不紧密、越来越松散，如果再坚持用原有的方式理解和阐释文学，对文学的伤害会更为突出和明显。

我曾经以鲁迅的《秋夜》为例谈过这一问题。《秋夜》本来是一篇非常个人化、具有优美意境的散文诗，其内涵丰富，具有可深度阐释的广阔空间，但是长期以来，人们都将它解读为对现实中阶级斗争的写实之作，将作品中的"秋夜"意象完全社会化，"夜空"中所有物象都对应于现实政治。于是，一篇个人化的、内涵复杂深刻的文学作品就变成了一部简单的社会教科书，文学的诗意完全丧失，意蕴也被严重局限。对于年龄大的读者来说，由于他们对《秋夜》创作的时代背景有所了解，因此对这样的解读多少还能保持一定的兴趣，但是在今天，年轻读者们已经完全不了解当时的社会背景，也缺乏相关的兴趣。显然，维持这样的社会（政治）化解读方式，只能让作品彻底走出读者的视野。①《秋夜》只是一个典型个案，事实上，这样的作品解读方式非常普遍地存在于现有文学史中。只有改变现状，让文学性回归到文学中，文学才可能凭借自身的价值魅力赢得读者，在社会文化中占有一席之地。

最后，从文学史角度说，需要避免在文学评价中"翻烙饼"，以非文学的标准来书写文学史。政治和文化风向一旦发生变化，文学史的内容就必然会有很大的变化，甚至发生颠覆性的"翻烙饼"。政治就不多说，像在20世纪60至70年代，在政治标准的影响下，许多优秀的现代文学作品都被作为"毒草"逐出文学史，文学史的面貌与真正的文学历史完全两样。现代性文化也存在这方面的问题。因为现代性包含多种内涵，各种内涵之间又存在着很大差异。简单以现代性标准来建构文学史，很容易导致文学史书写的简单化和绝对化，严重伤害文学史的全面性和客观性。相比之下，虽然文学性的内涵也不是完全明晰的，但其标准立足于文学自身，因此具有较强的恒定性。以文学性为中心建构的文学史，自然更为稳定和客观，能够避免走向极端化和简单化、出现"翻烙饼"的文学史现象。

---

① 贺仲明：《回到文学的鲁迅——对当前鲁迅研究的思考》，《南京师大学报》（社会科学版）2010年第2期。

以对"十七年"文学和对张爱玲的评价为例。"十七年"文学是文学史界争议最大的部分。一些学者以现代性启蒙文化思想为准绳的价值评判（典型如 20 世纪 80 年代末的"重写文学史"潮流），将其完全贬斥，甚至逐出文学史[①]。与此同时，另有一些文学史家对"十七年"文学推崇备至（如当前"新左翼文学"潮流中的一些思想）。吊诡的是，后者所持的也是现代性标准。只是他们的现代性内涵发自"民族国家"和"人民性"角度，侧重其"社会主义文学"和"民族国家建设"等角度。[②] 同样是"现代性"标准，但是对现代性的理解角度不同，对"十七年"文学的理解和评判就有天壤之别。同样，对张爱玲的评判中也出现了这样的情况。很长一段时期中，文学史界都站在政治和民族国家现代性文化标准的角度，对张爱玲严厉否定，斥其为"汉奸文人"或"堕落文人"。但是，近年来，随着文化环境的改变，特别是市民文化占据一定地位以后，一些学者从个人现代性角度来认识张爱玲，于是，其文学史地位就有了翻天覆地的变化，张爱玲甚至被一些学者认为是 20 世纪最伟大的作家。

从以上两个例子可以看出，由于"现代性"概念内涵的暧昧和多元，从这一角度，我们很难对像张爱玲和"十七年"文学这样比较复杂的作家和时期进行有效的评判。只有回到文学本身，才有可能准确、客观地认识其得失，更稳定地对其进行定位，避免造成简单化的巨大反差。

以"十七年"文学为例。从文学性角度看，这一时期的缺陷无可置疑，如思想缺乏丰富性，对社会和人性缺乏深刻的认识和表现等。但是，如果能够真正立足于文学中心，我们又能够看到它独特的贡献和价值。简洁地说，在细致还原乡村生活方面，这一时期的文学比以往任何时期的文学做

---

① 陈思和、王晓明、王雪瑛：《论文摘编"重写文学史"》，《中国现代文学研究丛刊》1989 年第 1 期；戴光中：《关于"赵树理方向"的再认识》，《上海文论》1988 年第 4 期；宋炳辉：《"柳青现象"的启示——重评长篇小说〈创业史〉》，《上海文论》1988 年第 4 期。

② 参见李杨：《文学史写作中的现代性问题》，山西教育出版社 2006 年版；蔡翔：《革命/叙述：中国社会主义文学——文化想象（1949—1966）》，北京大学出版社 2010 年版。

得都要更好，它所呈现的乡村世界更全面也更生动客观。同样，在与读者关系的密切性方面，它也开创了新的历史。虽然这些现象背后有多重原因，不宜简单臧否，但显然，完全否定这个时期文学的价值是过于简单化的做法。只有从文学性角度出发我们才能有这样的认识。

必要性之外，现实环境也赋予了建构文学中心文学史以可能性。中国现代文学时期距离今天已经相当遥远，成为纯粹的历史，立足于文学角度来审视这段历史时期的文学，不会对现实产生任何负面作用，还可以避免受到政治和历史的影响；当代文学也是这样。强调文学主体性，可以避免许多人事、关系上的纷争，有助于现实文学和社会文化发展。

当然，可能有人会质疑，"文学中心"是一个比较感性的、个人性较强的概念，它在不同文学观念、文学趣味下存在较大差异，以此为出发点书写的文学史不会像以思想性为主导的文学史那么理性。但第一，文学史从来都不是理性的。甚至说，文学史最需要反对的就是千篇一律。简单统一的文学史观念，掩盖文学的个性，掩盖文学的丰富解读空间，正是对文学本质的一种消解。第二，如前所述，所谓的思想理性存在着许多内在的悖论，并不适合文学评判。而从文学角度建构文学史，能够让多种文学趣味和观念进行碰撞。丰富的文学思想，不同文学观念、艺术思想的交流，正是促进文学发展成熟的重要方式——而这也正是文学史建设的初衷和重要使命。

三、如何建构文学中心的文学史？

明确了建构以文学为中心的现当代文学史的意义和可能性，那么，究竟应该如何来建构？我以为，以下几个前提是最重要的：

首先，是真正确立文学中心的开放性文学史观。如前所述，文学性的文学标准，其内涵是丰富多元的，无论是比较现代性文化还是政治标准，它都更为开放和自由。比如，在思想性上，它更追求个性化和创造性，更崇尚真正的人的自由和独立。在人的视野下，它不一定遵循以发展为前提的现代性文化标准，更不一定照此来看待历史和现实中的文化和人物。文学的视野可以超越政治利益，也可以超越文化价值观。典型如在文学的艺术标准面前，时间不具备任何意义，几千年前文学作品的艺术价值完全有可能超越创作于现代的文学作品。

所以，建构文学中心的文学史不是一项孤立的工作，而是需要文学研究界的共同参与和努力。只有在整体上树立了以文学为中心的思想观念，克服了许多习见和偏见，包括克服了思想观念上的阻力，才可能建立起有生命力的以文学为中心的文学史。这其中，当然还应该包括对文学性内涵的理论思考。毕竟，对于大多数学者来说，文学性是一个长期受到冷落的、相对陌生的概念，学术界对它的思考还远待完善和深入。

其次，建立真正具有主体性的文学评价标准。在学术界对文学性的理论探讨当中，非常迫切也是最重要的工作是建立真正属于中国现当代文学的文学评价标准。这里所说的主体性，是立足于现当代文学主体，从其自身特点和发展出发来思考问题。因为中国现当代文学从一诞生，就是以学习西方文学为主，受西方文学影响很大。这种影响当然是必要，也是非常有意义的。但是，它最终必须真正自立，也就是摆脱西方文学的主导性影响，建立起真正独立的文学思想和形式，也包括自己的文学评价标准。这是现当代文学发展的重要工作和目标。因为即使是最具有普遍性的思想也需要结合具体的客观环境加以表现。中国文学的传统和现实土壤都与西方不同，不可能完全以西方文学标准进行衡量评判。如果一切以西方标准为准绳和目标，是永远不可能做到真正的创新和自立的。只有站在与西方文学平等对话的高度上，只有呈现出与西方文学不一样的思想和形式创新，中国现当代文学才可以说走向了真正的成熟。

再次，更强烈的文体和审美意识。如前所述，现当代文学已经有百年历史，有许多文学规律需要总结。如各种文体的发展规范，如优秀作品的标准和适合的发展方向，都是其中的重要内容。所以，重视文学文体和审美，从这些角度探究经典作家和经典作品，在科学全面的前提下建立起系统的文体理论，确立基本的审美特征和方法，都是现当代文学理论研究的重要内容。特别是考虑到中国漫长的古代文学传统一直重视思想性，对文学形式等审美因素持比较轻视的态度。对于处在成长中的中国现当代文学而言，从这一传统中突围出来，是它发展过程中的重要任务。

以散文文体为例。散文是一种很重要的文体，但是，对于它的理论探究却非常欠缺，或者说是非常混乱。中国古代文学的散文理念、西方文学传统中的随笔、现代的非虚构等都杂糅其中，既可以说资源丰富，也可以说杂乱无章。以至于在今天，要辨析出到底什么是散文，散文有什么美学规范和内涵特征，都让人莫衷一是，难有准绳。散文成了一个似乎是无所不能、无所不包，但其实又似乎什么都不是的概念。散文只是一个典型个案，其他文体理论与散文理论存在程度上的差别，但都有待于进一步的完善。

最后需要强调的，是多元共生意识。文学为中心的文学史是现当代文学所必需的，但是，这并不是说只有它才是文学史写作的唯一正确方式。文学史的撰写应该以自由、丰富、多元是为前提，百花齐放、百家争鸣才是最好的环境。只是因为当前以文学为中心的文学史写作太过匮乏，我们才特别强调其价值意义。事实上，以文学中心的文学史与其他文学史观并不冲突，而是完全可能共融、相互促进的。

以当前现当代文学界最有影响的两种文学史观为例。现代性文化文学史观是传统最为深厚也是当前最有影响的文学史观。文学性文学史观与它虽有差别，却也有很多共同指向，可以共存。人类走向现代是一种必然的趋势，文学是社会文化的一部分，它部分承担文化的功能，彰显社会和文明批判意义，张扬人性、公平、正义等现代性文化，能够帮助社会文化朝着现代性方向发展。对于中国这样一个正全力迈向现代化的国家来说意义无可置疑。文学性文学史观并不反对这一基本方向，事实上，文学性思想在基本方向上与现代性文化高度一致，它都是张扬歌颂、促进人性的真善美。它与现代性文学史观不同的只是：文学不以承担文化任务为己任，而是具有更宽阔的思想，既容许有其他空间存在，也可以更为个人化。"把审美只当作狭隘和独特的人道领域，那就大错特错了。它要广得多，实质上所有有利于它的或使它厌弃的东西都加入进来。"①西方学者的这段话是我们完全认同的，也能够促进我们对文学中心文学史观的理解。

当前文学还有另一种文学史观比较有影响，就是强调作家的主体地位，

①〔爱沙尼亚〕斯托洛维奇：《审美价值的本质》，凌继尧译，中国社会科学出版社2007年版，第132页。

认为文学史要融入作家的思想和生活，以生动精彩为主旨的文学史观。文学中心的文学史观，也与之有诸多共同之处。因为作为文学作品的创作者，作家是文学不可缺少的重要构成部分，文学中心的文学史也关注作家的价值。事实上，文学作品与作家之间存在着不可分割的密切联系，包括作家个体心理和生活世界，都应该是文学史的重要部分。勃兰兑斯的《十九世纪文学主流》，将文学作为作家的心史来理解，将文学史撰写成了作家精神和时代潮流相统一的历史，既书写了很多作家的传奇逸事，又有对文学作品、思潮的精彩展示，是文学中心史观和作家中心史观有机结合的典范之作。我们只是担心：文学史如果彻底以作家为中心，则很有可能被写成作家的逸闻趣事史，文学史真正的核心——文学作品却易被忽略。而且，作家与文学作品之间虽然有密切关系，但是真正优秀的文学必然会超越这种关系。局限于作家角度理解文学史，是对文学作品价值的严重矮化。从根本上说，文学中最有意义和魅力的是文学作品本身，而不是任何其他因素。

客观来说，任何角度的文学史都有其独特意义，也有其局限性，没有十全十美、面面俱到的文学史。但是，无论从什么角度来建构文学史，在最基本的层面上，都不能忽略文学这个基础和中心，这是文学史健康发展的重要基础。我们相信这种观点会获得越来越多的认同，而建立起以文学中心为主导的多元共生的文学史格局，将会有助于良好文学生态的形成。因为文学史树立评价标准，在文学经典建构中承担重要的角色，既能示范于作家创作，也会影响到整个文学的发展方向。所以，文学中心的多元文学史建设就意味着文学的真正自立，以及思想观念的开放和丰富。只有在这样的环境中才能孕育出真正个性化的文学思想和艺术形式，也才能产生真正伟大的、具有创造性的作家和作品。那才是真正理想的文学之地。

地方性文学的多元探究与价值考量

一、地方性文学：文学地域性的当代嬗变

地域性是文学研究中的一个视角，也是一些文学作品的重要特征。在漫长的传统社会中，受交通不便利等因素的影响，人们的生活大都被限制在比较狭窄的区域范围之内，长此以往，不同的地域就形成了个性化特征。这既包括自然地理和生活风物上的差别，也包括语言、文化、风俗等文化方面的不同。这些差异在文学场域中的体现，就是文学的地域性。前人对文学地域性问题已经有过较丰富的研究，并产生过较大影响。但是，由于种种原因，有关文学地域性的理论建设一直未臻完备，其思想的局限性也受到很多质疑——最典型的是马克思主义的社会学决定论对丹纳环境决定论文学思想的批判性冲击。特别是近年来，随着全球化的到来，文学地域性问题更日渐淡出人们的视野，无论是在文学理论界还是在现当代文学研究界都处于被冷落和停滞的境地。

然而，进入 21 世纪初以后，地方性文学的崛起和兴盛却成为中国文学一个重要的现象。其理论上的标志是地方性文学（以及相关联的地方性知识）概念的出现以及围绕它的丰富讨论。地方性知识的首倡者、美国人类学家克利福德·格尔茨的著作《文化的解释》[1]等受到不少学者（包括人类学和文学学者）的积极介绍和大力赞赏，其思想观念被广泛引用。特

---

① 〔美〕克利福德·格尔茨：《文化的解释》，韩莉译，译林出版社 1999 年版。

别是由于格尔茨理论的立足点是民族文化，人们对地方性文学的讨论经常会联系民族文学、民族文化等问题，牵涉到"民族性""边地写作"等概念，因此，民族文学研究界的相关讨论尤为热烈。如一些学者以"地方性"为视角，对中华人民共和国成立后的民族文学制度进行了较全面的反思，甚至对少数民族文学等概念进行了批判性审视，在学术界引起较大反响。[①]

在创作界，地方性文学的成果也非常丰富。最具代表性的，是作家霍香结直接以"地方性知识"命名的长篇小说，以及与该作品作为同一系列推出的新世界出版社"小说前沿文库"。这些作品完全以"地方性"为关注中心，作家也以之为明确的创作指向。其他一些小说作品，如阿来《机村史诗》、孙惠芬《上塘书》、野莽《庸国》、罗伟章《声音史》、于怀岸《巫师简史》、格绒追美《青藏辞典》等，也都致力于书写一个地方的民俗生活和文化历史，具备地方性文学的基本特征。小说之外，诗歌创作的声势更大。多家诗歌刊物开设了"地方性诗歌"专栏，发表积极倡导地方性诗歌的宣言（如2014年4月，《明天》和《诗歌月刊》同时推出"中国地方主义诗群大展专号"[②]）；新世界出版社集中推出"现代汉语史诗丛刊"（包括发星《在大西南群山中呼吸的九十九个词》、苏非殊《喇嘛庄》等长诗），明确以地方性知识为中心展示边地的历史和文化；此外还有在理论和创作两端不遗余力推动地方主义诗歌创作的民间诗人谭克修……这一声势是如此之强烈，以至于有诗歌研究者认为地方性诗歌的兴盛是近年来诗歌创作的重要潮流，甚至有人将之誉为"新世纪诗歌三支建设性力量之一"[③]。

虽然上述学者、作家和诗人口中的地方性文学、地方性诗歌、地方主

---

① 李怡：《少数民族知识、地方性知识与知识等级问题》，《民族文学研究》2010年第2期。

② 谭克修：《地方主义诗群的崛起：一场静悄悄的革命（一）》，《诗歌月刊》2014年第4期；谭克修：《明天》（第6卷 中国地方主义诗群大展2），长江文艺出版社2017年版。

③ 李少君：《新世纪诗歌的三支建设性力量——对当前诗歌的一种观察》，《文艺报》2011年7月18日。参见霍俊明：《先锋诗歌与地方性知识》，山东文艺出版社2017年版。

义诗歌等概念内涵不完全一样，各人的主张也存在一定差异，但毫无疑问，其中心思想是基本一致的。或者说，也许地方性文学尚不成为一个整齐的声音，但确已成为当前文学一个引人瞩目的思想和创作潮流。无论是从名称还是实质上看，地方性文学与文学地域性问题都有着非常密切的关联，但是，在概念内涵和创作特征等方面，它都与以往的地域性文学有了很大不同，是新时代的一种嬗变。概而言之，它具有以下主要特征：

其一，在文学理念上，地方性成为主导文学观念的中心。在传统文学的论述中，地域性只是文学的一个特色而已，而且也只涵盖部分作家作品。但是，在今天地方性文学倡导者们这里，地方性已经是主导文学创作和文学批评的唯一核心。他们认为，文学观念由不同的地方文化所决定，具有强烈的相对性——这包括什么是文学，也包括判断什么是优秀的文学，以及以怎样的方式书写文学等——因此，他们不同意普遍意义上的文学观，更反对使用统一规范性语言和文学形式写作，而是主张以自己的文化传统（往往是有别于主流汉文化的少数民族传统）来确立文学观，并追溯其文化传统中的写作方式，以地方方言为工具，遵照传统文学方式来写作。格尔茨对艺术的定义被他们反复征引，成为其重要理论支柱："对于'艺术'，我的词典（一部尽管平庸但却有用的词典）是这样说的，是'意识的产物或颜色、形式、运动、声音或其他要素被安排进一种能产生美的感觉的效果的方式中'，这种方式使得人类似乎天生就具有欣赏的能力，如同他们天生就具有明白笑话的能力一般，并且仅仅为它提供了演示的场合。"[1]

其二，在文学内容和文学形式上，地方特征的展示成为关键性元素。在格尔茨的地方性知识中有一个"深描"理论，就是强调对地方性知识细致而详尽的描写。这一理论对地方性文学写作影响很大，甚至被奉为创作圭臬。对于许多作家来说，文学已经不再是传统的审美艺术，而成了地方性知识的演示台。如霍香结《地方性知识》、恶鸟《马口铁注》、张绍民《村庄疾病史》等作品，无论是结构还是内容，都与传统的文学和小说完全不同。它们既不叙述完整的故事和人物形象，也基本上采用写实的

---

[1] 转引自李清华：《地方性知识与全球化背景之下的本土美学建构》，《西北民族大学学报》（哲学社会科学版）2014 年第 2 期。

手法，摒弃想象和虚构（至少是朝这个方向努力），致力于纯粹客观地展示地方的风物和人情。如《地方性知识》一书，就完全按照民俗学的模式，在结构上安排为"疆域""语言""风俗研究""列传"等几个部分，分门别类地展示一个叫"汤厝"的村落的语言习惯、语汇、语音以及各种历史文化和民俗生活。孙惠芬的《上塘书》也颇为相似。它虽然故事性强一些，但也是以乡村的"地理""政治""交通""通讯"等作为框架来安排基本结构。在传统语境中，这种深度还原地方性知识的写作属于人类学的"地方志"，分别在20世纪40年代和90年代问世的林耀华的《金翼——中国家族制度的社会学研究》和庄孔韶的《银翅——中国的地方社会与文化变迁》就是这样的著作。但在今天，这已经成了许多地方性文学的主要创作形式。包括一些地方性诗歌作品，也如同分行的民族志，基本去除了传统诗歌中的个人和抒情因素，将展示地方性知识作为中心。

　　其三，具有较丰富的文化内涵。"地方性"与"地域性"只有一字之差，在内涵上却存在着本质性的区别。地域性是相对文学整体而言的局部特色，而对许多地方性文学提倡者来说，它已经自成一体，是一种与整体文化有密切关系的概念。这一点，如学者对地方性知识的概括："所谓的'地方性知识'，不是指任何特定的、具有地方特征的知识，而是一种新型的知识观念。而且'地方性'（Local）或者说'局域性'也不仅是在特定的地域意义上说的，它还涉及在知识的生成与辩护中所形成的特定的情境（Context），包括由特定的历史条件所形成的文化与亚文化群体的价值观，由特定的利益关系所决定的立场和视域等。"[1] 地方性文学中的地方性是一种深入的精神特质，蕴含着人与地方文化的深层精神联系，体现着强烈的文化主体色彩，是对于自我文化的一种确认。[2] 作为文学，它既受地方性知识的决定性影响，同时又是地方文化建构的重要一部分，与文化的关系密不可分。

---

[1] 盛晓明：《地方性知识的构造》，《哲学研究》2000年第12期。

[2] 李倩：《地方何在？知识何为？——简评〈地方性知识：阐释人类学论文集〉》，《民间文化论坛》2013年第4期。

作为这种思想的体现，许多地方性文学作家都将自己的创作与地方文化结合起来，以文学来传达和建构民族文化。①民间诗歌刊物《独立》在2001 年 8 月专门推出"地域诗歌专号"，其栏目导语就明确地表示："地域诗歌……是以本地文化为背景，处理本地经验、本地体验与本地事物的诗歌，它以创造主体的素养为基础，写作的结果指向创造主体的建设、完善。地域诗歌的重心是创造主体。"②云南诗人雷平阳的著名诗歌《亲人》也特别强调地方的文化象征意义，将文化上的故乡作为自己情感的中心。

"我只爱我寄宿的云南，因为其它省 / 我都不爱；我只爱云南的昭通市 / 因为其它市我都不爱；我只爱昭通市的土城乡 / 因为其它乡我都不爱…… / 我的爱狭隘、偏执，像针尖上的蜂蜜 / 假如有一天我再不能继续下去 / 我会只爱我的亲人——这逐渐缩小的过程 / 耗尽了我的青春和悲悯"③。

二、历史与现实的多重背景

地方性文学潮流的兴起并非偶然，而是具有从外在到内在、从文学到文化的多重复杂背景。就文化方面说，它体现了现实文化的内在要求。准确地说，它是在全球化时代的文化背景下，地域性内涵和价值意义的变异和凸显。

其一，在信息化和全球化时代，人们的生活范围越来越广，相互之间的交流也越来越密切。很多人因此认为地域性问题已经不再有意义。但实际上，地域性文化依然深刻地存在，只是其形式内涵有所变化。因为全球化就意味着迁徙和变化，不稳定的生活状态，表面上削弱了人们身上的地域性特征，但却更强化了其内心的地域身份认同。迁徙所导致的漂泊感（不稳定感），使人们容易产生对自我身份和存在意义的困惑，并希望通过某种方式获得心理上的稳定，确认自己的身份和意义。于是，地域性的意义

---

① 参见邱婧、姚新勇：《地方性知识的流变：以彝族当代诗歌的第二次转型为例》，《中国比较文学》2013 年第 2 期。

② 参见刘大先：《"边地"作为方法与问题》，《文学评论》2018 年第 2 期。

③ 雷平阳：《亲人》，《视野》2011 年第 15 期。

得以充分凸显。因为正如福克纳对其家乡美国南方的阐释："在南方，最重要的是，那里仍然还有一种共同的对世界的态度，一种共同的生活观，一种共同的价值观。"[①]地域（特别是相对偏远的地域）往往会形成独特的文化精神，包括生命观、文化观、审美观等。这些文化是地域性的灵魂，也会成为一个人独特的精神身份。归属于独特的地域文化，人们不仅可以找到自己的精神寄托，还可以凸显自己生存的独立性，体现出对单一现代性生活的拒绝和否定，在消费文化弥漫所导致的虚无状态中寻找到自己的独立价值。

其二，在资本主义时代，金钱是影响社会文化的最重要因素。这导致在当今社会，西方发达资本主义国家主导着文化的基本方向，东方和其他相对落后地区的文化处在西方文化的强烈影响和制约之下。在此背景下，对西方中心主义的批判和质疑思想应运而生，许多处于弱势地位的民族文化表达出强烈的主体文化诉求。赛义德的《东方主义》是突出的典型，它对西方文化侵凌其他弱势文化本质的揭示，以及对弱势文化迎合西方文化现象的批判，在弱势民族文化中产生了广泛的影响。克利福德·格尔茨的《文化的解释》也一样。它致力于多元文化的角度，充分肯定各个地方民族文化的存在意义，表现出对西方主流文化的疏离和独立的愿望。

在民族文化主体建构的视野下，地方性文化被赋予了特别的意义。这其中，安德森的"想象的共同体"思想影响深远。他认为，民族国家不是简单的政治地理，它更是一种文化建构："从一开始，民族就是用语言——而非血缘——构想出来的，而且人们可以被'请进'想象的共同体之中。"[②]受其影响，一些学者更深入阐释了地方及地方性文学在民族文化建构中的重要价值。在他们看来，独特的自然、风物、方言、传说等地方生活和文化风习中蕴含着深刻的民族历史记忆，具有民族文化的象征性意义，是民族文化塑形和建构中的重要因素："很显然，我们不能把地理景观仅仅看

---

① 转引自张晓梅、吴瑾瑾：《南方文学、地域特性与文化神话：美国南方"重农派"文学运动研究》，《东岳论丛》2013 年第 6 期。

② 〔美〕本尼迪克特·安德森：《想象的共同体》（增订版），吴叡人译，上海人民出版社 2011 年版，第 140 页。

作物质地貌，而应该把它当作可解读的'文本'，它们能告诉居民及读者有关某个民族的故事，他们的观念信仰和民族特征。"而且，地方性文学也被赋予了文化建构的价值："文学作品不只是简单地对地理景观进行深情的描写，也提供了认识世界的不同方法，揭示了一个包含地理意义、地理经历和地理知识的广泛领域。"① 一些作家在文学创作中，也有意识强化其地域文化特色，传达明确的精神文化诉求。如爱尔兰作家乔伊斯的《都柏林人》。书中所写的虽然都是现代普通人的日常生活，但每一个人的心灵和生活都折射着爱尔兰独特的文化记忆和历史重负：天主教和英国的殖民统治。作者在人物的生活和心灵上都镂刻着爱尔兰历史、宗教、政治的深刻印记，是民族地域历史在现代化都市中的沉重回声。在爱尔兰民族运动中，这本薄薄的小说集被认为是爱尔兰民族和地域文化最深刻的记录者，具有重要的文化位置。

共同面对的全球化时代和相对弱势的文化处境，使中国的地方性文学作家与西方相关学者的论述产生了强烈共鸣，在思想意图上呈现出强烈的一致性。阿来在谈到自己的《机村史诗》时，就明确表示其试图展示一个藏族村落的现代化进程，也就是地方文化被现代文化侵蚀和毁灭的过程，表达对传统文化的叹惋和对现代性的反思。② 谭克修更明确地表示："在全球化和速度这两头猛兽的追赶下，当真正的自然不复存在，地方性正在消失、瓦解，千城一面、万村一面的格局基本成型……当今诗人有对处于弱势地位的地方文化面临被强势殖民文化消灭的焦虑。强调地方性诗歌有延续地方文化生命的使命意义"③ "'地方主义'对抗的就是'全球化''速度'这两头怪兽。……在这种新的对抗性中，凸显出地方主义诗人的身份

---

① 〔英〕迈克·克朗：《文化地理学》，杨淑华、宋慧敏译，南京大学出版社2003年版，第51页、第72页。

② 阿来：《一部村落史，几句题外话——代后记》，见《荒芜》，浙江文艺出版社2018年版。

③ 谭克修：《地方主义诗群的崛起：一场静悄悄的革命》，《诗歌月刊》2014年第4期。

特色。"①在很大程度上说，正如批评家对地方性文学创作潮流的阐释："全球化语境中的乡村地方性经验，应当就是现时代（消费时代）乡土小说的地方色彩，也就是乡土小说要倾力关注和审美描述的地方性知识。"作家们对地方性的特别关注是对全球化文化的一种反抗方式，地方性书写是对"去域化"的一种个人化抵抗方式。②

从文学角度说，地方性文学是对地域性文学漫长受限制历史的回应，蕴含着文学地域个性的内在要求。在新文学历史上，不乏认同文学地域性价值，对其进行理论和创作探索的作家。20世纪30年代，鲁迅著名的"有地方色彩的，倒容易成为世界的"③思想就包含着认可文学地域性的因素。周作人的看法则更为自觉和充分。他在"五四"初期就有这样的倡导："风土与住民有密切的关系，大家都是知道的：所以各国文学各有特色，就是一国之中也可以因了地域显出一种不同的风格。"④之后，更是明确赋予地域性以世界性内涵："我相信强烈的地方趣味也正是'世界的'文学的一个重大成分。具有多方面的趣味，而不相冲突，合成和谐的全体，这是'世界的'文学的价值……"⑤

创作上也不乏自觉而有成就的探索者，沈从文最具代表性。其湘西系列小说充分彰显地域个性，体现了作者多方面的努力。比如，他的作品广泛采用现实生活中的真实地名、景观和地理标志，并极尽详细地展现湘西的自然风貌和人文习俗，试图构筑一个以现实世界为原型的、完整的小说

---

① 谭克修：《谈论南方诗歌时，我能谈些什么》，《诗刊》2016年第16期。

② 向荣：《地方性知识：乡土文学抵抗"去域化"的叙事策略——以四川乡土文学发展史为例》，《当代文坛》2010年第2期。

③ 鲁迅：《致陈烟桥》，见《鲁迅全集》（第十三卷），人民文学出版社2005年版，第81页。

④ 周作人：《地方与文艺》，见《周作人文类编3本色文学·文章·文化》，湖南文艺出版社1998年版，第79页。

⑤ 周作人：《旧梦》，见《周作人文类编3本色文学·文章·文化》，湖南文艺出版社1998年版，第723页。

湘西世界。① 特别是在对湘西地方文化精神的阐扬上，沈从文的表现更为深入。正如苏雪林的论述："沈从文……很想将这份野蛮气质做火炬，引燃整个民族青春之焰；所以他把'雄强'、'犷悍'整天挂在嘴边。"②《龙朱·虎雏》等作品所表现的质朴、勇武精神固然是湘西地方文化的外在体现，《边城》《萧萧》等作品对"文明""进步"等概念的批判性理解，更传达出被视为文化落后地区的湘西的独立价值立场。其背后既蕴含着文化的强烈自尊，更有旁观者的清醒和冷静。正是这些方面，使沈从文成为湘西文化最优秀和最深刻的书写者。③ 沈从文之外，沙汀、赵树理、周立波等作家也都各有成就，他们的作品展示了川、晋、湘等地方独特的地域特色，并造就了新文学历史上颇有特色的地域文学创作。

然而，在总体上说，中国新文学的地域性创作发展并不充分，特别是进入当代文学后更是如此。这其中最根本的原因，是地域性内涵与现代性文化、民族国家意识之间，先天地存在着难以弥合的冲突。

从文化方面说，由于地域性的形成需要时间积淀为基础，不够与时俱进，因此，它在大多情况下都会与保守、本土、传统等概念联系在一起（如许多地方风俗、文化民俗就密切联系着传统生活方式，不符合现代科学文明的标准），从而构成与现代性思想的某种对立。特别是在"世界性"文化的潮流下，其不合时宜性越发明显。毕竟，文学不可能脱离具体社会环境而独立生存，文学的发展也需要建立在国家和社会稳定的前提之上。但在文学创作上，近几十年文学的地域特色在整体上呈严重弱化趋势。地方方言基本上从文学作品中退出，地方文化和风俗也严重匮乏（特别是 20世纪 80 年代之前。之后情况虽然逐渐好转，但长期的惯性影响下，始终没有大的改观）。最近半个多世纪以来，再没有产生像沈从文、沙汀、赵树理那样致力于在独特地域文学中执着探索的作家，也缺乏深入揭示地域

---

① 凌云岚：《"去乡"与"返乡"？——沈从文地域文化观的建构》，《湘潭大学学报》（哲学社会科学版）2012 年第 5 期。

② 吴福辉编：《二十世纪中国小说理论资料》（第三卷）1928—1937，北京大学出版社 1997 年版，第 264 页。

③ 参见凌宇：《从苗汉文化和中西文化的撞击看沈从文》，《文艺研究》1986 年第 2 期。

文化个性的优秀作品。理论方面，人们对文学地域性的认识更呈现严重狭窄化的趋势。大家普遍将地域性局限为只有个别少数民族边地作家才拥有的特征，如苗族风情、边地风情等，其内涵也被限制在"自然、风俗、人情"等表层，深刻的精神文化内涵被完全搁置。长此以往，很多人将地域性视为一个与现代性对抗的概念，甚至有作家拒绝将自己称为书写某一地域的作家。

文学地域性受到时代文化的压制，但是，文学追求个性的特点决定了它有复苏的潜能，在压抑中会酝酿出强烈的内在渴求。甚至说，"世界性""一体化"的浪潮越大，追求"本土""地域性"的反击也会越强烈。近年来的中国文学就非常明显地呈现出这样的势头。许多作家在奋力走向世界，迫切得到西方的认可，但同时也有不少作家在呼唤着回归本土和文化传统。地方性文学的崛起和兴盛，就是这种呼声的一种表征。它既是对全球化的自觉对抗，也是对有所匮乏的历史的顽强回应。

一个可以作为典型个案的是 2012 年出版的金宇澄的长篇小说《繁花》，这部小说的最大特点就是强烈的地域性特色。它以纯粹的上海话讲述日常生活故事，琐碎而细致，多方面关联地方文化个性。按理说，这样的作品只有上海人会喜欢，外地人不但难以接受其叙述方式，甚至可能难以完全看懂作品中的沪语。但是，很吊诡的是，作品问世后，评论界给予了几乎一致的好评，更有不少人借此表达了对地域性文学的肯定和呼吁。正如有学者对《繁花》现象的分析："这些与当今小说有别的艺术趣味提醒我们一个重要事实，那就是普通话写作与全球化的艺术并不都是畅行无阻的，在普遍性知识的背后，地方性知识时时浮动，显示了一种柔韧的存在。"[④]《繁花》事件折射的不是一部作品的问题，而是长期以来文学地域性的严重缺失，以及人们对文学地域性的强烈渴求。

三、对地方性文学的理性审视

正如地方性文学的兴起有充分的必然性，其价值意义也毋庸置疑，但

---

④ 李怡：《地方性知识的价值》，《红岩》2016 年第 1 期。

是，在当前社会文化背景下，这一文学与政治、民族、文化等多方面因素有着太多的关联，也很容易被利用。审视当前的地方性文学创作及相关讨论，已经出现了一些有问题的趋向，需要保持警醒。

其一，封闭化趋向。就是片面地强调地方性，特别是地方文化个性，却忽略其与其他文化、与整体民族国家的联系。正如学者刘大先的批评："在幽微的层面，这实际上是一种族裔民族主义，也就是说搁置了中华民族近代以来的建构历史，而重新回缩到一种族群共同体的首尾连贯的叙事神话之中。"[①] 在一些学者和作家眼里，地方性成了完全自足的主体，与外在的整体社会和文化被完全隔断。他们书写某个村落，所写的就只有这个村落；书写民族，表现的就只有这一个民族。一些以地方性为主旨的文学作品，更在进行孤立、极端的文学实践，以回到封闭的民族文化为宗旨，运用只有掌握本民族语言的人才能阅读的方言创作，将文学的内容、接受和传播完全局限在单一民族范围之内。换句话说，他们制造了文化的自足，甚至刻意地保持这种自足。在这种姿态下，一些人拒绝以开放和发展的眼光来对待外在世界。比如一些作家对"学习汉文""掌握现代文化"等民族交融方式持完全否定态度，甚至期盼能够保持"与人隔绝，与铺天盖地的大马路隔绝"的静态而封闭的生存状态。[②] 尤为甚者，一些人还坚持封闭和保守的立场，顽固排斥那些更具开放意识的作家。如阿来所说："他们大致的意思是，作为这个民族的作家，首先应该有纯粹的血统，其次，在用这个民族的母语进行写作。否则，就意味着背叛。"以至于"在我所在的文化语境中，属于哪个民族，以及用什么语言写作，竟然越来越成为一个写作者巨大的困扰，不能不说是一个病态而奇怪的文化景观"[③]。

其二，极端化趋势。这有两方面的表现。一是将文学的范围无限泛化，

① 刘大先：《新世纪少数民族文学的叙事模式、情感结构与价值诉求》，《文艺研究》2016 年第 4 期。

② 参见李长中：《当代少数民族文学批评的公共性检讨：以文化多元论为视角》，《民族文学研究》2017 年第 2 期。

③ 阿来：《我是谁？我们是谁？——在东南亚和南亚作家昆明会议上的发言》，《阿来研究》2015 年第 1 期。

影响到文学的基本品质和概念内涵。许多作品虽然名为文学，但已经不具备文学的基本要素，文化因素已经完全侵占了文学的空间。一些作家的创作目的也已经不在文学，文化建构的诉求完全取代了对生活的表现和对艺术的探索。二是无条件地认同和推崇地方性文学思想。地方性文学的意义不可否认，但应该对其进行全面客观的评价，认识到它也有一定的局限性。而在当前，部分学者和作家完全缺乏批判和自省意识，"由于缺少必要的认识导向，对'地方性知识'的强调极易使'我族中心观念'滑向一种本质上同样极端的'他族中心观念'……对'文化持有者'持一种无原则的肯定与理解态度"①。这实质上是自我主体性的丧失，是从一个极端走向了另一个极端。

这种封闭和极端的趋向对地方性文学的发展会构成巨大的伤害。因为多元、丰富和宽容是文学发展的重要前提，自我封闭和极端化发展只能被时代和大众拒绝。而且，如果不能以发展的眼光看待时代变化，也就很难真正继承和发扬传统，最终只能导致传统的彻底崩溃。所以我以为，当前地方性文学的发展，需要坚持三个原则：

首先，民族国家的主体原则。地方性文学的思想前提是遵循和肯定民族国家的整体性，而不是与之相背离。如前所述，地域性与民族国家整体之间确实可能存在某种张力关系。过于强调某一地域的独特性，有可能对大的国家意识构成冲击，甚至是带来某种分离趋向。但只要处理得当，它们也完全可以和谐共存、相互促进。一方面，地方是构成整体的基础，置于民族国家整体之上强调具体的地方情感，不会损害对民族国家的情感，反而会使民族国家情感更为具体化和深刻化。另一方面，在中华民族的整体意识上认识地方文化，视野能够更开阔和深广。因为中国自古以来就是一个多民族国家，它是"一系列的文化、习俗、政治、礼仪的力量"集合而成的"跨体系社会"。②中华民族的所有个体文化，只有在融会于民族

---

① 王邵励：《"地方性知识"何以可能——对格尔茨阐释人类学之认识论的分析》，《思想战线》2008 年第 1 期。

② 汪晖：《中国：跨体系的社会》，《中华读书报》2010 年 4 月 14 日。

整体的基础上，才能完整呈现其历史，充分凸显其意义。①

这也完全符合文学创作的原则。因为创作优秀文学作品需要深远的视野和超越性的关怀，如果固守某一狭小地域，丧失了民族国家深厚的历史和文化内涵，思想很容易走向局促和狭隘，达不到必要的高度。而强化中华文化整体性与丰富地域性之间的联系，将丰富的地域性融入大的民族文化中，将很好地提升思想的深度和广度。一个典型的例子，在近一个多世纪的历史上，中华民族经历了异族侵凌、保家卫国的共同记忆，如果能够将这些民族记忆渗透到地方性文学中，将大的民族国家意识与具体的、个体地域历史结合起来书写，就既能强化地方文化意识，又能提升民族整体文化情感，促进人们对战争、民族、文化等问题的深入思考。

事实上，在新文学历史上，一些作家已经具备了这样的意识。比如沈从文。他虽然致力于湘西世界的建构，但他却并非想建立孤立的民族文学，而是有意识地将地方与整体结合起来，在中华民族的整体基础上来看待和书写湘西的地域个性。他笔下的湘西，是与全国地理整体相密切联系的地域，是整个中华民族国土和文化的一部分。在谈论湘西地方的民风民俗和精神个性时，他也明确强调自己属于"三楚子弟"，湘西文化是中国楚文化的一部分。所以，在沈从文的作品中，我们可以充分感受到民族整体的文化自豪感，体会到深远的民族关怀和人类关怀意识。阿来也是如此。作为一个当代藏族作家，阿来的小说对藏族地方文化的表现很丰富，他也是有意识将藏族地方生活与整个中国结合在一起，在更高远的视野上来理解："我所要写的这个机村的故事，是有一定独特性的，那就是它描述了一种文化在半个世纪中的衰落，同时，我也希望它是具有普遍性的，因为这个村庄首先是一个中国的农耕的村庄，然后才是一个藏族人的村庄。"②

---

① 从历史上看，建立在中华民族统一基础上的地域文化建构是有助于提升民族国家凝聚力的。如广东地域文化观的形成就很好地促进了该地区对中华民族的归属感。参见程美宝：《地域文化与国家认同 晚清以来"广东文化"观的形成》，生活·读书·新知三联书店 2006 年版。

② 阿来：《我只感到世界扑面而来——在渤海大学"小说家讲坛"上的讲演》，《当代作家评论》2009 年第 1 期。